SAMANTHA DOWNING

Mi adorada esposa

Traducción de
María del Mar López Gil

DEBOLS!LLO

Papel certificado por el Forest Stewardship Council®

Título original: *My Lovely Wife*

Primera edición en Debolsillo: mayo de 2023

Printed in Spain – Impreso en España

ISBN: 978-84-663-7010-3
Depósito legal: B-4.191-2023

Compuesto en Blue Action
Impreso en Novoprint
Sant Andreu de la Barca (Barcelona)

P 3 7 0 1 0 3

BESTSELLER

Samantha Downing es autora del best seller *Mi adorada esposa*, su primera novela, nominada a los premios Edgar, ITW y Macavity en Estados Unidos y al premio CWA en el Reino Unido, y ganadora del premio Prix des Lectrices en Francia. Actualmente vive en Nueva Orleans.

Para más información, puedes consultar la página web de la autora:
https://www.samanthadowning.com/

También puedes seguir a Samantha Downing en sus redes sociales:
🔘 @smariedowning
🔲 Samantha Downing

1

Me está mirando. Baja la vista fugazmente hacia su copa con sus ojos azules, vidriosos, y vuelve a levantarla. Yo miro mi copa y siento que me observa, al tiempo que me pregunto si estoy tan interesado como ella. Echo un vistazo y sonrío para darle a entender que sí. Ella me corresponde a la sonrisa. Se le ha borrado casi todo el pintalabios, ahora una marca rojiza en el borde de su copa. Me acerco y tomo asiento a su lado.

Se ahueca el pelo. No llama la atención ni el color ni el largo. Sus labios se mueven, me saluda, y se le iluminan los ojos. Parecen tener una luz de fondo.

Físicamente, le atraigo del mismo modo que le atraería a la mayoría de las mujeres de este bar. Tengo treinta y nueve años, estoy en excelente forma, con una mata de pelo y pronunciados hoyuelos, y el traje me sienta como un guante. Por eso se ha fijado en mí, por eso me ha sonreído, por eso se alegra de que la aborde. Soy su prototipo de hombre.

Deslizo mi teléfono por la barra en dirección a ella. Muestra un mensaje.

Hola. Me llamo Tobias.

Ella lo lee y frunce el entrecejo, su mirada oscila entre el teléfono y yo. Tecleo otro mensaje.

Soy sordo.

Enarca las cejas con asombro, se tapa la boca con una mano y se ruboriza. La vergüenza se refleja igual en todo el mundo.

Sacude la cabeza hacia mí. Lo siente, lo siente mucho. No lo sabía.

Claro que no. ¿Cómo ibas a saberlo?

Ella sonríe. Es una media sonrisa.

Le he roto los esquemas, he dejado de ser el hombre que se imaginaba, pero ahora no tiene claro qué hacer.

Coge mi teléfono y teclea.

Soy Petra.

Encantado de conocerte, Petra. ¿Eres rusa?

Mis padres lo eran.

Asiento y sonrío. Ella asiente y sonríe. Alcanzo a ver su mente a cien por hora.

No tiene ganas de quedarse conmigo. Quiere encontrar a un hombre que pueda oír su risa y a quien no tenga necesidad de escribir sus palabras.

Al mismo tiempo, su conciencia le dicta que no discrimine. Petra no desea ser la mujer superficial que rechaza a un hombre por ser sordo. No quiere darme calabazas de la misma manera que lo han hecho tantas otras.

O eso piensa.

Su conflicto interno es como una obra de tres actos que se representa delante de mis ojos, y sé cómo termina. Al menos la mayoría de las veces.

Ella se queda.

Su primera pregunta es sobre mi capacidad auditiva, o la falta de ella. Sí, soy sordo de nacimiento. No, jamás he oído nada: una risa, una voz, el ladrido de un cachorro o el vuelo de un avión.

Petra me mira con lástima. No se da cuenta de que es una actitud condescendiente y yo me lo callo, porque lo está intentando. Porque se ha quedado.

Pregunta si sé leer los labios. Asiento. Comienza a hablar.

—Cuando tenía doce años, me rompí la pierna por dos lados. Un accidente de bici. —Su boca se mueve de una forma sumamente exagerada y grotesca—. El caso es que tuve que llevar una escayola que me llegaba desde el pie hasta el muslo. —Hace una pausa, traza una línea sobre el muslo por si me cuesta entenderlo. No es así, pero aprecio el gesto. Y el muslo.

Ella continúa.

—No pude dar un paso durante seis semanas. En el colegio, tuve que usar una silla de ruedas, porque la escayola pesaba demasiado para llevar muletas.

Sonrío, medio imaginándome a la pequeña Petra con una voluminosa escayola. Medio imaginándome los derroteros que va a tomar esta historia.

—No estoy diciendo que sepa lo que se siente al ir en silla de ruedas, o al tener una discapacidad permanente. Es solo que siempre me ha dado la sensación…, en fin, me da la sensación de que me hago una ligera idea de lo que significaría, ¿sabes?

Asiento.

Ella sonríe aliviada, ante el temor de que su historia pudiera haberme ofendido.

Tecleo:

Eres muy sensible.

Se encoge de hombros. Sonríe de oreja a oreja por el cumplido.

Nos tomamos otra copa.

Le cuento una historia que no tiene nada que ver con mi sordera. Le hablo sobre mi mascota de la infancia, una rana llamada Sherman. Era una rana toro que se sentaba en la roca más grande del estanque y cazaba todas las moscas. Jamás intenté atrapar a Sherman; me limitaba a observarlo, y a veces él también me observaba. Nos gustaba sentarnos juntos, y empecé a considerarlo mi mascota.

—¿Qué fue de él? —pregunta Petra.

Me encojo de hombros.

Un día la roca estaba vacía. No volví a verlo.

Petra dice que es una lástima. Le contesto que no. Lo triste habría sido encontrarlo muerto y verme obligado a enterrarlo. No tuve necesidad de hacer eso. Simplemente me imaginé que se había ido a un estanque más grande con más moscas.

A ella le agrada esto y me lo dice.

No le cuento todos los detalles sobre Sherman. Por ejemplo, que tenía una larga lengua que lanzaba como un dardo a tal velocidad que apenas me daba tiempo a verla, pero siempre quería agarrarla. Yo tenía por costumbre sentarme junto al estanque y preguntarme lo malintencionada que era esa idea. ¿Hasta qué punto era horrible tratar de agarrar la lengua de una rana? Y ¿le dolería? Si moría, ¿sería un crimen? Nunca intenté agarrar su lengua y probablemente tampoco habría podido, pero se me pasaba por la cabeza. Y eso me hacía sentir como si no me portara como un buen amigo con Sherman.

Petra me habla de su gato, Lionel, que recibe su nombre del gato de su infancia, también llamado Lionel. Le digo que tiene gracia, pero me cabe la duda. Me enseña fotos. Lionel es un gato blanco y negro, con la cara dividida entre los dos colores. Es demasiado anodino para resultar encantador.

Ella continúa hablando y saca a relucir su trabajo. Diseña marcas para productos y empresas, y comenta que es algo sencillísimo y al mismo tiempo dificilísimo. Difícil al principio, porque cuesta mucho conseguir que alguien recuerde algo, pero resulta fácil conforme más gente comienza a identificar una marca.

—Llegados a un punto, lo de menos es lo que estamos vendiendo. La marca adquiere más importancia que el producto. —Señala hacia mi teléfono y pregunta si lo compré por la marca o porque me gusta el modelo.

¿Por las dos cosas?

Sonríe.

—¿Ves? Ni siquiera estás seguro.

Supongo que no.

—¿A qué te dedicas?

Soy contable.

Ella asiente. Es la profesión menos interesante del mundo, pero es sólida, estable y algo que un sordo puede hacer fácilmente. Los números no tienen voz.

El camarero se acerca. Va aseado y pulcro; es de edad universitaria. Petra se encarga de pedir, y es porque soy sordo. Las mujeres siempre piensan que necesito que me saquen las castañas del fuego. Les gusta hacer cosas por mí porque me consideran débil.

Petra pide otras dos copas y un cuenco con algo para picar, y sonríe como si estuviera orgullosa de sí misma. Me hace reír. Para mis adentros, pero me río.

Se inclina hacia mí y posa la mano en mi brazo. La deja ahí. Ha olvidado que no soy su hombre ideal, y ahora nuestro desenlace es predecible. No tardaremos en ir a su casa. La decisión es más fácil de lo que debería ser, pero no porque me resulte especialmente atractiva. Es la elección. Ella me otorga el poder de decisión, y en este preciso instante soy un hombre que dice sí.

Petra vive en el centro, cerca del bar, en medio de todos los rótulos de las grandes marcas. Su casa no está tan ordenada como yo esperaba. Es una leonera de papeles, ropa y platos. Me hace pensar que debe de perder las llaves cada dos por tres.

—Lionel anda por ahí. Escondido, seguramente.

No busco al anodino gato.

Ella va de aquí para allá, deja caer el bolso en un sitio y se descalza en otro. Aparece con dos copas llenas de vino tinto y me conduce al dormitorio. Se vuelve hacia mí, risueña. Petra ha ganado atractivo; hasta su insulso pelo parece relucir. Es por el alcohol, sí, pero también por su felicidad. Me da la impresión de que lleva tiempo sin ser tan feliz, y no estoy seguro del porqué. Petra es bastante atractiva.

Se aprieta contra mí, su cuerpo cálido, su aliento impregnado de vino. Me quita la copa de la mano y la deja a un lado.

No apuro la copa hasta mucho después, cuando estamos a oscuras y la única luz es la de mi teléfono. Nos alternamos para teclear, riéndonos de nosotros mismos y del hecho de que no nos conocemos.

Pregunto:

¿Color favorito?

Verde lima. ¿Helado?

De chicle.

¿De chicle? ¿El azul?

Sí.

Quién lo habría dicho.

¿Cuál es tu favorito?

El de vainilla francesa. ¿Ingrediente para la pizza?

Jamón.

Pues hemos terminado.

¿Sí?

Espera, ¿todavía estamos hablando de pizza?

No estamos hablando de pizza.

Luego, se queda frita la primera. Me planteo irme, después quedarme, y le doy tantas vueltas a la cabeza que me quedo frito.

Al despertarme, continúa oscuro. Salgo sigilosamente de la cama sin despertar a Petra. Está dormida boca abajo, con una pierna doblada y el pelo extendido sobre la almohada. Como soy incapaz de decidir si realmente me gusta o no, no me pronuncio. No hay necesidad.

Encima de la mesilla de noche, sus pendientes. Son de cristal de colores, una mezcolanza de tonos azules, parecidos a sus ojos. Después de vestirme, me guardo los pendientes en el bolsillo. Me los llevo para recordarme a mí mismo no volver a hacer esto. Casi me creo que surtirá efecto.

Me dirijo hacia la puerta sin volver la vista.

—¿De veras eres sordo?

Lo dice en voz alta, mientras estoy de espaldas.

La oigo porque no soy sordo.

Y sigo mi camino.

Finjo que no la oigo, voy derecho hacia la puerta y la cierro detrás de mí; seguidamente continúo hasta que salgo del edificio, recorro la manzana y doblo la esquina. Solo entonces me detengo y me pregunto cómo lo ha adivinado. Debo de haber cometido un desliz.

2

No me llamo Tobias. Solamente utilizo ese nombre cuando quiero que alguien me recuerde. En este caso, el camarero. Me presenté y tecleé mi nombre al entrar y pedir una copa. Me recordará. Recordará que Tobias es el hombre sordo que se marchó del bar con una mujer a la que acababa de conocer. Lo del nombre era para su información, no para la de Petra. Ella me recordará de todas formas, porque ¿con cuántos hombres sordos se habrá acostado?

Y si yo no hubiera cometido un desliz, habría sido una mera nota a pie de página en su historial sexual. Pero ahora me recordará como el «falso tío sordo» o el «posiblemente falso tío sordo».

Cuantas más vueltas le doy, más me planteo si he cometido dos deslices. A lo mejor me he quedado de piedra cuando me ha preguntado si era sordo. Es posible, porque eso es lo que hace la gente al oír algo inesperado. Y, de haber sido el caso, lo más seguro es que se haya dado cuenta. Probablemente sabe que he mentido.

De camino a casa en el coche, todo me incomoda. El asiento me resulta áspero y me molesta en la espalda. En la radio no hay nada que no suene demasiado alto, prácticamente como si todo el mundo estuviera chillando. Pero no puedo echarle la culpa totalmente a Petra. Ya llevo tiempo crispado.

En casa, reina el silencio. Mi mujer, Millicent, sigue en la cama. Llevo quince años casado con ella, y no me llama Tobias. Tenemos dos hijos; Rory tiene catorce años, y Jenna uno menos.

Nuestro dormitorio está a oscuras, pero vislumbro ligeramente la silueta de Millicent bajo la colcha. Me descalzo y me dirijo de puntillas al baño.

—¿Bien?

Millicent parece totalmente espabilada.

Me giro por completo y veo su sombra, recostada sobre un codo. Otra vez. La elección. Por parte de Millicent, una rareza.

—No —respondo.

—¿No?

—No es la adecuada.

El ambiente se corta entre nosotros. No se atempera hasta que Millicent suelta un suspiro y vuelve a recostar la cabeza.

Se levanta antes que yo. Cuando entro en la cocina, Millicent ya está organizando el desayuno, la comida para el colegio, el día, nuestras vidas.

Me consta que debería contarle lo de Petra. No lo del sexo; eso no se lo contaría a mi mujer. Pero sí que debería decirle que cometí un error y que Petra es la adecuada. Debería hacerlo porque es arriesgado que Petra ande suelta por ahí.

Sin embargo, no digo nada.

Millicent me mira; su decepción me golpea con una fuerza física. Sus ojos son verdes, de muchas tonalidades verdosas, y parecen de camuflaje.

No se parecen en nada a los de Petra. Millicent y Petra no tienen nada en común, salvo que las dos se han acostado conmigo. O con alguna de mis versiones.

Los niños bajan con estruendo las escaleras, ya gritándose el uno al otro, enzarzados en una pelea por quién dijo qué sobre fulano de tal en el instituto ayer. Están vestidos y listos para ir a clase, igual que yo estoy vestido para ir a trabajar con mi ropa blanca de tenis. No soy contable y nunca lo he sido.

Mientras mis hijos están en el instituto y mi mujer está vendiendo casas, yo estoy al aire libre en la cancha, al sol, enseñando a la gente a jugar al tenis. La mayoría de mis clientes son de mediana edad, no están en forma y andan sobrados de dinero y tiempo. De vez en cuando me contratan padres que creen que su hijo es un prodigio, un campeón, un futuro ejemplo. Hasta ahora, ninguno ha atinado.

Pero antes de poder marcharme a enseñar algo a alguien, Millicent nos hace sentarnos juntos a todos durante al menos cinco minutos. Lo llama desayuno.

Jenna pone los ojos en blanco, da golpecitos con los pies, ansiosa por recuperar su teléfono. En la mesa están prohibidos los móviles. Rory está más tranquilo que su hermana. Aprovecha al máximo los cinco minutos engullendo todo lo que puede, y luego se guarda en los bolsillos todo lo que no le cabe en la boca.

Millicent se sienta frente a mí, con una taza de café pegada a los labios. Va vestida para trabajar con una falda, una blusa y zapatos de tacón, y lleva recogida su melena pelirroja. El sol de la mañana le imprime una tonalidad cobriza. Somos de la misma edad, pero ella se conserva mejor: siempre ha sido así. Nunca he estado a su altura.

Mi hija me da palmaditas en el brazo siguiendo un patrón, como el ritmo de una canción, y continúa hasta que le presto atención. Jenna no se parece a su madre. Ha heredado de mí los ojos, el pelo y la forma de la cara, y a veces esto me entristece. Otras veces no.

—Papá, ¿puedes llevarme a comprar unos zapatos hoy? —dice. Sonríe porque sabe que accederé.

—Sí —respondo.

Millicent me da un puntapié por debajo de la mesa.

—Esos zapatos tienen un mes —le dice a Jenna.

—Pero ahora me aprietan.

Ni siquiera mi mujer puede poner peros a eso.

Rory pregunta si puede ir a jugar cinco minutos con su videoconsola antes de ir al colegio.

—No —responde Millicent.

Él me mira. Yo debería decir que no, pero ahora no puedo, no después de decirle que sí a su hermana. Él lo sabe, porque Rory es el listo. También es el que se parece a Millicent.

—Adelante —digo.

Sale disparado.

Millicent suelta su taza de café bruscamente.

Jenna coge su teléfono.

Se acabó el desayuno.

Antes de levantarse de la mesa, Millicent me lanza una mirada asesina. Es mi mujer y, al mismo tiempo, no la reconozco.

Vi por primera vez a Millicent en un aeropuerto. Yo tenía veintidós años y regresaba de Camboya, donde había pasado el verano con tres amigos. Nos poníamos ciegos de drogas y alcohol todas las noches, y nunca nos afeitábamos. Salí del país como un chico bien de barrio residencial y regresé como un hombre desgreñado y barbudo con un intenso bronceado y algunas anécdotas jugosas. Nada en comparación con Millicent.

Yo estaba haciendo escala, mi primera parada en el país. Había cruzado la aduana y me dirigía a la terminal de vuelos nacionales cuando la vi. Millicent estaba sentada en la sala de espera vacía de una puerta de embarque, sola, con los pies en alto encima de la maleta. Estaba mirando por los ventanales del suelo al techo que daban a la pista. Llevaba su melena pelirroja recogida en un moño flojo, e iba vestida con una camiseta, vaqueros y unas zapatillas de deporte. Me detuve a contemplarla mientras ella contemplaba los aviones.

Fue su manera de mirar por la ventana.

Yo había hecho lo mismo al emprender mi viaje. Mi sueño era viajar, ver lugares como Tailandia, Camboya y Vietnam, y lo cumplí. Ahora regresaba a un entorno familiar, donde me había criado, pero sin mis padres. Aunque no estoy seguro de si alguna vez estuvieron allí. O a mi lado.

Cuando regresé, mi sueño de viajar se había cumplido pero no había otro que lo sustituyera. Hasta que vi a Millicent. Daba la impresión de que acababa de embarcarse en su propio sueño. En ese momento, deseé formar parte de él.

En aquel entonces no pensé en todo esto. Me vino a la cabeza posteriormente, cuando intenté explicarle a ella o a cualquier otro por qué la encontraba tan atractiva. Pero, en ese momento, continué mi camino hacia la siguiente puerta de embarque. Después de un viaje de veinte horas y aún más por delante, ni siquiera era capaz de hacer acopio de fuerzas para entablar conversación con ella. Lo único que podía hacer era observarla.

Dio la casualidad de que íbamos en el mismo vuelo. Me lo tomé como una señal.

Ella tenía asignado un asiento junto a la ventanilla, y el mío estaba en el centro de la fila de en medio. Hizo falta un poco de persuasión, un pelín de coqueteo con una auxiliar de vuelo y un billete de veinte dólares para conseguir que me cambiaran al asiento contiguo a Millicent. Ella no levantó la vista al sentarme.

Para cuando llegó el carrito de las bebidas, yo había urdido un plan. Pediría lo mismo que ella y, como ya tenía claro que ella era especial, no concebía que pidiera algo tan corriente como agua. Sería algo más original, como zumo de piña con hielo, y cuando yo pidiera lo mismo tendríamos un instante de química, de sincronización, de serendipia..., lo que fuera.

En vista del tiempo que llevaba sin dormir, este plan me resultó factible justo hasta que Millicent le dijo a la auxiliar de vuelo que gracias, pero que no, gracias. No le apetecía beber nada.

Yo dije lo mismo. No surtió el efecto deseado.

Pero, cuando Millicent se volvió hacia la auxiliar de vuelo, vi sus ojos por primera vez. El color me recordaba a los exuberantes campos abiertos que había visto por toda Camboya. No eran tan oscuros como ahora ni de lejos.

Ella siguió mirando fijamente por la ventanilla. Yo seguí mirándola fijamente a ella fingiendo que no lo hacía.

Me dije para mis adentros que era un idiota y que debía entablar conversación con ella y punto.

Me dije para mis adentros que algo me pasaba, porque las personas normales no actúan de esta manera con una chica a la que ven por primera vez.

Me dije para mis adentros que debía dejar de acecharla.

Me dije para mis adentros que era demasiado guapa para mí.

Cuando quedaban treinta minutos de vuelo, la abordé.

—Hola.

Ella se volvió. Se quedó mirando.

—Hola.

Creo que fue en ese momento cuando dejé de contener la respiración.

Pasaron años hasta que le pregunté por qué miraba fijamente por la ventana, tanto en el aeropuerto como en el avión. Dijo que era porque hasta entonces nunca había volado. Su único anhelo era aterrizar sana y salva.

3

Petra figuraba en el número uno de la lista, pero, ahora que ha sido descartada, paso a la siguiente, una mujer joven llamada Naomi George. Todavía no la he abordado.

Por la noche, voy en coche al hotel Lancaster. Naomi trabaja de recepcionista en el Lancaster, uno de esos establecimientos clásicos que perdura debido a su antiguo esplendor. El edificio es enorme y con una decoración tan ostentosa que sería imposible construirlo hoy en día. Resultaría demasiado caro hacerlo bien y demasiado chabacano si se hace mal.

La fachada del hotel tiene puertas y paños laterales de cristal, lo cual ofrece una buena perspectiva del mostrador de recepción. Naomi se encuentra de pie detrás de él vestida con el uniforme del Lancaster, falda y chaqueta de color azul, ambas ribeteadas con bordados dorados, y una impecable blusa blanca. Tiene el pelo largo y oscuro, y las pecas de la nariz la hacen parecer más joven de lo que es. Naomi tiene veintisiete años. Seguramente aún le piden el carné de identidad en los bares, pero no es tan inocente como aparenta.

Bien entrada la noche, la he visto tomarse demasiadas confianzas con más de un cliente. Todos estaban solos, eran mayores y vestían bien; ella no siempre se marcha del hotel cuando acaba su turno. O Naomi se ha estado sacando un sobresueldo en secreto, o bien aspira a rollos de una noche.

Gracias a las redes sociales, sé que su comida favorita es el sushi, pero que no come carne roja. En el instituto, jugaba al voleibol y tenía un novio que se llamaba Adam. Ahora recibe el apelativo de «el Cretino». Su último novio, Jason, se mudó fuera hace tres meses, y desde entonces ella no ha salido con nadie. Naomi ha estado sopesando la idea de comprarse una mascota, probablemente un gato, pero aún no se ha decidido. Tiene más de mil amigos en las redes, pero, que yo sepa, Naomi solamente tiene dos amigas íntimas. Como mucho, tres.

Todavía no tengo claro que sea la adecuada. Necesito más datos.

Millicent está harta de esperar.

Anoche, me la encontré en el baño, de pie frente al espejo, desmaquillándose. Llevaba puestos unos vaqueros y una camiseta que la proclama como madre de estudiante de matrícula de honor de educación secundaria. Jenna, no Rory.

—¿Qué pega tenía? —me preguntó. Millicent no pronuncia el nombre de Petra porque no hay necesidad. Sé a quién se refiere.

—Simplemente no era la adecuada.

Millicent no me miró a través del espejo. Se untó crema en la cara.

—Con esta van dos que descartas.

—Tiene que ser adecuada. Ya lo sabes.

Cerró bruscamente la tapa de su bote de crema. Yo me dirigí al dormitorio y me senté para descalzarme. Había sido un día largo y tenía que tocar a su fin, pero Millicent continuó insistiendo. Me siguió hasta el dormitorio y se plantó delante de mí.

—¿Seguro que todavía deseas hacer esto? —preguntó.

—Sí.

Me remordía demasiado la conciencia por haberme acostado con otra mujer como para mostrar mucho entusiasmo. Me había dado una punzada de culpabilidad por la tarde, al ver a una entrañable pareja de ancianos; tenían como poco noventa años e iban paseando por la calle agarrados de la mano. Las parejas así no se engañan mutuamente. Levanté la vista hacia Millicent y pensé que ojalá pudiera conseguir que llegáramos a ser como ellos.

Millicent se puso en cuclillas delante de mí y posó la mano en mi rodilla.

—Debemos hacerlo.

Sus ojos titilaban; la calidez que su mano despedía se fue extendiendo conforme ascendía por mi pierna.

—Tienes razón —dije—. No nos queda más remedio.

Se acercó más y me dio un largo y apasionado beso. Me hizo sentir más remordimiento. Y me hizo desear hacer lo que fuera para verla feliz.

Menos de veinticuatro horas después, estoy sentado enfrente del hotel Lancaster. El turno de Naomi no termina hasta las once, y no puedo quedarme como un pasmarote en la puerta del hotel durante las próximas tres horas. En vez de irme a casa, compro algo para comer y me siento en un bar. Es un lugar adecuado adonde ir a falta de otro sitio.

El local que he elegido está medio lleno, principalmente de hombres que están solos. No es tan agradable como el bar en el que estuve con Petra. Las copas cuestan la mitad, y cualquiera que vaya trajeado ya se ha aflojado la corbata. El suelo de madera tiene arañazos de los taburetes, y las marcas circulares de las bebidas decoran la barra. Es un lugar para aficionados a la bebida, regentado por aficionados a la bebida, un lugar donde todo el mundo está demasiado ebrio como para fijarse en detalles.

Pido una cerveza y veo un partido de béisbol en una pantalla y los informativos en otra.

Final de la tercera entrada. Dos eliminados. Es posible que llueva mañana, pero lo mismo hace sol. Aquí en Woodview, Florida, conocido por ser un enclave al margen del mundo real, siempre hace sol. En aproximadamente una hora, podemos estar junto al océano, en un parque estatal o en uno de los principales parques temáticos del mundo. Siempre comentamos lo afortunados que somos de vivir aquí, en el centro de Florida, especialmente los que vivimos en la urbanización de Hidden Oaks. Los Oaks son un enclave dentro del enclave.

Comienzo de la cuarta entrada. Un eliminado. Todavía quedan dos horas más hasta que termine el turno de Naomi y pueda seguirla.

Y, a continuación, Lindsay.

Su rostro risueño me observa fijamente desde la pantalla de la televisión.

Lindsay, con sus ojos rasgados de color marrón y su pelo rubio liso, su bronceado natural y sus grandes dientes blancos.

Desapareció hace un año. Fue un suceso que salió en los informativos durante una semana, y luego la historia quedó en el olvido. Sin ningún familiar cercano que la mantuviera en el candelero, nadie prestó atención. Lindsay no era una niña desaparecida; no estaba indefensa. Era una mujer adulta, y en menos de siete días se olvidaron de ella.

Yo no. Todavía recuerdo su risa. Era tan contagiosa que provocaba la mía. Verla de nuevo me hace recordar lo mucho que me gustaba.

4

Hablé con Lindsay por primera vez durante una caminata. Un sábado por la mañana, la seguí hasta los caminos de las colinas que hay justo a las afueras de la ciudad. Ella tomó un sendero, yo otro, y al cabo de una hora nos cruzamos.

Al verme, Lindsay asintió y me saludó de un modo que no daba pie a entablar conversación. Yo le hice un gesto con la mano y vocalicé un hola con los labios. Inconscientemente, me miró extrañada, y le tendí mi teléfono para presentarme.

> ¡Perdona, probablemente te haya parecido raro! Hola, me llamo Tobias. Soy sordo.

Vi que bajaba la guardia.

Se presentó, conversamos, y después nos sentamos a beber agua y me ofreció algo para picar. Gominolas de pica-pica. Tenía un puñado.

Lindsay hizo una mueca.

—Fatal, ¿verdad? Tomar azúcar mientras se hace ejercicio... Es que me chiflan.

Y a mí.

Era cierto. Yo no había tomado gominolas de pica-pica desde que era pequeño, pero me encantaban.

Me habló de ella, del trabajo, la casa y los hobbies de los que yo ya estaba al corriente. Le conté las mismas historias que a todas las demás. Al salir el sol, decidimos terminar la caminata juntos. Recorrimos en silencio la mayor parte del camino, y me agradó. En mi vida casi nunca había silencio.

Ella declinó mi invitación a almorzar, pero nos dimos los respectivos números de teléfono. Yo le di el número del que utilizo cuando me hago pasar por Tobias.

Lindsay me mandó un mensaje una vez, unos días después de la caminata. Recibir noticias suyas me arrancó una sonrisa.

Fue estupendo conocerte la semana pasada, espero que podamos caminar juntos en alguna ocasión.

Así fue.

Un camino diferente la segunda vez, más al norte y cerca del Indian Lake State Forest. Ella volvió a llevar gominolas de pica-pica; yo llevé una manta. Paramos a descansar en una zona donde la densa vegetación impedía el paso del sol. Al sentarnos, le sonreí, y era de verdad.

—Qué guapo eres —dijo.

Tú sí que eres guapa.

Me mandó un mensaje unos días después, y lo ignoré. Para entonces, Millicent y yo habíamos acordado que Lindsay era la elegida.

Ahora, al cabo de un año, Lindsay está de nuevo en la televisión. La han encontrado.

Me voy derecho a casa desde el bar. Millicent ya está allí, sentada en el porche. Todavía lleva puesta la ropa del trabajo, y sus zapatos de tacón de charol hacen juego con el tono de su piel. Dice que le estilizan las piernas, y coincido con ella. Siempre me fijo cuando los lleva puestos, incluso en este momento.

Tras pasar todo el día trabajando y después encerrado en el coche observando a Naomi, me doy cuenta de lo desesperadamente que necesito una ducha. Pero Millicent ni siquiera arruga la nariz al sentarme a su lado. Sin darme tiempo a hablar, dice:

—No hay problema.

—¿Estás segura? —pregunto.

—Totalmente.

Me cabe la duda. En principio íbamos a ocuparnos de Lindsay juntos, pero no fue así. Y no tengo ningún argumento para rebatirlo.

—No entiendo cómo...

—No hay problema —vuelve a decir. Señala hacia arriba, haciendo un gesto hacia la primera planta. Los niños están en casa. Necesito hacer más preguntas, pero no puedo.

—Tengo que esperar a la siguiente —señalo—. Ahora no deberíamos hacer nada.

Ella se queda callada.

—¿Millicent?

—Te he oído.

Tengo ganas de preguntarle si lo entiende, pero me consta que sí. Lo que pasa es que no le hace gracia. Le fastidia que hayan encontrado a Lindsay ahora, precisamente cuando estábamos planeando otro. Es como si se hubiera convertido en una adicta.

Y no es la única.

Cuando conocí a Millicent en el avión, no fue amor a primera vista. No para ella. Ni siquiera mostró el más mínimo interés. Tras decirme hola, apartó la vista y continuó mirando fijamente por la ventanilla. Yo me encontraba en el mismo punto de partida. Me recliné sobre el reposacabezas, cerré los ojos y me reproché a mí mismo no tener la valentía de decir nada más.

—Perdona.

Abrí los ojos de golpe.

Ella me estaba mirando, con sus ojos verdes abiertos de par en par, el ceño fruncido.

—¿Estás bien? —preguntó.

Yo asentí.

—¿Seguro?

—Seguro. No entiendo por qué estás...

—Porque estás dando cabezazos contra esto. —Señaló hacia el reposacabezas—. Estás traqueteando el asiento.

No había sido consciente en absoluto de que lo estaba haciendo. Pensaba que todos mis reproches mentales eran simplemente eso: mentales.

—Lo siento.

—Entonces ¿estás bien?

Me espabilé lo suficiente como para caer en la cuenta de que la chica a la que había estado observando atentamente ahora me estaba hablando. Hasta parecía preocupada.

Sonreí.

—Estoy bien, de verdad. Solo estaba...

—Machacándote. Yo hago lo mismo.

—¿Por qué?

Se encogió de hombros.

—Por muchas cosas.

Sentí el ansia de saber todo lo que impulsaba a esta chica a machacarse de impotencia, pero acababan de desplegar el tren de aterrizaje y no teníamos tiempo.

—Dime una —le pedí.

Ella reflexionó sobre mi pregunta, hasta se llevó el dedo índice a los labios. Reprimí otra sonrisa, no solo porque era guapa, sino porque me estaba prestando atención.

Cuando el avión aterrizó, respondió.

—Por los gilipollas. Los gilipollas que quieren ligar conmigo en los aviones cuando lo único que me apetece es que me dejen en paz.

Sin pensar, sin ser mínimamente consciente de que se refería a mí, dije:

—Yo puedo protegerte de ellos.

Se quedó mirándome sin dar crédito. Cuando se dio cuenta de que yo hablaba en serio, soltó una carcajada.

Cuando comprendí por qué se reía, hice lo mismo.

Para cuando cruzamos el puente móvil, no solo nos habíamos presentado, sino que nos habíamos dado los respectivos números de teléfono.

Antes de marcharse, preguntó:

—¿Cómo?

—¿Cómo qué?

—¿Cómo me protegerías de todos esos gilipollas en los aviones?

—Los metería a la fuerza en el asiento del centro, los sujetaría contra los reposabrazos y les cortaría con la tarjeta de instrucciones de seguridad.

Ella se volvió a reír, durante más tiempo y con más ganas que antes. Sigo sin cansarme de oírla reír.

Aquella conversación se convirtió en algo muy especial entre nosotros. Las primeras Navidades que pasamos juntos, le regalé una caja enorme, lo bastante grande como para meter un televisor de pantalla gigante, envuelta en papel de regalo y con un lazo atado. Lo único que había dentro era una tarjeta de instrucciones de seguridad.

Desde entonces, cada Navidad procuramos inventarnos la referencia más original a nuestra broma privada. Una vez, le regalé un chaleco salvavidas hinchable. En otra ocasión, ella decoró el árbol de Navidad con mascarillas de oxígeno.

Siempre que subo a un avión y veo esa tarjeta de instrucciones de seguridad, todavía sonrío.

Lo curioso es que, si me viera obligado a elegir un momento, el instante preciso en el que todo se puso en marcha y nos condujo adonde ahora estamos, tendría que decir que fue por un corte con papel.

Sucedió cuando Rory tenía ocho años. Él tenía amigos, aunque no demasiados; como era un chaval del montón en la escala de popularidad, nos sorprendió cuando un niño llamado Hunter cortó a Rory con un papel. Adrede. Estaban discutiendo sobre qué superhéroe era el más fuerte, cuando a Hunter se le cruzaron los cables y le hizo un corte a Rory. Fue en el pliegue entre el pulgar y el índice de su mano derecha. Le dolió tanto que se puso a chillar.

Mandaron a Hunter a su casa el resto del día y Rory fue a ver a la enfermera, que le vendó la mano y le dio una piruleta sin azúcar. El dolor se le olvidó enseguida.

Aquella noche, cuando los niños estaban dormidos, Millicent y yo comentamos el incidente. Estábamos en la cama. Ella acababa de cerrar su portátil, y apagué la televisión. El curso acababa de empezar y Millicent todavía conservaba algo del bronceado del verano. Ella no jugaba al tenis, pero le encantaba nadar.

Millicent me cogió de la mano y acarició el fino pliegue de piel entre mi pulgar y mi dedo índice.

—¿Te has cortado aquí alguna vez?

—No. ¿Tú?

—Sí. Duele a rabiar.

—¿Cómo ocurrió?

—Holly.

Yo sabía poca cosa de Holly. Millicent casi nunca hablaba de su hermana mayor.

—¿Te lo hizo ella? —pregunté.

—Estábamos haciendo *collages* de todas nuestras cosas favoritas; recortando fotos de revistas y pegándolas en cartulinas. Holly y yo alargamos la mano para coger el mismo trozo a la vez y —se encogió de hombros— me corté.

—¿Gritaste?

—No me acuerdo. Pero lloré.

Yo la tomé de la mano y le besé la cicatriz del corte.

—¿Qué cosas favoritas? —pregunté.

—¿Cómo?

—Has dicho que estabais recortando fotos de vuestras cosas favoritas. ¿Cuáles eran?

—Ah, no —dijo ella, al tiempo que apartaba la mano para apagar la luz—. No vas a convertir esto en otra locura de Navidad.

—¿No te gusta nuestra locura de Navidad?

—Me encanta. Pero con una tenemos de sobra.

Así era. Yo estaba evitando el tema de Holly porque a Millicent no le gustaba hablar de su hermana. Por eso le pregunté por sus cosas favoritas.

Debería haberle preguntado por Holly.

5

Lindsay acapara las noticias. Es la única a la que han encontrado, y la primera sorpresa es dónde han hallado su cuerpo.

La última vez que vi a Lindsay, nos encontrábamos en mitad de la nada. Millicent y yo la habíamos llevado a la zona más perdida del pantano, cerca de una reserva natural, con la esperanza de que la fauna la encontrara antes de que lo hiciera cualquiera. Lindsay seguía con vida, y se suponía que debíamos matarla juntos. Ese era el plan.

Esa era la idea.

No fue así, por culpa de Jenna. Lo habíamos organizado para que los niños pasaran la noche con amigos; Rory estaba con otro niño jugando con la videoconsola, y habíamos dejado a Jenna en una fiesta con media docena de chicas de doce años. Cuando sonó el teléfono de Millicent, el timbre reprodujo el sonido de un gatito. Ese era el tono de llamada para Jenna. Millicent respondió antes del segundo maullido.

—¿Jenna? ¿Qué pasa?

Mientras observaba a Millicent al teléfono, el corazón me latía un poco más rápido cada vez que ella asentía.

Lindsay estaba tirada en el suelo, sus piernas bronceadas extendidas sobre el lodo. Se le estaba pasando el efecto de la droga con la que la habíamos dejado inconsciente, y hacía amago de moverse.

—Cariño, ¿puedes pasarle el teléfono a la señora Sheehan? —dijo Millicent.

Más asentimientos de cabeza.

Cuando Millicent volvió a hablar, le cambió la voz.

—Entiendo. Muchas gracias. Voy enseguida. —Colgó.

—¿Qué...?

—Jenna se encuentra mal. Un virus gástrico o quizá una intoxicación alimentaria. Lleva una hora en el baño. —Sin darme tiempo a intervenir, añadió—: Voy yo.

Negué con la cabeza.

—Lo haré yo.

Millicent no protestó. Bajó la vista hacia Lindsay y volvió a mirarme.

—Pero...

—Yo me encargo —dije—. Recogeré a Jenna y la llevaré a casa.

—Yo puedo ocuparme de ella. —Millicent estaba mirando a Lindsay. No se refería a nuestra hija.

—Claro que sí. —En ningún momento me cupo la menor duda. Lo que sucedía era que estaba decepcionado por tener que perdérmelo.

Cuando llegué a la casa de los Sheehan, Jenna seguía con náuseas. De camino a casa, me detuve en el arcén dos veces para que vomitara. Pasé en vela casi toda la noche pendiente de ella.

Millicent regresó a casa justo antes del amanecer. No pregunté si había movido a Lindsay, porque di por sentado que la había enterrado en aquella zona desierta. No tengo ni idea de cómo acabó en la habitación número 18 del Moonlite Motor Inn.

El Moonlite cerró sus puertas cuando construyeron la nueva autopista hace más de veinte años. El motel fue abandonado, dejado a merced de los elementos, roedores, vagabundos y drogadictos. Nadie le prestó atención, porque nadie tenía que pasar por delante. Lindsay fue encontrada por unos adolescentes, que llamaron a la policía.

El motel es un edificio alargado, de planta baja, con hileras de habitaciones en ambas fachadas. La número 18 está situada en la parte posterior, en la esquina, y no es visible desde la carretera. Mientras veo una grabación aérea del establecimiento en televisión, trato de imaginar a Millicent conduciendo hasta la parte trasera del Moonlite y aparcando, saliendo del coche, abriendo el maletero.

Arrastrando a Lindsay por el suelo.

Me pregunto si tiene suficiente fuerza como para hacer eso. Lindsay estaba bastante musculosa de tanto practicar deporte al aire libre. Igual Millicent utilizó algo para cargar con ella. Una carretilla, algo con ruedas. Es lo bastante lista como para pensar algo así.

El periodista es joven y serio; se expresa remarcando cada palabra. Me dice que habían envuelto a Lindsay en plástico, la habían metido en el armario y cubierto con una manta. Los adolescentes la descubrieron porque estaban jugando al escondite borrachos. No sé cuánto tiempo ha estado en el armario, pero, según el periodista, el cuerpo de Lindsay fue identificado por medio de un análisis dental. Están a la espera de los resultados del ADN. La policía no ha podido utilizar las huellas dactilares de Lindsay, porque se las habían rebanado.

Procuro no imaginar cómo hizo esto Millicent, o que lo hizo siquiera, pero resulta que es lo único que consigo imaginar.

Las imágenes que me vienen a la mente me obsesionan. Fotogramas del semblante risueño de Lindsay, de sus blancos dientes. De mi mujer rebanándole las yemas de los dedos. Arrastrando el cuerpo de Lindsay hasta la habitación de un motel y metiéndola en el armario. Todas estas imágenes se me pasan por la cabeza a lo largo de todo el día, la noche, y mientras trato de conciliar el sueño.

Millicent, sin embargo, parece tan campante. Actúa con naturalidad cuando llega a casa del trabajo y prepara rápidamente una ensalada, cuando se desmaquilla, cuando se pone a trabajar con su ordenador antes de dormir. Si ha estado escuchando las noticias, no da muestras de ello. Media docena de veces hago amago de preguntarle por qué o cómo acabó Lindsay en ese motel.

Desisto. Porque en lo único en lo que puedo pensar es qué necesidad tengo de preguntar. Por qué no me lo contó.

Al día siguiente, me llama a media tarde, y tengo la pregunta en la punta de la lengua. También empiezo a plantearme si hay algo más que desconozca.

—Recuerda —dice— que esta noche cenamos con los Preston.

—Ya.

No me acordaba. A ella le consta y me da el nombre del restaurante sin preguntárselo.

—A las siete —concluye.

—Nos vemos allí.

Andy y Trista Preston le compraron su casa a Millicent. Aunque Andy me saca unos cuantos años, lo conozco de toda la vida. Se crio en Hidden Oaks, fuimos al mismo colegio e instituto, y nuestros respectivos padres se trataban. Ahora él trabaja en una empresa de informática y gana suficiente dinero como para dar clases de tenis todos los días, pero no lo hace: por eso tiene barriga.

Su mujer en cambio sí da clases. Trista también se crio por aquí, pero es del otro lado de Woodview, no de los Oaks. Quedamos dos veces a la semana, y pasa el resto del tiempo trabajando en una galería de arte. Entre los dos, los Preston ganan el doble que nosotros.

Millicent está al corriente de los ingresos de todos sus clientes, y casi todos ganan más que nosotros. He de reconocer que esto me fastidia más que a ella. Según Millicent, es porque ella gana más que yo. Se equivoca. Es porque Andy gana más que yo, aunque eso me lo callo. Ella no es de los Oaks; no entiende lo que se siente al criarse aquí y acabar trabajando aquí.

La cena es en un restaurante exclusivo donde todo el mundo toma ensalada, pollo o salmón, y bebe vino tinto. Andy y Trista se trincan la botella entera. La verdad es que Millicent no bebe y le revienta que yo lo haga. No bebo delante de ella.

—Te envidio —me dice Trista—. Me encantaría tener tu trabajo y estar fuera todo el día. Me encanta jugar al tenis.

Andy se ríe. Tiene las mejillas sonrojadas.

—Pero si tú trabajas en una galería de arte. Es prácticamente lo mismo.

—Estar fuera todo el día y trabajar fuera todo el día son dos cosas diferentes —puntualizo—. A mí me encantaría pasarme todo el día repantigado en la playa, sin hacer nada.

Trista arruga su respingona nariz.

—Yo opino que eso sería un aburrimiento, estar ocioso de esa manera. Preferiría tener alguna ocupación.

Me dan ganas de decirle que recibir clases de tenis e impartirlas son dos cosas distintas. En el trabajo, la vida al aire libre es lo último que se me pasa por la cabeza. Me dedico la mayor parte del tiempo a intentar enseñar a jugar al tenis a gente que preferiría estar al teléfono, viendo la tele, emborrachándose o comiendo. Me sobran los dedos de una mano para contar el número de personas que verdaderamente quieren jugar al tenis, o siquiera hacer ejercicio. Trista es una de ellas. En realidad, no es que le encante el tenis; le encanta tener buen aspecto.

Pero me lo guardo para mis adentros, porque eso es lo que hacen los amigos. No sacamos los trapos sucios a menos que nos pregunten.

La conversación se desvía al trabajo de Andy, y yo desconecto, solo pillo alguna palabra clave, porque estoy distraído con el sonido de los cubiertos de plata. Cada vez que Millicent corta un trozo de pollo a la parrilla, me la imagino asesinando a Lindsay.

—Atención —dice Andy—. Eso es lo único que les importa a las empresas de informática. ¿Cómo podemos llamar vuestra atención y que sigáis pendientes? ¿Cómo podemos hacer que paséis todo el día sentados delante de vuestros ordenadores?

Pongo los ojos en blanco. Cuando Andy bebe, suele pontificar. O aleccionar.

—Venga —prosigue—. Responde a la pregunta. ¿Qué te hace quedarte delante del ordenador?

—Los vídeos de gatos —contesto.

A Trista le da la risa floja.

—No seas capullo —replica Andy.

—El sexo —tercia Millicent—. Tiene que ser o el sexo o la violencia.

—O las dos cosas —observo.

—En realidad, no tiene por qué incluir sexo —comenta Andy—. No explícitamente. Lo que es necesario es que prometa sexo. O violencia. O las dos cosas. Y una trama: hace falta una trama. Lo de menos es que sea real o ficticia o quién la esté contando. Lo único necesario es que a la gente sienta curiosidad por qué sucede a continuación.

—¿Y cómo se consigue eso? —pregunta Millicent.

Él sonríe y traza un círculo invisible con el dedo índice.

—Con sexo y violencia.

—Eso pega con todo. Hasta las noticias se sustentan con sexo y violencia —señalo.

—El mundo entero gira en torno al sexo y la violencia —dice Andy. Dibuja el círculo con el dedo de nuevo y se vuelve hacia mí—. Tú lo sabes; eres de aquí.

—Pues sí. —Oficialmente, los Oaks es una de las comunidades más seguras del estado. Eso es debido a que todos los actos violentos se producen de puertas para adentro.

—Yo también lo sé —le comenta Trista a su marido—. Woodview no es tan diferente.

Sí lo es, pero Andy no lo rebate. En vez de eso, se echa hacia delante y le da un pico a su mujer. Al rozar sus labios, ella le toca la mejilla con la palma de la mano.

Tengo celos.

Celos de sus conversaciones triviales. Celos de su afición al alcohol. Celos de sus intrascendentes juegos preliminares y del revolcón que se darán esta noche.

—Creo que todos lo hemos pillado —comento.

Andy me hace un guiño. Miro fugazmente a Millicent, que tiene la vista clavada en su comida. Ella considera que las muestras de afecto en público son de mal gusto.

Cuando llega la cuenta, Millicent y Trista se levantan de la mesa y van al baño. Andy se me adelanta para coger el tique.

—No te molestes en protestar. La tengo —dice, repasando la cuenta—. De todas formas, sale barato quedar con vosotros. Ni gota de alcohol.

Me encojo de hombros.

—Es que no bebemos mucho.

Andy menea la cabeza y sonríe.

—¿Qué? —pregunto.

—De haber sabido que ibas a acabar siendo un padre de familia tan soso, te habría obligado a quedarte en Camboya mucho más tiempo.

Pongo los ojos en blanco.

—Ahora eres tú el que está siendo un capullo —contesto.

—Para eso estoy aquí.

Sin darme tiempo a responder nada, nuestras mujeres vuelven a la mesa y dejamos de hablar sobre la bebida. Y sobre la cuenta.

Los cuatro salimos juntos y nos despedimos en el aparcamiento. Trista dice que me verá en su próxima clase. Andy dice que él empezará dentro de poco. Trista, detrás de él, hace una mueca y sonríe. Se marchan en su coche, y Millicent y yo nos quedamos a solas. Hemos traído dos coches porque nos habíamos citado en el restaurante.

Se vuelve hacia mí. A la luz de las farolas, parece más avejentada que nunca.

—¿Estás bien? —pregunta.

Me encojo de hombros.

—Sí. —Qué remedio.

—No te calientes tanto la cabeza —dice, con la mirada clavada en el mar de coches—. Todo va bien.

—Eso espero.

—Confía en mí. —Millicent alarga el brazo y me agarra de la mano. La aprieta.

Asiento y me subo al coche, pero no me voy derecho a casa. En vez de eso, paso por el hotel Lancaster.

Naomi está detrás del mostrador de recepción. Su melena oscura le cae sobre los hombros y, aunque no alcanzo a ver las pecas de su nariz, me da la sensación de que sí las veo. Me alivia contemplarla, saber que continúa trabajando en recepción y que seguramente siga inmersa en sus actividades extracurriculares. No tengo ningún motivo que me lleve a pensar que algo le ha sucedido, porque hemos acordado esperar. Echar un ojo a Naomi es irracional, pero lo hago de todas formas.

Esta no es la primera vez que tengo una actitud irracional. No he dormido bien desde que encontraron a Lindsay. Me despierto en plena noche, con el corazón desbocado, y siempre es debido a algo irracional. ¿He cerrado con llave la puerta? ¿Están pagadas esas facturas? ¿Me he acordado de hacer todas esas pequeñas cosas que se supone que tengo que hacer para evitar que la casa se incendie o que la embargue el banco, y que el coche se estrelle por no revisar los frenos a tiempo?

Todas estas pequeñas cosas me mantienen distraído de Lindsay. Y del hecho de que a estas alturas no puedo hacer nada por ella.

6

Sábado por la mañana, partido de fútbol de Jenna. Estoy solo porque Millicent tiene que enseñar una casa. El sábado es el día más importante de la semana tanto para la inmobiliaria como para las clases de tenis. También es el día más importante de la semana para las actividades de nuestros hijos. Millicent y yo sacrificamos los sábados para dedicarlos a los niños; la última vez que lo pasamos juntos fue hace más de un año, cuando Rory jugó en la final alevín de un campeonato de golf. Ahora juega —lo he llevado esta mañana temprano antes del partido de su hermana— en el mismo club donde yo doy clases de tenis. Juega al golf porque no es tenis, y me revienta en la misma medida que él pretende que lo haga.

De momento, Jenna no ha mostrado el menor indicio de la misma rebeldía. No intenta poner las cosas difíciles. Jenna hace las cosas porque quiere, no por fastidiar a nadie, y yo admiro esa virtud en ella. Además, es muy risueña, lo cual me hace corresponderle a la sonrisa y después concederle todos los caprichos. No tengo ni idea de lo que estoy pasando por alto y, como no consigo averiguarlo, Jenna me da un miedo tremendo.

El fútbol no es lo mío. No aprendí las reglas hasta que Jenna empezó a jugar, de modo que no soy de gran ayuda. No puedo decirle qué hacer o cómo mejorar, lo cual podría hacer si ella jugara al tenis. Que juegue de portera es pura casualidad, de modo que al menos sé que su cometido es evitar que el equipo contrario marque. Más allá de eso, lo único que puedo hacer es animarla.

«¡Tú puedes!».

«¡Bien hecho!».

«¡Toma ya!».

A menudo me pregunto si la estaré poniendo en ridículo. Eso creo, pero lo hago de todas formas, porque mi única alternativa es ver sus partidos en silencio. Y eso me parece cruel. Prefiero ponerla en ridículo. Cuando detiene el balón en la portería, se me va la cabeza. Ella sonríe, pero hace un ademán con la mano para decirme que me calle. En esos momentos, no pienso en nada salvo en mi hija y su partido de fútbol.

Millicent lo interrumpe mandando un mensaje.

No te preocupes.

Es lo único que dice.

En el campo, los niños están gritando. El equipo contrario intentar marcar un gol, y mi hija tiene que volver a parar el balón. Falla.

Jenna se vuelve, dándome la espalda, con los brazos en jarras. Me dan ganas de decirle que no es para tanto, que nadie es perfecto, pero eso es precisamente lo que no hay que hacer. Todos los padres dicen lo mismo, y a todos los niños les repatea. Igual que a mí de pequeño.

Jenna clava la mirada en el césped. Un compañero de equipo se acerca y le da unas palmaditas en el hombro, le dice algo. Jenna asiente y sonríe, y me pregunto qué le habrá dicho el compañero. Creo que es lo mismo que yo le habría dicho, pero le ha calado más.

Se reanuda el partido. Bajo la vista a mi teléfono. Millicent no ha escrito nada más.

Busco las noticias y se me corta la respiración.

Según el informe forense, Lindsay lleva muerta solo unas semanas.

En algún lugar, de alguna manera, Millicent la ha mantenido con vida durante casi un año.

Siento el impulso de echar a correr. Hacia dónde, qué sé yo. Da igual. Para hacer qué, no tengo ni idea. Sencillamente siento el impulso de echar a correr en cualquier dirección.

Pero cómo voy a dejar a Jenna aquí, sola en un partido de fútbol sin nadie que la anime. No puedo dejar tirada a mi hija. Ni a mi hijo.

Cuando termina el partido de Jenna, recojo a Rory en el club y los tres nos tomamos la consabida pizza después del deporte y a continuación yogur helado. Me cuesta centrarme en la conversación. Ellos lo notan, porque son mis hijos: me ven todos los días y saben cuándo algo va mal. Esto me hace plantearme qué pensarán de Millicent.

Salvo que ella nunca da muestras de que algo vaya mal. Este último año ha estado especialmente tranquila, que ya es decir. Mencionó lo de buscar a la siguiente mujer hace un mes.

Todo encaja. No mencionó a la siguiente hasta que mató a Lindsay.

Para mí, el año pasado estuvo lleno de trabajo, de actividades de los niños, de tareas domésticas, de discusiones por las facturas y de viajes para lavar el coche. Nada fuera de lo común. Ningún evento, día, acontecimiento que vaya a recordar en los próximos veinte, treinta o cuarenta años. El equipo de fútbol de Jenna estuvo a punto de clasificarse para la final de la ciudad, pero no fue así. Millicent tuvo otro buen año en el trabajo. El precio de la gasolina subió y luego bajó, las elecciones municipales llegaron y pasaron, y mi tintorería favorita se fue a pique y tuve que buscarme otra.

O igual la tintorería cerró hace dos años. Todo se mezcla.

En el transcurso de ese tiempo, Millicent mantuvo con vida a Lindsay. La mantuvo en cautividad.

Las imágenes que me vienen a la cabeza oscilan desde perturbadoras a atroces. Visualizo el tipo de cosas de las que he oído hablar en las noticias, cuando localizan a mujeres tras pasar años confinadas a merced de algún desequilibrado. Jamás he oído que una mujer haya hecho esto. Y, como hombre que soy, me resulta inconcebible hacerlo yo.

Dejo a los niños en casa y voy en coche a la casa que Millicent está enseñando. Se halla a escasas manzanas de la nuestra; tardo cinco minutos. En la puerta hay dos coches; el suyo y otro, un todoterreno.

Espero.

Al cabo de veinte minutos, ella sale de la casa con una pareja más joven que nosotros. La mujer tiene los ojos muy abiertos. El hombre está sonriendo. Cuando Millicent les estrecha la mano, me ve con el rabillo del ojo. Noto que sus ojos verdes se posan en mí, pero no se inmuta, no interrumpe sus fluidos movimientos.

La pareja se dirige a su coche. Millicent se queda en la puerta de la casa, observándolos mientras se marchan. Hoy va vestida de azul marino, con falda ceñida, zapatos de tacón y una blusa de raya diplomática. Lleva su melena pelirroja lisa y cortada a ras de la mandíbula. La tenía mucho más larga cuando nos conocimos y ha ido menguando cada año, como si se hubiera comprometido a cortarse unos milímetros en intervalos regulares. No me sorprendería enterarme de que es precisamente lo que ha hecho. A estas alturas dudo que me sorprenda algo relativo a Millicent.

Ella aguarda hasta que el todoterreno se aleja antes de volverse hacia mí. Salgo del coche y me dirijo a la casa.

—Estás de mal humor —dice.

Me quedo mirándola.

Hace una seña hacia la casa.

—Vamos adentro.

Entramos. El recibidor es enorme; los techos superan los siete metros. De nueva construcción, igual que la nuestra, con la diferencia de que esta es aún más grande. Todo es abierto y diáfano, y todo conduce a una gran sala, que es adonde nos dirigimos.

—¿Qué le hiciste? Durante un año, ¿qué hiciste?

Millicent niega con la cabeza. El pelo le ondea de un lado a otro.

—Ahora no es el momento.

—Tenemos que...

—Aquí no. Estoy esperando a una cita.

Echa a andar, y la sigo.

Unos meses después de casarnos, Millicent se quedó embarazada. En cierto modo nos cogió por sorpresa, porque nos habíamos planteado esperar, aunque no firmemente. No siempre teníamos cuidado a la hora de usar protección. Habíamos barajado varios métodos anticonceptivos, pero siempre recurríamos a los preservativos. A Millicent no le hacía gracia tomar nada con hormonas. Se ponía demasiado sensiblera.

Cuando Millicent tuvo un retraso, ambos sospechamos que estaba embarazada. Lo confirmamos con una prueba de embarazo en casa y otra en la consulta del médico. Aquella noche, me desvelé. Nos quedamos levantados un buen rato, sentados en nuestro sofá de segunda mano en nuestra casa de alquiler, que estaba hecha polvo. Me acurruqué junto a ella, con la cabeza apoyada en su barriga, y empecé a darle vueltas a la cabeza.

—¿Y si la cagamos? —comenté.

—No lo haremos.

—Necesitamos dinero. ¿Cómo vamos a...?

—Nos apañaremos.

—No me conformo con apañarnos. Quiero prosperar. Quiero...

—Lo haremos.

Levanté la cabeza para mirarla.

—¿Por qué estás tan segura?

—¿Por qué estás tú tan inseguro?

—No lo estoy —repliqué—. Solo estoy...

—Preocupado.

—Sí.

Ella suspiró y me empujó con delicadeza la cabeza para que volviera a apoyarla en su barriga.

—Déjate de tonterías —dijo—. Nos irá fenomenal. Nos irá de maravilla.

Minutos antes, me había sentido más como un niño que como un futuro padre.

Ella me infundió fortaleza.

Ha llovido mucho desde aquellos primeros tiempos en los que vivíamos con estrecheces. Yo había vuelto a la universidad para sacarme el Máster en Administración de Empresas, pero me pilló a medias cuando se quedó embarazada. Como necesitábamos dinero, dejé el curso y retomé lo que mejor se me daba: el tenis. Era mi único don, lo que se me daba mejor que a cualquiera del entorno en el que me había criado. La cancha de tenis era donde yo despuntaba. No lo bastante como para hacerme profesional, pero sí lo suficiente como para dedicarme a dar clases.

Cuando conocí a Millicent, ella acababa de terminar un curso de agente inmobiliario y estaba estudiando para presentarse al examen. Una vez que aprobó, tardó un tiempo en empezar a vender, pero lo hizo, incluso embarazada, incluso cuando los niños eran bebés. Y ella tenía razón: nos fue bien. Nos va de maravilla. Y, que yo sepa, todavía no la hemos cagado con los niños.

7

Ahora, de pie en esa casa vacía que está tratando de vender, Millicent no me infunde fortaleza. Me impone.

—No está bien —digo—. Nada de esto está bien.

Ella enarca una ceja. Eso solía parecerme una monada.

—¿De repente te andas con miramientos?

—Yo siempre tuve...

—No. No lo creo.

Una vez más, tiene razón. Jamás me he andado con miramientos a la hora de intentar que se sienta feliz.

—¿Qué le hiciste? —pregunto.

—Da igual. Ya no está.

—No da igual.

—Te preocupas demasiado. No hay ningún problema.

Llaman al timbre.

—El trabajo me llama —dice.

Me dirijo a la puerta con ella. Me presenta, les comenta mis dotes para el tenis. Son de la misma edad que la pareja anterior e igual de ingenuos. Pongo rumbo a casa y paso de largo.

Primero, voy al Lancaster. Naomi está allí, detrás del mostrador, con muchas horas por delante en su turno.

A continuación, me dirijo al club de campo. Me planteo distraerme echando el rato en el edificio central, de cháchara con algunos de mis clientes mientras veo los deportes. De nuevo, sigo adelante.

Se me pasan por la cabeza varios lugares más: un bar, un parque, la biblioteca, un cine. Gasto casi medio depósito de gasolina dando vueltas, tratando de elegir un destino, antes de poner rumbo hacia lo inevitable.

A casa.

Es adonde siempre voy.

Al abrir la puerta, oigo los sonidos de mi vida. De mi familia. La única auténtica que jamás he tenido.

Rory está jugando con la videoconsola; los disparos electrónicos resuenan en la casa. Jenna está con el teléfono, hablando, mandando mensajes, y poniendo la mesa. El olor de la cena se respira en toda la sala, pollo al ajillo y algo con canela. Millicent se halla al otro lado de la encimera, organizándolo todo, y siempre tararea en voz baja mientras cocina. El tema de su elección normalmente es alguna tontería —la canción de una serie de televisión, un aria, lo último de la música pop— y esa es otra de nuestras bromas privadas.

Alza la vista y sonríe, y es de verdad. Lo leo en sus ojos.

Nos sentamos a comer juntos. Jenna entretiene a su madre y aburre a su hermano contando jugada a jugada el partido de fútbol. Rory presume de su puntuación de golf, que hoy ha superado a la del resto de menores de dieciséis años. La mayoría de los días, nuestras comidas son así. Bulliciosas y ruidosas, llenas de anécdotas del día y un respiro para nosotros, que llevamos viviendo juntos toda la vida.

Me pregunto la cantidad de veces que hicimos esto mientras Lindsay estaba en cautividad.

Al acostarme, me sorprende que hayan pasado horas desde la última vez que pensé en Lindsay, en la policía, en lo que Millicent y yo hemos hecho. Mi hogar, y todo lo que conlleva, ejerce ese poder sobre mí.

Mi infancia no fue igual. Si bien es cierto que me crie en una familia biparental en nuestra bonita casa de Hidden Oaks, con dos coches, buenos colegios y un montón de actividades extraescolares, no comíamos juntos como hago con mi propia familia. Y, si casualmente coincidíamos en alguna comida, nos ignorábamos. Mi padre leía el periódico, mi madre se quedaba en la inopia y yo comía lo más rápidamente posible.

Hacían acto de presencia para verme jugar al tenis únicamente cuando se trataba de un campeonato, e incluso en esos casos solo cuando conseguía llegar a la última ronda. Ni mi padre ni mi madre habrían sacrificado un sábado así como así. Mi casa era un lugar para dormir, un lugar para guardar mis cosas, un lugar del que marcharme lo antes posible. Y lo hice. Abandoné el país en cuanto pude. Me resultaba imposible imaginar una vida entera sintiéndome un motivo de decepción.

Aunque, en mi opinión, dudo que fuera cosa mía. Puestos a conjeturar, se suponía que yo tenía que arreglar su matrimonio. Tras pasar años cavilando, repasando toda mi infancia una y otra vez, he llegado a la conclusión de que mis padres me tuvieron para tratar de arreglar su matrimonio. No funcionó. Y su decepción se convirtió en mi fracaso.

Regresé a Hidden Oaks únicamente porque mis padres fallecieron. Fue un accidente insólito, imposible de prevenir o predecir. Iban conduciendo por la autopista, y a un coche que iba delante de ellos se le salió una rueda. Se estampó contra el parabrisas delantero del lujoso sedán de mi padre, y ambos murieron. Así, sin más. Aún juntos, aún sin duda desdichados.

Yo no llegué a ver sus cuerpos. La policía me aconsejó que no lo hiciera.

Resulta que mis padres tenían mucho menos dinero de lo que aparentaban, de modo que a mi regreso me encontré una casa hipotecada y el dinero justo para pagar a un abogado especializado en derecho inmobiliario con el fin de que se ocupara de todas las gestiones y se deshiciera de ella. Mis padres no eran quienes yo pensaba ni de lejos; eran un fraude. No podían permitirse el lujo de vivir en Hidden Oaks; simplemente lo aparentaban. Me había quedado sin familia e ignoraba lo que eso era.

Millicent creó la nuestra. Digo que fue ella porque sería imposible que hubiera sido yo. Yo no tenía ni idea de cómo crear un hogar, ni siquiera de cómo reunir a todos en la mesa. Ella sí. La primera vez que Rory se sentó en una trona, ella lo acercó a la mesa, y desde entonces siempre hemos comido juntos. Pese al aumento de quejas por parte de nuestros hijos a medida que crecían, seguimos comiendo en familia.

Cuando Millicent estaba embarazada de Jenna, estableció las reglas de nuestra familia. Yo las llamo los Mandamientos de Millicent.

Desayuno y cena en familia, siempre.
Nada de juguetes ni teléfonos en la mesa.
La paga hay que ganársela realizando tareas domésticas.
Tendremos noche de cine una vez a la semana.
El azúcar queda restringido a la fruta, no al zumo,
y a ocasiones especiales.
Todos los alimentos serán orgánicos en la medida
de nuestras posibilidades.
Se fomenta la actividad física y el ejercicio. No,
son obligatorios.
Hay que hacer los deberes antes de la tele o los videojuegos.

La lista me hizo gracia. No obstante, como ella me fulminó con la mirada al reírme, dejé de hacerlo. Por aquel entonces, ya sabía distinguir entre cuando fingía mosquearse y cuando se enfadaba de verdad.

Millicent estableció sus reglas una a una. En vez de convertir la casa en una cárcel, le dio estructura a la familia. Nuestros dos hijos practican deportes. No se les da dinero a menos que trabajen para ganárselo. Todos nos sentamos a ver una película juntos una vez a la semana. Casi todo lo que comen es orgánico, con muy pocos alimentos azucarados. Siempre han hecho los deberes para cuando llego a casa del trabajo. Todo esto es gracias a Millicent.

La misma Millicent que mantuvo a Lindsay con vida durante un año mientras le hacía Dios sabe qué.

Sigo desvelado. Me levanto y echo un vistazo a los niños. Rory está despatarrado en su cama, con el edredón hecho un revoltijo. Cuando cumplió los catorce, dejaron de hacerle gracia los dinosaurios pintados en las paredes. Redecoramos la habitación, volvimos a pintarla y restauramos los muebles; ahora tiene una pared oscura y tres beis, unos cuantos pósteres de bandas de rock, muebles de madera que son como manchas oscuras y cortinas opacas para cuando duerme. Al estilo del concepto de habitación de adulto que tiene un chaval. Mi hijo se está haciendo adolescente.

El cuarto de Jenna continúa siendo naranja. Está obsesionada con ese color casi desde que nació. Me parece que es por el color de pelo de Millicent. Jenna tiene el pelo como yo, castaño oscuro, sin trazas de rojo. En las paredes de su cuarto tiene pósteres de jugadoras de fútbol, junto a unos cuantos de grupos de música y un par de actores. No sé quiénes son, pero siempre que salen en la tele Jenna y sus amigas se ponen a chillar. Ahora que ha alcanzado sus trece años de madurez, ha guardado todas sus muñecas en su armario. Le ha dado por la moda, por la bisutería y por el maquillaje que todavía no tiene permiso para usar, junto a unos cuantos peluches y videojuegos.

Deambulo por la casa y cierro todas las puertas y ventanas. Hasta voy al garaje en busca de indicios de roedores, bichos o daños causados por el agua. Salgo al jardín trasero y compruebo el cierre de la puerta lateral. Hago lo mismo en el jardín delantero, y después recorro la casa de nuevo y vuelvo a cerrar los pestillos de todas las puertas.

Millicent solía hacer esto, especialmente a raíz del nacimiento de Rory. Vivíamos en el cuchitril de alquiler, y cada noche recorría la casa cerrando los pestillos de todas las puertas y ventanas. Se sentaba durante unos minutos, y acto seguido se levantaba y vuelta a empezar.

—Este no es un barrio peligroso —le decía yo—. Nadie va a entrar.

—Ya. —Volvía a levantarse.

En un momento dado, decidí seguirla. Me coloqué en fila india detrás de ella y me puse a imitar cada uno de sus movimientos. En un primer momento, me lanzó una mirada asesina, la auténtica.

Como no me daba por vencido, me dio una bofetada.

—No tiene gracia —dijo.

Me quedé mudo de asombro. Nunca me había dado una bofetada una mujer. Ni un cachete, ni siquiera en broma. Pero, como acababa de burlarme de mi mujer, cedí y me disculpé.

—Pides perdón únicamente porque te he dado una bofetada —señaló Millicent. Se dio media vuelta, se metió en el dormitorio y cerró la puerta con pestillo.

Me pasé la noche pensando que iba a abandonarme. Que iba a coger a mi hijo y a marcharse de buenas a primeras porque yo lo había echado todo a perder. Radical, sí. Pero Millicent no aguanta las gilipolleces, y punto. Una vez, cuando estábamos saliendo juntos, dije que la llamaría a una determinada hora, y no lo hice.

No me dirigió la palabra durante más de una semana. Ni siquiera respondía al teléfono.

En aquella ocasión volvió. Pero me quedó claro que, en cuanto le tocara demasiado las narices, Millicent se largaría sin más. Y una vez lo hizo.

Rory tenía un año y medio y Jenna seis meses; Millicent y yo pasábamos todo el día, todos los días, haciendo malabarismos entre los niños y nuestros respectivos trabajos. Un día me desperté, nuevamente agotado, y fui consciente de que con veintisiete años tenía mujer, dos hijos, y una flamante hipoteca.

Lo único que deseaba era un respiro. Una tregua de toda esa responsabilidad. Salí con los amigos y me agarré tal pedo que tuvieron que cargar conmigo hasta casa. Cuando me desperté al día siguiente, Millicent se había ido.

No respondía al teléfono. No estaba en su oficina. Sus padres me decían que no estaba con ellos. Millicent solo tenía unas cuantas amigas íntimas, y ninguna había recibido noticias de ella. Se había esfumado, y se había llevado consigo a mis hijos.

Al cabo de tres o cuatro días, me puse a llamarla a todas horas. Le escribí correos electrónicos, le mandé mensajes, me convertí en la versión más enajenada de mí mismo que jamás había conocido. El motivo no era que estuviese preocupado por ella. Me constaba que se encontraba de maravilla, y me constaba que nuestros hijos se encontraban de maravilla. Enloquecí porque pensé que ella, que ellos, se habían ido para siempre.

Pasaron ocho días. Entonces regresó.

Yo me había quedado dormido tarde, despatarrado en la cama deshecha, entre cajas de pizza y un revoltijo de platos, tazas y envases de comida de todo tipo. Al despertar me encontré una cama sin porquería y el olor a tortitas.

Millicent estaba en la cocina, preparando el desayuno. Rory estaba junto a la mesa, en su trona, y Jenna en su moisés. Millicent se volvió hacia mí y sonrió. Era de verdad.

—Qué oportuno —dijo—. El desayuno está casi listo.

Me acerqué corriendo a Rory, lo cogí en brazos y lo levanté en el aire hasta que se puso a dar chillidos. Besé a Jenna, que levantó la vista hacia mí con sus oscuros ojos. Me senté a la mesa, temiendo hablar. Temiendo que se tratase de un sueño del que no deseaba despertar.

Millicent trajo a la mesa una torre de tortitas. Al posarla, se inclinó hacia mí, con la boca pegada a mi oreja, y susurró:

—La próxima vez no volveremos.

No me ha quedado más remedio que tenerlo presente a lo largo de toda nuestra vida de casados. A pesar de ello, me acosté con Petra.

Y con la otra.

8

Al llegar a casa del trabajo, Millicent y los niños están allí. Rory está tumbado en el sofá, jugando con la videoconsola. Millicent se halla de pie a su lado, con los brazos en jarras, con cara de pocos amigos. Jenna, detrás de ella, está moviendo su teléfono de un lado a otro, intentando hacerse un selfi delante de la ventana. La pantalla de la televisión crea un reflejo sobre todos ellos. Por un instante, están congelados, una escena de la vida moderna.

La mirada enardecida de Millicent oscila de Rory hacia mí. Tiene los ojos de un verde sumamente oscuro.

—¿Sabes —dice— lo que nuestro hijo ha hecho hoy?

Rory tiene la gorra de béisbol bien calada sobre los ojos y la cara. No le tapa del todo su sonrisa de suficiencia.

—¿Qué ha hecho nuestro hijo? —pregunto.

—Dile a tu padre lo que has hecho.

Jenna responde por él.

—Copió en un examen con el móvil.

—A tu habitación —le ordena Millicent.

Mi hija se va. Sube las escaleras riendo tontamente y cierra la puerta de su dormitorio de un portazo.

—Rory —digo—, ¿qué ha pasado?

Silencio.

—Responde a tu padre.

No me hace gracia cuando Millicent le dice a nuestro hijo cómo comportarse conmigo, pero me callo.

Millicent le quita bruscamente de la mano el mando de la videoconsola a Rory. Él resopla y finalmente habla.

—Tampoco es que vaya a ser botánico. Si alguna vez necesito saber algo sobre la fotosíntesis, lo buscaré, igual que he hecho hoy. —Me mira, con los ojos abiertos de par en par, diciendo en silencio: «¿O no?».

Coincido con él, porque algo de razón tiene. Pero soy el padre.

—Lo han expulsado tres días —dice Millicent—. Tiene suerte de que no lo hayan expulsado definitivamente.

Si lo expulsaran del colegio privado, le darían plaza en un colegio público. No le recuerdo esto a Millicent mientras está impartiendo el castigo a nuestro hijo.

—... nada de teléfono, ni videojuegos, ni internet. Te vienes a casa derecho a la salida de clase, y no te preocupes, que lo comprobaré.

Se gira en redondo y oigo el repiqueteo de sus pasos por el pasillo hasta el garaje. Lleva sus zapatos de tacón de color carne.

Al oír que arranca su coche, me siento junto a mi hijo. Es pelirrojo como Millicent, pero sus ojos verdes son más claros. Transparentes.

—¿Por qué?

Se encoge de hombros.

—Simplemente era más fácil.

Lo entiendo. A veces cuesta menos tirar por el camino más fácil y punto. Cuesta menos que romper con todo y comenzar de cero.

—No puedes hacer trampas —digo.

—Pero si tú las haces.

—¿De qué estás hablando?

—Te oigo salir a escondidas.

Tiene razón. He estado saliendo a escondidas de noche porque no puedo dormir.

—A veces voy a dar una vuelta en coche.

Rory se ríe en voz baja.

—¿Tengo pinta de imbécil?

—No.

—Papá, te vi entrar a escondidas en casa trajeado. ¿Quién se pone un traje para salir a dar una vuelta en coche?

No me he puesto un traje desde que estuve con Petra.

—Ya sabes que paso muchas noches en el club. La cartera de clientes forma parte del trabajo.

—La cartera de clientes. —Lo dice con patente ironía.

—No estoy engañando a tu madre. —Y casi es cierto.

—Eres un mentiroso.

Hago amago de decirle a Rory que no lo soy, pero me doy cuenta de que es en vano. Hago amago de negar que esté engañándola, pero me doy cuenta de que también es en vano. Mi hijo es demasiado listo.

Ojalá pudiera explicárselo, pero no puedo. De modo que adopto una actitud hipócrita.

—No estamos hablando de mí —remarco.

Él pone los ojos en blanco, no dice ni pío.

—Y yo nunca copié en el colegio. A ver, ¿y si un día llegara el apocalipsis zombi y tú escaparas a una isla para crear toda una nueva civilización y tuvieras que cultivar plantas? ¿No te parece que saber de fotosíntesis te sería de utilidad?

—De verdad que valoro tu esfuerzo, papá. Sobre todo lo del apocalipsis zombi y eso. Pero te voy a ahorrar un poco de tiempo. —Saca algo de su bolsillo y lo deja delante de mí.

Me quedo boquiabierto ante el diminuto cristal azul. Uno de los pendientes de Petra.

—Jenna no tiene las orejas perforadas —señala—. Y mamá jamás se pondría algo tan hortera.

Tiene razón. Millicent lleva pendientes de diamantes. De diamantes auténticos, no de cristal.

—Supongo que ahora no hay gran cosa que decir —comenta Rory.

Dos cero. No tengo nada que decir.

—No te preocupes. Jenna no sabe lo de la otra. —De nuevo la sonrisa de suficiencia—. Todavía.

Tardo un segundo en caer en la cuenta de que mi hijo está intentando chantajearme. Con pruebas.

Estoy impresionado, porque es muy inteligente, y muerto de miedo, porque lo último que quisiera es que mis hijos, especialmente mi hija, se criaran con un cabrón embustero como padre. Este es el tipo de cosas que en opinión de los expertos hay que evitar. Según ellos afectaría para siempre sus relaciones con los hombres. He visto suficientes programas matinales de televisión para saberlo.

Jenna no puede enterarse, ni siquiera puede sospechar que la suposición de Rory es cierta. Antes que eso, seguramente cualquier cosa.

Me vuelvo hacia Rory.

—¿Qué quieres?

—El nuevo juego de *Bloody Hell.*

—Esos los tiene prohibidos tu madre en casa.

—Ya.

Si me niego, le contará a Jenna que estoy poniéndole los cuernos a su madre. Hará justo lo que amenaza con hacer.

Si accedo, mi hijo de catorce años se saldrá con la suya.

Me da la sensación de que debería haberlo visto venir. Debería haberlo visto desde el día en que nació. En un primer momento estaba tan callado que todo el mundo pensó que estaba muerto. Cuando por fin lloró, lo hizo con tal fuerza que me retumbaron los oídos.

O tal vez debería haberlo visto el día en que nació su hermana y él hizo otro tanto de ruido, no para anunciar su propia llegada, sino con tal de llamar la atención.

Luego aquella vez que Jenna y Rory se fueron juntos a pedir golosinas de puerta en puerta en Halloween, y él la convenció de que el psicópata que trabajaba en el supermercado del barrio había envenenado todas sus chocolatinas. El psicópata era un hombre corpulento con pinta de leñador, más inofensivo que un hámster, pero asustaba a los niños sin pretenderlo. Jenna creyó a su hermano y tiró a la basura todas las golosinas, supuestamente venenosas. Ni Millicent ni yo supimos de lo ocurrido hasta que Jenna estuvo una semana con pesadillas y encontramos un montón de envoltorios de chocolatinas en el cuarto de Rory.

Así que ahora, mientras estoy siendo objeto de chantaje por parte de mi hijo, puedo volver la vista atrás y decir que debería haber anticipado esto. Pero, hasta este momento, no tenía ni remota idea.

—Respóndeme a una pregunta —le digo.

—Vale.

—¿Cuánto hace que estás al tanto de esto? —Tengo la prudencia de no utilizar la palabra «engaño». Como si importara.

—Unos cuantos meses. La primera vez, bajé al garaje por la mañana temprano a por mi balón de fútbol. Tu coche no estaba allí. A partir de ahí simplemente empecé a estar atento.

Asiento.

—Te compraré el juego mañana. No dejes que tu madre lo vea.

—No lo haré. Tú tampoco dejes que te vea entrar en casa a escondidas.

—No volveré a hacerlo nunca más.

Sonríe al coger el pendiente y se lo vuelve a guardar en el bolsillo. Rory no me cree, pero es lo bastante listo como para mantener la boca cerrada cuando lleva la delantera.

Debería contarle a Millicent lo de nuestro hijo. Reflexiono sobre ello durante la cena, mientras Jenna hace lo posible por burlarse de Rory con disimulo. Reflexiono sobre ello después de cenar, mientras Millicent le quita a Rory el teléfono antes de irse a la cama. Hasta reflexiono sobre ello cuando mi mujer y yo nos quedamos a solas, en el dormitorio, en el transcurso de nuestra rutina nocturna. Ahora es cuando debería decirle lo que nuestro hijo se trae entre manos, pero no lo hago.

No se lo cuento porque suscitará más preguntas de las que puedo responder.

Solo han pasado dos semanas desde que pasé la noche con Petra. Me viene a la cabeza únicamente en mitad de la noche, cuando me desvelo. Entonces es cuando me pregunto qué hice para delatarme. ¿Qué le impulsó a preguntarme si realmente era sordo? ¿Reaccioné a algún sonido, la miré a los ojos en vez de a la boca cuando me hablaba, o presté demasiada atención a los gemidos que emitía en la cama? No lo sé. No sé si volveré a fingir sordera alguna vez, pero esto sigue quitándome el sueño. Se ha convertido en un cabo suelto que tengo que atar.

El chantaje de Rory es lo mismo. Otra equivocación. Como si hubiera cometido un lapsus y no debiera haber permitido que mi hijo averiguase que me escabullo de noche. A Millicent no le haría gracia eso.

Así que no digo nada. Tanto lo de Rory como lo de Petra son secretos que oculto a mi mujer. Quizá porque ella tiene los suyos, más de lo que yo pensaba. Tanto lo de Rory como lo de Petra también son riesgos, cada caso en su propio sentido, y no obstante sigo manteniendo la boca cerrada.

No quiero que se entere de hasta qué punto la he cagado.

9

No comenzó como algo malintencionado. Todavía lo creo. Hace tres años, un sábado de octubre a media tarde, yo estaba en el porche con Rory y Jenna. Aún eran lo bastante pequeños como para estar conmigo sin avergonzarse, y los tres estábamos colgando adornos de Halloween. Esta fecha era prácticamente su favorita, solo la superaba el día de Navidad, y cada año forrábamos la casa de telarañas, arañas, esqueletos y brujas. De habernos podido permitir muñecos mecánicos, también los habríamos usado.

Millicent llegó después de enseñar una casa. Vestida con ropa de trabajo, se detuvo en el camino de entrada y sonrió al contemplar nuestra obra. Los niños comentaron que tenían hambre. Millicent, poniendo los ojos en blanco con un exagerado ademán, dijo que iba a preparar unos sándwiches. Lo dijo con gesto sonriente. Creo que todos lo teníamos.

No obstante, las cosas no iban sobre ruedas. La casa que estábamos decorando era nueva para nosotros —llevábamos viviendo allí solo seis meses— y la hipoteca era cuantiosa. Millicent se encontraba sometida a una gran presión para vender más viviendas. Yo sufría la misma presión; a veces, hasta me planteaba buscar un segundo trabajo.

También teníamos nuestros más y nuestros menos con la madre de Millicent constantemente. Su padre había fallecido dos años antes. Después a su madre le diagnosticaron alzhéimer y había comenzado a sufrir el largo deterioro que conllevaba. Habíamos pasado mucho tiempo buscando una cuidadora interna. Las dos primeras no funcionaron, porque ninguna estaba a la altura de las expectativas de Millicent. Con la tercera nos iba bien, al menos de momento.

Nuestra familia tenía sus problemas —un montón—, pero, ese día, todos estábamos contentos, justo hasta que Millicent chilló.

Entré corriendo en casa, con los niños pisándome los talones. Conseguí llegar a la cocina justo a tiempo de ver a Millicent lanzando su teléfono por los aires. Lo estampó contra la pared, se hizo añicos, y dejó una marca. Ella se llevó las manos a la cara y se echó a llorar.

Jenna chilló.

Rory recogió los pedazos del teléfono roto.

Yo rodeé con mis brazos a Millicent mientras su cuerpo se estremecía en sollozos.

Se me pasaron por la cabeza dos cosas de lo más espantosas.

Que alguien había muerto. Tal vez su madre. Tal vez una amiga.

O que alguien estaba muriendo. Una enfermedad terminal. Igual se trataba de uno de los niños. Igual se trataba de mi mujer.

Forzosamente tenía que ser una de las dos cosas. Ninguna otra justificaba ese tipo de reacción. Ni el dinero ni el trabajo, ni siquiera la pérdida de una mascota que por cierto no teníamos. Debía tratarse necesariamente de la muerte o la inminente muerte de alguien.

Me quedé pasmado al enterarme de que no se trataba de ninguna de las dos cosas. Nadie había muerto; nadie estaba muriendo. De hecho, se trataba de lo contrario.

A los pocos meses de empezar a salir juntos, Millicent y yo organizamos lo que bautizamos «noche de Trivial». Compramos pizza y vino y nos fuimos a su minúsculo apartamento. Como la sala de estar era tan pequeña que no tenía nada más que un sofá de dos plazas y una mesa de centro, nos sentamos en el suelo. Ella encendió unas velas, puso las porciones de pizza de pepperoni en platos de porcelana, y sirvió el vino en copas de champán porque era lo único que tenía.

Nos pasamos la noche entera haciendo preguntas. Sin límites, nada quedaba vetado: lo habíamos planificado de esa manera. Las primeras preguntas fueron más bien sosas; aún estábamos demasiado sobrios como para hablar de sexo, así que hablamos de todo lo demás. Películas, música, comida favorita, colores favoritos. Hasta le pregunté si había tenido algún tipo de alergia. Sí. Al colirio.

—¿Al colirio?

Ella asintió y bebió otro sorbo de vino.

—De los que se utilizan para aliviar los ojos rojos. Me producen tal hinchazón que apenas consigo ver.

—Como Rocky.

—Exacto, como Rocky. Lo descubrí cuando me coloqué con dieciséis años. Intenté ocultárselo a mis padres y acabé en el hospital.

—Ajá —dije—. ¿Conque eras una chica mala?

Ella se encogió de hombros.

—¿Qué me dices de ti? ¿Alguna alergia?

—Solo a las mujeres que no se llaman Millicent.

Le guiñé un ojo para darle a entender que estaba bromeando. Ella me dio un puntapié y puso los ojos en blanco. Al final, el alcohol nos desinhibió para formular las preguntas interesantes. La mayoría giraban en torno al sexo y a relaciones anteriores.

Como me cansé de oírla hablar de su exnovio, le pregunté por su familia. Yo sabía de dónde era y que sus padres seguían casados, pero poco más. Ella nunca había mencionado que tuviera hermanos.

—¿Tienes hermanos?

A esas alturas estábamos bastante borrachos, al menos yo, y me dio por manosear la cera que había goteado de la vela que teníamos delante. Se había acumulado en el platito que había debajo, y me puse a presionarla entre los dedos, hice una bolita y a continuación la volví a aplastar. Millicent me observó en vez de responder a mi pregunta.

—¿Hola? —dije.

Ella bebió un sorbo de vino.

—Una hermana. Holly.

—¿Mayor o menor?

—Era mayor. Ya no está.

Dejé caer la cera, alargué la mano, la posé encima de la suya y se la apreté contra la copa de champán.

—Cuánto lo siento —dije.

—No pasa nada.

Esperé a ver si añadía algo más. Como no lo hizo, pregunté:

—¿Cómo ocurrió?

Ella se reclinó sobre la pared que había detrás. Todo titilaba debido al alcohol y la luz de la vela, incluida su melena pelirroja. Por un fugaz instante, me dio la impresión de que desprendía pavesas.

Ella apartó la vista al hablar.

—Ella tenía quince años, dos más que yo. Lo que más le gustaba en el mundo era conducir. Se moría de ganas de sacarse el carné. Un día, nuestros padres salieron. Habían llevado el coche de mi padre y habían dejado el de mi madre. Holly propuso que lo cogiéramos. Solo para dar la vuelta a la manzana; dijo que conduciría muy despacio. —Millicent se volvió hacia mí y se encogió de hombros—. No fue así. Y murió.

—Oh, Dios mío. Lo siento mucho.

—No pasa nada. Holly era mi hermana, pero no era... una buena persona. Nunca lo fue.

Yo me quedé con ganas de preguntar más cosas, y podría haberlo hecho porque era la «noche de Trivial», pero no lo hice. En vez de eso, le pregunté por la primera vez que se emborrachó.

Holly no salió a colación de nuevo hasta que fui a cenar a la casa de sus padres. Había coincidido con ellos en una ocasión, en un restaurante mientras estaban en la ciudad, pero esta vez realizamos un trayecto de tres horas hasta su casa. Los padres de Millicent vivían en una gran casa al norte, cerca del límite de Georgia, en mitad de la nada. Su padre, Stan, había inventado un señuelo de pesca, lo había patentado y después se lo había vendido a una empresa de artículos deportivos. No eran ricos, pero tampoco tenían necesidad de trabajar. Stan ahora dedicaba el tiempo a la observación de aves, a la pesca con mosca y a la talla de jaulas de madera para pájaros. La madre de Millicent, Abby, había sido maestra, y, cuando no estaba cuidando el jardín de hierbas, escribía un blog educativo. Eran un pelín hippies, con la diferencia de que ellos cultivaban cilantro en vez de marihuana.

Millicent se parecía a su padre, hasta en los ojos de múltiples tonalidades, pero en lo tocante al carácter había salido a su madre. Abby era más organizada si cabe que Millicent.

No vi la foto hasta después de cenar. Ayudé a quitar la mesa y llevé mis platos a la cocina. La foto estaba en la repisa de la ventana que había encima del fregadero; semioculta detrás de una planta, pasaba casi inadvertida. Me llamó la atención el pelo rojo de la imagen. Al cogerla para verla, comprobé que eran Millicent y su hermana, Holly. Hasta ese momento, no había reparado en la ausencia de fotos en la casa. Había algunas de los padres de Millicent y de ella, pero esta era la única de Holly.

—Que no la vea.

Alcé la vista. La madre de Millicent estaba delante de mí. Sus cálidos ojos marrones tenían una expresión casi suplicante.

—¿Sabes lo que le ocurrió a Holly?

—Sí. Me lo contó Millicent.

—Entonces sabrás que la entristece. —Me quitó la foto de la mano y volvió a colocarla detrás de la planta—. Retiramos las fotos cuando viene a vernos. A Millicent no le gusta que se la recuerden.

—El accidente la entristece. Perder a Holly así debe de haber sido difícil.

Me miró extrañada.

No entendí el significado de esa mirada hasta el día en que sonó el teléfono y Millicent chilló.

10

La caja de *Bloody Hell VII* es tan gráfica que está tapada con una gran pegatina amarilla de advertencia. En el dorso hay una pegatina roja de advertencia sobre el juego en sí.

No estoy seguro de si es conveniente tener esto en mi casa. Lo compro de todas formas.

Rory, todavía en sus tres días de expulsión del colegio, está en casa. Su madre le quitó el ordenador, cambió la contraseña de internet e intentó desconectar la televisión por cable, pero se dio por vencida cuando estaba a medias. Rory está en el sofá de la sala de estar, zapeando. Dejo caer el juego en el sofá, a su lado.

—Gracias —dice—, pero tu actitud deja mucho que desear.

—No empieces.

Hace un mohín, coge el juego y despega la pegatina amarilla de advertencia de la carátula. En la imagen de debajo aparecen decenas de cuerpos amontonados los unos sobre los otros. Una desagradable criatura con cuernos, presumiblemente el diablo, está apostada encima de ellos.

Rory levanta la vista hacia mí con sus ojos verdes iluminados. Pregunta dónde está la videoconsola. Yo vacilo, y acto seguido señalo hacia la vitrina del comedor.

—Detrás de la bandeja de plata. No rompas nada.

—Ya.

—Y vuelve a ponerla en su sitio.

—Ya.

—No vas a volver a hacer trampas, ¿verdad? —digo.

Hace una mueca.

—De tal palo, tal astilla.

Nos interrumpe la televisión. Una noticia de última hora corta una tertulia matinal.

Aparece el logo de los informativos locales. A continuación, ese joven y serio periodista que cubre el caso de Lindsay. Se llama Josh, y lo llevo viendo a diario desde que hallaron el cuerpo. Hoy parece algo cansado, pero tiene la mirada enloquecida.

El departamento de policía por fin ha revelado cómo fue asesinada Lindsay.

«Esta noche está con nosotros el doctor Johannes Rollins, exforense del condado de DeKalb, Georgia —dice Josh—. Gracias por acompañarnos, doctor Rollins».

«Cómo no».

El doctor Rollins aparenta más años que los de toda la gente que conozco sumados y de algún modo me recuerda a Papá Noel, salvo por la ropa. Lleva una camisa a cuadros con una corbata azul lisa.

«Doctor Rollins, ya está al corriente del comunicado que ha emitido hoy la policía. Como especialista en la materia, ¿qué puede decirnos al respecto?».

«Que fue estrangulada».

«Sí, sí. Eso dice aquí. Asfixia por estrangulación con ligadura».

El doctor Rollins asiente.

«Eso he dicho. Que fue estrangulada».

«¿Puede explicarnos algo más?».

«Perdió el conocimiento en unos segundos y murió en unos minutos».

Josh se mantiene a la espera para ver si el doctor Rollins desea añadir algo. No es el caso.

«Bien. Muchas gracias, doctor Rollins. Le agradecemos mucho su tiempo».

La cámara hace zum para enfocar a Josh, y este respira hondo. Su parte oficial siempre va seguido por un parte extraoficial, porque Josh es ambicioso y por lo visto cuenta con fuentes en todos lados.

«Eso no es todo lo que hemos averiguado. Como siempre, el canal 9 dispone de más información que nadie, y no la encontrarán en el comunicado policial o en ninguna otra cadena. Según mis fuentes, las marcas del cuello de Lindsay apuntan a que probablemente fue estrangulada con una cadena. El asesino se colocó detrás de ella y le apretó la cadena contra la tráquea hasta provocarle la muerte».

—Qué guay —comenta Rory.

Me repugna demasiado como para reprenderle, porque me imagino a su madre, a mi mujer, en la piel de la asesina que Josh está describiendo.

Visualizo todo con gran nitidez, en parte porque conozco, o conocía, a ambas mujeres. Alcanzo a ver la expresión de pavor del rostro de Lindsay. También alcanzo a ver el rostro de Millicent, aunque su expresión va cambiando: horrorizada, aliviada, extasiada. Sonriente.

Rory se pone a instalar su videojuego.

—¿Estás bien? —dice.

—Muy bien.

Se queda callado. *Bloody Hell VII* se está cargando.

Me voy, porque tengo que dar una clase de tenis. Últimamente he cancelado demasiadas.

Al final de la calle, en el club, una mujer de mediana edad está esperándome. Tiene el pelo oscuro y liso, un bronceado intenso, y acento. Kekona es hawaiana. Cuando se mosquea, maldice en pidgin.

Kekona es una viuda jubilada, lo cual significa que dispone de mucho tiempo para estar pendiente de las idas y venidas de los demás. Y chismorrea sobre ello. A través de Kekona, sé quién se está acostando con quién, qué parejas están rompiendo, quién está embarazada y qué chavales se están metiendo en líos. A veces, es más de lo que deseo saber. A veces, lo único que deseo es dar clases de tenis.

Hoy, me he enterado de que puede que una de las profesoras de Rory esté teniendo una aventura con el padre de un alumno. Es preocupante, pero al menos no está teniendo una aventura con el alumno. También tiene novedades sobre el divorcio de los McAllister, que a estas alturas se ha alargado más de un año, además de un nuevo rumor acerca de una posible reconciliación. Ese enseguida lo ha catalogado como «probablemente poco fiable, pero nunca se sabe».

A los treinta minutos de comenzar nuestra clase de una hora, menciona a Lindsay.

Es curioso, porque a Lindsay no la encontraron en nuestra pequeña comunidad de Hidden Oaks, ni era socia del club de campo. Lindsay vivía, trabajaba y fue hallada a treinta kilómetros de distancia, lo cual queda fuera del radio de cotilleo de Kekona. Ella pasa la mayor parte del tiempo en el interior de los Oaks, dentro del recinto, y vive en una de las casas más grandes. Vive a menos de una manzana de donde me crie, y conozco bien la casa de Kekona. O la conocía. Mi primera novia vivió allí.

—Hay algo raro en lo de esta chica del motel —comenta Kekona.

—¿Acaso no hay algo raro en todos los asesinatos?

—No necesariamente. El asesinato es prácticamente un deporte nacional. Pero, claro, las chicas normales y corrientes no aparecen muertas de la noche a la mañana en moteles abandonados.

Kekona dice lo que yo llevo pensando desde el principio.

El motel sigue sin cuadrarme. No me explico la razón por la que Millicent no la enterró o trasladó su cuerpo a cien kilómetros bosque adentro, o a cualquier parte menos aquí. Cerca de donde vivimos, a un edificio donde con toda seguridad la encontrarían en un momento dado. No tiene sentido.

A menos que Millicent pretenda que la descubran.

—¿Las chicas normales y corrientes? —le digo a Kekona—. ¿Qué es una chica normal y corriente?

—Ya sabes, que no sea drogadicta o prostituta. Que no viva al margen de la sociedad. Esta chica era normal y corriente. Tenía trabajo y piso y, en teoría, pagaba los impuestos. Lo normal.

—¿Sueles ver muchos programas de policías de esos?

Kekona se encoge de hombros.

—Claro, como todo el mundo.

Millicent no. Pero sí que lee los libros.

Le mando un mensaje a mi mujer:

Necesitamos una noche romántica.

Millicent y yo no hemos tenido una noche romántica desde hace más de diez años. La expresión es nuestra contraseña, porque en un momento dado nos sentamos y se nos ocurrió una contraseña. «Noche romántica» significa que tenemos que hablar acerca de nuestras actividades extracurriculares. Una conversación en regla, no meros susurros en la oscuridad.

Entre el mensaje y la noche romántica, está la expulsión de Rory. Lleva solo en casa todo el día, y en las fantasías de Millicent su hijo ha estado leyendo un libro para potenciar su intelecto. En vez de eso, gracias a mí ha estado jugando con su nuevo videojuego. No hay rastro de este cuando entro por la puerta. Rory está poniendo la mesa en silencio.

Levanta la vista y me guiña un ojo. Por primera vez, me desagrada la persona en la que mi hijo se está convirtiendo. Y es culpa mía.

Subo a la primera planta a darme una ducha rápida antes de cenar. Al bajar, Jenna ha aparecido. Se está burlando de Rory.

—Hoy todo el mundo estaba hablando de ti —comenta. Jenna teclea en su teléfono mientras habla. Siempre hace lo mismo—. Decían que eres tan estúpido que tuviste que buscar cómo se deletreaba tu propio nombre. Que por eso te pillaron.

—Ja, ja —contesta Rory.

—Decían que eres demasiado estúpido como para ser mayor que yo.

Rory pone los ojos en blanco.

Millicent está en la cocina. Se ha quitado la ropa del trabajo y ahora lleva puestos unos pantalones de yoga, una sudadera larga y calcetines de rayas. Tiene el pelo recogido en la coronilla, pillado con un enorme pasador. Sonríe y me tiende un bol de ensalada para que lo ponga en la mesa.

Los niños continúan enzarzados mientras ella y yo servimos la comida.

—Qué estúpido eres —prosigue Jenna—. Dicen que yo he acaparado las neuronas de la familia.

—Pues desde luego ni pizca de la belleza —replica Rory.

—¡Mamá!

—Basta —ordena Millicent. Se sienta a la mesa.

Rory y Jenna se callan. Se colocan las servilletas en sendos regazos.

Todo fluye con total normalidad.

Cuando terminamos de cenar, Millicent nos pide a Jenna y a mí si podemos ocuparnos de los platos. Quiere revisar los deberes de Rory con él para cerciorarse de que los ha hecho todos hoy.

Veo el pánico reflejado en los ojos de Rory.

Va a ser una larga noche para Rory; alcanzo a oírlo desde la cocina mientras Jenna y yo recogemos. Yo enjuago los platos, ella carga el lavaplatos y charlamos un poco.

Jenna habla atropelladamente sobre fútbol, entrando en detalles que me resultan imposibles de entender. Me pregunto, no por primera vez, si debería implicarme más y prestarme voluntario como ayudante de entrenador o algo por el estilo. Acto seguido recuerdo que sencillamente no dispongo de tiempo.

Ella continúa su perorata, y me distraigo pensando en Millicent. En nuestra noche romántica.

Cuando terminamos de recoger y a Rory se le acaban las excusas, el ambiente se relaja. Él se va a su cuarto a hacer los deberes que no hizo antes. Jenna chatea, habla y manda mensajes al mismo tiempo. Cuando llega la hora de dormir, Millicent coge los ordenadores de ambos. Se los quita todas las noches a la hora de irse a la cama, para que no se queden levantados chateando con extraños en internet cuando nosotros nos hayamos acostado. Yo creo que hay extraños en internet a todas horas, pero no discuto con ella por esto.

Cuando los niños están acostados, Millicent y yo vamos al garaje para nuestra noche romántica.

11

N os sentamos en el coche de Millicent. Ella conduce el más bonito, un todoterreno de lujo, porque a menudo lleva a los clientes para enseñarles casas. Los asientos de piel son cómodos, es espacioso y, con las puertas cerradas, los niños no pueden escucharnos a escondidas.

Mi mano descansa entre los dos, sobre el compartimento central, y ella posa la suya encima.

—Estás nervioso —señala.

—¿Tú no?

—No van a descubrir nada que les logre conducir hasta nosotros.

—¿Cómo puedes estar tan segura? ¿Acaso pensaste que la encontrarían?

Se encoge de hombros.

—A lo mejor me daba igual.

Siento que lo que sé me cabría en una mano y todo lo que desconozco llenaría la casa. Tengo muchísimas preguntas, pero no deseo conocer las respuestas.

—A las otras jamás las han encontrado —digo—. ¿Por qué a Lindsay sí?

—Lindsay. —Pronuncia el nombre despacio. Me viene a la memoria cuando dimos con ella. Eso lo hicimos juntos. Buscamos, elegimos, yo intervine en cada decisión.

Tras mi segunda caminata con Lindsay, le dije a Millicent que era la adecuada. Ahí fue cuando ideamos la contraseña, nuestra noche romántica especial, con la salvedad de que no quedamos en el garaje. Mientras una vecina se hacía cargo de los niños durante un rato, Millicent y yo salimos a por yogur helado. Ella lo pidió de vainilla, yo de nueces, y paseamos por el centro comercial, donde todo estaba cerrado excepto el cine. Nos detuvimos delante de una exclusiva tienda de cocinas y nos quedamos mirando el escaparate. Era una de las tiendas favoritas de Millicent.

—Bueno —dijo—, cuéntame.

Eché un vistazo alrededor. Las personas más próximas se encontraban como mínimo a cien metros de distancia, en fila para comprar entradas de cine. No obstante, bajé la voz.

—Creo que es perfecta.

Millicent enarcó las cejas, sorprendida. Y contenta.

—¿De veras?

—Si vamos a hacerlo, pues sí. Es la adecuada. —No era la única; era la tercera. Lindsay era diferente porque era una desconocida que elegimos en internet. Nos decantamos por ella entre un millón de opciones más. Las primeras dos no las elegimos ni mucho menos. Vinieron a nosotros.

Millicent se tomó una cucharada de yogur de vainilla y lamió la cucharilla.

—Entonces ¿opinas que deberíamos hacerlo?

Algo en sus ojos me hizo mirar hacia otro lado. Alguna que otra vez, Millicent me hace sentir como si no pudiera respirar. Ocurrió en ese preciso instante, mientras estábamos en el centro comercial decidiendo el destino de Lindsay. Aparté la vista de Millicent y la posé en la tienda de cocinas cerrada. Todo ese mobiliario nuevo y reluciente me sostuvo la mirada, burlándose de mí por el hecho de no estar a mi alcance. No podíamos permitir-nos todo lo que deseábamos. No es que cualquiera pudiera, pero a pesar de ello me fastidiaba.

—Sí —le dije a Millicent—. Definitivamente, deberíamos hacerlo.

Ella se acercó y me dio un frío beso de vainilla.

En ningún momento dijimos nada acerca de mantener cautiva a Lindsay.

Ahora, estamos sentados en el garaje en otra noche romántica. Sin yogur helado, tan solo una bolsita de pretzels que tenía guardada en la guantera. Le ofrezco a Millicent, y ella arruga la nariz.

Vuelvo a la razón por la que estamos sentados en el coche.

—Seguramente sabías que encontrarían a Lindsay...

—Sí.

—Pero ¿por qué? ¿Por qué ibas a querer que la encontrasen?

Ella mira por la ventanilla hacia las pilas de cajas de plástico llenas de viejos juguetes y adornos de Navidad. Al volverse hacia mí, me mira con la cabeza ladeada y un esbozo de sonrisa.

—Porque es nuestro aniversario.

—Nuestro aniversario fue hace cinco meses.

—Ese no.

Me paro a pensar, con el deseo de no meter la pata, porque se supone que debería tenerlo presente. Se supone que debería recordar estas cosas.

De repente, caigo.

—Hace un año que elegimos a Lindsay. Que tomamos la decisión.

Millicent sonríe de oreja a oreja.

—Efectivamente. Un año hasta el día que la encontraron.

Me quedo mirándola. Sigue sin tener sentido.

—¿Por qué ibas a querer...?

—¿Te suena Owen Riley? —pregunta.

—¿Cómo?

—Owen Riley. ¿Sabes quién es?

En un primer momento el nombre no me dice nada. Acto seguido me acuerdo.

—¿Te refieres a Owen Oliver? ¿El asesino en serie?

—¿Así es como lo llamabas?

—Owen Oliver Riley. Solíamos llamarlo simplemente Owen Oliver.

—Entonces ¿sabes lo que hizo?

—Cómo no voy a saberlo. Es imposible vivir aquí y no saberlo.

Ella me sonríe, y, como ocurre a veces, estoy perdido.

—No es solo nuestro aniversario: es el de Owen —explica.

Hago memoria, repaso mentalmente los acontecimientos que ocurrieron cuando apenas había alcanzado la madurez. Owen Oliver apareció en verano, después de que me graduara en el instituto. Nadie prestó atención cuando una mujer desapareció, y nadie prestó atención cuando la segunda mujer desapareció. Se percataron cuando una fue hallada muerta.

Recuerdo que me encontraba en un bar con un carné de identidad falso, rodeado de amigos de mi misma edad. Bebíamos cerveza barata y licores más baratos mientras veíamos el levantamiento del primer cadáver. En Woodview nunca pasaba nada. Desde luego, nada parecido al asesinato de una guapa mujer llamada Callie que trabajaba de encargada en una tienda de ropa. Fue hallada en el interior de un área de servicio abandonada junto a la interestatal. Un camionero encontró su cuerpo. Pasé aquel verano viendo, fascinado, cómo la prensa, la policía y los lugareños trataban de dilucidar los motivos.

«Un vagabundo» se convirtió en la respuesta aceptable. Todo el mundo se sintió mejor creyendo que el asesino no residía aquí, aun si eso significaba que ese vagabundo había secuestrado a Callie y la había mantenido con vida durante meses antes de matarla. En cualquier caso, lo creímos. Incluso yo.

Cuando sucedió en una segunda ocasión, todos nos sentimos traicionados. Irremediablemente debía tratarse de uno de nosotros.

Nadie sabía que se trataba de Owen Oliver Riley. Todavía no. Simplemente lo conocíamos como «el asesino de Woodview».

Después de nueve mujeres muertas, lo pillaron. Owen Oliver Riley era un treintañero de pelo rubio pajizo, ojos azules y barriga incipiente. Conducía un sedán plateado, pasaba el rato en un bar de espectáculos deportivos y hacía voluntariado en su parroquia. La gente lo conocía, había conversado con él, le habían vendido cosas o lo habían atendido, y lo saludaban al cruzarse con él. Me quedé mirando su foto en la televisión, sin dar crédito. Parecía muy normal. Y lo era, con la salvedad de que había asesinado a nueve mujeres.

Inicialmente Owen Oliver fue acusado de un asesinato; el resto de los cargos estaban pendientes debido a la falta de pruebas. No se le concedió la libertad bajo fianza. Owen Oliver pasó en la cárcel tres semanas, justo hasta que fue puesto en libertad debido a un tecnicismo jurídico. La orden judicial para tomarle muestras de ADN no se había firmado en el momento en el que la policía deslizó el bastoncillo por la cara interna de su mejilla. Hasta su abogado de oficio podía sacar provecho de esa discrepancia. Y lo hizo.

Al ser rechazadas las pruebas de ADN, la policía no tenía nada. Aún seguían indagando en busca de pruebas cuando Owen Oliver salió de la cárcel. Su aspecto era tan corriente que enseguida pasó inadvertido en la sociedad y desapareció.

Me enteré de su puesta en libertad a pesar de encontrarme en el extranjero. Aquella fue una de las pocas ocasiones en las que tuve noticias de mis padres antes de que fallecieran. Cuando murieron, regresé a casa sin intención de quedarme, hasta que conocí a Millicent. Cuando accedió a salir conmigo, di por hecho que se debía a que era nueva en la ciudad y no conocía a nadie más.

A veces, aún lo pienso.

Por entonces, Owen Riley llevaba tiempo en paradero desconocido. Pero cada año, en el aniversario del día en que fue puesto en libertad, su rostro vuelve a salir en las noticias. Con el paso de los años, Owen llegó a convertirse en el monstruo local, en el hombre del saco, en el asesino en serie. Al final se volvió una leyenda, un mito.

—Deben de haber transcurrido diecisiete años desde su último asesinato —comento.

—Dieciocho, en realidad. Este mes se cumplen dieciocho años desde la desaparición de su última víctima.

Meneo la cabeza, tratando de encajar las piezas mentalmente. Como siempre, Millicent me toma la delantera.

—¿Te acuerdas de cuando desapareció Lindsay? ¿Cuando la gente estaba buscándola? —pregunta.

—Claro.

—Entonces ¿qué crees que pasará cuando otra desaparezca? Por ejemplo, una de las mujeres de nuestra lista.

Uno a uno, comienzo a atar cabos. Si desaparece otra mujer, la policía empezará a pensar que se trata de un asesino en serie. Millicent ha resucitado a Owen para que pague los platos rotos.

Está velando por nuestro futuro.

—Por eso mantuviste a Lindsay con vida durante tanto tiempo —digo—. Le estabas imitando.

Millicent asiente.

—Sí.

—Y él estranguló a sus víctimas, ¿verdad?

—Sí.

Suelto un suspiro. Es tanto físico como psicológico.

—Todo ha sido un montaje.

—Por supuesto que sí. Cuando la policía se ponga a buscar, cosa que hará, buscará a Owen.

—Pero ¿por qué te lo callaste durante un año entero?

—Quería darte una sorpresa —responde—. Por nuestro aniversario.

Me quedo mirándola. Mi adorada esposa.

—Es demencial —digo.

Ella enarca una ceja. Sin darle tiempo a meter baza, apoyo el dedo contra sus labios.

—Y es brillante.

Millicent se inclina hacia delante y me besa en la punta de la nariz. Su aliento huele como el postre que hemos tomado esta noche. No a vainilla esta vez, sino a helado de chocolate y cerezas.

Se desliza sobre el compartimento central y se coloca a horcajadas encima de mí en el asiento del conductor. Al quitarse la sudadera, se le suelta el pasador y el pelo le cae. Baja la vista hacia mí, sus ojos oscuros como un pantano.

—No pensarías que íbamos a parar, ¿no? —pregunta.

No. Ahora no podemos parar.

Ni tengo intención de hacerlo.

12

Cuando empezó, fue por Holly. Y porque no tuvimos más remedio que hacerlo.

Aquel fresco día de otoño cuando llamaron por teléfono, nuestro mundo se desbarató. La llamada era referente a Holly. Iban a darle el alta en un hospital psiquiátrico.

Yo no lo había oído bien. Esa fue mi sensación cuando Millicent me confesó que su hermana no había fallecido en un accidente a los quince años. Había sido internada en un hospital psiquiátrico.

Era tarde aquella noche de sábado; los críos se habían calmado, habían comido y se habían dormido. Millicent y yo nos sentamos en el cuarto de estar, en el nuevo sofá que todavía estábamos pagando con la tarjeta de crédito, y me contó la verdadera historia de Holly.

La primera vez fue el corte con el papel. Yo ya estaba al tanto de esa historia, acerca de cómo habían estado haciendo *collages* de sus cosas favoritas.

—Lo hizo aposta —dijo Millicent—. Me sujetó la mano y me hizo un corte con el papel. Justo aquí. —Señaló la zona entre su pulgar y su dedo índice—. Convenció a nuestros padres de que había sido un accidente.

Pasó un mes, y a Millicent, con seis años, prácticamente se le olvidó. Hasta que volvió a ocurrir. Holly y ella estaban en la habitación de Holly, jugando a lo que denominaban el «hoyo morado». Millicent y su hermana habían creado su propio mundo con muñecas, peluches y caballitos de plástico, y lo llamaban así. El nombre aludía al color del cuarto de Holly. El suyo era lavanda, y el de Millicent, amarillo.

Mientras se encontraban en el hoyo, Holly volvió a hacerle un corte. Esta vez utilizó una afilada pieza de plástico que había arrancado de otro juguete.

El corte fue en la pierna, a la altura del tobillo. Millicent se puso a gritar mientras la sangre goteaba sobre la alfombra. Holly se quedó mirando hasta que su madre entró en la habitación. En ese momento empezó a gritar como Millicent.

Se le quitó hierro al episodio imputándolo a otro accidente.

Durante un par de años, Millicent sufrió otros accidentes. Su padre lo achacaba a su torpeza. Su madre le advertía que tuviera cuidado.

Holly se reía de ella.

Cuanto más me contaba Millicent, más horrorizado me sentía. Ahora me cuadraba parte de lo que había visto.

La mordedura en su brazo, atribuida al perro. Dos pequeñas marcas desvaídas que nunca desaparecieron.

Un dedo roto aplastado con la puerta. Todavía lo tenía un poco torcido.

Esa diminuta muesca en uno de los incisivos inferiores, de cuando dio un traspié y se estampó contra la jamba de la puerta.

El corte profundo y alargado en la pantorrilla con un cristal roto que había en la calle. La cicatriz aún se aprecia, una fina marca de casi quince centímetros de largo.

La lista prosiguió durante lo que se me antojaron horas. Y, conforme se hacían mayores, la cosa fue a peor.

Cuando Millicent tenía diez años, Holly la empujó por las escaleras. Millicent se partió el brazo. Al cabo de seis meses,

Holly arrolló a Millicent con su bici. Después de aquello, se cayó de un árbol en el jardín trasero.

Sus padres creían que se trataban de meros accidentes. O veían lo que querían ver. Cualquier padre se resiste a pensar que su hijo es un monstruo.

En parte yo lo entendía. Nada me haría pensar que Rory o Jenna fuesen capaces de actuar de esa manera. Simplemente es imposible, es inconcebible. Y seguro que los padres de Millicent sentían lo mismo con respecto a Holly.

Eso no aplacó mi indignación ni por asomo. Mientras estaba sentado escuchando lo que Millicent había padecido conforme crecía, era incapaz de razonar para controlar mi rabia.

Ese trato —no, esa tortura— continuó hasta la pubertad. Para entonces, ya hacía tiempo que Millicent había renunciado a intentar mostrar una buena actitud con su hermana con la esperanza de que esta parase. En vez de eso, trató de vengarse.

La primera —y única— vez que probó a hacer daño a Holly fue cuando ambas estaban en el instituto. A la salida de clase, se encaminaron hacia la puerta con el resto de los niños, hasta la fila de padres que esperaban para recoger a sus hijos. Iban caminando juntas, una al lado de la otra, y Millicent le puso la zancadilla.

Holly se cayó de bruces al suelo.

Todo transcurrió en un segundo, pero lo presenció la mitad del instituto. Los niños se echaron a reír, los profesores se apresuraron a ayudar, y, para sus adentros, Millicent se regodeó.

—Suena horrible —dijo Millicent—. Pero realmente pensé que se había acabado. Pensé que haciéndole daño dejaría de hacerme daño a mí.

Se equivocaba.

Horas después, Millicent se despertó en plena noche. Estaba maniatada al cabecero de la cama. En ese momento Holly estaba amordazándola.

Holly no le dijo una palabra. Se sentó en el rincón como si nada y se quedó mirando a Millicent hasta que amaneció. Justo antes de que sus padres se despertaran, Holly la desató y le quitó la mordaza de la boca.

—Ni se te ocurra volver a hacerme daño en tu vida —dijo—. La próxima vez te mato.

Millicent no lo hizo. Continuó sufriendo maltratos mientras buscaba la manera de demostrar que no era torpe y que no se hacía daño por accidente. Holly era demasiado astuta como para que la pillaran in fraganti, demasiado lista como para dejarse atrapar.

A día de hoy, Millicent está convencida de que habría continuado de no haber sido por el coche.

El accidente de coche del que me habló sí que se produjo. Holly tenía quince años, Millicent trece, y Holly decidió coger el coche de su madre para dar una vuelta. Ordenó a su hermana que la acompañara, y luego empotró el coche contra una valla deliberadamente, por el lado del asiento del pasajero.

Se habría considerado un accidente de no haber sido por la grabación.

El accidente quedó registrado en dos cámaras de seguridad diferentes. La primera grabó el coche circulando recto por la calzada cuando al torcer súbitamente a la derecha chocó contra una valla. La segunda grabación mostraba el lado del asiento del conductor. Holly iba al volante, y daba la impresión de que había girado el volante a propósito.

La policía la interrogó y llegó a la conclusión de que el accidente no había sido fortuito.

Después de numerosos interrogatorios a Millicent, Holly y sus padres, se dieron cuenta de que Holly estaba muy trastornada. También sospechaban que trataba de matar a su hermana pequeña.

Para evitar que su hija fuera acusada de intento de asesinato, los padres de Millicent accedieron a ingresarla indefinidamente en un hospital psiquiátrico. Sus médicos la mantuvieron recluida allí.

Veintitrés años después, le dieron el alta.

Holly fue la primera.

Tras nuestra noche romántica, indago sobre Owen Oliver Riley. Si nuestro plan es resucitar al hombre del saco local, no tengo más remedio que repasar los hechos, concretamente qué tipo de mujeres eran su objetivo. No me acuerdo muy bien de eso. Lo que sí recuerdo es que sembró el pánico entre todas las mujeres de la zona, lo cual facilitó o complicó mucho las cosas a la hora de conocer a una. O recelaban de mí como si fuera el asesino de Woodview, o bien calculaban mis posibilidades de defenderlas de él.

Hablo de chicas de mi edad, entre los dieciocho y los veinte, aunque por lo visto Owen Oliver no se habría fijado en ellas. A él le gustaban un poco más mayores, de entre veinticinco y treinta y cinco.

Rubias o morenas, daba igual. En eso Owen Oliver no tenía preferencias.

Sin embargo, tenía otras. Las mujeres eran más bien bajas; ninguna superaba el metro sesenta. Resultaba más fácil cargar con ellas. Y mucho más fácil para Millicent.

Todas vivían solas.

Muchas trabajaban de noche. Incluso una de ellas era prostituta.

El último requisito de Owen fue el que lo delató. En un momento dado, todas sus víctimas habían sido pacientes del Saint Mary's Memorial Hospital. A veces, los ingresos se remontaban a años atrás. A una le habían extirpado las amígdalas en Saint Mary; otra contrajo la neumonía y pasó dos días con una vía. Owen había trabajado en el departamento de facturación. Conocía de buena tinta sus historiales médicos, así como sus respectivas edades, estados civiles y direcciones.

Saint Mary era lo único que vinculaba a las víctimas. Durante mucho tiempo, eso se pasó por alto, porque todo el mundo va a Saint Mary. Es el único gran hospital de nuestra zona. El segundo más cercano se halla a una hora en coche.

Me salto la mayoría de los detalles acerca de lo que les hizo a sus víctimas mientras las mantuvo en cautividad. Demasiada información que no necesito, demasiadas imágenes mentales que no deseo.

El único pormenor que me llama la atención son las huellas dactilares. Owen se las había rebanado a todas sus víctimas. Millicent le había hecho lo mismo a Lindsay.

A continuación, reviso las fotos de las mujeres a las que asesinó. Eran jóvenes, radiantes y felices. Esa es la impresión que dan siempre las fotos de las víctimas. Nadie desea ver una foto de una joven lúgubre, a pesar de que esté muerta.

Me fijo en unas cuantas cosas más. Todas las mujeres eran bastante discretas. No iban muy maquilladas o con ropa estilosa. Casi todas tenían un aspecto corriente: pelo anodino, vaqueros y camisetas, sin pintalabios oscuro, y las uñas sin pintar. Lindsay encajaba con este perfil, y con el requisito de altura de Owen.

Naomi era más sencilla que glamurosa, pero era demasiado alta.

Hasta ahora, nunca he elegido a una mujer basándome en este tipo de perfil. Definía mis criterios en función de la cantidad de personas que la echarían en falta, de la rapidez con la que darían parte a la policía, y del tiempo que dedicarían a localizar a una mujer adulta.

Todo lo demás era arbitrario. Me decanté por Lindsay porque encajaba con todos los criterios importantes, y porque Millicent insistió una y otra vez en lo tocante a la elección de la siguiente.

Con Petra fue diferente. Porque me acosté con ella, porque ella sospechó de mi sordera. Quizá por ambas cosas. Ella sigue ahí fuera, sigue siendo un riesgo, pero no encaja con nuestro nuevo perfil en absoluto. Petra es demasiado alta y glamurosa; se pone faldas y zapatos de tacón, y hasta llevaba las uñas de los pies pintadas de rojo.

He de encontrar a otra. A la cuarta.

Así era como Owen Oliver actuaba. Siempre atrapaba a su siguiente víctima cuando encontraban a la última.

Mientras rastreo los portales de redes sociales, noto que me empieza a subir la adrenalina. No llega a ser un subidón, todavía no, pero tiempo al tiempo. Millicent y yo resucitaremos a Owen juntos.

Y me muero de ganas.

13

Descartamos a las dos primeras mujeres. Lindsay fue la primera que elegimos, y dimos con ella en las redes sociales. Pero eso fue cuando no teníamos un perfil o un requisito de altura. La mayoría no especifica sus rasgos físicos en las redes sociales, y no existen categorías concretas para la altura, el peso o el color de los ojos. Esto complica mi búsqueda preliminar de la número cuatro.

Sí que encontré un sitio en el que se especificaba la altura: los sitios web de citas. Pero tras una breve búsqueda en unos cuantos me canso. Al día siguiente, le pido a Millicent que se reúna conmigo para hacer un descanso a mediodía. Compramos un café para llevar y nos sentamos en el parque que hay al otro lado de la calle. Hace un día precioso, el cielo azul resplandece y no hay demasiada humedad en el ambiente; el parque se halla lo bastante próximo como para utilizar la conexión de internet de la cafetería.

Le explico los requisitos de nuestro nuevo perfil y le muestro lo que he encontrado online. Ella va pasando las páginas de las mujeres del sitio de citas y seguidamente me mira.

—Todas parecen tan... —Niega con la cabeza al tiempo que se le apaga la voz.

—¿Falsas?

—Sí. Como si intentaran aparentar lo que los hombres buscan en vez de ser ellas mismas.

Señalo una, que comenta que sus hobbies son el windsurf y las fiestas en la playa.

—Y posiblemente tengan demasiados amigos.

—Algunas sí, seguro.

Continúa revisando perfiles con el ceño fruncido.

—No podemos elegirla en un portal de citas.

Me quedo callado, y ella levanta la vista. Estoy sonriendo.

—¿Qué? —pregunta.

—Tengo otra idea.

Ya más tranquila, se relaja y enarca una ceja.

—Ah, ¿sí?

—Sí.

—Dime.

Echo un vistazo al parque y finalmente mis ojos se posan en una mujer sentada en otro banco leyendo un libro. Señalo hacia ella.

—¿Qué te parece?

Millicent mira, escruta a la mujer, y sonríe.

—Quieres buscar a alguna en el mundo real.

—De momento, sí. Hasta dar con una que encaje con el perfil físico. Luego investigaremos online para asegurarnos de que sea la adecuada.

Millicent posa los ojos en mí. Los tiene muy brillantes. Pone la mano encima de la mía. Su roce me provoca una descarga en todo el cuerpo; noto como si me estuvieran recargando las pilas. Me zumba hasta el cerebro.

Ella asiente, y las comisuras de su boca se elevan al esbozar una sonrisa. En lo único en que puedo pensar es en besarla. En tirarla en pleno parque y arrancarle la ropa a tirones.

—Sabía que había una razón por la que me casé contigo —dice finalmente Millicent.

—¿Porque soy un lince?

—Y modesto.

—Tampoco estoy nada mal —comento.

—Si hacemos esto bien —dice—, a la policía jamás se le ocurrirá buscar a una pareja. Tendremos libertad para hacer lo que se nos antoje.

Algo en su comentario me excita más si cabe. El mundo está lleno de cosas que no puedo hacer ni permitirme, desde casas, pasando por coches, hasta mobiliario de cocina, pero así, así, es como podemos tener libertad. Esto es lo único nuestro, lo único que controlamos. Gracias a Millicent.

—Sí —le digo.

—¿Sí a qué?

—Sí a todo.

Voy en coche a la estación de SunRail y cojo el tren a Altamonte Springs, en dirección contraria de donde Petra vive. Técnicamente, la ciudad se ubica fuera de Woodview, pero dentro del radio de actuación original de Owen.

Hay mujeres por todas partes. Jóvenes, mayores, altas, bajas, delgadas, gruesas. Las hay en cada calle, en cada tienda, a la vuelta de cada esquina. No veo a los hombres, únicamente a las mujeres, y siempre ha sido así. Cuando era joven, me resultaba impensable conformarme con una. Con semejante repertorio.

Como es obvio, eso fue antes de Millicent.

La diferencia radica en mí. Sigo calibrando a todas las mujeres, solo que no de la misma manera. No las veo como posibles parejas, amantes o conquistas. Las valoro pensando en si encajarán o no con el perfil de Owen. Evalúo a cada una en función de la altura, y a continuación del maquillaje y la ropa.

Observo a una mujer que sale de un local de Laundromat y se dirige arriba, al apartamento que hay encima. Desde donde estoy apostado, me cabe la duda de si es demasiado alta.

Una segunda mujer sale de un edificio de oficinas. Es bastante baja, pero irritantemente enérgica, y observo que se mete en un coche que es más bonito que el mío. Me cabe la duda de si lograría abordarla.

Veo a una mujer en una cafetería y me siento en la mesa que hay detrás de ella. Está con un ordenador portátil, consultando páginas que se clasifican en dos categorías: la política y la comida. Sé un pelín de esto y me planteo qué tipo de conversación entablaríamos. Esto me despierta tanta curiosidad que la observo al marcharse y a continuación le sigo los pasos en busca de la matrícula del coche.

Continúo por la acera hasta que veo a una mujer baja que también es controladora de aparcamiento. Está poniendo una multa. Lleva las uñas cortas; también el pelo. No alcanzo a verle los ojos a través de las gafas de sol, pero no lleva los labios pintados.

Paso lo bastante cerca de ella como para leer su chapa identificativa.

A. Parson.

Puede que sí, puede que no. Aún no lo tengo claro. Cuando está distraída, le hago un par de fotos.

Esa noche, Millicent está tumbada en la cama examinando una hoja de cálculo en su ordenador. Los niños están durmiendo, o deberían estarlo. Al menos están en silencio. Últimamente con eso nos conformamos.

Me meto en la cama con Millicent.

—Hola —digo.

—Hola. —Ella se aparta para hacerme sitio, aunque nuestra cama es grande de sobra.

—Hoy he ido de compras.

—Madre mía, espero que no hayas gastado nada. Precisamente ahora estaba mirando nuestro presupuesto, y no tenemos nada ahorrado desde que tuvimos que cambiar la lavadora.

Sonrío.

—No me refiero a ese tipo de compras. —Le pongo mi teléfono delante, con una foto de A. Parson en la pantalla.

—Oh —dice Millicent. Amplía la foto y entrecierra los ojos—. ¿Qué tipo de uniforme es ese?

—De controladora de aparcamiento.

—Desde luego, no me importaría desquitarme un poco con una de esas.

—Ni a mí. —Nos echamos a reír—. Y encaja con el perfil de Owen.

—Efectivamente. —Millicent cierra su ordenador y se coloca de costado hacia mí—. Buen trabajo.

—Gracias.

Nos besamos, y todos nuestros problemas de presupuesto se disipan.

14

Al principio, no tuvo nada de morbo. Fue terrorífico.

Se suponía que Holly era el final, no el principio. Al día siguiente de que esta saliera del hospital psiquiátrico, al abrir la puerta Millicent se topó con Holly en el porche. Le dio con la puerta en las narices a su hermana.

Holly escribió una carta y la echó en nuestro buzón. Millicent no respondió.

Holly llamó. Millicent dejó de responder al teléfono.

Cuando me puse en contacto con el hospital psiquiátrico, se negaron a decirme nada.

A Holly le dio por aparecer en público, manteniéndose como mínimo a cien metros de distancia, pero se presentaba en todas partes. En el supermercado donde Millicent hacía la compra. En el aparcamiento del centro comercial. En la acera de enfrente cuando salíamos a cenar.

Nunca se quedaba en ningún sitio el tiempo suficiente como para que llamáramos a la policía. Y, cada vez que intentábamos conseguir pruebas haciéndole una foto, se daba la vuelta, se alejaba, o se movía para que saliera borrosa.

Millicent no quiso contárselo a su madre. Esta ya se estaba olvidando de quién era Holly debido al alzhéimer, y Millicent prefirió guardar el secreto.

Online, me informé de las leyes contra el acoso e hice una lista de cada vez que había aparecido Holly hasta la fecha. Cuando se la enseñé a Millicent, me dijo que era inútil.

—Eso no servirá de nada —comentó.

—Pero si...

—Estoy al tanto de las leyes contra el acoso. No las ha quebrantado, y no lo hará. Holly es demasiado lista como para eso.

—Tenemos que hacer algo —dije.

Millicent se quedó mirando mi libreta y negó con la cabeza.

—Me parece que no lo entiendes. Convirtió mi infancia en un infierno.

—Ya lo sé.

—Entonces deberías saber que una lista no va a servir de nada.

Yo quería ir a la policía para ponerles al corriente de lo que nos estaba ocurriendo, pero la única prueba material de la que disponíamos era la carta que Holly había metido en el buzón. No era intimidatoria. Como señaló Millicent, Holly era demasiado lista.

M,

¿No crees que deberíamos hablar? Yo sí.

H.

En vez de ir a la policía, fui a ver a Holly. Le dije que dejara en paz a Millicent y a mi familia.

No lo hizo. La siguiente vez que la vi, fue en mi casa.

Era martes, más o menos la hora de almorzar, y yo estaba en el club terminando una clase y pensando en lo que iba a comer. Mi teléfono sonó tres veces seguidas, todos mensajes de Millicent.

911

Ven a casa YA

Holly

Esto sucedió menos de una semana después de hacerle una visita a Holly.

No me entretuve en contestar al mensaje de Millicent. Al llegar a casa, ella me recibió en la puerta. Tenía los ojos llorosos, las lágrimas amenazaban con resbalar por sus mejillas. Mi mujer no llora por cualquier minucia.

—¿Qué diablos...?

Sin darme opción a terminar, me cogió de la mano y me condujo a la sala de estar. Holly estaba al fondo, sentada en el sofá. Nada más verme, se puso de pie.

—Al llegar a casa me he encontrado a Holly aquí —dijo Millicent. Le temblaba la voz.

—¿Qué? —exclamó Holly.

—Justo aquí, en nuestra sala de estar.

—No, no ha sido así...

—Se me había olvidado la cámara —continuó Millicent—. Como se supone que hoy iba a fotografiar la casa de los Sullivan, vine a casa y aquí estaba.

—Un mo...

—Me la encontré sentada en nuestro sofá. —Las lágrimas finalmente brotaron, de golpe, y Millicent se tapó la cara con las manos. Yo la rodeé con el brazo.

Holly parecía una treintañera normal y corriente con vaqueros, una camiseta y sandalias. Se había repeinado hacia atrás su corta melena pelirroja, y llevaba un llamativo lápiz de labios. Holly respiró hondo e hizo un ademán con las manos en alto como para mostrarme que no tenía nada.

—Un momento. Eso no es...

—¡No mientas! —gritó Millicent—. ¡Siempre estás mintiendo!

—¡No estoy mintiendo!

—Un momento —intervine, al tiempo que daba un paso al frente—. Vamos a calmarnos todos.

—Sí —dijo Holly—. Será lo mejor.

—No, no pienso calmarme. —Millicent señaló hacia la ventana del rincón, que mira a un lado de la casa. La cortina estaba corrida, pero había cristales desperdigados por el suelo—. Así es como entró. Rompió una ventana para entrar en nuestra casa.

—¡No es verdad!

—Entonces ¿cómo entraste?

—Yo no...

—Holly, basta. Ya está bien. No vas a tomarle el pelo a mi marido como hiciste con mamá y papá.

En eso Millicent tenía razón.

—Oh, Dios mío —musitó Holly. Se sujetó la cabeza entre las manos y cerró los ojos, como si tratara de evadirse del mundo—. OhDiosmíoohDiosmíoohDiosmío.

Millicent dio un paso atrás.

Yo di un paso adelante.

—Holly —dije—. ¿Estás bien?

No paraba. Daba la impresión de que ni siquiera me oía. Cuando se golpeó un lado de la cabeza con la mano abierta, miré fugazmente a Millicent. Ella tenía la mirada clavada en Holly y parecía demasiado asustada como para moverse. Se había quedado petrificada.

Alcé la voz.

—Holly.

Dio un respingo.

Dejó caer las manos.

A Holly se le había transfigurado el rostro en algo furibundo, brutal. Me daba la impresión de estar presenciando lo que tanto amedrentaba a Millicent.

—Deberías haber muerto en aquel accidente —le dijo a Millicent. Sonó como un gruñido.

Millicent se acercó más a mí, usándome de escudo, y se aferró a mi brazo. Yo me giré para decirle que llamara a la policía, pero se me adelantó. Apenas le salía la voz del cuerpo.

—Gracias a Dios que los niños no están aquí presenciando esto.

Los niños. Me vino a la cabeza una imagen fugaz de ellos. Visualicé a Rory y Jenna en la sala en vez de nosotros. Sentí su miedo mientras esta mujer desequilibrada se enfrentaba a ellos.

—Holly —insistí.

Ella no me oía. No oía a nadie. Sus ojos estaban clavados en Millicent, que trataba de esconderse detrás de mí.

—Zorra —dijo Holly.

Se abalanzó hacia mí.

Hacia Millicent.

En ese momento, no tomé una decisión. No barajé las opciones en mi cabeza, sopesando los pros y los contras, recurriendo a la lógica para proceder de la mejor manera posible. De haberlo hecho, Holly aún seguiría viva.

En vez de eso, no pensé, no decidí. Lo que hice a continuación surgió de algún lugar mucho más profundo. Era una cuestión biológica, de supervivencia. Instinto.

Holly suponía una amenaza para mi familia, de modo que suponía una amenaza para mí. Empuñé lo primero que tenía a mano. Estaba justo a mi lado, apoyada contra la pared.

Una raqueta de tenis.

15

Pasan unos días hasta que alguien pregunta por Owen Oliver Riley en televisión.

Josh, el joven y serio Josh, sacó a relucir el nombre del asesino en serie en el transcurso de una rueda de prensa. Desde que encontraron a Lindsay, la policía ha estado dando ruedas de prensa como mínimo día sí, día no. Se organizan a última hora de la tarde para que los titulares puedan emitirse en diferido en los informativos de la noche.

La pregunta de Josh será el titular del día.

«¿Se ha planteado la posibilidad de que Owen Oliver Riley haya vuelto?».

Al inspector de policía, un hombre con entradas de unos cincuenta años, no pareció sorprenderle que se la planteara.

Josh es demasiado joven para acordarse de algún detalle sobre Owen Oliver, pero es un periodista inteligente y ambicioso, capaz de navegar por internet a la velocidad del rayo. Lo único que le hacía falta era alguien que le diera el pistoletazo de salida.

Con este fin, me documenté sobre algunos de los asesinos en serie más famosos. Varios se comunicaban con la prensa, a veces hasta con la policía, y eso fue mucho antes de que se inventara el correo electrónico. Pero, en vista de lo fácil que resultaba localizar cualquier cosa electrónica, descarté el correo electrónico. Opté por la vieja escuela.

Owen jamás escribió cartas a nadie, de modo que lo único que me hacía falta era crear algo que resultara mínimamente creíble. Tras varios intentos, de largas a cortas, de poéticas a dispersas, acabé con una única frase:

Me alegro de estar en casa.

Owen

Me puse guantes quirúrgicos para manipular el papel, el sobre y el sello. Una vez cerrado el sobre, lo rocié con una colonia barata de la droguería. Olía como a almizcle de cowboy.

Eso solo fue para dar por saco a Josh.

Luego crucé en coche la ciudad y lo eché en un buzón. Tres días después, Josh mencionó a Owen en la rueda de prensa, pero no la carta. Tal vez Josh se esté guardando esto para sí, o tal vez la policía le haya pedido que no lo mencione.

De momento, me conformo con mantenerme a la espera a ver qué pasa, porque hay algo más que he de hacer. Anoche, salí a vigilar el apartamento de Annabelle Parson. Por fin. Me costó más localizar a la controladora de aparcamiento en la que me había fijado que a las demás. Con Lindsay y Petra, me bastó con buscar sus nombres en internet. Annabelle era más lista que todo eso, sin duda para ocultarse de todas aquellas personas airadas a las que había puesto una multa de aparcamiento. Para averiguar dónde vivía, tuve que seguirla hasta su casa una noche. Me fastidió un poco.

Anoche, esperé en la puerta de su apartamento para ver si regresaba a su casa sola o si estaba saliendo con alguien. Alrededor de la medianoche, recibí un mensaje de mi hijo.

¿Otra vez fuera? Te va a costar caro.

¿Qué quieres?

¿Te refieres a cuánto quiero?

Esta vez no quiere otro videojuego. Quiere dinero en metálico.

Al día siguiente, me lo encuentro en casa después del trabajo. Ya está en el sofá, zapeando, mandando mensajes y jugando a un juego. Millicent todavía no ha llegado a casa. Jenna está arriba.

Me siento a su lado.

Él alza la vista con las cejas enarcadas.

Esto es un error. Debería habérselo contado todo a Millicent. Podríamos habernos sentado con Rory y Jenna y explicarles que todo va bien.

«Es que a papá le gusta dar largos paseos en coche en mitad de la noche. Alguna que otra vez se pone un traje».

Le doy a Rory el dinero.

Está tan concentrado contando el dinero que no presta atención a la tele, donde los informativos retransmiten los titulares de la rueda de prensa. Rory no es consciente del verdadero motivo por el que su padre sale de noche. Lo único que tendría que hacer es levantar la vista.

Tomamos tacos para cenar, hechos con sobras de pollo, y están deliciosos. Mi mujer es una buena cocinera y se empeña en hacer la cena todas las noches, pero, cuanto menos tarda en preparar algo, mejor me sabe.

No se lo digo.

De postre hay rodajas de melocotón espolvoreadas con azúcar moreno, y tocamos a una galleta de canela por cabeza. Rory es el primero en hacer una mueca, aunque Jenna le pisa los talones. Millicent siempre ha sido muy rácana con el postre.

Cada uno se lo toma de una manera. Jenna lame el azúcar moreno del melocotón, después se come la galleta y termina el resto de las rodajas. Rory primero se come la galleta y a continuación el melocotón, aunque pasa en un visto y no visto, porque engulle todo de una sentada. Millicent alterna entre la fruta y la galleta, un bocado de una cosa y acto seguido un bocado de otra. Yo machaco las rodajas de melocotón y la galleta y me lo como todo junto con cuchara.

Mañana es nuestra noche de cine, y debatimos qué ver. La semana pasada fue una película de animación de animales. Rory siempre refunfuña al principio, pero le encantan como al que más. Como a los dos les gustan las películas de temática deportiva, nos decantamos por una sobre un equipo de la liga juvenil de béisbol que intenta clasificarse en los campeonatos mundiales. Lo sometemos a votación como si se tratase de unas elecciones en toda regla, y *Batter Up* gana por goleada.

—Estaré en casa para las cinco —digo.

—Cenamos a las seis —señala Millicent.

—¿Hemos terminado ya? —pregunta Rory.

—¿Quién es Owen Oliver Riley? —pregunta Jenna.

Se hace el silencio.

Millicent y yo miramos a Jenna.

—¿Dónde has oído eso? —pregunta Millicent.

—En la tele.

—Owen es un hombre horrible que hace daño a la gente —digo—. Pero a ti jamás podrá hacerte daño.

—Ah.

—No te preocupes por Owen.

—Pero ¿por qué hablan de él? —pregunta Jenna.

—Por esa chica muerta —tercia Rory.

—Mujer —puntualizo—. Es una mujer.

—Ah. Por ella. —Jenna se encoge de hombros y mira su teléfono—. Bueno, ¿hemos terminado ya?

Millicent asiente; ellos cogen sus teléfonos y se ponen a recoger la mesa mientras mandan mensajes. Yo enjuago los platos, Jenna ayuda a meterlos en el lavavajillas y Millicent tira a la basura las escasas sobras de los tacos.

Mientras nos preparamos para irnos a la cama, Millicent pone los informativos locales. Nada más ver los titulares de la rueda de prensa, se vuelve hacia mí. Sin decir nada, me pregunta si tuve algo que ver con eso.

Me encojo de hombros.

Ella enarca una ceja.

Le guiño un ojo.

Ella sonríe.

A veces, entre nosotros sobran las palabras.

No siempre fue así. Al principio, pasábamos noches enteras conversando, igual que todas las parejas jóvenes cuando se enamoran. Yo le contaba todas mis anécdotas. Las palabras me salían a borbotones porque por fin había encontrado a alguien a quien le fascinaban. Quién iba a decir que yo era fascinante.

Con el tiempo, como ella ya conocía todas mis viejas anécdotas, solo nos contábamos las novedades. Yo le mandaba mensajes en plena jornada para compartir menudencias. Ella me enviaba una foto graciosa que ilustraba cómo llevaba el día. Jamás he conocido a nadie tan a fondo, ni he compartido mi vida tan completamente con otra persona. Esto continuó hasta que nos casamos, incluso después, cuando Millicent estaba embarazada de Rory.

Aún recuerdo lo primero que me guardé para mis adentros. Lo primero de cierta trascendencia, quiero decir. Fue el coche.

Teníamos dos; el suyo era el más nuevo, y el mío era una vieja camioneta destartalada donde llevaba todo mi equipamiento de tenis. Cuando Millicent se encontraba en el octavo mes de embarazo, mi camioneta se averió. El gasto de la reparación ascendía a mil dólares, y no disponíamos de ese dinero. Lo poco que teníamos lo habíamos ido reservando, poquito a poco, para poder comprar una cuna, un carrito de bebé y el sinfín de pañales que íbamos a necesitar.

No quería que se disgustase, no quería que se preocupase, así que tomé una decisión. Le dije que la camioneta se había averiado, pero no lo que me costaría el arreglo. Para pagar la reparación, solicité una nueva tarjeta de crédito solo a mi nombre.

Tardé más de un año en saldarlo y jamás se lo conté a Millicent. Jamás le conté lo de los restantes cargos tampoco.

Eso fue lo primero de relevancia, pero ambos dejamos de charlar de cosas intrascendentes. Tuvimos un hijo, luego otro, y sus días pasaron a ser más agotadores que divertidos. Ya no me comentaba cada menudencia, ni yo entraba en detalles sobre mis clientes.

Ambos dejamos de preguntar, dejamos de compartir las menudencias, y en vez de eso nos ceñimos a lo fundamental. Aún lo hacemos.

A veces nos basta con una sonrisa y un guiño.

16

En veinticuatro horas, Owen Oliver Riley está en todas partes. Su rostro acapara los informativos locales y las páginas web. A mis clientes les apetece hablar de él. Los que son de fuera quieren conocer más detalles. Los que son de aquí no tienen claro si realmente ha regresado. Kekona, la cotilla local, se encuentra entre dos aguas.

Aunque nació en Hawái, lleva viviendo aquí el tiempo suficiente como para conocer a todas nuestras leyendas, mitos y residentes infames. Ella no cree que Owen Oliver haya regresado. Ni por asomo.

Estamos en la cancha, y Kekona está sirviendo. De nuevo. Ella piensa que con hacer un saque directo detrás de otro no es necesario jugar el resto de la partida. En teoría, tiene razón. En realidad, nadie puede hacer eso, a menos que su contrincante sea un crío de cinco años.

—¿Owen podría ir a cualquier parte a asesinar mujeres, y creen que ha regresado aquí? —comenta.

—Si por «creen» te refieres a la policía, entonces no, no han dicho nada sobre Owen Oliver. No fue más que una pregunta de un periodista.

—Pufff.

—No estoy seguro de lo que eso significa.

—Significa que eso es absurdo. Owen ya se fue de rositas una vez. No tiene ningún motivo para regresar.

Me encojo de hombros.

—¿Porque es su hogar?

Kekona pone los ojos en blanco.

—La vida no es una película de terror.

No es la única que opina de esta manera. Todo aquel que no lo vivió en su momento piensa que es absurdo que regresara. Coinciden con Kekona en que es una decisión que no tiene el menor sentido.

Pero aquellos que vivían aquí, y que tienen la edad suficiente como para acordarse, creen que Owen ha regresado a su tierra natal. Especialmente las mujeres.

Se acuerdan del miedo que sentían siempre que se encontraban solas, en casa o fuera, porque Owen atrapaba a sus víctimas prácticamente en cualquier parte. Dos desaparecieron del interior de sus propias casas. Una se encontraba en una biblioteca, otra en un parque, y como mínimo tres en aparcamientos. A dos de estas las captaron las cámaras de seguridad. El metraje era antiguo y tenía grano; Owen aparecía como una gran mancha borrosa con ropa oscura y una gorra de béisbol. Han estado reponiendo los vídeos en las noticias todo el día, otra vez.

Hoy, tengo clase de tenis con Trista, la mujer de Andy; al cruzar el edificio principal del club, la veo en el bar. Está atendiendo a las noticias en una de las grandes pantallas. Como su marido, tiene cuarenta y tantos años y no podría aparentar menos. Tiene las puntas del pelo demasiado rubias, los ojos siempre perfilados de negro, y un bronceado intenso y natural que resulta chocante. Está sola bebiendo vino tinto a la una de la tarde. La botella está apoyada en la mesa.

Supongo que hoy no vamos a dar clase de tenis.

La observo a cierta distancia, con la duda de si debería entrometerme. A veces, mis clientes me cuentan más de lo que deseo saber. Soy como el peluquero, solo que del ejercicio.

Pero he de reconocer que también puede ser interesante.

Me aproximo a Trista.

—Hola.

Hace un ademán con la mano y señala hacia una silla libre, sin apartar los ojos de la pantalla de la tele en ningún momento. La he visto beber cantidad de veces en fiestas y cenas, pero jamás la he visto en este estado.

Durante la pausa publicitaria, se vuelve hacia mí.

—Voy a cancelar nuestra clase de hoy —dice.

—Gracias por avisarme.

Sonríe, pero no parece contenta. Se me pasa por la cabeza que igual está disgustada con Andy. A lo mejor él ha hecho alguna trastada, y no quiero meterme donde no me llaman. Cuando me dispongo a levantarme de la silla, pregunta:

—¿Te acuerdas lo que vivimos en aquella época? —Señala con un gesto de la cabeza hacia el televisor—. ¿Cuando estaba cometiendo los asesinatos?

—¿Owen?

—¿Quién si no?

—Claro. Todos nos acordamos. —Me encojo de hombros y vuelvo a sentarme—. ¿Fuiste alguna vez a The Hatch? Solíamos ir unos cuantos allí a tomar algo los sábados por la noche, y en todas las televisiones ponían los canales de noticias. Me parece que allí fue donde yo...

Respira hondo.

—Yo lo conocí.

—¿A quién?

—A Owen Oliver. Yo lo conocí. —Trista coge la botella y rellena su copa.

—Nunca me lo comentaste.

Ella pone los ojos en blanco.

—No es precisamente algo de lo que enorgullecerse. Especialmente porque salí con él.

—Estás de coña.

—En serio.

Me quedo con la boca abierta. Y no exagero.

—¿Lo sabe Andy?

—No. Y mucho ojo con contárselo.

Niego con la cabeza. Ni de coña se lo contaría. No tengo la menor intención de ser el portador de esa noticia.

—Pero ¿cómo que...?

—Primero, bebe un poco de esto. —Trista empuja la botella de vino en dirección a mí—. Vas a necesitarlo.

Trista tenía razón. El vino atenuó el horror de su relato.

Conoció a Owen Oliver cuando este tenía treinta y tantos. Ella era diez años menor, se había licenciado en Historia del Arte y trabajaba en una agencia de cobros. Así fue como se conocieron. Owen trabajaba en facturación en el Saint Mary. Cuando las facturas no se abonaban, se las remitían a la agencia de cobros.

—Era una mierda de trabajo —comentó. Se le trababa la lengua por el vino—. Yo llamaba por teléfono a gente enferma para reclamarles dinero. Menudo papelón. Una mierda. Me sentía todo el día como una rastrera que hacía cosas rastreras.

Owen le dijo que no lo era. Su primera conversación fue sobre una tal Leann, que le debía al hospital más de diez mil dólares. Tras diecisiete llamadas a Leann, Trista se convenció de que el número estaba equivocado. La única persona que atendía al teléfono era un hombre que aparentaba tener noventa años y un patente estado de demencia senil. Leann era una mujer de veintiocho años que vivía sola. Trista llamó al departamento de facturación de Saint Mary para comprobar el número de teléfono. En teoría no debía ponerse en contacto con el hospital directamente, pero lo hizo de todas formas. Owen respondió al teléfono.

—Por supuesto que yo tenía el número correcto. Owen me dijo que Leann era actriz. —Trista soltó un gran suspiro—. Me dio tanto corte que ni siquiera le pregunté cómo lo sabía.

Charlaron. A ella le agradó su voz, a él le agradó su risa, y quedaron. Trista salió con Owen seis meses.

—A los dos nos gustaba comer y beber, y preferíamos ver los deportes que practicarlos. Excepto el sexo. Hubo mucho sexo. Estaba bien, pero no para tirar cohetes. No una pasada. Pero —Trista levantó un dedo y trazó un círculo en el aire— los rollos de canela que hacía sí que eran una pasada. Además, totalmente caseros. Amasaba la harina, la untaba con mantequilla fundida por encima, y después añadía esa mezcla de canela y azúcar... —Por un segundo, se quedó con la mirada perdida. Le costó volver a la realidad—. En fin. Los rollos de canela estaban buenos. Los rollos de canela no tenían ninguna pega. En realidad, Owen tampoco tenía ninguna pega. Salvo que era un administrativo de facturas médicas.

Trista bajó la vista hacia la mesa y esbozó una sonrisa. No una sonrisa genuina, sino de patente reprobación hacia sí misma. Irguió la cabeza y me miró a los ojos.

—Rompí con él porque no tenía ninguna intención de casarme con un administrativo de facturas médicas de treinta y tres años. Ni de coña. Y, si eso me convierte en una esnob, pues muy bien, pero ni de coña iba a pasar estrecheces toda mi vida. —Levantó las manos con un ademán, dispuesta a aceptar cualesquiera que fueran los insultos que yo quisiera proferirle.

Yo no dije nada. En vez de eso, alcé mi copa, brindamos y bebimos.

Trista se pasó casi dos horas hablando de Owen Oliver Riley.

Él solía ver los deportes. El hockey era uno de sus favoritos, aunque el equipo profesional más cercano se halla a cientos de kilómetros de distancia. Owen siempre llevaba vaqueros. Siempre, a menos que estuviera en la ducha, en la cama o cerca de una piscina. Pero no sabía nadar. Trista sospechaba que le daba miedo el agua.

Él vivía en una casa al norte de la ciudad, en la misma zona donde Millicent y yo residíamos cuando nos casamos. La zona norte no está mal, pero es más antigua y modesta que la parte sureste, donde se ubica Hidden Oaks. Owen había heredado la casa a raíz de la muerte de su madre, y Trista la describió como «bastante mona, pero prácticamente una choza». Esto no era de sorprender. Muchas viviendas de la parte norte son pequeñas casas de madera con porche, carpintería repujada y ventanitas abuhardilladas. Por dentro, casi todas están anticuadas y se caen a pedazos. La de Owen no era una excepción.

La calefacción no funcionaba, la ventana del dormitorio se atrancaba y la moqueta tenía un repulsivo tono verde azulado. En el cuarto de baño había una bañera de patas, lo cual le gustaba a Trista, pero el grifo goteaba y la ponía de los nervios. Si pasaba la noche allí, cerraba la puerta del cuarto de baño; de lo contrario, oía el goteo desde el fondo del pasillo. Cuando comían en casa de Owen, usaban los platos de su madre, con motivos florales amarillos por el borde.

Al rato, como Trista estaba demasiado borracha y cansada para continuar, pedí a un chófer del club que la llevara a su casa. Le dije a Trista que si le apetecía contarme más cosas sobre Owen la escucharía de buen grado. Era la verdad.

Ella me había proporcionado justo lo que necesitaba para la segunda carta a Josh.

17

Los planes nunca han sido lo mío. Ni siquiera planifiqué mi viaje al extranjero. Recibí una llamada de un amigo, y a la semana siguiente quedé con él en el aeropuerto de Orlando. Cuando fui consciente de que jamás llegaría a ser lo bastante bueno como para dedicarme al tenis a nivel profesional, no ideé ningún plan. El día que Millicent me dijo que estaba embarazada de Rory, no ideé ningún plan para criar a un hijo. Cuando se quedó embarazada de Jenna, tampoco ideé ningún plan. Lo único que me hace planificar es el secreto que comparto con Millicent.

Mi juego es el tenis, no el ajedrez. Yo practico, y enseño, tenis individual, y por lo general es lo único que veo: dos lados de la red, dos contrincantes, un objetivo. No es complicado. Sin embargo, aquí estoy, diseñando un plan que involucra a varias personas, como si tuviera algo que demostrar.

La versión actual de mi plan implica a tres personas: Owen, Josh y Annabelle. Con Millicent ascienden a cuatro, y hasta podría incluir a Trista. O al menos la información que esta me facilitó.

Primero, le mandaré otra carta a Josh. No solo incluirá detalles acerca de la vida real de Owen —concretamente de la casa de su madre—, sino que además incluirá la fecha en la que desaparecerá otra mujer.

Es arriesgado, me consta. Igual hasta innecesario. Pero, con un golpe de efecto, logra nuestro objetivo. Sí, Owen ha regresado. Sí, es el responsable de la muerte de Lindsay y de la siguiente. Nada de conjeturas, nada de tira y afloja entre la policía y los medios de comunicación, especulando si realmente ha regresado o si se trata de un imitador. La información que Trista me facilitó les demostrará que se trata de Owen. A nadie le cabrá la más mínima duda cuando la siguiente desaparezca.

Será Annabelle Parson, aunque no especifico el nombre.

El inconveniente es que el departamento de policía al completo se mantendrá a la espera de que una mujer desaparezca esa noche, y se pondrán a buscarla en cuanto se denuncie su desaparición.

La ventaja es que Annabelle tiene muy pocos amigos. Nadie va a denunciar su desaparición hasta que no falte al trabajo. Eso fácilmente nos dará un margen de dos días.

Aún tenemos que maquinar cómo atrapar a Annabelle sin que nadie nos vea, incluidas las cámaras, en una noche en la que todo el mundo estará pendiente de que desaparezca una mujer. Y, mientras la policía busca a Owen, Millicent pasará totalmente desapercibida.

El plan es tan sencillo que roza la genialidad.

Lo repaso de nuevo, comenzando por la carta para Josh y terminando con la desaparición de Annabelle. Sobre la marcha, detecto cientos de lagunas, cabos sueltos y posibles complicaciones.

Por eso no planifico. Es agotador. Lo cual también es el motivo por el que lo hago. Trato de trazar el plan antes de poner a Millicent al corriente. Aun después de tantos años, deseo impresionarla.

Y hace mucho tiempo que no lo hago. Impresionar a Millicent no resultaba fácil cuando ella era joven. Ahora, es casi imposible.

No obstante, nuestra relación no es unilateral. Ha habido cantidad de veces en las que ella ha intentado impresionarme. Millicent trató de hacerlo cuando decoró el árbol de Navidad con mascarillas de oxígeno. En nuestro quinto aniversario, se puso el mismo conjunto de lencería que en nuestra noche de bodas. Y, para nuestro décimo aniversario, organizó una escapada.

Con dos niños y una casa más grande en nuestra lista de deseos, no teníamos dinero para vacaciones o una simple cena agradable. A Millicent se le ocurrió una idea.

Primero, se presentó en las canchas de tenis. Millicent jamás viene a las canchas de tenis. Si es que se deja caer por el club, es para nadar o almorzar con alguien, así que cuando apareció en la cancha me dio mala espina. Mi mujer solo quería secuestrarme.

Millicent me condujo hasta un sitio en mitad de la nada; paró el coche y señaló hacia el bosque.

—Camina —dijo.

Lo hice.

A un par de cientos de metros de la carretera, llegamos a un claro. Había una tienda de campaña, justo al lado de un hoyo para la hoguera rodeado de piedra. Había una mesita plegable con platos y vasos de plástico y gruesas velas.

Millicent me llevó de acampada. No es muy amante de las actividades al aire libre, pero, por una noche, fingió serlo.

Los bichos supusieron un problema, porque se le olvidó el insecticida. Aunque las velas estaban cubiertas, no dejaban de apagarse por el viento, y a ella no se le ocurrió llevar agua de sobra para lavar los platos o cepillarnos los dientes. Nada de eso importaba. Nos sentamos delante de la fogata y tomamos sopa recalentada, bebimos cerveza corriente y tuvimos sexo aún más corriente. Charlamos sobre el futuro, que se vislumbraba muy distinto a lo que creíamos antes, debido a los niños. No distinto para mal, simplemente distinto en cuanto a prioridades.

Evitamos hablar de las cosas que en un tiempo quisimos pero que ya estaban fuera de nuestro alcance.

En un momento dado después de la medianoche, nos quedamos dormidos. Yo no había permanecido levantado hasta tan tarde desde Nochebuena, cuando tuvimos que poner los regalos de Papá Noel.

A la mañana siguiente, cuando salí de la tienda de campaña, Millicent estaba ahí plantada, tapándose la boca con las manos. Nuestro campamento había sido saqueado.

Todo estaba patas arriba, revuelto, desvalijado. Se habían llevado la comida o la habían desperdigado, y nuestras mudas de ropa estaban tiradas por el suelo.

—Carroñeros —dije—. Seguramente mapaches.

Ella no abrió la boca. Estaba demasiado cabreada como para pronunciar una palabra.

Se puso a recoger lo que quedaba de nuestras cosas.

—Aún hay algo de café —comenté, sujetando en alto un pequeño bote de café instantáneo—. Podíamos hacer un...

—No creo que fueran mapaches.

Me quedé mirándola mientras recogía una mochila desvalijada.

—Entonces ¿qué...?

—Nuestro campamento lo han saqueado personas. No animales.

—¿Qué te hace pensar eso?

Señaló hacia donde habíamos dormido.

—No han tocado la tienda.

—A lo mejor solo querían la comida. A lo mejor les daba igual...

—O a lo mejor eran personas.

Dejé de discutir. Salimos trabajosamente del bosque en dirección al coche.

Hasta la fecha, si aquella excursión de acampada sale a relucir, ella hace alusión a la gentuza que saqueó nuestras cosas. Yo sigo pensando que fue obra de algún animal, no de personas, pero no la contradigo. Millicent siempre le busca tres pies al gato.

Pero lo que más recuerdo de aquella excursión es otra cosa. Lo importante fue que Millicent la organizó para impresionarme.

Annabelle Parson nunca ha llamado al trabajo para decir que estaba enferma ni ha llegado tarde, nunca se ha pedido más de dos días libres seguidos, y cuando alguien está de baja siempre lo sustituye. Eso significa que no tiene novio. De lo contrario, alguna que otra vez avisaría de que iba a retrasarse. Además, las parejas se van de vacaciones en toda regla, especialmente las parejas con niños, y Annabelle no. Por si fuera poco, para ponerle la guinda al pastel, Annabelle ha sido nombrada «Controladora de Aparcamiento del Mes» en cinco ocasiones y figura en el sitio web del condado.

Le enseño todo esto a Millicent, que lo mira detenidamente y dice:

—Tienes razón. Es perfecta.

—Ya me he puesto también con la siguiente carta para Josh, pero no te la voy a enseñar.

—¿Y eso?

—Quiero que sea una sorpresa.

Ella esboza una sonrisa.

—Confío en ti.

Esta es la mejor noticia que he oído en toda la semana.

Me pongo a acechar a Annabelle igual que espiaba a las otras. Con la debida diligencia y todo eso.

Hoy cojo el tren para ir de nuevo a donde trabaja, solo por cambiar de táctica por si acaso reconoce mi coche. Es imposible seguirla cuando está trabajando. Annabelle utiliza un quad oficial del condado para desplazarse en busca de tiques de aparcamiento que han expirado y usuarios que han aparcado en zonas prohibidas. Se para y arranca en intervalos aleatorios.

Paso un rato sentado en una cafetería en la calle principal. Cada veinte o treinta minutos, ella pasa para comprobar los parquímetros. Mientras espero, redacto mi próxima carta en nombre de Owen Oliver Riley. Me pongo manos a la obra dando por supuesto que esta será tan convincente que se hará pública. Josh, y la cadena para la que trabaja, no serán capaces de resistir la tentación.

La mera mención del regreso de Owen ya está suscitando inquietud generalizada. Las cadenas locales están retransmitiendo antiguos boletines de noticias, reportajes y reseñas. Owen aparece en portada en el periódico desde hace varios días. Rory y sus amigos ya han convertido el nombre de Owen en un verbo («Te voy a Owen Oliver vivo») y el partido municipal de mujeres ya está presionando para declarar el asesinato de Lindsay un crimen de odio.

Me paro a pensar en el revuelo que causaría la confirmación del rumor. O incluso que la gente pensase que se había confirmado. Eso es lo único que en realidad necesitamos. Convencimiento. Si logro convencer a la policía, centrarán su búsqueda exclusivamente en Owen.

Puede que Millicent haya iniciado esto, pero yo puedo llevarlo a término. Se quedará muy impresionada.

18

De no haber sido por Robin, nada de esto habría ocurrido. Nosotros no la buscamos; no fue elegida de la misma manera que Lindsay. Robin cambió todo llamando a nuestra puerta.

Sucedió un martes. Yo acababa de entrar. Era la hora de comer, no había nadie en casa, y disponía de un par de horas antes de mi siguiente clase. Esto sucedió casi un año después de lo de Holly, y el día a día había recuperado la normalidad. Nos habíamos deshecho de su cuerpo hacía mucho tiempo; estaba descomponiéndose en un pantano. Millicent y yo no hablábamos de ella. Yo ya no esperaba oír las sirenas de la policía. Mi corazón había dejado de latir a cien por hora cada vez que llamaban por teléfono o al timbre. No me ponía en guardia al abrir la puerta.

La mujer que estaba en el porche era joven, veinteañera, vestida con unos vaqueros de pitillo y una camiseta con calados en el escote. Llevaba esmalte rojo en las uñas, pintalabios rosa, y su larga melena era de color castaño cobrizo.

Detrás de ella, había un pequeño coche rojo aparcado en la calle. Era un modelo antiguo, casi un clásico, pero no del todo. Minutos antes, yo lo había visto junto a una señal de stop en las inmediaciones de la casa. Ella había pitado, pero en ningún momento pensé que iba conmigo.

—¿En qué puedo ayudarte? —dije.

Ella inclinó la cabeza, me miró de soslayo y sonrió.

—Me parecía que eras tú.

—¿Perdón?

—Eres el amigo de Holly.

Al oír el nombre me sobresalté, como si hubiera metido el dedo en un enchufe.

—¿Holly?

—Te vi con ella.

—Creo que te has confundido de persona.

No era cierto, claro. Ya la había reconocido.

Cuando Holly salió del hospital psiquiátrico, uno de los médicos hizo gestiones para que la emplearan en un supermercado. Holly trabajaba media jornada reponiendo los estantes. Fue allí adonde fui a decirle que se mantuviera alejada de nosotros, donde le planté cara por asustar a nuestra familia.

En ningún momento fue mi intención que se me fuera de las manos.

Fui un lunes por la mañana, cuando en la tienda había poco movimiento y estaban reponiendo todo. Holly se encontraba en uno de los pasillos, colocando cajas de barritas de cereales en un estante, y estaba sola. Al enfilar el pasillo en dirección a ella, se volvió hacia mí. Sus ojos verde claro reflejaban asombro.

Holly puso los brazos en jarras y se quedó mirándome hasta que me planté a su lado.

—¿Sí? —preguntó.

—Creo que no nos hemos presentado oficialmente. —Le tendí la mano y aguardé a que me la estrechara. Finalmente, lo hizo.

Le dije que lamentaba que hubiéramos tenido que conocernos así: que en otro lugar, en otro momento, tal vez habríamos mantenido una relación familiar. Pero que en estas circunstancias era imposible, porque con su comportamiento estaba asustando a mi mujer y a mis hijos. Que mis hijos nunca le habían hecho nada malo. Que no se merecían esto.

—Te lo estoy pidiendo —concluí—. ¿Quieres hacer el favor de dejar en paz a mi familia?

Ella se rio de mí.

Holly se rio hasta que se le saltaron las lágrimas, y no paró. Cuanto más se reía, más humillado me sentía. Puede que eso la hiciera reír con más ganas. Empecé a comprender cómo hacía que se sintiera Millicent, y me indigné.

—Zorra —dije.

Dejó de reír. Casi echaba fuego por los ojos.

—Lárgate.

—¿Y si no lo hago? ¿Y si me quedo aquí y te hago la vida imposible? —Mi tono fue mucho más alto de lo que debería haber sido.

—Lárgate.

—Mantente alejada de mi familia.

Holly, aún inmóvil como una estatua, me miró fijamente. No se amilanó entonces, y jamás lo hizo.

Me di la vuelta para marcharme con una leve sensación de impotencia. Me resultaba imposible razonar con Holly, me resultaba imposible que entrara en razón.

Robin estaba al final del pasillo, presenciándolo todo.

Ella también trabajaba en el supermercado. Llevaba puesta la misma camisa amarilla y el delantal verde. La vi, pasé justo por delante de ella, y puede que la saludara con un asentimiento de cabeza. O puede que no. Pero se encontraba allí, me había visto, y ahora estaba plantada en mi puerta.

—No me he confundido —insistió ella—. Eres el mismo que vi aquel día.

Sin más dilación, repliqué:

—Perdona; te has confundido de persona. —Cerré la puerta.

Ella volvió a llamar.

Hice caso omiso.

La voz de Robin se dejó sentir desde el otro lado de la puerta.

—Sabes que ha desaparecido, ¿verdad? Ni siquiera ha recogido su última nómina.

Abrí la puerta.

—Mira, siento mucho lo de tu amiga, pero no tengo ni remota idea...

—Ya, ya. El tío equivocado. No eras tú. Ahora que sé quién eres, dejaré que la policía tome cartas en el asunto y listo.

Se dio media vuelta e hizo amago de marcharse.

Se lo impedí.

Nadie sabía que Holly había desaparecido. Nadie la estaba buscando, y yo no quería levantar la liebre. Millicent y yo no éramos expertos en medicina forense, ADN ni nada por el estilo. Cualquiera que indagara a fondo irremediablemente repararía en todos nuestros errores.

Invité a Robin a entrar para conversar. Ella vaciló en un primer momento. Sacó su teléfono y lo llevó en la mano al entrar en la casa. Fuimos a la cocina. Le ofrecí algo de beber; lo declinó. En vez de eso, cogió una naranja de la mesa y se puso a pelarla. Sin reconocer nada, sin mediar presentaciones, le pregunté qué había pasado. Ella se puso a hablar del supermercado, de Holly y de ella misma.

Me explicó cómo llegó a trabajar en el supermercado, cuándo conoció a Holly y cómo habían entablado amistad. Yo me levanté de la mesa y me acerqué a la nevera a por un refresco. Mientras la puerta estaba abierta, le mandé rápidamente un mensaje a Millicent. Empleé el mismo lenguaje que ella había utilizado cuando Holly se encontraba en la casa.

911 Ven a casa YA

Me dio la sensación de que transcurrieron horas hasta que su coche se detuvo en la puerta. A esas alturas, Robin estaba preguntando qué debíamos hacer para arreglar la situación. No buscaba justicia para su querida amiga Holly. Quería dinero, y en gran cantidad.

—Me figuro que esto puede ser beneficioso para ambas partes —comentó. Al abrirse la puerta principal, Robin giró la cabeza bruscamente.

—¿Quién es?

—Mi mujer —contesté.

Millicent apareció en el umbral, jadeando, como si hubiera estado corriendo. Iba vestida para trabajar con falda, blusa y zapatos de tacón. Llevaba la chaqueta abierta; no se había molestado en abrochársela. Su mirada osciló de mí a Robin y de nuevo a mí.

—Esta es Robin —dije—. Trabajó con una mujer llamada Holly.

Millicent enarcó una ceja en dirección a Robin, que asintió.

—Efectivamente. Y vi a su marido hablando con ella. Él la llamó «zorra».

La ceja se volvió hacia mí.

Yo no me pronuncié.

Millicent se quitó la chaqueta y la lanzó sobre una silla.

—Robin —dijo, conforme entraba en la cocina—, ¿por qué no me cuentas todo lo ocurrido?

Robin me hizo una mueca y empezó a hablar, comenzando por cuando yo entré en el supermercado.

Millicent, por detrás de mí, se puso a trajinar en la cocina. Yo no veía lo que estaba haciendo. Oí el repiqueteo de sus tacones contra el suelo cuando se acercó a nosotros. Robin la miró extrañada, pero continuó hablando.

No vi la gofrera que Millicent tenía en la mano hasta que oí el crujido del cráneo de Robin. Se desplomó en el suelo con un golpe seco.

Millicent asesinó a Robin de la misma manera que yo había asesinado a Holly. Sin vacilación. Por puro instinto.

Y me dio morbo.

19

Recibo la llamada conforme salgo del club, de camino a acechar a Annabelle. Es Millicent, para decirme que nuestra hija está enferma.

—He ido a recogerla al colegio.

—¿Fiebre? —pregunto.

—No. ¿Cómo tienes la agenda?

—Puedo ir a casa ahora.

Todos los pensamientos sobre Annabelle se desvanecen. Doy media vuelta con el coche.

En casa, Millicent está caminando de un lado a otro en el vestíbulo mientras habla por teléfono. La tele está encendida en la sala de estar; Jenna está en el sofá modular, arrebujada en mantas, con la cabeza apoyada sobre un montón de cojines. Encima de la mesita auxiliar, un vaso de *ginger-ale,* una pila de galletas saladas y un bol grande por si las moscas.

Me siento en el sofá a su lado.

—Mamá dice que estás pachucha.

Asiente. Hace un puchero.

—Sí.

—¿No será cuento?

—No. —Jenna sonríe un pelín.

Me consta que no es cuento. Jenna odia ponerse enferma.

En preescolar, contrajo una neumonía y faltó un mes a clase. No se encontraba tan mal como para ingresarla en el hospital, pero sí lo bastante como para acordarse de todo. Igual que Millicent. A veces se comporta como si Jenna volviera a tener cinco años. Es un pelín exagerado ahora que Jenna tiene trece, pero no discuto. Yo también me preocupo por Jenna.

—Quédate conmigo. —Jenna señala hacia la tele.

Me descalzo y pongo los pies en alto. Vemos un concurso y decimos las respuestas a voz en grito antes de que las den.

Se oye el repiqueteo de los tacones de Millicent sobre el suelo. Se acerca y se plantifica delante de la tele.

Jenna pulsa el botón para ponerla en silencio.

—¿Cómo estamos? ¿Bien? —pregunta Millicent.

Jenna asiente.

—Estamos bien.

Millicent se dirige a mí.

—¿Cuánto tiempo te puedes quedar?

—Toda la tarde.

—Te llamaré luego.

Millicent se aproxima a Jenna y le toca la frente, primero con la mano y seguidamente con los labios.

—Sigue sin tener fiebre. Llamadme si necesitáis algo.

El repiqueteo de sus tacones resuena por el pasillo. Jenna deja la televisión en silencio hasta que se cierra la puerta. Después seguimos viendo el concurso. En la pausa publicitaria, Jenna vuelve a poner en silencio la tele.

—¿Estás bien? —pregunta.

—¿Yo? Yo no soy el que está enfermo.

—No me refiero a eso.

Me consta que no.

—Estoy bien. Solo ocupado.

—Demasiado ocupado.

—Sí. Demasiado ocupado.

No vuelve a preguntar.

Millicent llama por teléfono dos veces; la primera interrumpe un programa de entrevistas y después una serie para adolescentes. Rory llega a casa alrededor de las tres, y, tras refunfuñar en un primer momento, se une a nuestro maratón televisivo.

A las cinco en punto, asumo el rol de padre de nuevo.

—Los deberes —digo.

—Estoy enferma —objeta Jenna.

—Rory, los deberes.

—¿Ahora te acuerdas de que voy al colegio?

—Los deberes —repito—. Ya conoces las normas.

Él hace una mueca y enfila escaleras arriba.

Yo debería haber dicho algo antes. No fue porque se me olvidara; fue porque ni me acordaba de la última vez que pasé tiempo a solas con mis hijos.

Millicent llega a casa al cabo de cuarenta minutos. Saluda a toda prisa y acto seguido entra con ímpetu en la cocina y mete la cena en el horno antes de cambiarse de ropa siquiera. La energía que se respira en casa es distinta en su presencia. Todo adquiere intensidad porque el listón está más alto.

Esta noche, todos tomamos sopa de pollo con fideos, y nadie se queja. Es lo que hacemos cuando alguno cae enfermo.

También hay otras reglas laxas. Dado que Jenna se ha apoltronado en el sofá, Millicent decide que ahí es donde todo el mundo comerá. Todos nos sentamos delante de la televisión con nuestros platos en bandejas plegables. A esas alturas, Millicent ya se ha puesto ropa deportiva, y Rory, según dice, ha terminado los deberes. Vemos una comedia que es un bodrio, seguidamente una serie policiaca mediocre, y durante un par de horas todo parece normal.

Cuando los niños se van a la cama, Millicent y yo ordenamos la sala de estar. A pesar de haber estado todo el día tirado en un sofá, me encuentro agotado. Me siento a la mesa de la cocina y me froto los ojos.

—¿Te has perdido muchas cosas hoy? —pregunta Millicent.

Se refiere a mi verdadero trabajo, cosa que me habría perdido de todas formas, pues tenía previsto vigilar a Annabelle.

Me encojo de hombros.

Se me acerca por detrás y se pone a masajearme los hombros. Me sienta bien.

—Debería ser yo quien te masajeara los hombros —comento—. Tú eres la que se ha pasado todo el día trabajando.

—Cuidar de una niña enferma es más estresante.

Millicent está en lo cierto, aunque Jenna se encontraba más pachucha que enferma.

—Se pondrá bien —digo.

—Por supuesto que sí.

Ella continúa masajeándome. Al cabo de un minuto, dice:

—¿Cómo va lo demás?

—Tu sorpresa está casi lista.

—Bien.

—Ya verás.

Millicent deja de frotarme los hombros.

—Eso suena prometedor.

—Igual lo es.

Me coge de la mano y me conduce escaleras arriba a nuestro dormitorio.

Después de lo de Robin, no hablamos de ella. Y tampoco hablamos de Holly. Millicent y yo retomamos nuestra rutina, nuestro trabajo, nuestros hijos. La idea de Lindsay —de una tercera— surgió hace un año y medio; yo era ajeno a ello en aquel entonces, me resultaba impensable elegir, acechar y asesinar a una mujer. Fue a raíz de una anécdota intrascendente que ocurrió en el centro comercial.

Yo estaba allí con Millicent, los dos solos. Estábamos comprando regalos de Navidad para los niños. El dinero nos daba más quebraderos de cabeza de lo habitual. Millicent confiaba en cerrar la venta de dos casas, pero ambas estaban en compás de espera debido a cuestiones financieras. Con el día de Navidad a una semana vista, no teníamos regalos, ni dinero, y no quedaba gran cosa en las tarjetas de crédito. Habíamos recortado nuestro presupuesto para vacaciones tres veces. A mí no me hacía gracia. No solo teníamos que comprar regalos para los niños; también teníamos que comprar regalos para nuestras amistades, compañeros de trabajo y clientes.

En el centro comercial, Millicent decía que no a todo. Todo lo que yo elegía era demasiado caro.

—Vamos a quedar como unos tacaños —comenté.

—No seas dramático.

—Yo me crie con esta gente.

Millicent puso los ojos en blanco.

—¿Otra vez con lo mismo?

—¿Qué quieres decir con eso?

—Nada. Da igual.

Le puse la mano en el brazo. Ella llevaba puesta una camisa de manga larga sin chaqueta, porque incluso en diciembre la temperatura rondaba los quince grados.

—No, ¿qué has querido decir con eso?

—Quiero decir que siempre estás dale que te pego con «esta gente». Los residentes de Hidden Oaks. Los pones a caldo, pero luego presumes de ser uno de ellos.

—No.

Millicent no replicó. Estaba ojeando un estante de candelabros.

—No lo hago —dije.

—¿Qué te parecen estos? —Sujetó en alto un par de candelabros de plata. O de algo que parecía plata.

Arrugué la nariz.

Ella volvió a dejar los candelabros en el estante bruscamente.

Yo ya estaba irritado. A continuación el cansancio hizo mella en mí. Últimamente, el dinero era nuestro único tema de conversación. Estaba harto de oír que no teníamos, que no podía comprar algo, que tenía que elegir algo más barato. Ni siquiera podía regalar a mis hijos lo que querían por Navidad.

Millicent siguió hablando una y otra vez del presupuesto y las cuentas del banco. Yo desconecté. Era incapaz de seguir escuchando la cantinela, de seguir calentándome la cabeza, y necesitaba algo para distraerme.

Casualmente, ese algo pasó justo por delante. Su pelo era de color castaño cobrizo.

—¿Hola? —Millicent chascó los dedos delante de mi cara.

—Estoy aquí.

—¿Seguro? Porque...

—Se da un aire a Robin —comenté—. La amiga de Holly.

Millicent se dio la vuelta y vio a la mujer perderse entre la muchedumbre. Cuando volvió a girarse, tenía una ceja enarcada.

—Ah, ¿sí?

—Sí.

—Qué raro.

Era raro. Igual que la sensación que yo experimentaba cuando reproducía mentalmente el asesinato de Robin. Cada vez que lo hacía, pensaba en lo fantástico que fue aquel día, en cómo nos pusimos de acuerdo e hicimos lo que había que hacer para protegernos. Para proteger a nuestra familia. Fue increíble.

Y me dio mucho morbo.

Me puse a contarle a mi mujer precisamente eso.

20

La agenda de trabajo de Annabelle jamás cambia. De lunes a viernes, de ocho a cinco, pone multas de aparcamiento, avisa a la grúa, y la ponen de vuelta y media por hacer su trabajo. La gente la insulta, le hace gestos groseros y la pone a caldo. Annabelle se queda tan campante, pero me pregunto cómo lo consigue. ¿Acaso le trae sin cuidado, o lo sobrelleva colocándose? Me pregunto cuál será la tasa de adicción de los controladores de aparcamiento.

Por las noches lo tiene más crudo. Es una mujer soltera a la que le gusta salir, pero no demasiado, y, como controladora de aparcamiento, no gana gran cosa. Los miércoles cena con sus padres, pero, aparte de eso, sus noches no se rigen por un patrón definido. Si yo tuviera que elegir una noche en la que sale más a menudo que las demás, es la del viernes.

Dentro de dos semanas será viernes 13. Es tan perfecto que parece surrealista. El viernes 13, Annabelle desaparecerá.

Finalmente consigo armar la segunda carta de Owen para Josh. Está mecanografiada, como la primera, solo que es mucho más larga.

Estimado Josh:

No estoy seguro de si crees que soy yo. O quizá sí, pero la policía no. No soy un imitador o un impostor. Soy yo, el mismo Owen Oliver Riley que vivió en el 4233 de Cedar Crest Drive, en aquel cuchitril con la repugnante moqueta. Yo no la puse, por cierto. Eso fue un desatino de mi madre.

Me da la impresión de que lo que hay aquí es falta de confianza. Es totalmente comprensible, dado que nadie me ha visto ni ha hablado conmigo. Bueno, salvo Lindsay. Ella me vio muy a menudo. Y hablamos muchísimas veces durante el año que la tuve a mi merced.

Pero ahora estoy solo y no me crees. Así que te voy a hacer una promesa. Dentro de dos semanas contando a partir de hoy, otra mujer desaparecerá. Hasta te diré la fecha exacta: el viernes 13. Qué cutre, ¿verdad? Oh, sí, ya te digo. También es más fácil de recordar.

Y, Josh, puede que ahora no confíes en mí, pero te darás cuenta de que siempre cumplo mi palabra.

Owen

Josh recibirá la carta para el martes. Una vez más, la rocío con la colonia de almizcle de cowboy antes de echarla al buzón. La policía examinará la carta primero, y quién sabe la cantidad de debates que seguramente se generarán hasta que decidan hacerla pública. O al menos la parte relativa al viernes 13.

Entretanto, retomo mi rutina. He cancelado demasiadas clases a lo largo de los últimos meses. Mi agenda de trabajo ahora está saturada todo el día, cada día, además de las pequeñas cosas que he de hacer. Recoger a los niños, llevarlos al colegio, carreras a la tienda a por lo que sea que nos falte. Enfrascarme en las cosas intrascendentes aporta un cariz de normalidad a mi vida. Casi hace que se mitigue esa crispación que experimento a todas horas. Y si Millicent dejara de mirarme, de hacer tantas preguntas con los ojos, podría haberse mitigado.

Obtiene sus respuestas el jueves por la noche.

Millicent y yo estamos en el club de campo, invitados a una fiesta de jubilación de un miembro de la junta directiva. Las veladas en el club son tan chabacanas que rozan la vulgaridad. La comida es abundante, el vino es pesado, y todo el mundo felicita al resto por su éxito.

Asistimos porque nos conviene; la red de contactos forma parte de nuestros respectivos trabajos. Hasta empleamos una táctica. Tras entrar juntos, nos separamos. Yo me dirijo a la izquierda, ella a la derecha, y rodeamos la sala para volver a reunirnos en el centro. Cambiamos de dirección, nos separamos de nuevo, y nos volvemos a encontrar en la entrada.

Millicent lleva puesto un vestido de fiesta amarillo chillón; con su melena pelirroja, parece una llama. Desde mi lado de la sala, alcanzo a verla fugazmente conforme se mueve entre el gentío; en ningún momento despego los ojos de ese vestido amarillo. La veo reír, sonreír, adoptar gestos de preocupación o deleite. Cuando mueve los labios, trato de adivinar lo que está diciendo. Lleva en la mano una copa de champán, pero no prueba una gota. Nadie ha reparado en ello jamás.

Esta noche, los ojos le brillan más que desde hace mucho tiempo, como una hoja nueva bajo el sol. Se posan en los míos. Millicent se percata de que la estoy observando fijamente.

Me guiña un ojo.

Suspiro y sigo con mi propia red de contactos.

Andy y Trista están aquí, ambos con copas de vino llenas. Andy se da palmaditas en la tripa y comenta que no tiene más remedio que empezar a hacer ejercicio o algo, lo cual hace. Trista no dice gran cosa, pero me sostiene la mirada un pelín más de lo necesario. Seguramente se acuerde de nuestra conversación sobre Owen, o al menos de parte de ella.

Kekona también ha asistido a la fiesta. Ha venido con un joven, su último acompañante, y no se molesta en presentarlo. En vez de eso, habla del resto: de quién tiene buen aspecto y quién no, de quién ha hecho bien su trabajo y de quién lo necesita. Como es una de las socias más ricas del club, Kekona puede decir lo que se le antoje sin perder la aceptación de la gente.

Beth, una camarera del club, pasa con una bandeja de bebidas y me ofrece una. Su acento de Alabama llama la atención y siempre le imprime un tono dicharachero.

Niego con la cabeza.

—Esta noche no.

—Vale —dice.

Avanzo hacia una pareja de recién llegados, los Rhinehart. Lizzie y Max acaban de mudarse a Hidden Oaks. Mi mujer les vendió la casa, y he coincidido con ellos en una ocasión. Max es aficionado al golf, pero Lizzie comenta que ella solía jugar al tenis. Opina que debería retomarlo. A su marido le aburre el tema y saca a colación el marketing, que es lo suyo. En opinión de Max, puede hacer magníficas cosas para el Club de Campo de Hidden Oaks, aunque nadie le ha encargado nada oficialmente todavía.

Sigo avanzando y le digo a Lizzie que me llame si le apetece volver a jugar al tenis. Me promete que lo hará.

Millicent y yo nos reunimos en el punto intermedio. Su copa de champán sigue llena. Vierte la mitad en un macetero.

—¿Estás bien? —pregunta.

—Estupendamente.

—Entonces ¿otra ronda?

—Venga.

Nos separamos por segunda vez y me dirijo hacia el otro lado de la sala, para saludar a todos los que no he visto aún. Me da la impresión de que me muevo en círculos, porque así es.

El anuncio se hace público antes de los informativos de las once. No sé quién lo ve primero o quién lo menciona, pero veo a la gente sacar sus teléfonos. A demasiada gente, todos a la vez.

Una mujer que hay a mi lado susurra:

—Es él.

Y así me entero.

Alguien enciende los televisores del bar. Estamos rodeados por Josh, que se encuentra en su momento de gloria. Esta noche no parece tan joven, y podría ser por las gafas. Son nuevas.

«Recibí esta carta hace unos días. Tras debatirlo tanto con la policía como con el propietario de la cadena decidimos que, en interés de la seguridad de los ciudadanos, era imprescindible sacarla a la luz».

En la pantalla aparece una imagen de la carta. Todos atendemos y leemos las palabras mecanografiadas mientras Josh las pronuncia en voz alta. Cuando llega a la parte relativa a la desaparición de una mujer el viernes 13, se produce una exclamación de asombro colectivo entre los invitados a la fiesta.

Miro a mi alrededor y localizo el vestido amarillo.

Millicent me está observando, con una media sonrisa en los labios y una ceja enarcada, como si me estuviera formulando una pregunta.

Le guiño un ojo.

—Un genio —dice—. Eres un genio.

Millicent está tumbada en la cama, desnuda, el vestido amarillo sobre una silla.

—¿Consideras que ahora todo el mundo se lo cree? —Me consta que sí. Deseo que ella lo diga.

—Por supuesto que sí. Todos se lo creen.

Estoy de pie junto a los pies de la cama, también desnudo, sonriendo, y con la sensación de haber realizado una hazaña.

Millicent extiende los brazos hacia arriba y se agarra del cabecero.

Me dejo caer sobre la cama a su lado.

—Todos andarán buscando a Owen.

—Sí.

—No se fijarán en nada más.

Millicent me toca la nariz.

—Gracias a ti.

—Déjalo.

—Es cierto.

Niego con la cabeza.

—Tenemos que dejar de regodearnos.

—Mañana.

Los días posteriores son tan buenos como en los viejos tiempos. Millicent me sonríe de un modo que me alegra el corazón. Hasta estoy más erguido.

Ella también experimenta esa sensación. Al día siguiente de la fiesta, me manda un mensaje firmado como Penny. Es el único apodo que he utilizado para ella en la vida. Hace años que no lo uso.

Se me ocurrió durante una cita, antes de convertirnos en pareja oficialmente, pero después de habernos acostado juntos. Como ninguno de los dos tenía dinero, muchas de nuestras citas eran sencillas. Dábamos largos paseos, íbamos al cine el día del espectador y aprovechábamos los bufés libres de la hora feliz. Ocasionalmente, éramos más originales. Aquella noche en concreto, realizamos un trayecto de treinta kilómetros para comer pizza barata y jugar a videojuegos en un anticuado salón recreativo. Le gané en los juegos de deportes, pero ella me machacó en todo lo relacionado con las armas.

Enfrente del salón recreativo había un pequeño parque y una fuente. Millicent sacó un centavo, pidió un deseo, y lo lanzó a la fuente. Observamos cómo se hundía hasta el fondo y caía encima de tantos otros. El agua estaba tan transparente que alcancé a ver la inscripción de la parte inferior de la moneda.

«Un centavo».

—Debería llamarte Penny —dije.

—¿Penny?

—Vas a pasar de Millicent-avo a Penny-que.

—Madre mía.

—Además, tienes el pelo rojizo, como el color de la moneda —comenté.

—¿Penny? ¿En serio?

Sonreí.

—Penny.

Ella meneó la cabeza.

Yo estaba enamorado, perdidamente, pero no se lo había dicho aún. En vez de eso, la llamaba Penny. Llegados a un punto, pronunciamos las palabras y dejé de llamarla Penny. Ahora lo ha sacado a colación, y quiero aferrarme a ello.

21

El lunes 9, Annabelle está trabajando. Hace un día precioso: muy soleado pero no demasiado caluroso. Casi fresco. Ha aparcado el coche al final de la manzana y va caminando por la calle, escaneando matrículas y comprobando parquímetros. Su pelo corto asoma por debajo de la gorra que se pone para cubrirse los ojos. Lleva un auricular en la oreja derecha; el cable blanco le serpentea por el pecho, sobre la camisa, hasta el bolsillo delantero derecho de sus pantalones. No cabe duda de que su uniforme azul es unisex.

La observo desde el final de la manzana, a la espera. Cuando llega a la altura del coche verde, empieza a pulsar los botones de su escáner portátil.

Cruzo la manzana a la carrera y me detengo a pocos pasos de ella. Hago un ademán con las manos en alto como diciéndole que espere.

Annabelle me mira como si estuviera loco.

Saco mi teléfono, tecleo y se lo tiendo.

¡Perdone, no era mi intención asustarla! Me llamo Tobias. Soy sordo.

Ella lo lee. Se le relajan los hombros y sonríe.

Apunto hacia el coche y luego hacia mí.

Ella señala la hora expirada en el parquímetro.

Junto las palmas de las manos bajo mi barbilla, como suplicándole. O rezando.

Ella se echa a reír. Annabelle tiene una risa bonita.

Sonrío luciendo mis hoyuelos.

Annabelle me reprende agitando el índice.

Le tiendo mi teléfono.

Prometo que no lo volveré a hacer.

Suspira.

He ganado. El coche verde se libra de una multa.

Ni siquiera es mío.

Y tampoco tengo claro por qué he abordado a Annabelle. Esta vez, no era necesario; no me hace falta conocer más detalles de su vida o dónde vive o quién podría estar esperándola. Ya tengo las respuestas, pero a pesar de ello lo he hecho. Todo forma parte de mi procedimiento de selección.

El miércoles, la veré de nuevo. Ella lo ignora.

La foto de Owen está en todas partes. Los expertos en informática lo han avejentado en un retrato robot, especulando sobre su aspecto actual. Hasta toman en consideración cómo podría tratar de camuflarse. Estas imágenes me bombardean; aparecen en todos los informativos, en la prensa escrita, en internet. Hay carteles pegados en postes de telefonía. Owen con barba, bigote, pelo oscuro, calvo, gordo y delgado. Owen con pelo largo y corto, gafas de sol y lentes de contacto, con patillas y perilla. Owen con el aspecto de un hombre normal y corriente.

Esto fue obra mía.

Bueno, fue obra de Millicent. O idea de ella. Pero también fue obra mía.

No es que sea un logro —desde luego nada fuera de lo común—, pero, gracias a mí, todo el mundo está buscando a Owen Oliver Riley.

Siempre aspiré a destacar por encima de la media.

Primero, en el tenis. Mi padre jugaba, mi madre hacía el paripé, y yo le pegué a una bola por primera vez a los siete años. Como fue el primer deporte que suscitó mi interés, contrataron a un entrenador, me compraron mi primera raqueta y me despacharon. Al cabo de unos cuantos años, yo era el mejor jugador infantil del club. Aun así, seguían sin prestarme atención, no de la forma que yo deseaba, cosa que me hizo superarme más si cabe. No era consciente en absoluto de la rabia que sentía hasta que golpeé aquella pelotita amarilla.

No era del montón por aquel entonces; no era una decepción para nadie salvo para mis padres. Despuntaba por encima del resto, hasta que dejé de hacerlo. Entonces, como ya no sabía cómo ser del montón, me fui al extranjero, lejos de mis padres, en busca de un lugar donde pudiera despuntar por encima de la media, ser mejor que un fracasado. Con Millicent, lo he conseguido.

Es terrible decirlo, pero mi vida ha mejorado con creces desde la muerte de mis padres.

Y desde que Millicent entró en mi vida. Ella me hace sentir mejor que nadie. Está muy impresionada con mi carta. En la cama, lo comenta.

—Ojalá pudiera recortarla y pegarla en la nevera.

Me hace gracia y le acaricio la pierna. La tiene colocada encima de la mía lánguidamente.

—Igual a los niños les chocaría.

—Ni siquiera se darían cuenta.

Tiene razón. En nuestro frigorífico hay un popurrí de fotos, sujetas entre sí con cinta adhesiva para montar una especie de álbum familiar. Los detalles están tan borrosos que nada destaca.

—Tienes razón —digo—. No lo harían.

Millicent se da la vuelta y acerca su cara a la mía. Susurra:

—Tengo un secreto.

El corazón me da un leve vuelco, y no en el buen sentido.

—¿Qué? —digo. No en un susurro.

—La he visto.

—¿La?

—A Annabelle. —Forma el nombre con los labios, sin emitir sonido. Me relajo un poco. Hicimos esto la última vez; vigilar a Lindsay e informarnos mutuamente.

—¿Y? —digo.

—Va a quedar ideal en televisión.

Las luces de nuestra habitación están apagadas, pero no está oscura como boca de lobo. Nuestro dormitorio se halla en la primera planta y da a la fachada principal. La luz de una farola brilla alrededor de los bordes de las cortinas. Yo me he quedado mirándola muchas veces desde que nos mudamos a esta casa. El cuadrado de luz dorada parece muy irreal.

—Penny —digo.

Ella se ríe.

—¿Qué?

—Te quiero.

—Y yo a ti.

Cierro los ojos.

Algunas veces, yo lo digo primero; otras veces, ella. Eso me gusta, porque me parece equitativo. Pero ella lo dijo primero. Al principio, me refiero. Ella fue la primera en declararse.

Tardó tres meses. Tres meses desde que nos conocimos en el avión hasta el momento en que se me declaró. Yo llevaba enamorado de ella como mínimo dos meses y medio de los tres que habían pasado desde que la había conocido, pero no se lo dije. No hasta que ella dio el paso. Cuando sucedió, nos encontrábamos literalmente en lo alto de un árbol. Éramos jóvenes, estábamos sin blanca y buscábamos algún entretenimiento, de modo que trepamos a un árbol.

Como era de esperar, en Woodview abundan los árboles. Tenemos un parque lleno de gigantescos robles, perfectos para encaramarse a ellos. Pero ese día Millicent y yo estábamos subidos a un arce. Debería haberme figurado que cuando Millicent comentó que tenía ganas de trepar a un árbol se decantaría por uno que requería invadir una propiedad ajena.

El árbol se hallaba en un terreno privado, delante de una casa situada a unos cientos de metros al fondo. Lo único que había entre la calzada y la puerta principal era una explanada de césped y aquel gigantesco arce.

Era mediados de agosto, con el calor en todo su apogeo, y nos quedamos contemplando el árbol desde el interior de mi coche, con aire acondicionado. Habíamos aparcado en la esquina, en un sitio con buena perspectiva de todo, y habíamos hecho tiempo hasta que se apagaran todas las luces de la casa. Solo se quedó una encendida, en la planta de arriba, a la derecha. Millicent me estrujó la mano, como si tuviera los nervios a flor de piel.

—¿De verdad quieres trepar a ese árbol? —dije.

Ella, con los ojos brillantes, se volvió hacia mí.

—¿Tú no?

—Nunca me lo había planteado.

—¿Y ahora?

—Ahora, tengo muchísimas ganas de trepar a ese maldito árbol.

Ella sonrió. Yo sonreí. La luz finalmente se apagó.

Apagué el motor; el aire acondicionado se paró. El interior del coche se calentó inmediatamente. Millicent fue la primera en salir. Asió el tirador de la puerta para cerrarla con el fin de provocar el menor ruido posible. Yo salí e hice lo mismo.

Me fijé en el arce, que de repente parecía demasiado expuesto, demasiado a la vista, y me pregunté si la sanción por entrar en una propiedad privada incluía un tiempo en la cárcel.

Millicent echó a correr. Cruzó como un rayo la calle y el césped, y desapareció detrás del tronco del árbol. Si hizo el menor ruido, yo no lo oí.

Yo eché a correr en la misma dirección. Mis pies se me antojaban lentos y pesados, como si cada paso retumbase en el barrio. Seguí corriendo al encuentro de Millicent. Al llegar al árbol, ella tiró de mí y me besó. Con ansia. Tuve que recuperar el aliento después.

—¿Listo para trepar? —preguntó.

Sin darme tiempo a responder, tomó impulso apoyándose en un prominente nudo. Desde allí, alargó la mano para engancharse a la rama más baja, y a continuación trepó más alto. Yo vigilaba, a la espera de que se encendiera una luz en la casa. O a la espera de que se cayera para poder cogerla. No ocurrió ninguna de las dos cosas.

—Vamos —susurró.

Millicent estaba sentada en una rama alta mirándome. La luz de la luna la convertía en una silueta de sí misma. Yo alcanzaba a ver el vaivén de su larga melena con la brisa, y sus pies colgando a ambos lados de la rama del árbol. El resto parecía una sombra.

Me encaramé al árbol, lo cual me costó mucho más de lo que anticipaba, y de nuevo me dio la sensación de que hacía tanto ruido con mis resuellos y jadeos como para despertar a cualquiera en un radio de quince kilómetros. Sin embargo, la familia de la casa de las inmediaciones continuó durmiendo. Las habitaciones permanecieron a oscuras.

Cuando conseguí llegar hasta Millicent, estaba sudando. Hacía calor. Se respiraba un aire más denso en los árboles. Olía a sudor, musgo y corteza.

Millicent me agarró de la camiseta, tiró de mí y me apretó la boca contra la suya. Juro que sabía a sirope de arce. Enterró la cara en mi cuello, como si estuviera tratando de guarecerse en él, su aliento caliente contra mi piel.

—Hola —dije.

Ella irguió la cabeza y me miró. Se le había pegado un mechón de pelo húmedo a un lado de la cara.

—Te quiero —dijo.

—Te quiero.

—¿Sí? ¿De verdad?

—Sin la menor duda.

Ella posó la mano sobre mi mejilla.

—Promételo.

—Lo prometo.

22

Las máquinas expendedoras de café son de los inventos más prácticos de la historia. Sin camareros, sin leche entera en vez de desnatada, sin que falte la dosis extra de sabor intenso. Lo único que he de hacer es seleccionar mis opciones, elegir el tipo de café, leche, sabor, e incluso la temperatura, y a continuación pulsar el botón verde. Mi café en un momento. Y barato.

El inconveniente es que estas máquinas sofisticadas y a la vez de sencillo uso solo existen en las tiendas de las gasolineras. Las auténticas cafeterías no tienen máquinas de autoservicio.

Mi máquina favorita está en el área de servicio EZ-Go que hay a tres kilómetros de los Oaks. Aunque no tenga tiempo, voy de todas formas. La cajera es una simpática joven llamada Jessica; es de las que siempre están risueñas y tienen una palabra agradable para todo el mundo. A lo mejor es parte del motivo por el que recorro tres kilómetros hasta EZ-Go. El caso es que esa gasolinera forma parte de mi rutina cotidiana. Y todo el mundo tiene una rutina.

Annabelle desde luego que sí.

Cada miércoles por la noche, cena con sus padres en el mismo restaurante italiano. La cena comienza a las seis y media y termina hacia las ocho. Annabelle se marcha a pie, y tarda once minutos en ir desde el restaurante hasta su apartamento, a menos que pare en una tienda, reciba una llamada telefónica o se tropiece con algún conocido. Como yo.

Mientras Annabelle va mirando su teléfono, me topo con ella de frente.

Levanta la vista hacia mí sorprendida. Al cabo de un breve instante, me reconoce.

—Hola —dice.

Va más maquillada que de día. El pintalabios más oscuro, los ojos perfilados. Su pelo, cortado al rape, realza sus facciones más si cabe.

Saco mi teléfono.

Vaya, la controladora de aparcamiento más simpática de la ciudad ☺

Ella pone los ojos en blanco.

—¿Cómo estás?

Asiento y señalo hacia ella.

Ella levanta el pulgar.

¿Qué haces sola por ahí? ¿Es que no sabes que anda suelto un asesino en serie?

Ella sonríe al leerlo.

—Precisamente iba derecha a casa.

¿Te apetece tomar algo antes?

Ella vacila.

Señalo hacia un bar de la calle.

Annabelle mira la hora. Me sorprende que acceda. Debería decir que no, sobre todo con la movida de Owen Oliver, pero Annabelle se encuentra más sola de lo que yo pensaba.

El camarero, Eric, me saluda con la mano. He estado aquí en varias ocasiones, siempre solo, siempre a la espera de que Annabelle pasase por la puerta de camino a su casa después de cenar con sus padres. Eric me conoce como Tobias. Le he enseñado todo lo que sé de lengua de signos. Sabe deletrear mi nombre y mi bebida, *gin-tonic.*

Annabelle pide lo mismo.

—Con mucha tónica —dice.

Ella recela de mí, y no se lo reprocho. Soy un tío cualquiera que le rogó que no me multase. Un tío sordo seguramente muy agradable, inofensivo.

—¿Es que lo conoces? —Annabelle habla con Eric apuntando hacia mí.

—Claro que lo conozco. Tobias bebe con moderación y deja generosas propinas. Lo que pasa es que no es muy hablador. —Hace un guiño para darle a entender que está bromeando.

Ella se ríe, y es un bonito sonido. Me pongo a imaginarme en la cama con ella. Esto hace que me plantee cuánto tardará en invitarme a su casa. Ya tengo claro que lo hará, y sé que no vive lejos. El poder de disponer de tanta información y decidir lo siguiente que sucederá: esto es lo que me gusta.

—Sois colegas —dice ella, haciendo un gesto hacia Eric y yo. Annabelle está pendiente de mirarme de frente cuando habla. No se le pasa por alto que soy sordo.

Después de un par de sorbos a nuestras copas, Eric se esfuma al otro lado de la barra. Annabelle y yo nos quedamos a solas, y me cuenta muchas de las cosas que sé y algunas que no. Por ejemplo, no sabía que esta noche había tomado tallarines con setas. Pero ahora sé que esto es lo que cena los miércoles por la noche.

Le cuento mi historia de Tobias. Soy contable, divorciado, sin hijos. Yo quería mucho a mi mujer, pero nos conocimos en el instituto y nos casamos muy pronto. Cosas que pasan.

Annabelle es una persona que sabe escuchar y asiente en los momentos oportunos.

¿Y tú qué? ¿Novio?

Ella niega con la cabeza.
—Hace tiempo que no tengo novio.
Me consta que ya no queda mucho. Me parece que esa invitación llegará después de la segunda copa y antes de la tercera.

¿Por qué no tienes novio?

La pregunta no es por darle palique. Siento verdadera curiosidad.
Annabelle se encoge de hombros.
—¿Porque no he conocido a nadie?
Niego con la cabeza.

Demasiado genérico.

Tarda un minuto en contestar. Intuyo que está a punto de decirme que su último novio era un cretino. Que le puso los cuernos. Que siempre andaba por ahí con los amigotes. Que era un capullo egoísta.
—A mi último novio lo mataron —dice.
El *shock* casi me hace hablar a viva voz.

Qué horror. ¿Cómo ocurrió?

—Un conductor borracho.
Recuerdo vagamente que Annabelle colgó algo en internet acerca de una recaudación de fondos contra la conducción bajo los efectos del alcohol. Nada apuntaba a que se tratase de algo personal.

Le pregunto más cosas sobre él. Se llamaba Ben, y Annabelle lo conoció en el trabajo. Ben era policía. Asistía a clases nocturnas de derecho penal y aspiraba a ascender a inspector, y luego a sargento.

Ella ya no conserva su foto en el teléfono porque consideraba que no era sano mirarla.

Este comentario es tan triste que he de apartar la mirada.

—Eh —dice Annabelle. Me da unas palmaditas en el brazo para que la mire—. Lo siento. Todo esto es demasiado serio.

No, no pasa nada. Te he preguntado yo.

—Estoy cansada de hablar de mí. ¿Qué me dices de ti? ¿Novia?

Niego con la cabeza.

—Te toca. ¿Por qué no?

Me ha costado volver a tener una cita. Estuve casado diez años. Y al ser sordo..., supongo que eso complica aún más las cosas.

—Pues si una mujer no está dispuesta a salir contigo porque eres sordo, no merece la pena.

Sonrío. Su comentario es genérico, pero viniendo de ella parece sincero. Me hace preguntarme qué opinaría si le contase la verdad.

Entonces tomo la decisión. No voy a acostarme con ella.

En vez de eso, cambio de tema y dejamos de hablar de nosotros mismos. Conversamos sobre música, películas, sucesos de actualidad. De nada personal, una mera charla trivial e intrascendente. Cuando dejo de coquetear, ella también. El ambiente cambia.

Eric regresa al extremo de la barra y pregunta si queremos otra copa. Ninguno de los dos pide nada.

Ella no quiere que la acompañe a casa caminando. Es comprensible, pero insisto en que Eric le pida un taxi. Ella accede, y estoy convencido de que es debido a Owen Oliver. Antes de marcharse, le pido su número. Me lo da, y yo le doy el número del teléfono desechable.

Annabelle me da las gracias por la copa con un apretón de manos. Es un gesto formal y al mismo tiempo entrañable. La observo mientras sale del bar.

No le mandaré ningún mensaje. Lo tengo claro.

También tengo claro que Annabelle no es la adecuada. No desaparecerá el viernes por la noche.

Es por su novio. Nada más enterarme de la historia, la descarté.

Tal vez porque sería demasiada tragedia para una vida tan joven. Perder a un ser querido en un violento accidente y encima ser asesinada.

Nada de esto es justo. Nuestro sistema de selección fue concebido, en parte, por Owen, pero el método que empleáramos era arbitrario. Yo vi a Annabelle aquel día por casualidad. Podría haber sido cualquiera.

Ahora, estoy de vuelta en el hotel Lancaster, vigilando a Naomi. Sigue siendo un pelín demasiado alta para el perfil de Owen. Solamente la conozco a través del ordenador y de las puertas de cristal del Lancaster. Nunca he entablado conversación con ella, nunca he oído el tono de su voz.

No obstante, tengo ganas. Tengo ganas de oír su risa, de ver cómo se comporta después de un par de copas. Tengo ganas de saber si realmente le atraen los hombres maduros o si únicamente necesita el dinero. Tengo ganas de saber si me gusta, si no me gusta, o si no siento nada por ella. Pero no lo haré. No puedo correr el riesgo de que algo me impulse a desear permitirle que viva.

De modo que no entro en el hotel; no la abordo. Cuando acaba el turno, la veo marcharse. Se ha quitado el uniforme y se ha puesto unos vaqueros y una camiseta. Habla por teléfono de camino a su coche, un cochecillo de color lima. A las once y cuarto de un miércoles por la noche, su única parada es en un *drive-through* de comida rápida. Minutos después enfila hacia su apartamento con la bolsa de la cena en una mano y el uniforme en la otra. Naomi vive en la primera planta de un edificio destinado a gente con pocos ingresos. El jardín de entrada está abandonado, poblado de maleza cerca del portal.

Perfecto. Disponemos de muchas opciones para el viernes 13, desde el aparcamiento del hotel hasta el bloque de apartamentos de Naomi.

Ahora lo único que he de hacer es decirle a Millicent que he cambiado de parecer.

23

A las seis de la mañana, la voz del locutor de radio me taladra el oído; es lo bastante estentórea como para sobresaltarme. A Millicent le gusta su radiodespertador. Es un modelo antiguo, de los de números giratorios y carcasa de madera de imitación, y me saca de quicio. La radio es su manera de dejar la tapa del inodoro levantada.

«Buenos días. Es jueves, 12 de octubre, y disponen de un día más para encerrarse a cal y canto, señoras. Owen Oliver va a por una de vosotras, bellezas...».

La radio enmudece. Abro los ojos y me encuentro a Millicent de pie a mi lado.

—Perdona —dice—. Se me olvidó apagarla.

Se da la vuelta y se dirige al baño. Su melena pelirroja, sus pantalones cortos de algodón y su camiseta sin mangas se funden en una oscura y larga cola de caballo y un uniforme azul marino con ribetes dorados.

Yo estaba soñando con Naomi cuando ha sonado el despertador. Ella se encontraba detrás del mostrador de recepción del Lancaster, de cháchara con un hombre tan mayor que resollaba al hablar. Naomi se reía echando la cabeza hacia atrás. Sonaba como la risotada de una bruja en un cuento de hadas. Entonces se volvió hacia mí y me guiñó un ojo. Las pecas de su nariz comenzaron a sangrar. Creo que yo estaba a punto de decir algo cuando sonó la alarma.

Millicent mentía; no se le había pasado por alto apagar la alarma. Sigue un pelín mosqueada conmigo. No porque tuviéramos que volver a optar por Naomi en el último minuto, sino porque tomé la decisión sin contar con ella.

Anoche, organizamos otra noche romántica en el garaje. Ella pensaba que se trataba de un encuentro de planificación de última hora para repasar todo antes del gran día. Y en un principio así fue, al menos hasta que le comenté que había que descartar a Annabelle.

—No lo entiendo —replicó.

—Digo que deberíamos decantarnos por Naomi.

—Naomi rebasa la altura. No encaja con el perfil.

—Ya, pero Annabelle es...

—¿Es qué?

Decidí mentir en una milésima de segundo.

—Ha empezado a salir con alguien.

—¿Se ha echado novio?

—Si no lo es aún, tiempo al tiempo. Él llamará a la policía inmediatamente. —Este es el tipo de escenario que preferimos evitar.

Millicent sacudió la cabeza. Puede que hasta maldijera en voz baja.

—No puedo creer que ahora nos enteremos de esto.

—Siempre la hemos vigilado en su trabajo.

—No siempre.

Lo dejé pasar. No era el momento de averiguar lo que Millicent me había ocultado. No cuando yo estaba mintiendo.

—Así que... —dije— Naomi.

Millicent suspiró.

—Naomi.

No volvemos a mencionar a Annabelle.

No tengo ganas de trabajar, pero es lo que hay. Tengo la jornada saturada de clases consecutivas, y cuando por fin terminan recojo a los niños en el colegio y los llevo al dentista. Casualmente, sus citas se han concertado para el jueves 12. Millicent pide citas para sus limpiezas con antelación, cada seis meses sin falta.

Conforme entramos en la consulta, Jenna y Rory juegan a piedra, papel o tijera para ver quién entra primero. Es una de las pocas ocasiones en las que hablan a la vez.

—Piedra, papel, tijera, ya.

Rory pierde y Jenna se regodea, aunque se les escapa lo importante. Ambos tienen que hacerse una limpieza dental sí o sí.

En la sala de espera, echo un vistazo a las noticias en mi teléfono y me bombardean las imágenes de las víctimas anteriores de Owen. El periódico local las publica todas en primera página, y en todas las fotos aparecen sonrientes y vivas. El mensaje no es sutil: si te pareces a estas mujeres, mañana correrás peligro. Owen podría ir a por ti. No se apunta a la posibilidad de que alguien pueda oponer resistencia o escapar, y la única manera de sobrevivir es no ser elegida. Es un poco ofensivo, en mi opinión, tratar a las mujeres como si estuvieran tan indefensas. El autor de este artículo no conoce a mi mujer.

Después del dentista, helado. Millicent se reúne con nosotros para esta peculiar costumbre familiar. Se me ocurrió a mí, cuando los críos eran mucho más pequeños, con tal de que dejaran de llorar en el dentista. La promesa de un helado surtió efecto, y ahora no están dispuestos a dejarlo pasar.

Cada uno toma su favorito. Millicent lo pide de vainilla, yo de chocolate, y Rory de chocolate con nueces. Jenna es la innovadora. Siempre pide la especialidad del día. Hoy, es el de arándanos y chocolate, y le encanta. A mí me parece repugnante.

Una vez que se nos calan los dientes y se nos congelan los sesos, nos separamos. Millicent se lleva a los niños a casa, y yo vuelvo al trabajo. De camino al club, me tropiezo con Trista. Canceló nuestra última clase, y apenas la he visto desde aquel día de borrachera en que me puso al corriente de su relación con Owen Oliver. Ella no es consciente de cuánto se lo agradezco. En este momento no es consciente de gran cosa; se queda mirándome con la mirada perdida de un borracho, pero no es debido al alcohol. Está tomando pastillas: muy posiblemente calmantes, y en gran cantidad. Estoy bastante acostumbrado a verlo en el club de campo.

Pero jamás en su caso.

—Hola. —Alargo la mano para tocarle el brazo—. ¿Estás bien?

—Perfectamente. —Pronuncia la palabra con aspereza, dando a entender todo lo contrario.

—Pues no lo aparentas. ¿Quieres que llame a Andy?

—No, no quiero que llames a Andy.

Creo que debería, porque si mi mujer se pusiera hasta las cejas de pastillas a mí me gustaría saberlo. Hago amago de coger mi teléfono.

Trista me mira.

—Mañana va a desaparecer una mujer. Y luego va a morir.

Me dan ganas de decirle que tal vez no ocurra, que tal vez lo atrapen, pero no lo hago, porque es mentira. La policía no nos va a pillar a Millicent y a mí. Ni siquiera sabe que existimos.

—Sí —digo—. Es probable que alguien desaparezca.

—Owen es un cabrón. —Trista parece ausente, pero no lo está. Más allá de las pastillas hay algo que se resiste a adormecerse. Algo furioso.

—Eh, ya vale. No puedes culparte por ese mamón.

Ella resopla.

—No estarás sola mañana, ¿verdad? —Digo esto porque estoy francamente preocupado por ella. Todo lo que Trista hace le perjudica únicamente a ella.

—Andy estará en casa. —Levanta la vista hacia la tele, donde están emitiendo imágenes de cuando Owen fue detenido hace quince años. Trista se estremece.

—Tengo que irme.

—Espera; deja que te lleve a casa.

—No voy a mi casa.

—Trista.

—Nos vemos luego. Dile a Millicent que la llamaré. —Echa a andar en dirección al vestuario de mujeres y acto seguido se da la vuelta—. No se lo digas a Andy, ¿vale?

Jamás le comenté que había visto a Trista borracha, ni lo puse al tanto del pasado de su mujer con Owen Oliver. Otra omisión no va a empeorar más la traición.

—No se lo diré —contesto.

—Gracias.

Se interna en el vestuario de mujeres, y la sigo con la mirada, cuestionando lo que hemos hecho. Resucitar a Owen ha acarreado más consecuencias que la investigación policial.

Mi último cliente de la jornada también lo menciona. Es un hombre agradable con tres hijas, y dos se encuentran en la horquilla de edad del objetivo de Owen. Todas siguen residiendo en la zona. Dos son solteras y viven solas, y él está tan preocupado que se ha ofrecido a mandarlas fuera el fin de semana. Él no vivía aquí durante las primeras andanzas de Owen, pero con lo que ha oído tiene de sobra.

A pesar del helado de la tarde, la cena se mantiene a las seis. Jenna dice que Owen ha sido la comidilla de todo el mundo en el colegio durante la semana entera. Una de sus amigas tiene una hermana mayor que está convencida de que Owen va a ir en su busca. Rory se ríe con retintín y dice que eso no ocurrirá, que las dos son demasiado feas hasta para un asesino en serie. Jenna le lanza un panecillo a su hermano, y Millicent pone orden. Ellos recurren a insultarse mutuamente articulando con los labios desde ambos lados de la mesa.

—He dicho que basta.

Como a Millicent no le hace gracia repetirse, se callan. Durante unos instantes, Jenna da un respingo cuando Rory le da un puntapié por debajo de la mesa. Estoy seguro de que Millicent se da cuenta, pero no se inmuta, porque al término de la cena anuncia a bote pronto una noche de cine. A veces, cuando se enzarzan demasiado, los obliga a pasar más tiempo juntos. Es su forma de cerciorarse de que hagan las paces en vez de que cada uno tire por su lado.

Se pasan veinte minutos discutiendo acerca de qué película ver. Ni Millicent ni yo interferimos; de hecho, no les prestamos atención. Estamos en la cocina, terminando de recoger, cuando pregunta si voy a volver a salir esta noche.

—Sí.

—¿Seguro que es buena idea?

—No pasa nada.

No era mi intención decirlo en un tono tan brusco. La saturación de Owen a lo largo de todo el día ha ido en detrimento de mi nivel de estrés. Y ver a Trista. Algo en su forma de actuar, en lo que se está haciendo a sí misma, me produce desasosiego.

Todo lo que suceda mañana me concierne. Yo escribí la carta para Josh, yo elegí la fecha, yo prometí que otra mujer desaparecería. Y soy yo el que anoche se decantó por Naomi en vez de Annabelle. Soy yo el que ha de asegurarse de que sea la adecuada.

La película de la noche se elige lanzando al aire una moneda de veinticinco centavos; es sobre un delfín. Rory y Jenna se sientan juntos en el suelo con un bol de palomitas y no se las lanzan el uno al otro. Millicent y yo nos acomodamos en el sofá con nuestras palomitas. Ella está más pendiente de los niños que de la película, y sus ojos están diez veces más iluminados. Siempre es así en lo tocante a sus hijos.

Ella no les quita ojo hasta que la película termina y los niños suben con aire cansino por las escaleras para irse a la cama charlando despreocupadamente sobre los delfines. Cuando me dispongo a incorporarme, ella posa la mano sobre mi rodilla y me la aprieta.

—Será mejor que te pongas en marcha —dice.

Hace que esto parezca idea suya, cosa que me irrita.

—Tienes razón —respondo—. Será mejor que me largue.

—¿Estás bien?

Bajo la vista hacia ella, hacia mi mujer, de ojos claros tan distintos a los de Trista. Todo lo tocante a Millicent es lo contrario a la mujer de Andy.

Sonrío, aliviado de no estar casado con Trista.

24

No tenía previsto ir trajeado, pues abordar a Naomi no formaba parte del plan, pero en el último momento me pongo el que más le gusta a Millicent. Es azul oscuro con la solapa pespunteada a mano, y demasiado caro. Pero, ya que lo tengo, por qué no ponérmelo.

Mientras estoy delante del espejo anudándome la corbata, Millicent aparece por detrás. Se apoya contra la pared, con los brazos cruzados, y me observa. Me consta que quiere preguntarme, pues jamás me pongo este traje salvo con ella. Ella me lo compró.

Continúo con la corbata, me calzo, cojo la cartera, el teléfono y las llaves. Mi teléfono desechable no está en la casa.

Cuando levanto la vista, ella sigue aún ahí, en la misma posición.

—Bueno, me voy —comento.

Ella asiente.

Me mantengo a la espera de que diga algo, pero se queda callada. Paso por delante de ella y bajo las escaleras. Al llegar a la puerta del garaje, lo oigo.

—Papá.

Rory está junto a la puerta de la cocina con un vaso de agua. Levanta la otra mano y frota el pulgar y el índice. Más dinero.

No se encontraba en la cocina por casualidad. Estaba esperándome.

Asiento y me marcho.

Naomi se halla en el mostrador de recepción, registrando a los recién llegados, respondiendo al teléfono, atendiendo a todo aquel que acude con un problema. Esta noche, no me siento a esperar fuera. Me acomodo en el vestíbulo.

Es amplio y lujoso, con muebles tapizados en tonos oscuros y tejidos recios. Junto a las paredes hay cortinas de terciopelo, con bordados dorados como los uniformes del Lancaster. Hay flecos y borlas por todas partes.

Puedo pasar desapercibido en este vestíbulo, oculto entre la repujada decoración, como otro huésped desconocido trabajando con mi ordenador, tomando una copa, porque no aguanto ni un minuto más sentado en la habitación del hotel. Esto es casi cierto. No aguanto ni un minuto más sentado fuera en el coche. Si Naomi es la elegida, me siento en la obligación de vigilarla más de cerca.

Pero sin abordarla; he decidido no hacerlo. Sencillamente no hay tiempo. No después del cambio de última hora. Estoy demasiado agobiado, demasiado preocupado. Resucitar a Owen Oliver ha resultado ser más complicado de lo que anticipaba. Tal vez debido a los medios de comunicación, tal vez por Trista, pero también porque mis hijos están obsesionados con él.

Esto es muy diferente a lo de Lindsay. Aquello fue entre Millicent y yo, nadie más, ni siquiera de rebote.

En Nochevieja, Millicent y yo fuimos a una fiesta al club de campo. Jenna tenía doce años, Rory era un año mayor que ella, y era la primera vez que los dejábamos solos un 31 de diciembre. Estaban eufóricos de anticipación. Nosotros también. Dar la bienvenida al Año Nuevo con adultos no había ocurrido desde que los niños nacieron.

Había pasado menos de un mes desde que yo me había fijado en aquella mujer en el centro comercial, la que se parecía a Robin. Millicent y yo habíamos tenido sexo aquella noche. No el típico sexo para salir del paso propio de los matrimonios. Fue el tipo de sexo del que disfrutábamos cuando empezamos a salir juntos, cuando no nos saciábamos el uno del otro. Sexo del bueno.

Al día siguiente, todo decayó. El sexo, el ánimo, la sensación. Vuelta a empezar con los enfrentamientos a causa del dinero..., por lo que podíamos y no podíamos permitirnos. Eso incluía la gala de fin de año.

Era una fiesta de disfraces. Millicent y yo nos vestimos como en la década de 1920, un gánster y su atrevida novia. Mi traje era de raya diplomática, y llevaba zapatos de cuero perforado y un sombrero de fieltro. Millicent se puso un vestido de lentejuelas violeta con una cinta de plumas en la cabeza, y se pintó los labios de color carmesí.

Por lo general, las fiestas de disfraces me parecían deprimentes. Me daba la sensación de encontrarme rodeado de personas que soñaban con ser cualquiera menos quienes eran.

Aquella noche, Millicent y yo éramos diferentes. No éramos como los demás, no éramos como ninguno de los presentes en aquella fiesta. Millicent y yo nos planteamos volver a hacerlo. Asesinar a otra mujer. Nos planteamos qué le haríamos. Si lo haríamos. Por qué lo haríamos.

—¿Qué me dices de esa? —dijo Millicent, señalando hacia una mujer con unos pechos tan voluminosos que rozaban lo grotesco. Eran operados, y todos lo sabíamos, porque ella se había encargado de decirle a todo el mundo lo que le habían costado.

Me encogí de hombros.

—Sería imposible hundirla.

—En eso tienes razón.

—¿Y aquella? —dije yo, haciendo un ademán con la cabeza hacia una rubia de bote con un acompañante tan viejo como su abuelo.

Millicent sonrió; sus relucientes dientes blancos contrastaban con sus labios de color rubí.

—Sería una eutanasia. A juzgar por ese bronceado, contraerá un cáncer de piel de todas formas.

Reprimí una carcajada. Millicent se rio entre dientes. Nuestra actitud era pésima, estábamos chismorreando de la manera más retorcida, pero era pura cháchara. Durante la mayor parte de la noche, solamente hablamos entre nosotros.

Dado que era nuestra primera gran noche fuera desde hacía mucho tiempo, yo estaba dispuesto a quedarme hasta tarde; incluso me tomé una bebida energética antes de salir de casa. Pero no nos quedamos hasta muy tarde. Cinco minutos después de la medianoche, pusimos rumbo a casa.

Un cuarto de hora más tarde, nuestros disfraces de la década de 1920 estaban tirados por el suelo de nuestro dormitorio.

Yo no tenía ni idea de si estábamos empezando algo o retomándolo, pero no deseaba que terminase.

En el vestíbulo del Lancaster, miro la hora, echo un vistazo a mi teléfono y me pongo a navegar por internet. Todo con tal de simular que no estoy observando a Naomi. Ella no se fija en mí. Esta noche hay mucho más ajetreo que de costumbre, en parte porque el día siguiente es viernes 13. La gente ha venido a la ciudad a ver qué hará Owen, a quién atrapará y asesinará. Algunas de estas personas trabajan para verdaderos medios de comunicación; otras son de las que están pendientes de sucesos o eventos para grabarlos y colgarlos en internet.

Hay un grupo sentado a mi lado en el vestíbulo. Son chavales de edad universitaria que pretenden sacar tajada, y especulan acerca de la cantidad que conseguirán. Todo depende de lo gráficos que sean sus vídeos, aunque captar al auténtico secuestrador de una mujer sería un filón. Siempre y cuando mantuvieran el pulso con la cámara.

Cuando por fin se van en busca de posibles lugares donde merodeen asesinos en serie, consigo centrarme de nuevo en Naomi. Busco algo que contarle a Millicent, algo que podamos compartir. Quiero que vivamos esto como antes.

Naomi está sonriente, tal y como ha estado toda la noche. Es alucinante, incluso digno de admiración. Muchas de las personas que acuden a recepción están descontentas o necesitan algo, y sin embargo ella se muestra amable en todo momento. Sonríe incluso cuando alguien la tacha de idiota.

Empiezo a pensar que es una especie de eterna optimista, alguien que se muestra agradable y contenta pase lo que pase. No me agrada. No da juego para que Millicent y yo cuchicheemos en la oscuridad. Entonces lo veo: la grieta en la fachada almibarada de Naomi. Cuando un huésped especialmente grosero le da la espalda, Naomi le hace un corte de mangas.

Sonrío.

Hora de irme a casa a contárselo a Millicent.

25

Al despertarme, reina el silencio. Queda una hora para que amanezca, y el mundo está negro como el terciopelo.

Es sábado 14.

Millicent no ha llegado a casa todavía.

Tomamos la decisión de separarnos a última hora de la noche del jueves, a mi regreso del Lancaster. El plan era mantener a Naomi con vida durante un tiempo, igual que con Lindsay. No había más remedio, pues es lo que Owen siempre hacía.

Solo que a mí no me hacía gracia. Ni siquiera deseaba ser testigo de ello.

En parte consideraba que debía hacerlo, porque era injusto que Millicent se sintiera en la obligación de encargarse ella sola. Traté de imaginar lo que experimentaría al encerrar a cal y canto a Naomi y mantenerla con vida, alimentarla, darle agua y torturarla. Se me revuelve el estómago.

No me veo capaz de ser testigo de ello, de primera mano y en primera persona.

Esto hace que evite hablar con Millicent acerca de dónde mantuvo recluida a Lindsay y dónde mantendrá a Naomi. Se me ha pasado por la cabeza preguntárselo, pero jamás lo he hecho.

A veces, me siento un poco mal por ello, pero no lo suficiente. La mayor parte del tiempo, noto un gran alivio.

—Puedo ocuparme yo —dijo Millicent.

Estábamos solos en casa el viernes por la mañana. Los niños ya estaban en el colegio. Nos sentamos en la cocina a tomar otra taza de café y debatir nuestros planes.

—No tienes por qué asumirlo todo tú sola —comenté.

—Ya lo hice antes. —Millicent se levantó y dejó su taza de café en el fregadero.

—Aun así —insistí. Mis objeciones eran de boquilla, y me constaba. En cualquier caso, me hacían sentirme mejor.

—Aun así, nada —dijo Millicent—. Yo me encargaré de ello. Tú ocúpate del periodista ese.

—Lo haré. En un momento dado, tendré que volver a ponerme en contacto con él.

—Efectivamente.

Se volvió hacia mí y sonrió, iluminada por los rayos de sol de la mañana que se filtraban por la ventana.

Nuestro plan estaba diseñado. Era el mismo que habíamos utilizado con Lindsay.

Habíamos concretado cada detalle, como siempre hace Millicent. Primero, la droga. Lindsay, y ahora Naomi, tenían que perder el conocimiento para poder llevarlas a un lugar desierto. Resulta que el cloroformo no es el somnífero fulminante que sale en las películas. Nuestras pesquisas nos condujeron a algunos lugares oscuros y siniestros de internet, donde todo está al alcance de la mano a cambio de dinero. Con moneda electrónica, una dirección de correo electrónico anónima y un apartado de correos es posible conseguir cualquier cosa, incluido un sedante lo bastante fuerte y rápido como para tumbar a un elefante.

Dado que solamente teníamos que dormir a una mujer de cincuenta y nueve kilos, no necesitábamos gran cosa.

Millicent había comprado un ordenador portátil cuya existencia solo conocíamos nosotros. Lo utilizamos para documentarnos sobre sedantes. También para dar con Lindsay.

Y Petra.

Y Naomi.

La noche del viernes, atrapamos a Naomi juntos. Tal y como habíamos hecho con Lindsay.

En el aparcamiento situado a espaldas del hotel, Millicent abordó a Naomi mientras esta salía con su coche. Se encontraban justo fuera del alcance de las cámaras de seguridad. Me quedé observando mientras Millicent se inclinaba sobre la ventanilla del asiento del conductor, hablando deprisa como si necesitase ayuda porque se le había averiado el coche. A continuación vi claramente el súbito movimiento de su brazo al inyectar el sedante a Naomi. Millicent empujó el cuerpo de Naomi a un lado para sentarse en el asiento del conductor y se marchó.

Sonriente, la seguí. Después de tanta pesquisa, planificación y conversación, me encantó presenciar el desarrollo de todo.

Nos separamos en el bosque. Yo me llevé el coche de Naomi y me deshice de él mientras Millicent conducía mi coche con nuestra víctima, aún inconsciente. Para cuando llegué al coche de Millicent, aparcado a una manzana del Lancaster, y regresé a casa, era pasada la medianoche. En Hidden Oaks, las luces de todos los porches estaban encendidas, incluida la nuestra.

Los niños no estaban dormidos. Estaban haciendo lo mismo que yo habría estado haciendo a su edad: viendo películas de terror. Ambos habían acampado en la sala de estar con sus teléfonos, tabletas y un montón de comida basura. Me uní a ellos.

Estaban convencidos de que yo había estado patrullando por el barrio, colaborando para proteger Hidden Oaks de Owen Oliver. Aunque contamos con vigilancia de seguridad privada, anoche un grupo de residentes decidió sumarse a la ronda. Solo que yo no era uno de ellos.

Los niños ya estaban al tanto de que Millicent no volvería a casa hasta por la mañana. Les habíamos dicho que pasaría la noche con un grupo de amigas que no querían estar solas. A los dos les trajo sin cuidado. No tengo claro que Owen Oliver sea real para ellos. Es el hombre del saco de la tele, el psicópata de las películas. No conciben que cualquier mujer —una profesora, una vecina o incluso su madre— pudiera estar en peligro. Yo tengo un conflicto interno al respecto. Quiero que mis hijos se sientan a salvo. También quiero que sean conscientes de los peligros que entraña el mundo.

Todavía tumbado en la cama, me da por preguntarme adónde se habrá llevado Millicent a Naomi, qué habrá sido de ella. Para distraerme, me levanto y pongo la televisión. El canal de deportes. Mientras escucho los resultados de béisbol de ayer, hago café. El periódico da un golpetazo contra la puerta principal, y no voy a por él. En vez de eso, tomo café, veo dibujos animados hasta que los niños se levantan y a continuación apago la tele antes de que bajen. Rory es el primero en entrar en la cocina. Coge el mando a distancia y pone las noticias.

—Bueno, ¿a quién se han cargado? —Saca un bol del armario y vuelca los cereales.

—No digas «cargado».

Pone los ojos en blanco.

—Vale, ¿a quién han asesinado?

Jenna aparece en el umbral. Su mirada oscila entre Rory y yo.

—¿Ha ocurrido ya? ¿Ha vuelto Owen?

Rory sube el volumen de la tele. El periodista que aparece no es Josh. Es una joven rubia que encaja con el prototipo de Owen.

«Según fuentes policiales, no se dispondrá de información durante un tiempo. Dada la inquietud generada la pasada noche, se han recibido numerosas llamadas alertando de mujeres que no responden al teléfono o de las que sus familias no tienen noticias. Desconocemos si alguna de estas mujeres ha desaparecido en realidad, y es muy probable que pase cierto tiempo hasta que la policía lo confirme...».

—La policía es idiota —dice Rory. Se vuelve hacia Jenna y le clava el dedo en el brazo—. Igual que tú.

Ella hace una mueca.

—Lo que tú digas.

Dejan de hablar acerca de Owen. No vuelvo a oír su nombre hasta que estamos en el coche, de camino al partido de fútbol de Jenna. Durante una pausa en la música, el locutor de radio dice que la policía ha recibido más de mil llamadas de personas que afirman haber visto a Owen el viernes por la noche.

Aunque Millicent sigue sin dar señales de vida, miento a los niños y les digo que está tomando el *brunch* con sus amigas. Por lo visto, a ambos les importa un pimiento.

Durante el partido, me pongo a consultar mi teléfono cada dos por tres.

Unos cuantos padres comentan las noticias, hacen conjeturas sobre Owen y la nota del viernes 13 y se plantean si todo fue un farol. Uno de los padres señala que estaba cantado, pero las mujeres no lo tienen tan claro. Cuando él se echa a reír, una mujer le pregunta qué tiene de gracia el hecho de que se anunciara que se cometería un asesinato el viernes 13.

Consulto mi teléfono. Todavía nada.

El equipo de Jenna va ganando por uno. Le hago una seña con el pulgar en alto. Ella sonríe y pone los ojos en blanco al mismo tiempo. Intuyo que el gesto del pulgar en alto seguramente está desfasado.

Entonces reparo en ella. Se halla detrás de Jenna, cerca del aparcamiento, y está rodeando el campo. Lleva su melena pelirroja suelta, que le ondea conforme camina. Va vestida con unos vaqueros, zapatillas de deporte y una camiseta con un león, la mascota del colegio, en la pechera. Siempre intenta tener el mismo aspecto que las restantes madres, pero nunca lo consigue. Millicent siempre llama la atención.

Conforme se aproxima, sonríe. Es una amplia sonrisa que se refleja en sus ojos. El alivio corre por mis venas. Solo entonces soy consciente de lo nervioso que estaba. Qué tontería. Cómo voy a desconfiar de Millicent.

Extiendo los brazos en dirección a ella. Me rodea por la cintura y se pega a mí para besarme. Sus labios despiden calidez, y su aliento huele a canela y café.

—¿Cómo va Jenna? —pregunta Millicent, al tiempo que se vuelve hacia el campo. No puedo apartar los ojos de ella.

—Ganando por uno.

—Perfecto.

Se zafa de mí y saluda a algunos padres. Charlan sobre el partido, sobre el hermoso día y, finalmente, sobre Owen.

Cuando finaliza el encuentro, tengo que irme a trabajar. Este sábado le toca a Millicent llevarse a los niños a comer por ahí; solo disponemos de un momento a solas en el aparcamiento. Los niños están en el coche, con los cinturones de seguridad abrochados y peleándose. Nos colocamos entre nuestros respectivos coches.

—¿Todo bien?

—Perfecto —dice—. Ningún problema en absoluto.

Cada uno se va por su camino; mientras conduzco en dirección al club, me siento rebosante de felicidad. Casi en las nubes. Como si estuviese flotando.

En el club, la clase del sábado con Kekona, la cotilla oficial de Hidden Oaks, se me hace rara. Me parece que ella la programó con la intención de hablar sobre Owen, sobre lo que puede haber sucedido la pasada noche, y nuestra clase lo confirma. Owen es su único tema de conversación.

—Cincuenta y tres mujeres. Según las noticias, entre anoche y esta mañana se ha denunciado la desaparición de cincuenta y tres mujeres. —Menea la cabeza. Kekona lleva su largo pelo oscuro recogido en un moño a la altura de la nuca.

—Owen no secuestró a cincuenta y tres mujeres anoche —digo.

—No, qué va. Puede que no haya secuestrado a ninguna. Pero cincuenta y tres familias creen que lo hizo.

Asiento mientras sus palabras me calan, tratando de imaginar tanto dolor. Me siento al margen, como si nada tuviera que ver conmigo.

26

Aguardamos a que los demás averigüen lo ocurrido. Cuando emiten las noticias, Millicent me guiña un ojo. Cuando alguien menciona a Owen, le lanzo una mirada que únicamente ella entiende. Es nuestro rollo, lo que nos separa de los demás.

Experimenté esa sensación por primera vez después de lo de Holly. Y de nuevo después de lo de Robin, y luego después de lo de Lindsay. Después de cada mujer, Millicent y yo vivimos un momento en el que nos sentimos los únicos del mundo. Es el mismo sentimiento que cuando trepamos a aquel gran árbol. Es el mismo sentimiento que experimento ahora, después de lo de Naomi.

Millicent y yo estamos totalmente espabilados mientras los demás duermen.

Para el lunes, la policía ya ha reducido la criba a dos mujeres. Las demás han sido localizadas o han regresado a sus casas. Me entero por la radio en el coche de camino al trabajo, y me sorprende. No tenía ni idea de que se tardara tanto en confirmar quién ha desaparecido. Casi me dan ganas de mandarle otra nota a Josh para decirle que se trata de Naomi.

Casi. Pero cuanto más tiempo pasen tratando de averiguar quién ha desaparecido, menos tiempo pasarán tratando de localizarla. La policía ni siquiera sabe a quién buscar.

En plena jornada, recibo una llamada de la directora del colegio. Me extraña, porque la directora siempre llama primero a Millicent, pero, según dice, mi mujer no responde al teléfono. También me dice que se ha producido un incidente en el colegio y que es preciso que acuda inmediatamente. Pregunto si se trata de Rory.

—Es su hija —dice—. Tenemos un problema con Jenna.

Cuando llego al colegio, Jenna está sentada en un rincón del despacho de la directora. Nell Granger lleva toda la vida en el colegio y no ha cambiado un ápice. Parece una tierna abuela entrada en años de las que te pellizcan los mofletes hasta que te salen moretones.

Jenna tiene la vista clavada en el suelo y no la levanta.

Nell me indica que tome asiento, y lo hago. Entonces reparo en el cuchillo.

Hoja de quince centímetros, de acero inoxidable. Empuñadura de madera tallada. Procede de nuestra cocina, y ahora yace encima de la mesa de despacho de Nell.

Nell da golpecitos al cuchillo con su uña de color rosa.

—Su hija ha traído esto al colegio hoy.

—No lo entiendo —digo. No estoy seguro de querer hacerlo.

—Un profesor lo vio en su mochila cuando ella estaba sacando un cuaderno.

Jenna está sentada con la espalda contra la pared, de frente a nosotros, pero sigue con la cabeza gacha. No dice una palabra.

—¿A cuento de qué has traído esto al colegio? —pregunto.

Ella menea la cabeza. No dice una palabra.

Nell se levanta y me hace un gesto para que la acompañe. Cuando salimos del despacho, cierra la puerta.

—Jenna no ha dicho ni pío —explica Nell—. Confiaba en que usted, o su mujer, la convencieran para que nos dijese por qué tiene el cuchillo.

—Eso quisiera yo saber.

—De modo que esto no es algo que ustedes...

—Jenna jamás ha sido violenta —la interrumpo—. Ella no juega con cuchillos.

—Y sin embargo... —Nell no termina la frase y no hay necesidad.

Entro en el despacho solo. Da la impresión de que Jenna no se ha movido ni un pelo. Acerco una silla a ella y me siento.

—Jenna —digo.

Nada.

—¿Puedes explicarme lo del cuchillo?

Se encoge de hombros. Algo es algo.

—¿Tenías intención de hacer daño a alguien?

—No.

Su tono es rotundo, resolutivo, y me sobresalto.

—Vale —continúo—. Si no tenías intención de hacer daño a nadie, ¿para qué ibas a traer un cuchillo al colegio?

Ella alza la vista. Sus ojos no reflejan tanta resolución como su voz.

—Para protegerme.

—¿Te está acosando alguien?

—No.

Es lo único que puedo hacer para evitar cogerla por los hombros y zarandearla hasta sonsacarle las respuestas.

—Jenna, por favor, cuéntame lo que ha pasado. ¿Te han amenazado? ¿Te han hecho daño?

—No. Es que quería...

—¿Querías qué?

—No quería que me hiciese daño.

—¿Quién?

Ella susurra su nombre.

—Owen.

El puñetazo en el estómago me impacta. Me duele. Jamás se me pasó por la cabeza que Jenna tuviera miedo de Owen.

La rodeo entre mis brazos.

—Owen jamás te hará daño. Ni en un millón de años. Ni en un millón de millones de años.

Ella se ríe entre dientes ligeramente.

—Qué tonto eres.

—Ya. Pero no en lo tocante a esto. No en lo tocante a que Owen te haga daño.

Jenna se aparta y me mira; ahora no tiene los ojos tan abiertos.

—Por eso he traído el cuchillo. No tenía intención de herir a nadie.

—Lo sé.

Ella espera en la puerta mientras hablo con Nell, que asiente y esboza una media sonrisa al explicarle el temor de Jenna a Owen Oliver. Le digo que él ya lleva unas cuantas semanas en todos los medios de comunicación; su cara acapara internet, la televisión, e incluso los carteles que hay delante del supermercado.

—Que sucediese algo así se veía venir —digo, señalando hacia el cuchillo—. Ahora que me paro a pensar, no me extraña en absoluto. Los medios no han dejado de hablar de Owen desde que regresó.

Nell enarca una ceja.

—¿Cree que ha regresado?

Me siento como a los trece años, cubierto de mugre y arañazos, y un poco de sangre en la comisura de la boca. Había salido bien parado de mi pelea con Danny Turnbull, al menos desde mi punto de vista, solo que tuve que presentarme en el despacho de la directora. Cuando le dije a la directora que Danny había empezado la pelea, me miró de la misma manera que Nell Granger me está mirando ahora mismo.

—No sé si ha regresado —contesto—. Pero obviamente es lo que piensa mi hija.

—¿Eso dice?

—¿Tiene alguna razón para dudar de ella? Porque yo no.

Nell niega con la cabeza.

—No, ninguna. Jenna siempre ha sido una buena niña. —No dice «hasta ahora», pero no hace falta.

—¿Puedo llevármela a casa?

—Sí. Pero tengo que quedarme con el cuchillo.

No pongo objeciones.

Como a Jenna la han eximido del resto de las clases, nos vamos a comer. Vamos a una gran cadena de restaurantes que tiene una carta de diez páginas con todo lo habido y por haber, desde un desayuno grasiento hasta costillas a la barbacoa, pasando por un largo etcétera. Hemos estado mil veces en este restaurante y Jenna siempre pide un sándwich de queso y tomate a la plancha o un Club. Hoy pide una ensalada con salsa aparte y agua, no un refresco.

Cuando le pregunto si se encuentra bien, Jenna dice que fenomenal.

Tengo ganas de hablar con Millicent. Tengo ganas de ponerla al tanto acerca de nuestra hija. Pero mi mujer sigue sin responder al teléfono.

Debe de estar con Naomi. Lo más seguro es que esté en algún búnker o cuarto revestido de hormigón, igual que en las películas, y por eso no responde al teléfono. Bajo tierra no suena.

O quizá simplemente esté ocupada.

Le mando un mensaje para decirle que todo va bien, a pesar de que tengo mis dudas. Después de enviarlo, oigo el sonido familiar de una noticia de última hora.

Al otro lado de nuestro reservado hay una zona con varios televisores, y Naomi me observa fijamente desde todos ellos. Parece despampanante en las pantallas gigantes. El titular a pie de pantalla reza:

—Es ella, ¿no? —Jenna también está mirando hacia las pantallas—. Es la que Owen se llevó.

—No lo saben con seguridad —digo.

—Va a morir, ¿a que sí?

No respondo. Sonrío para mis adentros. Al menos una parte de mí lo hace.

La otra parte está preocupada por Jenna.

27

Naomi. Naomi con el pelo suelto, con el pelo recogido, sin maquillar, y con los labios pintados de rosa chicle. Naomi con el uniforme del trabajo, en vaqueros, con un vestido de dama de honor de satén rosa. Naomi está hasta en la sopa: en televisión, en internet y en boca de todo el mundo. En cuestión de horas, sus tres amigas se han multiplicado. De repente, todos la conocen, y se muestran encantados de hablar con pelos y señales de su querida amiga Naomi a los periodistas.

El lunes por la noche estamos en casa, y la tele está encendida. Millicent está aquí. Da una vaga explicación de su ausencia por la tarde. A cambio, le doy una vaga explicación de lo ocurrido en el colegio de Jenna. Hago que parezca mucho menos alarmante de lo que fue.

—Básicamente, fue un gran malentendido —digo.

Millicent se encoge de hombros.

—¿Seguro?

—Seguro.

Están dando las noticias. Jenna está obsesionada con ello, pero Rory se aburre a menos que haya novedades. Le pide que cambie de canal. Ella se niega.

Yo no era consciente de hasta qué punto Owen Oliver afectaría a nuestros hijos. A Holly y Robin no se les dio este tipo de publicidad ni por asomo. A estas alturas, llevan semanas hablando de Owen. Puede que Jenna no deje de hablar de Naomi jamás.

Esto hace que mi buen ánimo empiece a decaer.

Salgo al jardín trasero. En un rincón, tenemos un gran roble. El viejo parque infantil de los niños se halla en el otro rincón; lleva años a la intemperie. Hasta se me había olvidado que estaba allí, pero ahora lo único que veo es lo deteriorado que se encuentra, que el plástico está agrietado y que seguramente entraña peligro. Vuelvo a la casa, entro en el garaje y cojo mi caja de herramientas. Es importante, si no crucial, que desmonte el parque infantil y me deshaga de él antes de que alguien resulte herido.

Los pernos se resisten, a pesar de que son piezas grandes de plástico a prueba de niños. Rompo uno a martillazos.

—¿Qué haces?

La voz de Millicent no me sobresalta. De hecho, me la esperaba.

—¿A ti qué te parece?

—Me parece que esto podía esperar a mañana.

—Pero resulta que me apetece hacerlo ahora. —No alcanzo a oírla resoplar, pero me consta que lo está haciendo. Se queda plantada detrás de mí observando cómo rompo otro perno de plástico—. ¿Vas a quedarte toda la noche observándome? —digo.

Ella se mete en la casa. La puerta corredera se cierra de un portazo.

Menos de una hora después, estoy sudando y he apilado las piezas de plástico. Salgo del jardín trasero con peor aspecto que cuando comencé.

No hay nadie en la sala de estar. Los oigo en la planta de arriba; hay alguien en el cuarto de baño, y alguien más cruzando el pasillo. Me siento delante del televisor. Hay una telecomedia, y la familia es como la mía, con padre, madre y dos hijos, pero son mucho más graciosos que nosotros. Sus problemas no guardan relación con niñas de trece años que llevan cuchillos al colegio o niños que chantajean a su padre.

Durante la pausa publicitaria, emiten un avance informativo, y cambio de canal para poner otra serie, y otra, y sigo dale que te pego hasta que Millicent entra en la sala y me quita el mando a distancia. Se pega a mí y me susurra al oído:

—Déjate de historias. Ya. —Lanza el mando a distancia al otro lado del sofá y sale de la estancia.

Puede que dé la impresión de que nunca planto cara a Millicent, pero eso no es cierto. Puede que no lo haga a menudo, pero tampoco es algo insólito. Sucedió en una ocasión, como mínimo, y lo recuerdo bien. Fue lo bastante importante como para plantarle cara.

Rory tenía seis años, Jenna cinco, y Millicent y yo andábamos con la lengua fuera. Yo tenía dos trabajos. Aparte de dar clases particulares de tenis, también trabajaba en un club deportivo. Millicent se dedicaba a la venta inmobiliaria. Los críos asistían a centros escolares distintos —preescolar y primero de primaria— y siempre era preciso llevar o recoger a uno. Disponíamos de dos coches, pero daba la impresión de que uno siempre se averiaba. No obstante, teníamos comida y un techo y todas las necesidades cubiertas. El resto era un coñazo.

Un día, nos cayó algo como llovido del cielo. Una cosa extraña que me cogió totalmente por sorpresa. Se había presentado una demanda colectiva contra un antiguo jefe mío, de un trabajo que tuve en la universidad, y al cabo de más de diez años por fin se había emitido el fallo. Igual el colectivo era reducido, o igual los abogados eran mejores que la mayoría; el caso es que me correspondían diez mil dólares. Era más de lo que jamás había tenido.

Millicent y yo nos sentamos a la mesa de la cocina y nos quedamos mirando el talón. Los críos estaban acostados, la casa se encontraba en silencio, y pasamos un rato fantaseando con todas las cosas que podríamos hacer con él. Una semana en Hawái o un mes en las montañas. Un viaje a Europa. El anillo de compromiso que Millicent se merecía. Tomamos una copa de vino, y nuestros sueños se volvieron más disparatados. Ropa a medida. Un equipo de cine para casa. Lujosas llantas de cromo para nuestras respectivos viejos coches. Diez mil dólares no eran una inmensa fortuna, pero fantaseamos con ello.

—Ahora en serio —comentó ella, y apuró su copa de vino—. Los niños. La universidad.

—Muy sensata.

—Qué remedio.

Tenía razón. La universidad era cara, y nunca hacía daño ahorrar para eso. Salvo que sí lo hacía. A nosotros y a nuestro futuro.

—Se me ocurre una idea mejor —dije.

—¿Mejor que la educación de nuestros hijos?

—Escúchame.

Sugerí emplear el dinero en invertir en nosotros. En los años transcurridos desde que nos casamos y tuvimos hijos, nuestra situación económica no había mejorado gran cosa. Tampoco nuestras respectivas carreras profesionales. Millicent se encontraba estancada vendiendo pisos y viviendas de bajo precio. Los agentes inmobiliarios con más experiencia acaparaban todo el mercado de lujo. Yo daba clases particulares en canchas de tenis públicas en el parque, y los clientes no eran fijos. Propuse hacer algo al respecto.

Al principio, parecía uno de nuestros absurdos sueños. La entrada a la gala de Navidad del Club de Campo de Hidden Oaks costaba dos mil quinientos dólares por cabeza. Pero la gala no era una fiesta cualquiera; era la oportunidad de codearnos con personas a las que no conoceríamos en ningún otro lugar. En los Oaks vivía una nueva generación. La mayoría no conocía a mis padres ni a mí. Esta era la gente que podía permitirse las clases particulares de tenis y casas caras. Serían ellos quienes sufragarían la educación de nuestros hijos.

—Qué disparate —comentó Millicent.

—No me estás escuchando.

—No. —Ella descartó mi idea haciendo un ademán con la mano.

Eso me instó a mantenerme en mis trece.

Discutimos durante una semana. Ella me tildó de niñato, y yo le dije que era corta de miras. Ella me tachó de trepa, y yo le contesté que no tenía imaginación. Ella dejó de dirigirme la palabra, y yo me acosté en el sofá. A pesar de ello, no me di por vencido. Ella sí.

Millicent adujo que estaba cansada. Yo creo que le picaba la curiosidad. Creo que le apetecía comprobar si yo estaba en lo cierto.

Gastamos la mitad del dinero en las entradas, y después compramos un vestido y zapatos para ella, un esmoquin y zapatos para mí, y alquilamos un coche de lujo para esa noche. Además, Millicent también fue a peinarse, a que la maquillaran y a hacerse la manicura. A la hora de pagar a la canguro, quedaba muy poco dinero.

Mereció la pena gastar hasta el último centavo. Seis meses después de la gala, me ofrecieron trabajar de profesor de tenis en el club. Millicent conoció a sus primeros clientes de posibles en aquella gala y comenzó a ascender en el mundo del sector inmobiliario. En una noche, nos habíamos ahorrado como mínimo cinco años de sudar tinta para subir en el escalafón. Fue como pasar de pantalla en un videojuego automáticamente.

No somos ricos, no como nuestros clientes, pero aquella noche nos dio un empujón.

Y a día de hoy, Millicent sabe que fue gracias a mí. Porque decidí a qué destinar ese dinero. Ella lo recuerda cada año cuando asistimos a la gala anual, aunque, sinceramente, no estoy seguro de que le importe.

28

Al principio, fue impresionante que Rory maquinara la manera de chantajearme. Eso he de reconocerlo. Yo estaba más mosqueado conmigo mismo por el hecho de que me pillara que con él por pillarme.

Pero ahora está empezando a cabrearme.

Estoy en su cuarto. Él está sentado junto a su escritorio. El ordenador está encendido, y Naomi me sostiene la mirada. Han transcurrido cuarenta y ocho horas desde que fue identificada como la única mujer que continúa en paradero desconocido. Su cara está en todas partes, en todos los titulares de los informativos y las redes sociales.

—¿Por qué estás mirando eso? —pregunto, al tiempo que hago un ademán con la cabeza en dirección a su ordenador.

—No cambies de tema.

Tiene razón. Estoy obviando el hecho de que acaba de pedir cientos de dólares para mantener la boca cerrada sobre mi aventura inexistente. O mi rollo de una noche, mejor dicho, porque sí que me acosté con Petra.

—¿Hasta cuándo vas a seguir con esto? —digo.

—¿Y tú? Te vi salir a escondidas la mismísima semana pasada.

Es imposible tratar a Rory como un niño cuando dice estas cosas. A pesar de su indómito pelo rojo y su ropa holgada, no parece tener catorce años. Parece estar a mi altura.

—Te propongo un trato —digo—. Te daré el dinero, y se acabó por parte de los dos. Jamás me volverás a ver saliendo a escondidas.

—¿Y si lo haces?

—Si vuelvo a salir a escondidas, te daré el doble.

Rory pone los ojos como platos y cambia su cara de póquer. Disimula su sorpresa frotándose la barbilla, fingiendo que se está pensando mi oferta.

—Estaré atento —señala.

—Sé que lo harás.

Asiente, cavila y acto seguido declina mi oferta.

—Tengo otra idea.

Yo ya estoy negando con la cabeza, cabreado. Antes, me encontraba al límite, y ahora lo he sobrepasado.

—No pienso darte más...

—No quiero dinero.

—Entonces ¿qué?

—La próxima vez que salgas a escondidas, no te pediré dinero. No te pediré nada —contesta—. Pero se lo diré a Jenna.

—¿En serio se lo dirías a tu hermana?

Él suspira. No es de esos suspiros de los hombres entrados en años, con patente cansancio y fatiga. Es un suspiro infantil, de los que van acompañados de temblor en el labio.

—Papá, ya está bien —zanja—. Deja de ponerle los cuernos a mamá de una vez por todas.

Ahora soy yo el sorprendido. El tremendo impacto de lo que ha dicho va haciendo mella en mí gradualmente hasta que lo asimilo del todo.

Es un niño. Le quedan años para madurar, muchísimo por delante. En este momento, parece más pequeño que nunca. Parece más pequeño que la última vez que le mentí, más pequeño que la segunda y que la tercera. Parece más pequeño que el día en que le enseñé a sujetar una raqueta de tenis y el día en que la aparcó en aras del golf. Rory parece más pequeño que ayer. Sigue siendo un crío.

Esto nunca ha guardado relación con el dinero o los videojuegos, ni siquiera el chantaje.

Todo esto ha guardado relación con su opinión acerca de lo que estoy haciendo. Piensa que estoy saliendo a escondidas para ponerle los cuernos a su madre. Y quiere que deje de hacerlo.

Cuando caigo en la cuenta de esto, siento como si mi hubieran pegado un tiro en el estómago. O al menos lo que imagino que sentiría. Es mucho más fuerte que un puñetazo. No sé qué decir o cómo expresarlo.

Asiento y le tiendo la mano.

Nos damos un apretón.

Le oculto todo esto a Millicent, tal y como he hecho hasta ahora. Ni siquiera le cuento que Rory ha estado leyendo acerca de Naomi en internet. De todas formas, los niños están al tanto de todo. Es *vox populi.*

Josh continúa cubriendo la historia y sale en la tele a todas horas, en los boletines informativos y en las noticias de la noche. Por muy joven y serio que siga siendo, ahora parece cansado y necesita un corte de pelo.

Los dos últimos días los ha pasado de aquí para allá con la policía durante los registros de áreas de descanso. Ahí fue donde Owen confinó a sus víctimas, en un área de descanso abandonada; excavó el edificio para convertirlo en un búnker. La policía ha estado llevando a cabo registros en todas, así como en cualquier estructura tipo búnker que figura en el mapa. No ha encontrado absolutamente nada.

Esta noche, Josh está en una carretera desierta, delante de una flota de vehículos policiales. Va pertrechado con una cazadora y una gorra de béisbol, lo cual le confiere un aire más juvenil si cabe, y dice que están registrando otra posible ubicación. Han estado rastreando cada vez más lejos, incluso en dirección este, cerca del Parque Estatal Goethe.

Es porque Naomi continúa con vida.

Josh no dice eso. La policía tampoco lo dice. Pero todo el mundo sabe que, si Owen sigue con vida, Naomi también. Él siempre las mantiene con vida, y les hace cosas espantosas. Cosas que no mencionan en la tele. Cosas en las que no pienso, porque Millicent se las está haciendo ahora.

O eso me figuro. Me figuro que Naomi continúa con vida, aunque no se lo he preguntado a Millicent y no tengo ni idea de dónde la pudo esconder. Las pesquisas policiales me instan a preguntármelo.

A la mañana siguiente, mientras estoy maniobrando marcha atrás en el camino de entrada, Millicent sale de casa. Levanta la mano para darme el alto. La observo conforme viene a mi encuentro. Lleva puestos unos pantalones de pitillo y una blusa blanca de minúsculos lunares.

Millicent se agacha sobre la ventanilla. Su cara está tan cerca de la mía que alcanzo a ver las finas líneas de las comisuras de sus ojos; no son arrugas profundas, pero casi. Cuando pone la mano en el borde de la puerta, me fijo en los arañazos de su antebrazo. Como si hubiera estado jugando con un gato.

Ella se percata de lo que estoy mirando y se baja la manga. La miro a los ojos. Bajo el sol de la mañana, los tiene casi como antes.

—¿Qué? —digo.

Se mete la mano en el bolsillo y saca un sobre blanco.

—Pensé que esto podría servir.

El sobre está cerrado.

—¿Qué es esto?

Ella me guiña un ojo.

—Para tu próxima carta.

Este detalle me levanta el ánimo. Yo no escribo cartas, pero Owen sí.

—Los convencerá —afirma Millicent.

—Lo que tú digas.

Posa la mano en mi mejilla y me la acaricia con el pulgar. Me da la impresión de que va a besarme, pero no lo hace, no aquí fuera en el camino de entrada, donde cualquier vecino podría vernos. En vez de eso, entra en casa con la misma naturalidad con la que había salido, como si simplemente me hubiera recordado que compre leche de almendras a la vuelta.

Deslizo el dedo bajo la solapa del sobre y lo abro.

En el interior, un mechón de pelo de Naomi.

29

Pese a lo que Millicent dijo, no dejo de darle vueltas al mechón de pelo de Naomi. Me pregunto si mejorará o empeorará las cosas. Aunque Jenna ya no va armada con un cuchillo, que yo sepa, tampoco tiene mucho apetito. Picotea y juguetea con la comida en el plato. No está muy parlanchina en las cenas. No nos cuenta con pelos y señales sus entrenamientos de fútbol o qué tal el día en el colegio.

Esto no me gusta. Quiero recuperar a mi Jenna, la que me sonríe, la que me pide algo a lo que no tengo más remedio que acceder. Lo único que ahora pide es permiso para levantarse de la mesa.

Si le mando una carta a Josh confirmando que Naomi es la víctima de Owen, la búsqueda se intensificará más si cabe. La policía rastreará hasta el último edificio en un radio de ochenta kilómetros para localizarla, y los medios de comunicación cubrirán cada movimiento.

Pero tal vez sea peor no enviar la carta. Tal vez sea peor dejar a todo el mundo con la duda de si Owen tiene a Naomi, quizá indefinidamente. Porque entonces Jenna será consciente de que es posible que las personas desaparezcan de la noche a la mañana y que nadie las encuentre jamás. Es verdad, pero a lo mejor no debería ser consciente de eso. Aún no, en cualquier caso.

Una vez más, Millicent tiene razón. El mechón de pelo tiene su utilidad.

Repaso varios borradores de la carta. El primero es demasiado elaborado; el segundo sigue siendo demasiado largo. El tercero se reduce a un párrafo. Entonces me doy cuenta de que no es necesario que Owen diga nada.

El pelo lo dirá todo.

Llevarán a cabo una prueba de ADN y comprobarán que pertenece a Naomi. Lo único que he de hacer es envolverlo en un pedazo de papel y firmar al pie.

OWEN

El toque final es la colonia barata.

Meto el mechón de pelo en la carta. Cincuenta cabellos, cien... No sé cuántos, pero tienen unos cinco centímetros de largo. En un extremo, el mechón presenta ligeras diferencias de longitud. El otro extremo presenta un corte tan limpio que casi oigo el tijeretazo.

Me niego a calentarme más la cabeza. No quiero imaginar la expresión de Naomi al ver las tijeras, no quiero imaginar el alivio que sintió cuando solo le cortó el pelo.

En vez de eso, doblo el papel para envolver el mechón, lo meto en un sobre nuevo y utilizo una esponja para cerrar la solapa. No me quito los guantes hasta que la carta está en el buzón.

En cuanto la echo, noto un subidón de adrenalina.

El trabajo debería ser una válvula de escape, pero no lo es. Todo el mundo está hablando de Naomi, de Owen, de dónde podría tenerla recluida y de si llegarán a encontrarla algún día. Kekona está en el club de campo; no tiene clase, pero ha venido de todas formas, a cotillear con un grupo de mujeres lo suficientemente entradas en años como para ser madres de Naomi. Los hombres sentados a la barra tienen la mirada clavada en la pantalla, en la guapa mujer desaparecida a la que les habría gustado conocer. Nadie comenta nada acerca de las actividades de Naomi en el Lancaster. Para todo el mundo se ha convertido en la hija, la hermana, la chica de la puerta de al lado.

Da miedo lo deprisa que esto ha ocurrido.

Con las otras no sucedió lo mismo, especialmente con Holly. Nadie llegó a buscarla, pues su desaparición jamás se denunció.

Millicent y yo tomamos esa decisión juntos. No hicimos el menor comentario a raíz de la desaparición de Holly; en ningún momento se me pasó por la cabeza. Me obsesionaba demasiado la idea de que me pillaran como para plantearme lo que iba a suceder a continuación. Al cabo de unos días, la madre de Millicent llamó por teléfono. Su alzhéimer no había avanzado hasta el punto de no acordarse de cuántas hijas tenía. Jamás le dijimos que a Holly le habían dado el alta, pero ella se había enterado. Había llamado al hospital.

Aquella noche, tuvimos nuestra primera noche romántica. Hasta entonces nunca habíamos organizado una. Acostumbrábamos a reírnos del término hasta que le sacamos partido.

Cuando le dije a Millicent que su madre había llamado, no se inmutó. Acabábamos de cenar, los niños estaban viendo la tele, y seguíamos sentados a la mesa. Hamburguesas vegetarianas rebosantes de tomate y queso orgánico, boniatos fritos y ensalada. Yo todavía estaba picoteando los boniatos, untándolos con seudomayonesa picante.

—Lo veía venir —comentó.

Yo volví la vista para cerciorarme de que los niños no merodeaban por allí. En aquella época, yo me asustaba de mi propia sombra. Como no estaba acostumbrado a quebrantar la ley, y mucho menos a asesinar a nadie, al menor sonido me parecía que nos habían pillado. Cada día me daba la sensación de que había envejecido un año.

—No deberíamos hablar de esto aquí —dije.

—Es verdad. Más tarde, cuando los niños se hayan dormido.

Hasta eso me ponía nervioso.

—Deberíamos hablar fuera. O en el garaje. Podemos sentarnos en el coche o algo.

—Perfecto. Como en una cita romántica.

Organizamos nuestra primera noche romántica cuando Rory, de once años, y Jenna, de diez, estaban dormidos. Millicent dejó la puerta de la casa entornada, por si acaso nos necesitaban.

Di por supuesto que le diría a su madre que no habíamos visto a Holly. Me equivoqué.

—No podemos decirle qué ha desaparecido —dijo Millicent—. Se pondrán a buscarla.

—Pero ella no encontrará...

—No, efectivamente. Pero no dejará de buscarla hasta que pierda la memoria.

—Entonces ¿mentimos a tu madre? ¿Le decimos que Holly está aquí y que se encuentra bien?

Negó con la cabeza. Estaba perdida en sus pensamientos, con la vista clavada en el salpicadero. Finalmente, dijo:

—No tiene vuelta de hoja.

Ante el temor de volver a parecer un necio, aguardé.

Cuando Millicent dijo que su intención era simular que Holly seguía viva, recuerdo que pensé que no saldría bien. Después de todo lo que habíamos hecho, y después de todo aquello de lo que nos habíamos librado, esto sería nuestra ruina. No lo habíamos planeado detenidamente. Ni siquiera habíamos hablado de ello seriamente jamás.

—No saldrá bien —señalé—. Al final, querrá hablar con ella, verla. Vendrán o tratarán de llevársela... —Me puse a divagar, a enumerar todas las razones por las que no saldría bien. No podíamos simular ser las únicas personas que habían visto o hablado con Holly.

—Me da la impresión de que Holly quiere huir —dijo Millicent—. Posiblemente por mi causa, porque le recuerdo lo que hizo y el motivo por el que fue recluida.

Empecé a pillarlo.

—Si fuera yo, y quisiera empezar de cero, incluso me plantearía abandonar el país.

—Yo abandonaría el país sin lugar a dudas —dijo ella.

—¿Le mandarías un correo electrónico a tu madre?

—Una carta. Larga, para ponerla al corriente de que me encuentro bien, de que solo necesito un tiempo para aclararme las ideas.

Mandó la carta casi una semana después de la muerte de Holly. Holly decía que se marchaba a Europa para recuperarse, para encontrarse a sí misma, para labrarse un porvenir, pero que se pondría en contacto con ella con regularidad. Su madre respondió diciendo que lo entendía. Millicent incluso acompañó la carta con una foto. Procedía de mi teléfono, de cuando le hice una foto a Holly delante del colegio de los niños. La carta cerró un círculo posteriormente cuando la madre de Holly se la enseñó a Millicent durante una visita.

Cuando mi suegra falleció, ya no se acordaba de ninguna de sus hijas.

30

Me entero de la noticia por mi teléfono, mientras estoy sentado en mi coche en la puerta de una cafetería. Voy de camino al trabajo desde casa, de vuelta al club después de recoger a los niños a la salida de clase, y he parado a comprar un café. Se activa la alerta de las noticias de última hora en mi teléfono.

OWEN SE PONE EN CONTACTO DE NUEVO

En el vídeo, Josh comenta la última nota de Owen. Por primera vez desde hace tiempo, no parece cansado. Se halla en la puerta de la comisaría de policía. Tiene las mejillas sonrojadas y los ojos muy abiertos debido a la emoción, no a la cafeína. Tras pasar una semana presenciando cómo la policía registraba áreas de descanso vacías y cabañas abandonadas, parece un hombre nuevo.

En pantalla aparece una imagen de la carta. El nombre de Owen se aprecia claramente.

«Esta nota no es lo único que me envió el hombre que afirma ser Owen Oliver Riley. En el interior de este pedazo de papel doblado había un mechón de pelo. No sabemos a quién pertenece. Ni siquiera sabemos si pertenece a un hombre o a una mujer.

En estos momentos se están realizando las pruebas de ADN. En cuanto dispongamos de más datos, serán los primeros en conocerlos».

Josh presenta a una joven que según dice es amiga de Naomi, aunque de nuevo puntualiza que se desconoce lo que le ha sucedido a Naomi. La amiga no me resulta familiar; no me suena haberla visto con Naomi en la vida real o en internet. Esta mujer tiene una voz nasal que rechina, y me da la sensación de estar atrapado en el coche con ella. Según comenta, Naomi es «dulce, pero no empalagosa, una amiga estupenda, pero también independiente, lista, pero no sabionda», y yo no tengo ni la más remota idea de lo que quiere decir todo eso.

Sale fuera de plano. La cámara enfoca a Josh y se amplía el plano. Hay un hombre a su lado. Es un hombre corpulento, con un bigote que le da un aire de morsa. Josh dice que se trata del subdirector del Lancaster y que trabajó con Naomi. Josh no le pide que describa a Naomi en una palabra, pero lo hace.

«Si tuviera que describir a Naomi en una palabra, diría "amable". Era amable con todo el mundo, con todos los huéspedes y con todos los compañeros. Siempre se mostraba servicial. Si un huésped necesitaba algo en su habitación y el servicio de habitaciones estaba ocupado, ella se ofrecía voluntaria. Si alguien se ponía enfermo, ella lo sustituía. Jamás pidió nada. A mí no, por lo menos. No puedo hablar por los demás».

Me sobresalto al oír un golpe en mi coche.

Trista.

La veo, a ella y a su reflejo, en el espejo retrovisor. La última vez que la vi se encontraba al borde del coma etílico. Tal y como prometí, no se lo he contado a Andy.

Trista, risueña, me hace un gesto para que baje la ventanilla. Al hacerlo, se agacha para besarme en la mejilla. Noto pegajoso su pintalabios de color melocotón.

—Vaya, hola —digo.

Ella se ríe. La sonrisa la rejuvenece, igual que la visera con estampado de margaritas que lleva en la cabeza.

—Perdona, es que estoy de buen humor.

—Ya veo. —Salgo del coche y la miro de frente. Trista tiene los ojos claros; las pupilas, ni demasiado grandes ni demasiado pequeñas. Su tez presenta una leve tonalidad rosácea, como si ayer hubiera pasado el día en la playa—. Tienes un aspecto estupendo.

—Es que estoy estupendamente.

El tremendo alivio que me invade me hace ser consciente de lo agobiado que he estado por ella.

—Me alegro mucho de oírlo. Estaba preocupado.

—He dejado a Andy —dice.

—¿Dónde? —Echo un vistazo por detrás de ella, pensando que está en la cafetería. En serio.

—No, quiero decir que ya no estamos juntos.

No puedo disimular mi consternación. Andy y Trista se casaron poco después que Millicent y yo. Asistimos a su boda. Ninguno de los dos ha dado a entender que tuvieran desavenencias en absoluto, ni a mí ni a Millicent. Ella me habría comentado algo.

—¿No te lo ha dicho? —pregunta Trista.

—No.

—Pues sí. Lo he dejado.

Me dan ganas de decirle que siento que su matrimonio se haya roto, porque así es. Porque son mis amigos. Pero parece tan feliz que no digo una palabra.

Trista pone los ojos en blanco.

—No pasa nada. No tienes que decir nada. Pero ¿sabes qué? En realidad nunca lo quise. No de la manera que tú quieres a Millicent. —Sonríe sin el menor reparo—. Es cierto. Me casé con Andy porque cumplía todos los requisitos. Suena horrible, ¿a que sí? Adelante, puedes decirlo. Que soy horrible.

—En ningún momento he dicho que seas horrible.

—Pero lo estás pensando. Es normal: eres amigo de Andy.

—También soy tu amigo.

Se encoge de hombros.

—No tenemos más remedio que dejar las clases. Lo siento, pero no puedo venir al club con Andy por ahí.

—Lo entiendo.

—Me ayudaste mucho, ¿sabes? —comenta—. La conversación de aquel día me ayudó a aclararme las ideas.

La conversación también me ayudó a mí. Gracias a Trista, me enteré de cosas de Owen que no habría conocido de otra manera y tuve ocasión de escribirle una convincente carta a Josh. Pero esto no es a lo que ella se refiere.

—Yo no hice nada —señalo. Tal vez para convencerme a mí mismo de que no fui el causante de la ruptura del matrimonio de mi amigo.

—Si no me hubieras escuchado como lo hiciste, jamás te habría calentado la cabeza con Owen. No es plato de buen gusto para nadie. Lo único que pretenden es convertirlo en un monstruo.

—¿Acaso no lo es?

Ella reflexiona sobre esto al tiempo que sorbe de la pajita.

—Sí. Y no. ¿Recuerdas que te conté que el sexo con Owen estaba bien? ¿No para tirar cohetes, pero bien?

Asiento.

—Te mentí. Era una pasada. En realidad, era la caña. Owen era, era...

Se le apaga la voz. Se queda con la mirada perdida en el aparcamiento de la puerta de la cafetería, absorta en un recuerdo ajeno a mí. Me resulta violento quedarme mirándola como un pasmarote, pero, como me resultaría aún más violento hablar, no lo hago.

—Yo lo quería —añade por fin.

—¿A Owen?

Asiente y a continuación niega con la cabeza.

—Suena terrible. No quiero decir que vaya a ir corriendo a su encuentro ni nada de eso. Tampoco sabría dónde localizarlo.

Oh, Dios, eso no ha estado muy atinado. —Levanta las manos con un ademán, como dándose por vencida al explicarse—. Lo siento. Esto es raro.

—No, es... —No se me ocurre otra palabra.

—Raro.

Me encojo de hombros.

—Bueno, es raro. —Y horrible.

—¿Querer a un monstruo no es malo?

—No lo sabías cuando te enamoraste de él, ¿a que no?

—No.

—Y no te enamoraste de él porque fuera un monstruo, ¿a que no?

Ahora se encoge de hombros. Sonríe.

—¿Cómo iba a saberlo?

No tengo ninguna respuesta.

31

Una iglesia llamada Hermandad de la Esperanza se ha convertido en el lugar de reunión de cualquiera que desee hablar de Naomi, rezar por ella o encender una vela. Comenzó con sus amigos y compañeros, tal vez instados por ese tío con pinta de morsa o por la chica con deje nasal, y ahora se ha ampliado para congregar al conjunto de la comunidad.

Yo no he estado dentro de la iglesia, pero me he parado en la puerta de camino a casa a la salida del trabajo y he observado a las personas que entran y salen. Algunas se quedan un rato; otras, solo unos minutos. Reconozco a unas cuantas personas del club, y apuesto a que ninguna conoció a Naomi. Estas personas no son de las que pasan el rato con recepcionistas de hotel.

Esto llega a oídos de Millicent, quizá a través de uno de sus clientes, y decide que nuestra familia debería ir a la iglesia el viernes.

Esa tarde, todos vamos con la lengua fuera. Yo llego a casa de dar una clase con retraso y me voy derecho a la ducha. Como Rory se ha ido a casa de un amigo a la salida del colegio pero se le ha pasado la hora, Millicent va a recogerlo en coche. Jenna está arreglándose en su cuarto. Como no nos da tiempo a cenar en casa, tomaremos algo por ahí después de ir a la iglesia. Millicent envía un mensaje de grupo para que elijamos entre todos el restaurante. Rory quiere ir a un italiano; Millicent, a un mexicano; y a mí me da igual.

Cuando mi mujer mete el coche en el garaje, llamo a Jenna.

—En marcha —digo. Ella siempre me dice que parezco el típico padre cuando utilizo esa expresión.

Pero esta vez no dice nada.

—¿Jenna?

Como no responde la segunda vez, subo y llamo a su puerta. Tiene una pequeña pizarra blanca colgada en la puerta. Está decorada con lazos con los colores del arcoíris y las palabras «Fuera, Rory» escritas con su desenfadada letra.

Abajo, se abre la puerta del garaje y Millicent nos llama.

—¿Listos?

—Casi —respondo, y llamo a la puerta de nuevo.

Jenna no responde.

—¿Qué pasa? —pregunta Millicent.

La puerta no está cerrada con pestillo. La abro unos milímetros.

—¿Jenna? ¿Estás bien?

—Sí. —Un hilo de voz. Procedente del cuarto de baño.

En nuestra casa, nadie tiene un simple dormitorio. Tenemos *suites* con baños anexos. Cuatro dormitorios, cuatro baños y un aseo: así es como se construyen todas las viviendas en Hidden Oaks.

—¡Vamos! —dice Rory a grito pelado.

Millicent está subiendo por las escaleras.

Cruzo el dormitorio de Jenna, entre los juguetes de su infancia y la ropa, los zapatos y cosméticos de una adolescente en plena efervescencia. La puerta del cuarto de baño está abierta. Justo al asomarme, Millicent aparece en el umbral del cuarto de Jenna.

—¿Qué pasa? —pregunta.

Jenna está de pie en el suelo de losas blancas con los pies rodeados de mechones de cabello oscuro. Al mirarme, sus ojos me parecen más grandes que nunca. Jenna se ha cortado el pelo. Se lo ha trasquilado al rape, a no más de un par de centímetros de largo.

Por detrás de mí, Millicent se queda de piedra. Pasa por mi lado como una exhalación, en dirección a Jenna y le sujeta la cabeza con ambas manos.

—¿Qué has hecho? —exclama.

Jenna le sostiene la mirada, impasible.

Yo no digo nada, aunque sé la respuesta. Sé lo que Jenna ha hecho. Me quedo helado ante la certidumbre; el cuerpo se me enraíza en la alfombra caqui del suelo del cuarto de Jenna.

—¿Qué co...? —Rory ha entrado en la habitación y se queda mirando fijamente a su hermana, y el pelo que hay en el suelo del baño.

Jenna se vuelve hacia mí y dice:

—Ahora no vendrá a por mí, ¿verdad?

—Dios —musita Rory.

Dios no.

Owen.

No vamos a la iglesia. No vamos a ninguna parte.

—Un especialista —dice Millicent—. Nuestra hija necesita un especialista.

—Yo conozco a uno —contesto—. Es un cliente.

—Llámalo. No, espera. Igual no deberíamos recurrir a uno de tus clientes, ¿no? Igual no es conveniente que se enteren.

—¿De qué?

—De que nuestra hija necesita ayuda.

Nos quedamos mirándonos el uno al otro, sin la más remota idea de qué hacer. La situación es totalmente surrealista.

Esto nos plantea un problema nuevo para nosotros. En los libros sobre paternidad es posible encontrar respuestas para cualquier cosa. Millicent los tiene todos. ¿Que enferman? Al médico. ¿Que no se encuentran bien? A la cama. ¿Que fingen sentirse mal? Al colegio. ¿Que hay un problema con otro niño? Avisar a sus padres. ¿Que tienen una pataleta? Darles tiempo.

Para este problema, en cambio, no hay nada. Los libros no explican qué hacer cuando a tu hija le da miedo un asesino en serie. Especialmente uno como este.

Estamos en nuestro dormitorio, conversando en voz baja. Jenna está abajo, en el sofá, viendo la tele con una gorra de béisbol en la cabeza. Rory se encuentra con ella. Le hemos advertido que no le quite ojo de encima a su hermana. También le hemos advertido que no se burle de ella. Por una vez, nos obedece.

Millicent decide avisar a nuestro médico de cabecera. El doctor Barrow no es un cliente. No es más que un médico de familia al que acudimos desde hace años. Nos trata los dolores de garganta y de barriga, lleva a cabo reconocimientos en busca de huesos rotos y traumatismos, pero dudo que pueda ser de utilidad en esta situación. Es un hombre muy mayor que puede o no tomarse en serio la salud mental.

—Es tarde —le digo a Millicent—. No responderá.

—En la centralita lo avisarán. Siempre hay una manera de localizar a un médico.

—Tal vez deberíamos...

—Voy a llamar —insiste—. Hay que hacer algo.

—Sí. Supongo que sí.

Millicent me lanza una mirada mientras coge el teléfono. Me extraña cuando no soy capaz de descifrar qué me quiere decir, pero es una de esas ocasiones. Puestos a conjeturar, me inclino a pensar que refleja un pelín de pánico.

Bajo a echar un ojo a Jenna. Rory y ella están en el sofá. Están viendo la tele mientras toman sándwiches con patatas fritas embutidas en el pan. Jenna levanta la vista. Le sonrío, tratando de transmitirle que todo va bien, que ella está bien, que el mundo va bien y que nadie le hará daño. Ella aparta la mirada y le da otro bocado al sándwich.

He fracasado a la hora de transmitirle nada.

En la planta de arriba, Millicent está al teléfono. Su tono es demasiado sereno, demasiado sosegado, mientras explica a un operador de la centralita que, efectivamente, se trata de una emergencia y que, efectivamente, necesita hablar con el doctor Barrow esta noche. Cuelga, espera cinco minutos, y vuelve a marcar.

El doctor Barrow finalmente devuelve la llamada. Millicent parece aturullada al explicarle lo que ha sucedido, lo que nuestra hija ha hecho. Las palabras le salen a borbotones.

Esto es un trance para ella, para nosotros, para nuestra familia. Yo estoy en medio.

Jenna, la que sufre el trance.

Millicent, la que está tomando medidas para resolverlo.

Rory, el que se mantiene al margen. Fuera de la línea de fuego.

Yo, el que sube y baja corriendo por las escaleras, pendiente de todos y sin tomar ninguna decisión. De nuevo estoy en medio.

32

E l doctor Barrow nos recomienda un psicólogo infantil, que accede a darnos cita para el sábado cobrando el doble de sus honorarios habituales. Todo en su consulta es beis, desde la moqueta hasta el techo, y da la impresión de que estamos en un bol de gachas de avena.

El psicólogo es especialista en este tipo de cosas, porque es un tema serio, y en su opinión Jenna no se siente a salvo. Él sospecha que padece algún trastorno de ansiedad provocado por los medios de comunicación, aunque el nombre en sí es irrelevante. Lo mismo que las razones que la impulsan a mostrar este comportamiento, las cuales carecen de importancia, porque no tienen ni pies ni cabeza. Aquí la razón está fuera de lugar.

—Pueden explicarle a Jenna que está a salvo una y mil veces, pero no servirá de nada.

Millicent se ha sentado frente al psicólogo, lo más cerca posible. Se ha pasado la noche en la habitación de Jenna, sin pegar ojo, y está hecha un asco. Yo tengo más o menos la misma pinta. Jenna ha pasado la noche de maravilla. Al parecer se quedó tranquila cortándose el pelo. Cuando trato de contarle esto al médico, me interrumpe con la mano en alto.

—Falso.

—Falso —repito. Intento imitar su tono, pero la arrogancia resulta excesiva.

—Es muy probable que su tranquilidad sea pasajera, hasta que otra noticia actúe como detonante —dice. Se ha pasado con Jenna la última hora, parte de la sesión matutina urgente de sábado cuya cita ha concertado el doctor Barrow. Nosotros somos la segunda parte.

—¿Qué hacemos? —pregunta Millicent.

Él sugiere varias ideas para conseguir que Jenna se sienta a salvo. Primero, citas en su consulta dos veces por semana. Cuesta doscientos dólares cada una, no se aceptan seguros médicos, y solo se abonan en efectivo o con tarjeta de débito. Segundo, hacer todo lo que nos comprometemos a hacer. No fallar a Jenna bajo ningún concepto. No dejar que piense que no puede contar con nosotros bajo ningún concepto.

—Pero si ya lo hacemos —afirmo—. Nosotros siempre...

—¿Siempre? —ataja.

—Como mínimo el noventa por ciento del tiempo —tercia Millicent—. Igual el noventa y cinco.

—Pues que sea el cien por cien.

Millicent asiente, como si pudiera hacer que esto sucediera por arte de magia.

—Por último, pero no menos importante —dice él—, que se mantenga al margen de los medios de comunicación: de este asesino en serie, de todas las historias sobre su víctima. Soy consciente de que estoy pidiendo algo imposible, sobre todo en los tiempos que corren y en esta era, pero procuren hacerlo en la medida de lo posible. No pongan las noticias en casa. No comenten nada de Owen ni relacionado con él. Procuren actuar como si él no tuviera nada que ver con su familia.

—Es que es no tiene nada que ver —digo.

—Por supuesto que no.

Rellenamos un cuantioso talón para el médico y nos marchamos. Jenna está en la sala de espera. En la tele que hay colgada en la pared están poniendo dibujos animados. Ella está pendiente de su teléfono.

Millicent pone cara larga.

Yo sonrío y hago de tripas corazón.

—¿Quién quiere desayunar?

El fin de semana es una vorágine de encuentros: con la familia al completo, con Jenna a solas, con Rory a solas, con ambos niños, y solo con Millicent. Muchos encuentros con Millicent. Para el domingo por la noche ya tenemos una nueva serie de reglas, y giran en torno a suprimir las noticias de nuestra rutina. Se prohíben todos los programas informativos, igual que los periódicos. Veremos películas en *streaming* y evitaremos los programas en directo en la medida de lo posible. Nada de programas de radio. Todo esto es fácil comparado con internet. Los niños lo utilizan para el colegio, para entretenerse, para comunicarse.

Millicent lo intenta de todas formas, comenzando por la contraseña. Nadie podrá conectarse a menos que ella lo haga.

Amotinamiento.

—Entonces no puedo vivir aquí. —Rory se juega el todo por el todo con su descarada frase.

Jenna asiente a modo de acuerdo con su hermano. Un raro momento de complicidad.

Yo coincido con los niños. Millicent ha propuesto algo que es poco práctico, inviable. Absurdo.

Pero no digo nada.

Rory mira a su madre y a mí, percibiendo flaqueza. Enumera todas las razones por las que la idea de la contraseña no funcionará, empezando por las largas jornadas de Millicent.

Jenna finalmente salta.

—Suspenderé Lengua.

Con eso se zanja el tema.

Este año la asignatura de Lengua se le ha hecho cuesta arriba. Ha hincado los codos para mantenerse entre los mejores estudiantes y, ante la perspectiva de que Jenna suspenda, Millicent cambia de parecer. Establece unas reglas más permisivas.

Controles parentales; los ordenadores portátiles se trasladan a la sala de estar; todas las nuevas aplicaciones se desinstalan de los teléfonos. Es más psicológico que práctico, pero todos captamos la idea. Ignoro por completo si Jenna acatará las nuevas reglas.

Un peluquero trata de darle forma a los cuatro pelos que le quedan a Jenna. Ahora que lo lleva parejo, no tiene mala pinta; solo diferente. Millicent compra sombreros y gorras de todo tipo por si acaso le apeteciera cubrirse la cabeza. Los coloca todos encima de la mesa del comedor, y Jenna camina de una punta a la otra para probárselos todos. Al final, se encoge de hombros.

—Son bonitos —comenta.

—¿Te gusta alguno en especial? —pregunta Millicent.

Jenna se encoge de hombros de nuevo.

—No estoy segura de si necesito un sombrero.

A Millicent se le hunden ligeramente los hombros. Le preocupa más el pelo de Jenna que a la propia Jenna.

—Vale —dice, y se pone a recoger los sombreros—. Los dejaré en tu cuarto y listo.

Antes de la hora de dormir, voy a ver a Rory. Está en su cama leyendo un libro. Lo esconde debajo de un cojín y me hago el sueco.

—¿Qué? —dice. Está que echa chispas.

Me siento junto a su escritorio. Libros, cuadernos, cargadores de pilas vacíos. Una bolsa entera de patatas fritas, y un dibujo de algo que parece mitad monstruo y mitad héroe.

—No es justo —comento—. Nada de esto es culpa tuya, pero tienes que apechugar con ello igualmente.

—Pagar los platos rotos. Lo he pillado.

—¿Qué opinas? —pregunto.

—¿De qué?

—De tu hermana.

Hace amago de decir algo. Esos ojos verdes me indican que va a ser un sabelotodo.

Pero se interrumpe. Tras una pausa, contesta:

—No sé. Ha estado un pelín obsesionada con este tema.

—Con Owen.

—Sí. Vamos, más obsesionada de lo normal. Ya sabes cómo se pone.

Se refiere a la habilidad de Jenna de centrarse totalmente en un tema, sea el fútbol, los lazos o los ponis. Rory lo considera una obsesión porque él es ajeno a ello.

—¿Cómo le va en el colegio últimamente? —pregunto.

—Bien, que yo sepa. Sigue siendo popular.

—¿Me avisas si hay alguna novedad?

Se queda pensativo, tal vez planteándose pedir algo a cambio.

—Sí —responde.

—Y no la chinches demasiado.

—Pero ese es mi cometido. Soy su hermano —replica Rory, sonriente.

—Ya. Pero no te pases.

Millicent y yo por fin nos quedamos a solas el domingo bien entrada la noche. Estoy agotado. Agobiado. Atemorizado ante la próxima noticia sobre Owen o Naomi o Lindsay.

Naomi. Por primera vez desde hace dos días, caigo en la cuenta de que Millicent no se ha despegado de nuestro lado. Ha estado con Jenna, conmigo, con nosotros, desde el viernes por la noche. Me hace preguntarme dónde estará Naomi, si aún seguirá con vida. Debe de tener agua. De lo contrario, no sobreviviría.

En ningún momento quise conjeturar dónde se encontraba Naomi, cómo fue reducida, cómo era su entorno. Me obligué a no pensar en ello. Sin embargo, me vienen las imágenes de las que he oído hablar, el búnker subterráneo o el sótano, el cuarto insonorizado de una casa por lo demás normal. Ataduras... También pienso en ellas. Cadenas y esposas, de acero para impedir que las rompa.

Pero igual no es así. A lo mejor simplemente está encerrada bajo llave en un cuarto y tiene libertad para moverse. Podría tratarse de una habitación normal y corriente con una cama, un armario, un cuarto de baño, quizá una nevera. Confortable y limpia. No una cámara de los horrores o de tortura o de cosas por el estilo. A lo mejor hasta tiene televisor.

O no.

Me vuelvo hacia Millicent, que está recostada en la cama, con su tableta, documentándose sobre niños que tienen miedo de lo que oyen en la tele.

De nuevo, sopeso la posibilidad de preguntarle por Naomi. Tengo ganas de saber dónde y cómo la tiene recluida Millicent, pero temo lo que yo podría hacer con esa información.

Dudo que pudiera controlarme.

Si me entero de dónde está, iré a verla. Será irremediable. ¿Y si se trata del peor de los escenarios? ¿Y si está encadenada a un radiador en algún sótano, cubierta de mugre y desangrándose a consecuencia de las torturas? Porque si eso es lo que me encuentro, no estoy seguro de cómo reaccionaría.

Si la mataría. Si la liberaría.

Así que no le pregunto.

33

El regreso de Owen ha surtido el efecto deseado. Nadie pone en duda que él es quien secuestró y asesinó a Lindsay, el que ahora tiene retenida a Naomi. Ha llegado la hora de que desaparezca. La única opción es no dar pie a más noticias: se acabaron las cartas, se acabaron los mechones de pelo. Se acabaron las mujeres desaparecidas. Se acabaron los cadáveres.

Necesitamos una estrategia de salida. Jenna la necesita.

En el club, aún continúan hablando de Owen. Yo me niego. Me largo del club, lejos de las habladurías, incluso de Kekona. Seguimos teniendo dos clases a la semana, pero ella acude al club todos los días. Yo me paso el día en la cancha, sea con un cliente o esperando al siguiente. A tenor de las últimas semanas, y del pasado fin de semana, el día transcurre casi con demasiada normalidad. Algo ha de interrumpirla.

Tengo una clase con un matrimonio que lleva viviendo en Hidden Oaks desde su origen. Son lentos de movimientos, pero el hecho de que tengan una mínima movilidad ya es algo.

Al finalizar, los tres nos dirigimos a la tienda de deportes. Yo quiero tomar un café y consultar mi agenda semanal. El camino más corto para llegar a la tienda de deportes es cruzando el edificio principal del club, que es donde me tropiezo con Andy.

No lo había visto desde antes de que Trista lo abandonara. Por entonces, tenía el mismo aspecto de siempre: barriga incipiente, el pelo le clareaba, la tez rubicunda debido al exceso de vino.

Ahora, se encuentra hecho unos zorros. Está apoyado en la barra, con unos pantalones de chándal que parecen del año de la pera. Su polo de algodón de Hidden Oaks está flamante, aún con arrugas por los dobleces, como si acabara de comprárselo en la tienda de deportes justo para ponérselo ahora. Va bien afeitado, pero su pelo muestra un aspecto desaliñado. La bebida que tiene en la mano es marrón y sin mezclar: sin refresco, sin hielo.

Voy a su encuentro porque es mi amigo. O lo era hasta que empecé a ocultarle cosas.

—Hola —digo.

Se vuelve hacia mí, pero no parece contento.

—Vaya, si es el profesional. El profesional del tenis, quiero decir. A menos que seas un profesional en otra materia.

—¿Qué te pasa?

—Oh, me parece que ya sabes lo que me pasa.

Niego con la cabeza. Me encojo de hombros. Me hago totalmente el sueco.

—¿Estás bien?

—No, la verdad es que no. Pero igual deberías preguntárselo a mi mujer. Tú la conoces bastante bien, ¿a que sí?

Sin darle opción a añadir nada más, lo agarro del brazo.

—Vamos a tomar el aire —digo. Menos mal que no pone objeciones. Que no hace ningún comentario que pudiera acarrearme problemas en el trabajo.

Cruzamos el edificio del club y salimos a la puerta principal. Nos metemos por una pérgola con forma arqueada. La hiedra la cubre por completo hasta el extremo opuesto. En una dirección se halla la tienda de deportes. Al otro lado, el aparcamiento.

Me paro y miro a Andy de frente.

—Oye, no sé...

—¿Te estás acostando con mi mujer?

—¡Qué dices! No.

Se queda mirándome, con la duda.

—Andy, jamás me acostaría con tu mujer. Jamás.

Se le relajan los hombros un poco conforme su ira se aplaca. Me cree.

—Pero está enamorada de otro.

—De mí no. —No tengo ninguna intención de decirle de quién se trata.

—Pero tú la ves cada dos por tres. Dos veces a la semana, ¿no? ¿No le das clases de tenis?

—Desde hace unos años. Ya lo sabes. Pero ella en ningún momento ha mencionado que tenga una aventura.

Andy me mira con recelo.

—¿Seguro?

—¿Desde cuándo nos conocemos?

—Desde que éramos pequeños.

—¿Y piensas que yo sería más leal a Trista que a ti?

Andy levanta las manos con un ademán.

—Yo qué sé. Estaba francamente preocupada por esas chicas desaparecidas. Ha dejado de ver las noticias. —Baja la vista y rasca el pie contra el adoquín de imitación—. ¿Me juras que no sabes nada?

—Te lo juro.

—De acuerdo. Lo siento —dice.

—No pasa nada. ¿Te apetece comer o picar algo? —No propongo beber nada.

—Ahora mismo no. Me voy a casa.

—¿Seguro?

Asiente y echa a andar. Andy no vuelve a entrar en el club; camina en dirección al aparcamiento. Me dan ganas de advertirle que no está en condiciones de conducir, pero no lo hago. Los aparcacoches se lo impedirán. Por la responsabilidad y demás.

Continúo con las clases. No hay novedades. No hay llamadas telefónicas, no hay más interrupciones. Hasta que salgo de trabajar y paro en el taller de lavado de camino a casa.

Normalmente echo un vistazo a mi teléfono —el desechable— como mínimo en días alternos, pero me he saltado mi propia regla. Demasiados acontecimientos, demasiadas cosas añadidas de las que ocuparse.

El teléfono está escondido en el interior de la rueda de repuesto en mi maletero. En el taller de lavado, vacío el maletero para pasar la aspiradora y saco el teléfono junto con todo lo demás. Mientras el coche pasa por el túnel de lavado, enciendo el teléfono. Me sobresalto con el pitido del nuevo mensaje. Tanto el sonido como el teléfono están pasados de moda. Ni siquiera es un smartphone, sino un teléfono de prepago que pesa más de lo que aparenta.

Lo compré en una tienda de oportunidades hace años. Tardé un rato en decidirme. No por el teléfono en sí; por aquel entonces todos los de prepago tenían la misma pinta. Tardé un rato en decidirme a comprar uno. Una agradable dependienta se acercó a preguntarme en qué podía ayudarme. Parecía demasiado mayor para estar muy puesta en electrónica, pero resultó que era una experta. Y mostró una actitud muy paciente, muy amable, respondiendo a mi bombardeo de preguntas. Las respuestas eran lo de menos. A mí me importaban un pimiento los detalles técnicos. Yo no tenía claro si quería un segundo teléfono, de los desechables, y creo que acabé comprando uno porque llegados a un punto habría sido de mala educación irme con las manos vacías. Le había robado demasiado tiempo.

Tengo este trasto desde entonces. Annabelle es simplemente el contacto más reciente.

No me he acordado de ella desde que la descarté. No he tenido motivos para pensar en Annabelle hasta que me ha llamado. O sea, hasta que me ha mandado un mensaje. No sirve de nada llamar a un hombre sordo.

Hola forastero, tomemos otra copa pronto. Ah, y soy Annabelle ☺

Ignoro por completo cuándo envió el mensaje. No lo recibo hasta que enciendo el teléfono, pero a lo mejor lo mandó hace una semana. Ha pasado por lo menos una semana desde la última vez que lo encendí.

Sopeso la posibilidad de contestar al mensaje, al menos para decir que no la estaba ignorando aposta.

Como mi coche todavía sigue en el túnel de lavado, repaso el historial de mensajes del teléfono. Antes del mensaje de Annabelle, aparece el único mensaje de Lindsay. El que ignoré. Es de hace quince meses.

Lo pasé genial el otro día, Tobias. ¡Hasta pronto!

Tobias. En teoría no iba a adquirir personalidad propia en ningún momento. Y en teoría no debía acostarse con nadie.

Nos lo inventamos entre Millicent y yo. Fue una de esas insólitas noches frías de Florida, cuando la temperatura bajó por debajo de los cinco grados. Entre chocolate caliente y una tarrina grande de helado, nació Tobias.

—La verdad es que no puedes cambiar tu aspecto —me dijo—. O sea, a menos que te pongas una peluca o barba postiza.

—No pienso ponerme una peluca.

—Pues entonces necesitas otra cosa.

Fui yo el que sugirió simular sordera. Precisamente unos días antes le había dado clase a un adolescente que era sordo y nos comunicamos a través de los teléfonos móviles. Como se me quedó grabado, lo propuse.

—Brillante —comentó Millicent. Me besó como más me gusta.

A continuación, le dimos vueltas al nombre. Era necesario que fuera original, pero no raro, tradicional, pero no corriente. La criba se redujo a dos: Tobias y Quentin. Yo me decanté por el segundo por el diminutivo. Quint era mejor que Toby.

Debatimos los pros y los contras de ambos nombres. Millicent incluso buscó los orígenes.

—Tobias procede del nombre hebreo Tobiah —dijo, leyendo de internet—. Quentin procede del nombre latino Quintus.

Me encogí de hombros. Los orígenes me sonaban a chino.

Millicent continuó:

—Quentin deriva del término «quinto» en latín. Tobias es un nombre bíblico.

—¿Qué hizo según la Biblia?

—Espera. —Tras pinchar y mover hacia abajo la página, dijo—: Mató a un demonio para salvar a Sara y luego se casó con ella.

—Quiero ser Tobias —dije.

—¿Estás seguro?

—¿Cómo no voy a querer ser el héroe?

Aquella noche, nació Tobias.

No lo conoce mucha gente; solamente unos cuantos camareros y unas cuantas mujeres. Ni siquiera lo conoce Millicent. Tobias es prácticamente mi *alter ego*. Hasta tiene sus propios secretos.

No respondo al mensaje de Annabelle en el que me propone tomar algo. Cierro el teléfono y lo vuelvo a guardar en el maletero.

34

Navidad, hace seis años. Rory tenía ocho años, Jenna siete, y los dos habían empezado a preguntar por qué solo tenían dos abuelos. Yo nunca había hablado de mis padres, nunca había comentado nada acerca de ellos o de cómo murieron. Sus preguntas me hicieron plantearme qué podía decir. Qué debía decir.

Una noche, bajé a la cocina con la esperanza de que con el estómago lleno me amodorraría lo bastante como para poder vencer el insomnio. Tomé sobras de enchilada de fríjoles directamente de la cacerola. Fría, pero rica. Estaba todavía comiendo cuando Millicent entró en la cocina. Empuñó un tenedor y se sentó a mi lado.

—¿Qué pasa? —preguntó. Millicent tomó un poco y se quedó mirándome, expectante. Yo jamás me levantaba en mitad de la noche a comer. A ella le constaba.

—Los niños están preguntando por mis padres.

Millicent enarcó las cejas, sin comentar nada.

—Si miento y les digo que sus abuelos eran maravillosos, me odiarán si averiguan la verdad, ¿no?

—Es probable.

—Pero a lo mejor me odiarían de todos modos.

—Durante un tiempo —replicó—. Me parece que todos los niños atraviesan una etapa en la que todo es culpa de los padres.

—¿Cuánto dura?

Se encoge de hombros.

—¿Veinte años?

—Espero que ese periodo sea llevadero.

Yo sonreí. Ella sonrió.

Podía decirles que sufrí abusos por parte de mis padres. Psicológicos. Físicos. Incluso sexuales. Podía decir que me pegaban, que me ataban, que me quemaban con colillas de cigarrillos, y que me obligaban a recorrer a pie la cuesta para ir y volver del colegio. No fue así. Yo me crie en una bonita casa en una bonita zona, y nadie me puso la mano encima. Mis padres eran personas refinadas, educadas, que tenían buenos modales hasta durmiendo.

También eran personas horribles, frías, que no deberían haber sido padres. Deberían haber tenido el suficiente sentido común como para saber que una criatura era incapaz de arreglar nada.

Mi viaje al extranjero fue la gota que colmó el vaso. Cuando les dije que quería tomarme un descanso en los estudios para viajar, me dieron algo de dinero. Me compré un billete con la vuelta abierta y una mochila grande, y me tomé unas docenas de chupitos. Como Andy y otros dos amigos decidieron apuntarse, improvisamos un plan y concretamos una fecha. No les dije, ni a ellos ni a nadie, que tenía miedo.

Unas horas antes del vuelo, aún estaba haciendo la maleta, tratando de decidir qué camisetas llevarme o si me haría falta una cazadora recia. Emocionado, sí. Me moría de ganas de largarme de Hidden Oaks. Me moría de ganas de largarme de mi cuarto de la infancia, cuyas paredes estaban pintadas para que me diera la impresión de encontrarme en el cielo, rodeado de estrellas. Estaba harto de soñar con lo que había ahí fuera, y me apetecía comprobarlo en primera persona.

Por otro lado, no tenía ni la más remota idea de lo que sucedería. Ya había fracasado en el tenis, y también a la hora de conseguir plaza en una buena universidad. Jugador de tenis mediocre, estudiante mediocre. ¿Qué pasaría si me quedaba en la cuneta en pleno viaje? A saber. Pero seguro que eso sería mejor que el sentimiento de desear no haber nacido.

Albergaba la esperanza de no regresar jamás y no volver a ver nunca más aquellas paredes pintadas como el cielo.

Mis padres no me llevaron en coche al aeropuerto. Me recogió un taxi porque me daba demasiado corte pedir a mis amigos y sus respectivos padres que me acercaran. Era un miércoles por la mañana, mi vuelo salía temprano, y justo estaba amaneciendo. Mi madre con su taza de café, mi padre ya vestido: todos en el recibidor, sobre las relucientes losas, rodeados de espejos. El jarrón de la consola estaba lleno de crisantemos naranjas. El sol naciente se reflejaba contra la araña de cristal del techo, creando un arcoíris sobre la escalera.

El taxi pitó. Mi madre me besó en la mejilla. Mi padre me estrechó la mano.

—Papá, quiero...

—Buena suerte —me interrumpió.

Como no me acordaba de lo que tenía intención de decirle, me marché. Fue la última vez que los vi.

Al final no les mentí a los niños. Les dije que sus abuelos habían fallecido en un siniestro accidente de tráfico hacía muchos años.

No entré en detalles, pero por poco. Eso fue gracias a Millicent. Entre los dos, decidimos hasta dónde contar. Para que fuera lo más oficial posible, organizamos un encuentro familiar. Rory y Jenna eran muy pequeños. A lo mejor no estuvo bien, pero en cualquier caso lo hicimos.

Nos sentamos en la sala de estar. Jenna ya tenía puesto el pijama amarillo estampado con globos. A ella le encantaban los globos, y a Rory le encantaba pincharlos. Jenna llevaba su pelo oscuro cortado a la altura de la barbilla, y el flequillo le cubría toda la frente. Sus ojos oscuros asomaban por debajo.

Rory llevaba puesta una camiseta azul y pantalones de chándal. Cuando cumplió siete años, anunció que era demasiado mayor para usar pijama. Millicent y yo pensamos que aquello tampoco era para tanto, y ella dejó de comprarlos.

Me costó mirar sus caritas inocentes y decirles que a veces es mejor que las personas no tengan hijos.

—No todo el mundo debería tener hijos —observé—. Del mismo modo que no todo el mundo es buena persona.

Jenna fue la primera en meter baza.

—Ya me habéis advertido acerca de los desconocidos.

—No todos los miembros de tu familia son buenas personas. O eran buenas personas.

Gestos de extrañeza. Desconcierto.

Hablé durante diez minutos. Eso fue lo que tardé en decir a mis hijos que sus abuelos no habían sido buenos padres.

Caí en la cuenta de la paradoja de lo que había hecho años después, después de lo de Holly y las demás. Algún día, es posible que Rory y Jenna mantengan una conversación con sus hijos y les cuenten lo mismo sobre Millicent y sobre mí.

35

Yo daba por sentado que las pruebas de ADN del mechón de pelo de Naomi tardarían más de una semana. Como en la televisión siempre se realizaban tan deprisa, me figuraba que los tiempos seguramente eran ficticios. Que las pruebas de ADN genuinas posiblemente tardasen meses. Y al parecer es así, pero no en el caso de los análisis preliminares. Y tampoco cuando la policía está tratando de localizar el paradero de una mujer que tal vez aún se encuentre con vida.

Las pruebas indican que hay más del noventa y nueve por ciento de probabilidades de que el pelo pertenezca a Naomi.

Kekona es la que me pone al corriente de todo esto. Nuestra consabida clase de tenis se convierte en una clase de medicina forense, porque su nuevo hobby son los programas y documentales sobre crímenes reales. Las mujeres desaparecidas y/o muertas son habituales en estos programas.

—Siempre jóvenes, guapas y básicamente inocentes —comenta, enumerando una por una las cualidades. Trae consigo una taza de café, y dudo que sea la primera que se toma—. Aunque alguna que otra vez ponen un caso sobre una prostituta, como moraleja.

—¿Y luego qué? —pregunto.

—¿A qué te refieres?

—Me refiero a que, una vez que desaparece esta mujer joven, guapa y básicamente inocente, ¿qué ocurre?

Kekona pone las manos en alto, como si estuviera tratando de acallar a un público ruidoso.

—Primera opción: el novio, porque es celoso y posesivo. O el exnovio, porque es celoso y posesivo.

—O sea, una opción.

—Sí. Atiende. La segunda opción es el desconocido, o muy posiblemente un forastero. Esta es la opción del asesino en serie psicópata/acosador/sociópata/desequilibrado. Al menos una de ellas, puede que más.

Kekona no me está revelando nada nuevo. Yo también veo la televisión. Aunque no desde hace un par de días, porque las noticias aún están prohibidas en nuestra casa. Me perdí el boletín informativo de Josh sobre los resultados del ADN; tomo nota mentalmente para consultarlo en internet.

—¿Posibles desenlaces? —Kekona dice esto como si le hubiera preguntado. No ha sido el caso—. Muerte. Violación y muerte. Tortura, violación y muerte.

No hay gran cosa que comentar ante eso.

—Alguna que otra vez, una sobrevive —dice.

—Pero no a menudo.

Kekona niega con la cabeza.

—Ni siquiera en la ficción.

Reanudamos la partida de tenis. En un momento dado, le formulo otra pregunta.

—¿Por qué crees que tiene tanta repercusión la historia de la mujer desaparecida?

—Porque ¿quién puede resistirse a una damisela en apuros?

La prohibición de las noticias en nuestra casa siempre ha sido un poco de boquilla, pues todos tenemos internet en nuestros respectivos teléfonos. Todo el mundo está al corriente de los resultados del ADN. Después de cenar, Millicent me cita en el garaje. Una noche romántica improvisada.

Quiere comentar la evolución de Jenna. Aunque ha pasado menos de una semana desde el incidente del pelo, Jenna parece encontrarse bien desde entonces. Incluso contenta. A Millicent le preocupa que sufra una recaída. No tengo claro en qué sentido. Empiezo a pensar que Jenna tiene una actitud proactiva, no paranoide. Porque ¿quién quiere que la rapte un asesino en serie psicópata/acosador/sociópata? Mi hija no.

Cuando nos sentamos en el coche, Millicent me explica su plan acerca de cómo deberíamos abordar el tema. No queremos que se altere, pero no queremos ignorar las noticias. No queremos mostrar una actitud paternalista con Jenna, pero no podemos ser sus amigos. Queremos conversar y no aleccionar, reconfortar y no consentir. Millicent no deja de hablar en plural, como si este plan fuera idea nuestra, no de ella.

—¿Cómo está? —pregunto.

—Ahora mismo parece que muy bien. Pero la semana pasada parecía que muy bien, y luego...

—No me refiero a Jenna.

Ella inclina la cabeza, confundida. Contrariada. Seguidamente, cae en la cuenta.

—Te refieres a Naomi —señala.

—¿Sigue viva?

—Sí.

Quisiera retirar esa pregunta. Quisiera decir algo que a Millicent le haga gracia, que me provoque un subidón de adrenalina, que nos haga sentir bien a ambos.

Me quedo en blanco.

Millicent suspira.

La sigo al interior de la casa. En la sala de estar, nos sentamos en el sofá, donde Jenna y Rory están viendo la tele. Rory es el primero en darse cuenta de que estamos pendientes de ellos, no de la tele. No se queda para la charla.

En mi opinión, transcurre bien. Jenna escucha, asiente y sonríe. Cuando Millicent le pregunta si tiene alguna pregunta, Jenna niega con la cabeza. Cuando yo le pregunto cómo se encuentra, responde que muy bien.

—¿Estás asustada? —le pregunta Millicent.

Jenna alarga la mano y se toca su corto pelo.

—No.

—Owen no te hará daño.

—Ya lo sé.

Su tono irritado resulta tranquilizador. Jenna tiene una actitud normal y un aspecto normal, salvo por su pelo.

Más tarde, Millicent y yo estamos en nuestra habitación. Está trajinando, caminando de aquí para allá entre el dormitorio y el vestidor, quitando cosas de en medio y sacando otras. Ella organiza todo antes de acostarse para aligerar las mañanas. Las prisas no le van. Tampoco llegar tarde.

La observo. No deja de cepillarse hacia atrás con una mano su melena pelirroja, suelta y enmarañada. Lleva puestos unos leggings térmicos, de esos de punto pasados de moda, y calcetines de rayas. Su atuendo para dormir es lo más anticuado que usa; ya le he comentado lo desfasado que está. Pero esta noche no se lo digo. En vez de eso, cruzo el pasillo para echar un ojo a Jenna.

Está dormida, acurrucada entre las sábanas naranjas bajo el edredón blanco. Su semblante refleja tranquilidad, serenidad. No temor.

Al volver a mi habitación, Millicent acaba de meterse en la cama, y me tiendo a su lado. Ella me mira; me da la impresión de que va a sacar a relucir nuestra conversación en el garaje. En vez de eso, apaga la luz, como quitándole hierro.

Espero hasta que su respiración se ralentiza y a continuación me levanto y vuelvo a echar un ojo a Jenna.

La segunda vez que me levanto, no me molesto en volver a la cama. En el transcurso de la noche, echo un vistazo a Jenna tres veces más. Durante las horas intermedias, veo la televisión. Alrededor de las dos de la madrugada, me quedo traspuesto viendo una película antigua. Al despertarme, veo la cara de Owen. En la tele están poniendo un reportaje sobre él.

Algunos de estos programas se han realizado con distintos niveles de detalles sobre los crímenes de Owen. Me las he ingeniado para evitar verlos, igual que evité leer acerca de lo que Owen le hizo a sus víctimas. Esta vez no puedo, porque me despierto a destiempo. Justo cuando veo el rostro de Owen en la pantalla, la imagen se corta. Lo siguiente que aparece es el cuarto donde confinó a todas y cada una de sus víctimas.

El vídeo se grabó para el juicio de Owen, que no llegó a celebrarse. Es de hace quince años y se filmó con una cámara manual que se mueve demasiado. Owen había excavado un área de servicio abandonada, había tirado el muro que separaba los aseos de hombres y de mujeres. Las losas del suelo tal vez fueran blancas en su momento, pero ahora eran de un marrón grisáceo. Quedaba un inodoro, junto a un lavabo, un colchón y una mesa. Las tuberías atravesaban las paredes horadadas; salían de debajo del suelo y discurrían por el techo, hasta el otro lado, y de nuevo se embutían bajo el suelo de cemento. Tenían el tamaño perfecto para las esposas. Aún hay unas enganchadas a una tubería.

La cámara da sacudidas y hace zum sobre el suelo. La sangre no se apreciaba en el plano general. Ahora, distingo una pizca por aquí, unas gotas por allá. Las manchitas rojas están por todas partes, como si alguien hubiera sacudido una brocha de pintura sobre el suelo. La cámara se mueve a ras del suelo, hasta un rincón. En la pared hay un restregón de sangre más abundante. Está en la parte inferior, a centímetros del suelo, como si quienquiera que estuviera sangrando se hubiera agazapado.

El ángulo se mueve de nuevo, en dirección al colchón. Me imagino a Naomi tendida sobre él.

Cambio de canal.

36

Pasan dos días sin tener noticias de Trista. Millicent es la que me pone al corriente.

Es sábado por la noche. Rory está en la planta de arriba, y Jenna se ha quedado a dormir en la casa de una amiga. En cuanto los pierdo de vista, me dejo caer en el sofá y pongo los pies encima de la mesa. No está permitido —ni a mí ni a los niños—, pero, cuando Millicent se sienta a mi lado, no lo menciona.

Esto hace que baje los pies sin que me lo pida. Así de raro es.

—¿Qué pasa? —pregunto.

Posa la mano sobre la mía, y ahora sí que estoy preocupado. Atemorizado, incluso.

—Millicent, déjate de...

—Es Trista —dice.

—¿Trista?

—Su hermana me llamó hace un rato. Andy está demasiado conmocionado para hablar con nadie.

—¿Su hermana? ¿Por qué te ha...?

—Se ha suicidado.

Niego con la cabeza como si hubiera perdido la capacidad auditiva. Como si no acabara de decirme que Trista se ha suicidado.

—Lo siento —añade Millicent.

Al ser consciente de la realidad, se me corta la respiración.

—No lo entiendo.

—A tenor de lo que me ha dicho, nadie le encuentra explicación. Y menos aún Andy.

—¿Cómo? —digo.

—Se ha ahorcado de la barra de la ducha.

—Oh, Dios.

—Me constaba que había problemas entre ellos, pero no tenía ni idea de que estuviera tan afectada.

Millicent desconoce cuál es el verdadero motivo, porque nunca le conté lo de Trista, nunca le comenté que había salido con Owen. Y que seguía enamorada de él.

Noto como si la cena me estuviera perforando el estómago. Voy a toda prisa al baño y lo vomito todo. Millicent, desde la puerta, me pregunta si me encuentro bien. Le respondo que sí a pesar de que me dan arcadas.

Es por el atracón, le digo.

Se agacha y me palpa la frente; no está caliente. Me siento en el suelo, me apoyo contra la pared y muevo la mano para darle a entender que me encuentro bien.

Ella se va. Cierro los ojos y la escucho en la cocina, hurgando en la nevera. Buscando lo que quiera que sea que me ha provocado náuseas.

Me dan ganas de decirle que es por nosotros. Tenemos una hija que se llevó un cuchillo al colegio y que se ha hecho un desaguisado en el pelo. Ahora ha muerto una mujer. No Naomi, otra.

Por culpa de Owen. Por mi culpa. Yo le escribí esas cartas a Josh.

Millicent vuelve a entrar a toda prisa en el cuarto de baño con un bote de jarabe rosa.

Me lo trago y me dan arcadas de nuevo.

El funeral se celebra en el tanatorio de Alton, el mismo lugar donde se celebró el de Lindsay. Yo no asistí al suyo, pero leí sobre él. Lindsay yació en un ataúd cerrado a causa de lo que Millicent le había hecho. El de Trista está abierto.

Andy sigue siendo su marido, y ha organizado todo. La sala es grande y todas las sillas están ocupadas. Creo que a Trista le habría gustado saber que en su funeral solo queda sitio de pie. Todo el mundo ha venido, vestidos de negro con sus mejores galas, sea para presentar sus respetos, sea para mirar atontado. Yo he venido porque soy el responsable.

Millicent me acompaña, aunque sigue sin tener ni idea del motivo por el que Trista se suicidó. Igual que el resto. Desde hace días, en el club han circulado rumores sobre la ruptura de su matrimonio, la depresión, los problemas económicos. Dependiendo del momento, se ha conjeturado que fuera drogadicta, alcohólica, ninfómana. Que estaba embarazada, o que lo había estado, pero que había perdido el bebé. Que a lo mejor estaba desahuciada de todas formas, por una enfermedad terminal o un tumor cerebral.

Al parecer nadie recordaba, o ni siquiera sabía, que había mantenido una relación con Owen Oliver Riley hace unos veinte años.

Su hermana toma la palabra. Es una versión de Trista más corpulenta y morena. Según comenta, Trista solía cuidar de ella mientras sus padres trabajaban; le preparaba la cena y hacía la colada.

—Nos criamos al otro lado de la ciudad. Ella no vivía en Hidden Oaks de toda la vida.

Suena como un insulto. La hermana menor de Trista aún vive al otro lado de la ciudad.

No menciona a Andy.

La siguiente es una de las amigas recientes de Trista. Es tan delgada y rubia como Trista, y habla largo y tendido acerca de que

Trista siempre estaba dispuesta a escuchar, a ayudar y a arrimar el hombro todo lo que le fuese posible.

El último en intervenir es Andy. Se ha cortado el pelo desde la última vez que lo vi, y va vestido con un traje oscuro en vez de con pantalón de deporte. Explica cómo conoció a Trista. Ella estaba realizando prácticas sin remunerar en un museo, mientras buscaba trabajo para sacar provecho de su título de Historia del Arte. Él se encontraba allí asistiendo a un acto benéfico, y sus caminos se cruzaron delante de una escultura. Ella le dio toda clase de explicaciones sobre la misma.

—Me quedé cautivado. Por ella, por su manera de hablar y por lo que decía, incluso por su tono de voz. No se me ocurre otra palabra mejor. Trista era sencillamente cautivadora.

Andy se viene abajo al decir esto. Primero con lágrimas, y acto seguido con sollozos.

Nadie hace el menor movimiento.

Aparto la mirada. Esto me provoca náuseas de nuevo.

El hermano de Andy se acerca a él y le susurra al oído. Andy respira hondo y se recompone. Continúa hablando. No escucho. Estoy pensando en esa palabra.

«Cautivadora».

Cuando termina, se nos brinda la posibilidad de pasar junto al féretro, de despedirnos para siempre de Trista. Prácticamente todo el mundo lo hace. Solo unos cuantos se quedan rezagados. Millicent y yo no.

El féretro está fabricado con madera tan oscura que casi parece negra, y el interior es de tono melocotón claro. No está tan mal como parece. El color combina con el pelo rubio de Trista y ese tono de labios albaricoque. Le favorecía ese color, y me alegro de que alguien reparara en ello.

Pero su atuendo es todo lo contrario. Es un sobrio vestido azul oscuro de manga larga. Lleva alrededor del cuello un collar de perlas de una sola vuelta, y pendientes a juego. Nada de ello pega en absoluto con Trista. Da la impresión de que le compraron el conjunto ayer mismo porque consideraron que debía ser enterrada con algo discreto en vez de con algo que a ella le habría gustado.

Curiosamente, me sienta mal. No me hace gracia pensar que Trista pase la eternidad con un conjunto que odia. Espero que no esté presenciando este funeral.

—Está preciosa —comenta Millicent.

Si pudiera decirle algo a Trista, le diría que lo siento. Que siento lo de la ropa, haberle preguntado por Owen, haber resucitado a Owen.

También le diría que Andy tiene razón. Que era cautivadora. Lo sé porque entiendo perfectamente a lo que Andy se refería.

Millicent es cautivadora. Así es exactamente como la describiría. Era cautivadora cuando la conocí, y es cautivadora ahora. Y si falleciera y yo tuviera que pronunciar unas palabras en su funeral, me sentiría igual que Andy. Si tuviera que explicar lo cautivadora que era y al mismo tiempo saber que nunca más volvería a estar con ella, agitaría el puño al cielo. O a quienquiera que hubiese echado todo a perder.

En el caso de Andy, sería a mí. Su amigo.

37

El hombre de la tele tiene sobrepeso y un aire enfermizo, medio muerto a sus cincuenta y tantos años. Tiene una panza blanda y oronda, papada incipiente y el pelo entrecano. Me conozco el estereotipo. Mis clientes son como él, o lo eran.

Josh lo está entrevistando delante del hotel Lancaster. Este hombre es el primero en decir, o siquiera insinuar, que Naomi no tenía nada que ver con la chica de la puerta de al lado que según todo el mundo era.

—No estoy diciendo que hiciera nada malo —señala—. Solo que considero que si pretendemos dar con ella hay que hablar sin tapujos acerca de quién era.

Él era un cliente habitual del Lancaster y venía a la ciudad dos veces al mes por motivos de trabajo. Había hablado con Naomi varias veces, así como con otros clientes asiduos.

—En pocas palabras, ella no siempre se limitaba a mantener una actitud profesional con algunos de los huéspedes.

—¿Puede entrar en detalles? —dice Josh.

—No creo que sea realmente necesario. La gente es lo bastante lista como para sacar sus propias conclusiones al respecto.

Esta es la primera vez que alguien menciona las actividades extracurriculares de Naomi. No es la última.

Algunos compañeros de trabajo se presentan ante la policía afirmando saber la verdad acerca de Naomi. Que se acostaba con varios hombres. Que algunos eran huéspedes del hotel. Nadie sacó a relucir el dinero, solo el sexo. Ella no era prostituta. Naomi era una mujer de veintisiete años que había mantenido relaciones sexuales con más de un huésped del hotel.

El primero de sus amantes en salir a la palestra no revela su identidad. En la tele, aparece su silueta, y su voz está distorsionada.

—¿Se hospedó alguna vez en el hotel Lancaster?

—Sí.

—¿Y conocía a una recepcionista llamada Naomi?

—Efectivamente.

—¿Y mantuvo relaciones con ella?

—Me avergüenza decir que sí.

Él explica que Naomi fue la instigadora. Que ella fue quien lo acosó.

Sale otro hombre a la palestra. Y otro. Más sombras, más voces distorsionadas. Todos permanecen en el anonimato. Ninguno de los hombres que se acostó con Naomi está dispuesto a dar la cara. No es porque estén casados, pues como mínimo dos declaran que son solteros o divorciados. Es que simple y llanamente no quieren reconocer que fueron aventuras de ella.

O conquistas. Alguien en la tele los denomina así.

En el club, las habladurías comienzan a cambiar. La gente deja de comentar que es una farsa y una vergüenza. Algunos hasta dejan de comentar que Owen es un monstruo. En vez de eso, la gente comienza a conjeturar cómo podría haberlo evitado Naomi. Cómo podría haberse librado de ser una víctima.

Kekona es una de ellos. Las historias sobre Naomi confirman su creencia de que los problemas le surgen a la gente que anda buscándolos. Y, en su opinión, el sexo figura entre ellos.

En la tele repasan una y otra vez la vida personal de Naomi. Josh está en primera línea de la historia; todo el mundo que da la cara acude primero a él. Cuanto más veo, más pasmado me quedo. Naomi es una persona y en un abrir y cerrar de ojos pasa a ser otra.

La primera vez que tengo ocasión de comentarlo con Millicent es después de acudir a la última cita de Jenna con su psicólogo. La llevamos de nuevo al colegio, donde se une a sus amigos con el fin de decorar el gimnasio para un evento benéfico inminente. Acto seguido Millicent me deja en el club, donde tengo el coche aparcado. Enciende la radio y las noticias se emiten a todo volumen. El locutor anuncia que otro hombre, cuya identidad se mantiene en el anonimato como las del resto, afirma haberse acostado con Naomi mientras estuvo hospedado en el Lancaster. Con este van siete.

—Fantástico —comenta Millicent.

—¿Fantástico?

—Mientras continúen hablando de ella, o de Owen, no hay nada de que preocuparse.

Me dan ganas de sacar el tema de Jenna y en qué medida podría estar afectándole esto. A pesar de que nada me gustaría más que mi hija fuera virgen durante el resto de su vida, hasta yo mismo he de admitir que eso no es sano.

Millicent alarga el brazo y me aprieta la mano.

—Acertaste al cambiar de parecer. Con Annabelle no habría sido lo mismo.

Eso es cierto. Y también me impulsa a apretarle la mano.

Subo al cuarto de Jenna a darle las buenas noches. Está tumbada en la cama, leyendo un libro en papel, porque su ordenador portátil está abajo. El pelo le ha crecido un poquitín y, en mi opinión, empieza a darle un aire bastante estiloso. Me mira por encima del libro, preguntando qué quiero sin preguntarlo.

Me siento en el borde de la cama.

—Quieres hablar, ¿verdad? —dice.

—Te estás volviendo demasiado lista para mí.

Jenna me mira con picardía.

—¿Por qué me haces la pelota?

—¿Ves? Demasiado lista.

Ella suelta el libro con un suspiro. Me hace sentir estúpido, cosa que es bastante habitual cuando estoy con mis hijos.

—¿Cómo estás? —pregunto.

—Muy bien.

—En serio. Habla conmigo.

Se encoge de hombros.

—Estoy bien.

—¿Te gusta el médico?

—Supongo que sí.

—Ya no te da miedo Owen, ¿verdad?

Se encoge de hombros otra vez.

En las últimas semanas, nuestras conversaciones se han reducido a eso. Antes era diferente. Jenna solía contarme cosas de todos sus amigos y profesores: lo que fulano había hecho o lo que mengano había dicho. Si la dejaba, parloteaba sin cesar.

Yo estaba al corriente incluso de su primer amor. Él se sentaba delante de ella en Lengua, lo cual en parte era el motivo por el que la asignatura se le había hecho cuesta arriba.

Ahora, no dice ni una palabra, y es por el psicólogo. Me parece que está harta de hablar.

Me inclino y la beso en la frente. Al hacerlo, veo un fugaz destello con el rabillo del ojo. Entre la cama y la mesilla de noche, por debajo del colchón, algo asoma. Lo reconozco de nuestra cocina.

Mi hija ha cogido otro cuchillo de la cocina y lo ha escondido debajo del colchón.

No digo nada.

En vez de eso, le doy las buenas noches y al salir cierro la puerta sin hacer ruido. Al cruzar el pasillo, paso por delante del cuarto de Rory y lo oigo al teléfono. Cuando estoy a punto de entrar a decirle que se acueste, oigo que está hablando de Naomi.

Es imposible mantener la casa al margen de las noticias.

38

Le oculto unas cuantas cosas a Millicent. Por ejemplo, la avería que sufrió la camioneta hace tantos años. Y lo de Trista. No le conté que Trista había salido con Owen Oliver Riley. En ningún momento le comenté que ese fue el motivo por el que abandonó a Andy, y por el que se suicidó.

Petra. Sería absurdo sacar a colación ahora a Petra, la mujer que sospechó de mi sordera. No hay motivos para mencionarla.

Y Rory. No la he puesto al corriente del chantaje de Rory, porque eso conduciría a Petra.

Y luego está lo de Crystal.

Millicent nunca quiso ayuda en la casa; no confiaba en que nadie limpiase de la forma que ella deseaba, ni quería que nadie criara a sus hijos. La única vez que contratamos a alguien fue para llevar y recoger a los niños en coche del colegio y sus diversas actividades. Eso fue hace unos años, cuando tanto Millicent como yo andábamos tan ocupados con el trabajo que nos resultaba imposible compaginar todo sin un poco de ayuda.

Esto también sucedió justo después del asesinato de Holly. Antes del resto.

Contratamos a Crystal para ayudarnos a llevar y traer a los niños. Era una joven agradable que siempre llegaba a su hora y trataba bien a los críos. Trabajó para nosotros hasta que Millicent decidió prescindir de ella.

Pero antes de eso, me besó.

Fue cuando Millicent se encontraba en Miami en un congreso con un compañero de trabajo llamado Cooper. Nunca me cayó bien.

Durante los tres días que Millicent se ausentó, Crystal pasó más tiempo que de costumbre en casa. Recogía a los niños en el colegio y les preparaba la cena. Una tarde, nos encontrábamos a solas, y así fue como ocurrió.

A mediodía, fui a casa a comer y ella estaba allí, sola, porque los niños estaban en el colegio. Preparó un par de sándwiches y comimos juntos charlando sobre su familia. Nada excitante, nada fuera de lo normal. Nada que me llevara a pensar que ella estaba coqueteando. Cuando terminamos de comer, chocamos cuando yo iba hacia el frigorífico y ella hacia el fregadero.

Ella no se apartó.

Yo tampoco, la verdad. Igual me apetecía ver su reacción.

Me besó.

Me aparté. Hasta ese momento, jamás había engañado a Millicent. Ni siquiera se me pasó por la cabeza. Lo que sí se me pasó por la cabeza es que Millicent se encontraba en Miami con su compañero de trabajo.

Sin darme opción a decirle nada, Crystal se disculpó y salió de la cocina. No creo que volviéramos a coincidir a solas de nuevo.

Sopesé la posibilidad de contárselo a Millicent desde el mismo instante en que la recogí en el aeropuerto de Orlando. Decidí no correr ese riesgo.

Estoy dándole vueltas a esto porque dudo que sea el único que no ha sido totalmente sincero. Me parece que Millicent ha estado mintiéndome. La idea se me pasó por la cabeza cuando

Jenna se puso enferma. Yo acababa de llegar a casa del trabajo, y me había retrasado; teníamos previsto ir a una fiesta organizada por un colegio de asesores hipotecarios. Millicent estaba con la lengua fuera, arreglándose, Rory jugando con la videoconsola, y Jenna vomitando en el cuarto de baño.

Aquella noche Millicent fue a la fiesta sola. Yo me quedé en casa con Jenna.

Hasta ahora hemos acudido al médico con Jenna por sus molestias de estómago en una ocasión. Nuestro médico de cabecera opina que me preocupo demasiado. Los niños se ponen malos de la barriga constantemente, según él. Pero ahora le ocurre con más frecuencia; sus problemas estomacales han empeorado desde que Owen resucitó. Esto me hace pensar que no está superando el miedo que le tiene. Le está provocando trastornos físicos.

Abrí el calendario de mi teléfono y traté de calcular con qué frecuencia sentía náuseas. Una de las primeras veces que ocurrió fue la noche que estuvimos con Lindsay, cuando dejé a Millicent sola con ella para ir a quedarme con Jenna.

Desde que hallaron el cuerpo de Lindsay, le he dado vueltas a aquella noche, a lo que habría pasado si Jenna no se hubiera encontrado mal. ¿Habríamos seguido adelante y asesinado a Lindsay aquella noche? ¿O me habría dicho Millicent que deseaba mantener a Lindsay con vida?

¿Y cuándo se ocupó de ella? ¿Cuando se suponía que debía estar trabajando? ¿Cómo se las apañó para vender todas aquellas casas y mantener a Lindsay con vida durante un año?

Demasiadas preguntas sin respuestas. Yo tengo secretos. ¿Por qué no iba a tenerlos ella?

Mi primera idea fue una estupidez. Pensaba que podría seguir a Millicent para averiguar lo que se trae entre manos, tal vez descubrir dónde esconde a Naomi. Pero en cuanto me planteo seguir a mi mujer, me doy cuenta de que es imposible. Ella conoce mi coche de sobra; sabe el número de la matrícula. Me localizaría en un segundo.

Además, tengo que trabajar. Mi trabajo es flexible, no opcional.

Pero no me hace falta seguirla, porque la tecnología puede hacerlo por mí. Con cinco minutos de búsqueda en internet me entero de que esto funciona exactamente igual que en las películas. Compro un localizador GPS con carcasa magnética, pulso el botón para activarlo y lo pego en los bajos de su coche. Lo único que he de hacer es iniciar sesión en la aplicación de mi teléfono para localizar su coche. Como la aplicación también registra las direcciones donde ella se detiene, no tengo necesidad de seguirla en tiempo real. El chisme está tirado de precio, incluso con el suplemento para la información en tiempo real. Espiar a alguien hoy es pan comido.

Dicho así parece fácil, y desde el punto de vista técnico lo es, pero el verdadero precio es mi alma. Y mi matrimonio.

Aun después de comprar el dispositivo, no lo conecto enseguida. Se queda en el maletero de mi coche, obsesionándome. No deseo echar a perder mi matrimonio y mi familia, cosa que sucederá si Millicent descubre que la estoy espiando.

Me resisto a hacerlo, pero quiero saber lo que se trae entre manos.

Cuando llego de trabajar, Millicent ya está en casa y su coche en el garaje. Lo conecto en un momento.

Más tarde, por la noche, se me ocurre que igual hay una manera de que ella averigüe que hay un localizador en su coche. Toda tecnología tiene contratecnología —al menos yo lo doy por sentado—, de modo que me paso una hora con mi teléfono, buscando todas las maneras en las que Millicent podría descubrir el pastel. Y estoy en lo cierto; puede descubrirlo. Pero primero ella tendría que sospechar que le están siguiendo la pista.

Miro hacia ella. Está sentada con Rory a la mesa del comedor; están haciendo tarjetas didácticas para su clase de historia. Él nunca ha despuntado como alumno, porque, según dicen sus profesores, no se aplica. Millicent está de acuerdo, y unas cuantas veces a la semana le ayuda precisamente a eso. Nada de teléfonos, nada de distracciones, nada salvo sus deberes y su madre. Ni siquiera yo interrumpo cuando Millicent se pone con él.

Al cabo de unos minutos, ella se percata de que la estoy observando. Levanta la vista y me hace un guiño. Yo le hago otro.

Más tarde, quito el localizador de su coche.

A la mañana siguiente, lo vuelvo a poner.

39

Cuando observo a alguien en persona, me parece íntimo. Como no tienen ni idea de que están siendo observados, no están en guardia ni cohibidos. Llego a saber cómo caminan y se mueven, a conocer sus pequeños tics y gestos. A veces, hasta sé lo que van a hacer a continuación.

Utilizar un localizador es muy distinto, porque no estoy observando a Millicent. Estoy observando un punto azul moviéndose en un mapa.

La aplicación me indica hacia dónde se dirige: la dirección, la latitud y la longitud. Sé la duración de su parada, la velocidad a la que conduce, cómo aparca exactamente. La aplicación escupe tablas y gráficos que me indican la cantidad de tiempo que pasa conduciendo, su velocidad media y el promedio de tiempo en cada ubicación. Trato de imaginar a Millicent al volante, vestida con ropa de trabajo, tal vez hablando por teléfono o escuchando música. Me pregunto si hará algo que yo ignore. A lo mejor canta cuando se encuentra a solas. O habla consigo misma. Yo jamás la he visto hacer ninguna de las dos cosas, pero algo hará seguramente. Todo el mundo lo hace cuando se encuentra a solas.

El primer día, deja a los niños en el colegio y se va a la oficina. Trabaja para una agencia inmobiliaria, pero no pasa mucho tiempo sentada a una mesa. Después, va en coche a Lark Circle, una zona residencial de Hidden Oaks. En el transcurso de las siguientes ocho o nueve horas visita once casas, todas las cuales están a la venta. Yo las reviso todas. Recoge a los niños, para en la tienda, continúa hasta volver a casa.

Lo sorprendente es dónde se ha parado a comer. En vez de tomar una ensalada, un sándwich o incluso comida rápida, Millicent ha ido a una heladería.

Durante el resto de la tarde, me pregunto si pidió un cucurucho o una tarrina.

Cenamos pavo asado con chorizo y boniatos. Rory le quita importancia a la nota de su examen de historia contando una emocionante anécdota acerca de un chaval al que pillaron fumando y que salió corriendo sin que nadie pudiera identificarlo. Jenna había oído la misma anécdota, pero, según un amigo de un amigo, el chico era el hijo del subdirector y por eso salió corriendo.

—Qué va —dice Rory—. Me he enterado de que es Chet.

Jenna hace una mueca.

—Es un petardo.

—¿Chet Allison? —pregunta Millicent—. Yo le vendí su casa a los Allison.

—No. Chet Madigan.

—¿Hay dos Chets en el colegio? —se asombra ella.

—Tres —dice Jenna.

Hay un paréntesis en la conversación. Cavilo sobre la abundancia de Chets mientras echo un vistazo al plato de Millicent con disimulo. Tiene una gruesa loncha de pavo, un poco de chorizo y un diminuto boniato. Para ella, es una cena de proporciones normales. De postre hay fruta y galletas de jengibre. No hay helado.

De pronto, los hábitos alimentarios de mi mujer me resultan fascinantes. Me pregunto si lo que tomamos para cenar, de postre, o ambas cosas, está en función de su almuerzo.

Al día siguiente observo el punto azul de nuevo.

Millicent deja a los niños en el colegio, pero yo los recojo, y durante ese intervalo ella se encuentra en una casa en la urbanización privada de Willow Park. Hoy va a la oficina, pero no se para a comer. De nuevo, permanece en un radio pequeño, concentrado en las zonas y parcelas donde vende la mayoría de las casas.

La policía, en cambio, ha ampliado el radio de búsqueda. Por la noche, cuando Millicent se queda dormida, veo las noticias en mi teléfono dentro del cuarto de baño, porque, si entro en el garaje, mi hijo pensará que todavía estoy poniéndole los cuernos a su madre.

Ahora Josh abre sus partes informativos con el número de días que han pasado desde la desaparición de Naomi. Él lo denomina «el recuento», y va por veintidós. Han pasado veintidós días desde el viernes 13, y Josh aún sigue a la policía en el registro de edificios, cabañas y búnkeres abandonados. En opinión de un experto, esto probablemente sea en vano, porque Owen está viendo las noticias, y por lo tanto no tendría retenida a Naomi en un edificio, cabaña o búnker vacíos. Además, es posible encerrar a una mujer en cualquier parte. En un cuarto aislado, en un contenedor. En un armario.

El boletín de noticias termina en apenas unos minutos. Antes ocupaba la mitad de los informativos de la noche. El caso está comenzando a perder fuerza, porque no hay ninguna novedad y Naomi ha dejado de ser la chica de la puerta de al lado. Está en tela de juicio. Los espectadores se han impacientado.

Y yo estoy fascinado con el punto azul. En todos mis años de casado, jamás me he preguntado lo que tarda Millicent en enseñar una casa, o lo que se entretiene en almorzar, o la cantidad de casas que ve al día. Ahora que le sigo la pista, estoy en ascuas.

Consulto la aplicación a la mínima oportunidad. Antes y después de las clases de tenis, cuando estoy en el coche, en el club, en el vestuario. No hay rastro de Naomi. Millicent no va a edificios poco corrientes o empresas abandonadas, y todas las casas están a la venta. Va a la tienda, al colegio y al banco para cerrar una venta. Después de cuatro días, empiezo a preguntarme si Naomi ya está muerta.

Por muy perturbador que sea, considero que este posiblemente sea el mejor escenario.

Si está muerta, jamás se vuelven a tener noticias suyas ni se la localiza, puede que Owen se desvanezca con ella. Cuando él desaparezca de las noticias, será como si jamás hubiera regresado.

No obstante, Trista se habrá ido. Eso es irremediable. Pero Jenna dejará de estar asustada. Dejará de pensar en Owen Oliver.

Luego, dentro de un año, Owen volverá a salir en las noticias. El aniversario del suceso será señalado con reportajes, programas especiales y recreaciones dramáticas, pero no habrá ninguna novedad de la que informar. Veremos de nuevo a Naomi y las siluetas de los hombres con sus voces distorsionadas.

Una vez más, Owen desaparecerá. Naomi lo acompañará.

Jenna tendrá un año más y hablará de los chicos. Volverá a llevar el pelo largo, y no esconderá un cuchillo debajo del colchón.

A medida que pasan los días, empiezo a pensar que todo está sucediendo. Que Naomi ya no está viva, y que Millicent no está torturándola, visitándola. Que la policía aún no tiene nada. Que todo, absolutamente todo lo que hemos hecho, se desvanecerá sin dejar rastro.

Con una sonrisa, observo el punto azul. Millicent va a casa por la tarde, deja a los niños y a continuación vuelve a marcharse. Se para en una cafetería, y sé que va a por un café con leche y sirope de vainilla. Quizá largo de café, pero cuesta saberlo solamente por medio del punto en el mapa.

Estoy tan pendiente de Millicent que me pierdo las noticias de última hora. Una mujer afirma que Owen Oliver Riley la ha agredido.

40

La primera vez que oigo hablar de esta mujer es cuando estoy en EZ-Go. Por encima de la máquina de refrescos hay colgada una pantalla de televisión, a la vista de todo el mundo en la tienda, incluso reflejada en los espejos de seguridad. El titular de la noticia de última hora ocupa media pantalla, pero no presto atención hasta que Josh aparece. Dice que una mujer se ha presentado ante la policía para denunciar que fue atacada por Owen Oliver Riley.

Ella no sale en televisión, ni siquiera su silueta. De momento, solo hay una denuncia presentada a la policía. El texto aparece en pantalla, y una periodista lo lee:

El martes por la noche, me convertí en la última víctima de Owen Oliver Riley, pero gracias a Dios me zafé de él. Soy peluquera, y al salir del trabajo todos fuimos a tomar algo al otro lado de la calle. Esa noche, más tarde, estaba en un bar en Mercer Road y decidí marcharme porque al día siguiente tenía que trabajar. Esto fue justo alrededor de las once, y me acuerdo porque alguien lo dijo y pensé que más me valía irme a casa pronto, de modo que decidí marcharme. Yo tenía el coche en el aparcamiento trasero, y allí detrás ni siquiera está oscuro porque hay luces, y la luna brillaba mucho; a lo mejor era luna llena, pero no me fijé. Como estaba suficientemente iluminado como para caminar sola, lo hice. Sinceramente, no pensé ni por un momento en Owen. No se me pasó por la cabeza.

Cuando me encontraba a menos de un metro de mi coche, noté un tirón. Me dio la impresión de que el bolso, la correa, se había enganchado con algo. No fue fuerte, no me asusté. Simplemente me detuve y tiré, y definitivamente se había enganchado con algo. Así que me giré.

Él estaba ahí plantado, sujetando la correa de mi bolso. Por eso estaba enganchado. A la mano de Owen.

Lo reconocí, a pesar de que llevaba una gorra tan calada que le cubría la mitad de la cara. Sin embargo, alcancé a verle la boca. Su sonrisa. Todo el mundo conoce esa sonrisa: está en todas las noticias porque él sonreía en aquella vieja foto de archivo, y por eso supe a ciencia cierta que se trataba de él. Y por eso solté el bolso y eché a correr.

No había llegado muy lejos cuando me atrapó. Así me hice todos estos rasguños, intentando quitármelo de encima. Pero no podía, porque él tenía muchísima fuerza, y, cada vez que yo trataba de moverme, me sujetaba con más firmeza.

Estoy viva solo gracias a mi teléfono. Mi hermano me llamó, y yo sabía que era él por el tono de llamada. Yo personalizo todos los tonos porque me gusta saber quién me llama, ¿vale? El tono de llamada de mi hermano suena como una explosión, porque él es más o menos así: una gran explosión. Da la impresión de que su vida salta por los aires constantemente, y cuando esto ocurre me llama. Pero no debería quejarme, porque sigo aquí gracias a su vida y a esa llamada. El sonido de la explosión fue tan estridente que Owen se sobresaltó. Giró la cabeza bruscamente, y creo que pensó que algo había explotado realmente.

Me incorporé con dificultad, eché a correr directamente hacia el bar, y no me siguió.

No creo que él se diera cuenta de que nada había explotado. A lo mejor aún piensa que sí.

Ese es el final de la declaración, o al menos la única parte que se lee en las noticias. Las palabras desaparecen, y Josh reaparece. Está en el aparcamiento situado a espaldas del bar de Mercer. Yo no he estado en ese bar desde que tenía veinte años más o menos. En aquel entonces, eran conocidos por no pedir el carné.

A Josh se le ve serio. Apagado. Está mejorando, porque ya no parece emocionado por algo espantoso. Él llama a la mujer que fue atacada «la Denunciante».

—Disculpe.

Una anciana me roza al pasar. Aún sigo en la tienda, justo al lado de la máquina de refrescos, con la vista levantada hacia la pantalla. La única persona que está viendo la tele aparte de mí es el tío de la caja. No es Jessica, la cajera que normalmente veo. A este tío le brilla la calva bajo los tubos fluorescentes.

Él me mira y menea la cabeza, como diciendo: «¿A que es horrible? ¿A que es una vergüenza?».

Yo asiento mientras compro mi consabido café y una bolsa de patatas fritas con sabor a barbacoa.

Así ha sido siempre la convivencia con Millicent. La vida transcurre con normalidad, con algún que otro bache en el camino, pero por lo demás es un viaje sin incidentes. Y entonces de repente en el suelo se abre un abismo tan grande que lo engulle todo. A veces, lo que hay dentro es bueno, incluso estupendo; otras no.

Sucedió cuando me dijo que Holly estaba viva. Sucedió cuando le rompió la crisma a Robin con una gofrera de hierro. Y de nuevo cuando resucitó a Owen.

Estos son los acontecimientos extraordinarios, en los que el abismo adquiere más envergadura que la propia tierra. No todos han sido de esa magnitud. A veces, el abismo tiene el tamaño justo para tragarme, como cuando cogió a los niños y no dio señales de vida durante ocho días a raíz de que yo llegara a casa borracho.

Y luego están las grietas. Cuando el suelo se resquebraja, produce grietas. Algunas son más grandes que otras, como el hecho de que Jenna esconda un cuchillo debajo del colchón. O que Trista se suicide. Todas tienen tamaños diferentes —largas, cortas, de distinto grosor—, pero se originan en el mismo abismo.

La primera se produjo el día de nuestra boda.

Millicent y yo nos casamos en la casa de sus padres en el campo, rodeados de cilantro, romero y orégano. Ella llevaba puesto un vestido blanco de gasa que le llegaba a la altura del tobillo, y en la cabeza una corona hecha a mano con narcisos y lavandas. Yo llevaba unos pantalones de algodón remangados hasta el tobillo y una camisa blanca con el cuello desabrochado, y ambos íbamos descalzos. Era perfecto, hasta que dejó de serlo.

Hubo ocho invitados en nuestra boda. Asistieron los tres tíos con los que yo me había ido al extranjero, entre ellos Andy. Trista no. Estaban saliendo juntos, pero no se habían casado, y Andy no estaba dispuesto a darle ideas. Estaban presentes Abby y Stan, los padres de Millicent, además de una amiga suya del instituto. Los dos restantes eran vecinos.

La ceremonia no fue más que eso: un acto, un ritual. Ni Millicent ni yo éramos creyentes; teníamos previsto casarnos oficialmente el lunes siguiente en el ayuntamiento de Woodview. Entretanto, hicimos ese paripé, con el padre de Millicent oficiando la ceremonia. Stan tenía un aire muy oficial con la camisa de cuadros escoceses abotonada hasta el cuello y su ralo pelo canoso engominado. Se colocó delante de los campos de hierbas con un libro entre las manos. No la Biblia, un libro cualquiera, y casi pronunció las palabras adecuadas.

—Damas y caballeros, este joven desea casarse con mi hija hoy, y creo que necesita demostrar su valía. —Stan simuló mirarme maliciosamente—. Más te vale estar a la altura.

Yo había escrito y reescrito mis votos una docena de veces, consciente de que tendría que pronunciarlos en voz alta. Los demás me importaban un bledo; lo que me ponía nervioso era pronunciarlos ante Millicent. Respiré hondo.

—Millicent, no puedo prometerte el mundo. No puedo prometer que te compraré una gran casa o un coche lujoso o un enorme solitario. Ni siquiera puedo prometer que siempre tendremos un plato en la mesa.

Ella se quedó mirándome, impasible. Bajo los rayos del sol, sus ojos parecían cristales.

—Espero proporcionarte todas esas cosas, pero no tengo ni idea de si será posible. No sé lo que el futuro nos deparará, pero sí que estaremos juntos. Eso es lo que puedo prometerte sin sombra de duda, sin el menor temor de incumplir mi palabra. Siempre estaré ahí, contigo, a tu lado. —Esbocé una sonrisa, porque vi que asomaba una lágrima a sus ojos—. Y, si Dios quiere, tendremos un plato en la mesa.

Ocho personas se echaron a reír. Millicent asintió.

—Bueno —dijo Stan, dirigiéndose a su hija—. Supongo que es tu turno. Convéncenos de que es el hombre ideal para ti.

Millicent levantó la mano y la apretó contra mi mejilla. Se acercó a mí, pegó sus labios a mi oído y susurró:

—Allá vamos.

41

En la cena, nadie saca a relucir las noticias o a la Denunciante. Ella está presente, pero no la mencionamos. En vez de eso, hablamos de un famoso que se ha sometido a desintoxicación. Otra vez.

Hablamos de un partido de fútbol que no vi.

Hablamos de qué ver la noche de cine. Rory quiere ver una comedia de universitarios, y Jenna prefiere una comedia romántica.

El único suceso de actualidad que comentamos es un tiroteo que se ha producido en un centro comercial en el estado vecino.

—Un psicópata —dice Rory.

Jenna apunta hacia él con el tenedor.

—Tú eres el aficionado a los juegos de tiroteos.

—La palabra clave es «juego».

—Pero te gustan.

—Cierra el pico.

—Cierra el pico tú.

—Basta —dice Millicent.

Silencio.

Al término de la cena, ambos se van arriba y se retiran a sus habitaciones.

Millicent y yo nos quedamos mirándonos el uno al otro. Ella me hace una seña y articula con los labios: «¿Fuiste tú?».

Me está preguntando si fui yo quien agredió a la Denunciante. Niego con la cabeza y apunto con ella en dirección al garaje.

Una vez que los platos están recogidos y los niños dormidos, salimos y nos sentamos en el coche. Millicent se trae las sobras de las golosinas de Halloween, y compartimos una botella de agua mineral con gas. Lleva puesta una camisa azulona de manga corta. Me parece que es nueva, porque hoy he visto que paraba el coche en el centro comercial.

—¿No tienes nada que ver con esta mujer? —pregunta.

—Absolutamente nada. No haría algo semejante sin decírtelo. —Al menos eso creo.

—Eso espero.

—Y no haría nada para amedrentar más a Jenna.

Millicent asiente.

—Debería haberlo supuesto.

—A lo mejor la Denunciante miente —comento.

—Posiblemente. O a lo mejor un tío cualquiera la agredió y ella piensa que se trata de Owen. No sabemos lo que vio.

—Hay una tercera opción —digo.

—Ah, ¿sí?

Le quito el envoltorio a una chocolatina, la parto en dos y le doy la mitad.

—¿Y si realmente ha vuelto?

—¿Owen?

—Claro. ¿Y si fue él?

—Qué va.

—¿Cómo puedes estar tan segura?

—Porque sería una estupidez. ¿Cómo iba a volver precisamente cuando todo el mundo lo está buscando?

—Buena observación.

Estoy de nuevo en la consulta beis, esperando a que Jenna termine con el psicólogo. Nos llamó para solicitar una sesión extra. Teme que Jenna sufra una recaída a causa de esta nueva agresión. Aunque dudo que haya progresado lo suficiente como para experimentar una recaída, la llevo de todas formas. Como Millicent dice que ella no puede hacerlo, me siento en la sala de espera y observo el punto azul. Mi mujer se encuentra en una casa en Danner Drive; está a la venta por poco menos de medio millón de dólares.

A continuación va en coche a un *deli*.

A veces sale a comer con clientes, pero que yo sepa nunca los ha llevado a un *deli*.

Millicent se halla a escasos minutos de la consulta del psicólogo, pero no se pasa por aquí. Va a un *deli*, y aún sigue allí cuando se abre la puerta de la consulta y Jenna sale. Mi hija no parece ni contenta ni triste, o sea, prácticamente igual que cuando entró.

Le toca esperar mientras hablo con el doctor Beis. Yo siempre lo llamo doctor Beis. El nombre no es ni apropiado ni acertado, porque lo único beis es su consulta; su personalidad no lo es. El psicólogo es un gilipollas extravagante y arrogante. Nunca he conocido a un médico que no lo sea.

—Me alegro de haber pedido que venga Jenna —comenta—. Esta nueva agresión ha sido bastante sorprendente.

El doctor Beis no especifica que a Jenna le haya sorprendido, pero es a lo que se refiere. Así es como evita pillarse los dedos en lo tocante a la confidencialidad entre el médico y el paciente.

—Desde luego que fue sorprendente —señalo.

—Lo importante es hacerla entender que nada ha cambiado. Que está a salvo.

—Es que está a salvo.

—Por supuesto.

Nos quedamos mirándonos el uno al otro.

—¿Ha notado algún cambio en su comportamiento? —pregunta—. Cualquier tipo de cambio.

—De hecho, quería preguntarle una cosa. Jenna ha estado sufriendo algunos problemas de estómago. Náuseas.

—¿Desde cuándo?

—Desde hace relativamente poco, y ha ido a peor. ¿Es posible que guarde alguna relación?

—Oh, desde luego que sí. Por supuesto que el estrés mental puede manifestarse con síntomas físicos. ¿Ha ocurrido algo más?

Finjo hacer memoria y niego con la cabeza.

—No, creo que no.

Me pregunto si se percatará de que estoy mintiendo. Nadie sabe lo del cuchillo debajo de la cama.

Al término de la conversación, mi teléfono vibra. Millicent.

Lo siento, no me ha dado tiempo. ¿Cómo ha ido?

El punto azul está alejándose del *deli*.

Jenna está en la sala de espera, garabateando en una libreta mientras ve un programa matinal de entrevistas. El pelo corto le agranda muchísimo los ojos; lleva puesta una camiseta de manga larga con vaqueros y zapatillas de deporte. Le digo que vamos a picar algo antes de recoger a su hermano. Ella sonríe.

Joe's Deli se halla a siete minutos en coche según mi reloj. Para cuando me meto en el aparcamiento, hace rato que se ha ido Millicent. El *deli* ha vivido tiempos mejores, quizá por la ubicación. Joe's está situado en la parte antigua de la ciudad, que ha ido perdiendo la batalla frente a la zona más moderna y lustrosa.

Dentro, hay bastante luz como para apreciar los arañazos de la barra y la vitrina. Las carnes, los quesos y las ensaladas preparadas tienen una pinta algo manida. Somos los únicos que hay en el local, y reina el silencio hasta que Jenna gira el expositor de patatas fritas, que chirría, tal vez debido al óxido. Aparece una mujer, como si hubiera estado apoltronada y de pronto se hubiera puesto de pie. Es regordeta y rubia y parece cansada, pero al sonreír se le ilumina la cara.

—Bienvenidos a Joe's —dice—. Soy Denise.

—Encantado de conocerte, Denise —respondo—. Es la primera vez que venimos aquí. ¿Cuál es tu especialidad?

Ella levanta un dedo para indicarme que espere y se mete detrás del mostrador. Introduce la mano en una de las vitrinas de cristal y coge una fuente de carne curada. Nos la pone delante.

—Pavo aderezado con azúcar y especias. Un pelín picante, un pelín dulce. En su justa medida.

Miro a Jenna.

—Guay —dice.

Pedimos dos bocadillos, el suyo de pan de siete semillas, y el mío un bollo, ambos solamente con lechuga y tomate.

—Hay que saborear el pavo —comenta la mujer.

Joe's Deli tiene una terraza en el lateral, la cual no es visible desde el aparcamiento. Hay unas cuantas mesas distribuidas en una zona vallada; aunque está limpia y decente, es de lo más anodina. Al cabo de un minuto, es lo de menos, porque el pavo está riquísimo. Hasta Jenna está comiendo.

—¿Encontraste este sitio online? —pregunta Jenna.

—No. ¿Por qué?

—Porque no me extrañaría que lo hubieras hecho. Buscar sitios raros para tomar un bocadillo.

—No es raro. Está bien.

—A mamá le parecería un horror —señala—. No es orgánico.

—No le digas que hemos venido.

—¿Quieres que mienta?

Hago oídos sordos.

—¿Qué opinas de tu psicólogo? ¿Te ayuda?

Se encoge de hombros.

—Supongo.

—¿Sigues asustada?

Jenna me hace una seña. A través de la puerta lateral del local, alcanza a ver la tele que hay sobre el expositor de cristal. La mujer rubia está sentada en una silla junto a la caja registradora, viendo las noticias. El titular dice que la Denunciante dará una rueda de prensa mañana por la noche.

42

Millicent y yo estamos de pie en el aparcamiento vacío del centro comercial Ferndale. El único sonido procede de la carretera que hay por detrás. Es viernes por la noche, y Jenna está en una fiesta de pijama mientras que Rory está pasando la noche con un amigo jugando a los videojuegos.

La rueda de prensa de la Denunciante terminó hace una hora. Millicent y yo la vimos en un famoso restaurante de temática deportiva anexo al centro comercial. La comparecencia se emitió en todas las pantallas. La última vuelta de tuerca en nuestro drama del asesino en serie se convirtió en un evento social el viernes por la noche, hasta con alitas de pollo y cerveza. La vimos con otro matrimonio, los Rhinehart, que creyeron a pies juntillas lo que declaró la Denunciante.

Millicent está apoyada contra el coche, con los brazos cruzados, mientras un mechón rebelde le ondea con la brisa. Siempre va vestida para la ocasión, incluso para este encuentro serio en un bar de temática deportiva. Ha combinado los vaqueros negros con una camiseta que reza: «WOODVIEW UNIDO», un eslogan que ha surgido a raíz de la desaparición de Naomi. Lleva el pelo recogido en una trenza que le cae por la espalda, con la salvedad de ese mechón.

Menea la cabeza.

—No me gusta ella —comenta—. No me gusta su historia.

Pienso en Lindsay mantenida en cautividad. Quizá a Millicent tampoco le gustaba.

—Da igual —señalo.

—No sabemos si es verdad.

—Entonces ¿qué...?

—Solo necesitamos conocer más detalles —dice.

—No estarás pensando...

—No estoy pensando nada...

Permanecemos en silencio durante unos instantes hasta que Millicent se gira y abre la puerta. La observo mientras se mete en el asiento del pasajero de mi coche. Cierra la puerta y me mira. Yo me quedo inmóvil. Casi alcanzo a oírla suspirar cuando abre la puerta y se baja del coche. Lleva puestos unos zapatos con tacones de goma y camina hacia mí sin hacer ruido.

Posa las manos sobre mi pecho y levanta la vista.

—Eh.

—Eh.

—¿Estás bien?

Me encojo de hombros.

—Eso significa que no —afirma.

Me toca a mí suspirar. O ponerme de morros. Resoplar. Algo.

—La hemos cagado, ¿sabes? —digo.

—¿Sí?

—Creo que sí.

—Cuéntame.

No sé por dónde empezar; todo es un tremendo embrollo, y no deseo levantar la liebre. Por ejemplo con Petra, a quien jamás he mencionado. O el chantaje de Rory. Ella está al corriente de lo de Jenna, pero no del todo. El suicidio de Trista. El localizador del coche. Joe's Deli.

Hay muchas cosas que Millicent ignora. Aun así, me da la sensación de que quedan muchas más cosas por descubrir.

—Lo de Owen —digo finalmente—. Se nos ha ido de las manos.

—No lo creo.

—¿Qué me dices de Jenna?

—Debería haberlo visto venir.

Su respuesta me sorprende. No suele cometer lapsus, y mucho menos admitirlo. Por eso, decido no contarle lo que dijo el doctor Beis. No parece el momento oportuno para contarle que toda esta historia está provocando trastornos físicos a Jenna.

Nos deslumbran los faros de un coche que dobla la esquina del centro comercial. Al aproximarse, compruebo que no se trata de un coche en absoluto. Los vehículos de seguridad del centro comercial son carritos de golf, y este lo conduce una mujer de mediana edad. Se para y nos pregunta si todo va bien.

Millicent le hace un ademán con la mano.

—Muy bien. Mi marido y yo solo estamos comentando las notas de nuestro hijo.

—Ah, lo entiendo. Yo tengo tres.

—Entonces qué le voy a contar.

La vigilante asiente. Ella y mi mujer se sonríen mutuamente en un instante de complicidad entre madres.

—No obstante, será mejor que se marchen. El centro comercial está cerrado.

—Gracias. Nos vamos ya —dice Millicent.

La vigilante espera mientras nos metemos en el coche y nos alejamos. Cuando nos paramos en un semáforo en rojo, Millicent posa la mano en mi brazo.

—Estaba pensando que deberíamos apuntar a Jenna a clases de defensa personal. Creo que le infundiría seguridad en sí misma.

—Es una buena idea. —Y así es.

—Lo miraré mañana.

La parada de Millicent en Joe's Deli no es un hecho puntual. Va de nuevo al día siguiente, a mediodía, pasa allí cuarenta minutos y luego se marcha a enseñar otra casa. Ninguna de sus restantes paradas se salen de lo habitual. Incluso va a echar un vistazo a dos escuelas de artes marciales para Jenna y me pone al tanto de ellas después de cenar, cuando estamos a solas en el dormitorio.

—En una de las escuelas se enseña taekwondo para competición. Organizan encuentros y equipos, y compiten por las medallas. Pero hay otra de krav magá en el centro. Aunque es un pelín más cara, está más enfocada a la defensa personal.

—Podría probar en las dos; dejemos que elija la que prefiera.

Millicent se acerca a mí y me besa en la nariz.

—Qué listo eres.

Pongo los ojos en blanco. Ella se ríe tontamente.

No menciona el *deli* ni a la mujer rubia regordeta y risueña. Trato de pensar en una manera de sacar el tema de lo que ha comido a mediodía sin preguntarle «¿Qué has comido hoy?» de buenas a primeras. Pero no soy tan listo como dice Millicent, porque, cuando me pongo a divagar acerca de lo bien que he comido yo, ella no muerde el anzuelo. Se limita a asentir y sonreír mientras se prepara para acostarse, fingiendo interés en mi largo monólogo sobre un almuerzo ficticio. Nos vamos a la cama sin sacar a relucir Joe's Deli.

En mitad de la noche, me levanto y bajo a la biblioteca. La llamamos biblioteca porque la llenamos de estanterías, libros y un escritorio grande de caoba, pero para lo único que la utilizamos es para realizar llamadas telefónicas en privado. Yo también he empezado a utilizarla para navegar por internet en privado.

Joe's Deli abrió hace veintidós años. El establecimiento ha tenido dos propietarios, sin relación entre ellos, y siempre ha ocupado el mismo local, de alquiler, no en propiedad. Sin ningún incidente salvo una denuncia por una caída a consecuencia de un resbalón por parte de un hombre que afirmaba que el suelo estaba húmedo. Se resolvió con un acuerdo de conciliación. Ningún otro delito, demanda, o incumplimiento grave de la normativa sanitaria. Joe's Deli es exactamente lo que aparenta: un *deli* normal y corriente. El hecho de que sea tan corriente me da mala espina. Millicent no tenía motivos para ir allí una vez, y mucho menos dos veces.

En los mapas por satélite de la zona aparece un solo edificio en lo que en su época era una calle mucho más concurrida. Al otro lado de la calle hay un pequeño concesionario de vehículos usados. Contigua a este, una tienda de repuestos de fontanería y al lado una tienda de reparaciones de relojes.

Si ella solamente se hubiera parado allí en una ocasión, podría haber sido de chiripa. Un lugar a trasmano del que había oído hablar y que decidió probar, pero enseguida se dio cuenta de que no era de su estilo. Hasta estaría dispuesto a creer que paró porque tenía sed y Joe's era el único sitio que le pillaba de paso, a pesar de estar situado a kilómetros de distancia de su zona habitual. Yo daría crédito a prácticamente cualquier motivo excepcional por el que parara en Joe's. Salvo que, dos días después, volvió.

Ella tiene otro motivo para ir a Joe's. En un primer momento, pienso que guarda relación con Naomi —quizá la tenga retenida en esa zona—, pero Millicent no paró en ningún otro sitio. Y no hay ningún edificio abandonado ni ninguna empresa cerrada a cal y canto en la zona, ningún lugar al que pudiera ir caminando desde el aparcamiento de Joe's.

No tiene sentido. A menos que le haya dado por los sándwiches no orgánicos perjudiciales para la salud.

Y me consta que no es el caso.

43

Después de lo de Holly, nunca imaginé que habría otra. Hasta que Robin se presentó en nuestra puerta amenazando con echarlo todo a perder a menos que le diese dinero.

Después de lo de Robin, nunca imaginé que habría otra. Hasta que sentí el impulso de hacerlo de nuevo.

Hacía tiempo que la idea nos rondaba por la cabeza, primero en la fiesta de Nochevieja, cuando Millicent y yo hablamos sobre el resto de mujeres. La conversación salió a colación a lo largo de los siguientes meses, hasta el punto de ponernos a buscar mujeres online. La actividad se convirtió en nuestro afrodisiaco.

Comentábamos cómo las asesinaríamos y cómo nos iríamos de rositas, y aquellas noches siempre terminaban con un sexo increíble. Con sexo salvaje. En cualquier sitio que podíamos, siempre y cuando los niños estuvieran fuera. Si estaban en casa, hacíamos lo posible para no hacer ruido.

Era casi como si estuviéramos subiendo por una escalera de mano. Bromeábamos sobre ello, charlábamos sobre ello, elegíamos a las mujeres y lo planeábamos. Cada vez que subíamos un peldaño, nos colocábamos en el siguiente. Luego alguno sugirió hacerlo de verdad. Fui yo.

Lo propuse mientras estábamos en la cocina. Fue a última hora de la mañana, y estábamos desnudos sobre las frías losas. Acabábamos de dar con Lindsay online. Ambos coincidimos en que era perfecta.

—Deberíamos hacerlo y punto —dije.

Millicent soltó una risita.

—Creo que acabamos de hacerlo.

—Eso no. Bueno, sí, eso, pero no es a lo que me refería.

—Te referías a que deberíamos asesinar a Lindsay.

Tras unos instantes, contesté:

—Sí. Efectivamente.

Millicent me miró con una mezcla de asombro y algo más. En aquel momento, no lo tuve claro. Ahora, me parece que era interés. O intriga. Pero no repulsión.

—¿Me casé con un psicópata? —dijo.

Me eché a reír. Ella también.

La decisión estaba tomada.

Millicent nunca ha mencionado aquella conversación, nunca ha dicho que fuera idea mía. Nunca ha dicho que fuera culpa mía. Pero me consta que es así. De no haber sido por mí, no habría ninguna Lindsay, ninguna Naomi, y Owen no estaría de vuelta. Nuestra hija seguiría teniendo el pelo largo y brillante, y no escondería un cuchillo debajo del colchón.

O tal vez fuera Millicent. Tal vez ella me condujera a ese momento desde un principio. A estas alturas no lo sé.

Pero al cabo de unos días, algo me recuerda aquella decisión. Y las consecuencias involuntarias de la misma.

Los centros de artes marciales permitieron que Jenna asistiera a una clase de principiantes para ver si le gustaba. Primero, fuimos a taekwondo. Al cabo de media hora, Jenna me hizo un ademán con la cabeza y nos marchamos. Ella no quiere participar en competiciones, ni desea conseguir medallas y trofeos. Jenna quiere defenderse de Owen.

A la tarde siguiente fuimos a krav magá. A diferencia del taekwondo, la escuela de krav magá no requiere uniformes o cinturones, cosa que a Jenna le agradó mucho más que el kimono blanco obligatorio en taekwondo. Jenna prefería ponerse sus pantalones de chándal y una camiseta.

En ningún momento se me ocurrió pensar que agrediría al chico que estaba tratando de enseñarle algo, y mucho menos que intentara noquearlo.

El episodio sucedió tan deprisa que nadie lo vio. Ni siquiera yo, y eso que estaba observando a Jenna desde una fila de asientos asignados a los padres. En un momento dado, ambos estaban de pie y el chico le estaba enseñando a Jenna la manera correcta de asestar un puñetazo. Un instante después, cayó al suelo y gritó de dolor.

Unas cuantas gotas de sangre salpicaron el tatami, y todo el mundo se puso como loco.

—¿Qué co...?

—¿Cómo...?

—¿Eso es una piedra?

Una madre con un jersey turquesa señaló hacia Jenna.

—Ha sido ella. Le ha golpeado con una piedra.

A continuación se hizo el caos, junto con mucho más griterío y acusaciones subidas de tono.

El asunto tardó horas en resolverse, en parte porque llegó la madre del chico y se puso a preguntar a voces por qué nadie había llamado a una ambulancia. Eso hizo que alguien llamara a una ambulancia. Y a la policía.

Aparecieron dos agentes uniformados y preguntaron por lo ocurrido. La madre del chico apuntó hacia Jenna y dijo:

—Ella ha golpeado a mi hijo.

Los agentes estaban confundidos, como es lógico, porque nos encontrábamos en un estudio de krav magá donde la gente recibe golpes de manera habitual. También les hizo cierta gracia que el chico fuera golpeado por una chica. Al dueño del estudio no le hizo ni pizca de gracia.

Al final, el chico se encontraba bien. Había sangrado a causa de un pequeño corte en el labio y en realidad fueron apenas unas gotas. Aunque nadie fue al hospital y nadie fue detenido, a Jenna y a mí nos echaron del estudio de krav magá.

En el transcurso de la tarde, la madre del chico juró y perjuró que interpondría una demanda. Para colmo, no tuve más remedio que cancelar varias clases de tenis, y más de un cliente se cabreó.

Una vez en el coche, a solas, le pregunté:

—¿Por qué?

Jenna se quedó mirando fijamente por la ventanilla.

—Algún motivo habrás tenido para hacerlo —dije.

Ella se encogió de hombros.

—No lo sé. A lo mejor para ver si era capaz.

—¿Si eras capaz de golpear a ese chaval con una piedra?

—Si era capaz de noquearlo.

No puntualizo lo obvio. Ella no le noqueó. Lo único que hizo fue partirle el labio.

—¿Vas a contárselo a mamá? —quiso saber Jenna.

—Sí.

—¿En serio?

En realidad, no tenía ni idea. En ese momento, no podía ni mirar a Jenna.

Ella jamás me ha recordado a Millicent. Rory ya tenía mechoncitos de pelo rojo al nacer. Jenna nació pelona. Cuando por fin empezó a crecerle el pelo, era del mismo color que el mío: castaño oscuro sin reflejo alguno de rojo. También tenía los ojos como los míos.

Fue una gran desilusión.

No era nada personal. Jenna no tenía culpa de nada. Lo que pasa es que yo deseaba una niña pelirroja que hiciera juego con el llamativo pelo rojo de mi hijo y mi mujer. Esta era la imagen que yo tenía en mente, la imagen que tenía cuando pensaba en mi familia. La verdadera Jenna no encajaba, porque se parecía a mi madre en vez de a la suya.

La primera vez que me recordó a Millicent fue cuando golpeó a ese chico con una piedra. Fue justo como Millicent cuando golpeó a Robin en la cocina.

Lo que me da morbo en mi mujer me pareció espantoso en mi hija.

44

E s última hora de la noche. Millicent y yo estamos en su despacho. Trabaja para Abbott Realty, una pequeña empresa donde lleva años siendo el pez gordo. La oficina se halla en un centro comercial, embutida entre un gimnasio y un restaurante chino. Dentro, no hay nadie y estamos a solas, pues a nadie le interesa ver viviendas a esta hora. El inconveniente es la fachada de cristal, lo cual significa que cualquiera puede ver el interior. Como la distribución diáfana de las mesas no ofrece intimidad, dejamos las luces apagadas y nos sentamos al fondo. En otras circunstancias, podría ser romántico.

Millicent se ha enterado del percance de Jenna. Se lo contó una amiga antes de poder hacerlo yo, y se puso como una furia. Gritó y vociferó hasta reventarme los tímpanos, porque según ella debería haberla avisado cuando todavía nos encontrábamos en el estudio. Tiene razón.

Ahora, Jenna está a salvo en casa, dormida en su cama, sin apedrear. Sin vomitar. Sin cortarse lo que le queda de pelo. Millicent está serena. Hasta ha comprado postre, un solo petisú de chocolate. Lo parte en dos; las mitades son idénticas. Le doy un bocado a la mía y ella a la suya, y le limpio el chocolate que tiene en el labio superior.

—Ella no está bien —dice Millicent.

—No.

—Tenemos que hablar con su psicólogo. Puedo llamar...

—¿Se parece a Holly? —pregunto.

Millicent suelta el petisú como si estuviera a punto de explotarle entre las manos.

—¿A Holly?

—A lo mejor es lo mismo. La misma enfermedad.

—No.

—Pero...

—No. Holly empezó torturando bichos a los dos años. Jenna no tiene nada que ver con ella.

En ese sentido, tiene razón. Jenna se pone histérica siempre que ve un bicho. Ni siquiera es capaz de matar una araña, y mucho menos torturarla.

—Entonces es culpa nuestra —señalo—. Tenemos que deshacernos de Owen.

—Lo hemos intentado.

—Creo que la búsqueda de Naomi debería concluir —digo—. Deberíamos dejar que la encuentren.

—¿De qué va a servir...?

—Para poder librarnos de Owen de una vez por todas. —Cuando Millicent hace amago de puntualizar lo obvio, la atajo con la mano en alto—. Ya, ya. Resulta difícil librarse de alguien que ni siquiera está por aquí, ¿no?

—Esa sería una manera de expresarlo.

—Fue una idea estupenda; no lo niego. Pero hemos causado muchísimos problemas.

—¿Muchísimos?

—Jenna. La gente de la ciudad. Las mujeres están atemorizadas. —Tengo la prudencia de obviar lo que desconoce, como lo de Trista.

Millicent asiente.

—Nunca fue mi intención hacer daño a Jenna.

—Ya lo sé. —Me echo hacia delante en la silla, más cerca de Millicent, para que oiga bien lo que estoy diciendo—. Sería complicado, si no imposible, simular su muerte sin un cadáver. En realidad, la única solución sería que se ahogase en el océano o en un lago y jamás encontrasen su cuerpo. Pero siempre quedaría la duda. Y, para que resulte medianamente verosímil, necesitaríamos que alguien con credibilidad relatase el suceso.

—Como Naomi —apunta Millicent.

—¿Y qué posibilidades hay de que Naomi haga eso?

—Más bien ninguna.

—Entonces quizá sea mejor que Owen no muera. Quizá sea mejor que se marche sin más. —Hago una pausa, esperando su reacción. Como no se pronuncia, continúo hablando—. Owen es tan egocéntrico que escribió a un periodista para que todo el mundo se enterase de que había regresado y tenía totalmente claro cuándo atraparía a su próxima víctima. Entonces ¿por qué no iba a anunciar a los cuatro vientos que tiene previsto marcharse? Es de los que fanfarronearían sobre lo que hizo. Clamaría: «Os dije exactamente lo que tenía previsto hacer y cuándo tenía previsto hacerlo, y aun así no pudisteis cogerme. Ahora jamás me encontrareis».

Millicent asiente levemente, como si estuviese cavilando sobre ello.

—Sé que no es lo ideal —señalo—. Pero, si Owen se va, todo el mundo dejará de hablar de él y tal vez Jenna deje de estar asustada.

—Hay que controlar bien los tiempos —observa—. Tienen que localizar a Naomi antes de que envíes otra carta.

—Oh, desde luego.

—Yo me encargaré de lo primero.

—Podríamos hacerlo juntos.

Ella me mira con la cabeza ladeada. Por un momento, me da la impresión de que va a sonreír, pero no lo hace. El asunto ha tomado un cariz demasiado serio. Ha quedado atrás su uso como juego sexual.

—Puedo ocuparme de Naomi —dice—. Tú céntrate en la carta. Tienes que convencer a todo el mundo de que Owen se ha ido.

Siento el impulso de poner objeciones e insistir en mi idea, pero en vez de eso asiento. Su idea es sensata.

Ella suelta un leve suspiro.

—Confío en que esto funcione.

—Yo también.

Alargo la mano y la deslizo entre las suyas. Nos quedamos sentados así hasta que ella coge lo que me queda de petisú y le da un mordisco. Yo cojo el suyo y hago lo mismo. Una tenue sonrisa se perfila en su semblante. Le aprieto la mano.

—Todo irá bien —digo.

Millicent ya ha dicho esto antes. Lo dijo cuando éramos jóvenes y estábamos sin blanca con un bebé y otro de camino. Lo dijo cuando compramos nuestra primera casa y luego la segunda, más grande.

También lo dijo después de lo de Holly, cuando su cuerpo yacía en nuestra sala de estar, con la cabeza destrozada con la raqueta de tenis.

Mientras yo estaba de pie junto al cuerpo de Holly, asimilando lo que acababa de hacer, Millicent se puso manos a la obra directamente.

—¿Tenemos aún aquella lona impermeable en el garaje? —preguntó.

Tardé unos instantes en procesarlo.

—¿Lona impermeable?

—De cuando tuvimos aquella gotera.

—Me parece que sí.

—Ve a por ella.

Me quedé como un pasmarote, pensando que debíamos llamar a la policía. Porque eso es lo que se hace al matar a alguien en defensa propia. Llamar a la policía y explicar lo ocurrido, porque no has hecho nada malo.

Millicent me leyó el pensamiento.

—¿Acaso piensas que la policía va a tragarse que Holly suponía una amenaza para ti? —preguntó.

Yo, el atleta. Yo, con la raqueta de tenis rota.

Holly, totalmente desarmada.

No discutí. Fui al garaje y hurgué en las estanterías y cajas de plástico hasta que di con la lona azul enrollada. Al volver a la sala de estar, el cuerpo de Holly estaba enderezado; sus piernas estaban rectas, y sus brazos, estirados a los lados.

Extendimos la lona en el suelo, y entre Millicent y yo envolvimos el cuerpo como una momia.

—Vamos a llevarla al garaje —dijo Millicent.

Era como si no le hiciera falta pensar.

Yo la obedecí, y Holly acabó en el maletero de mi coche. La trasladé al bosque y la enterré mientras Millicent limpiaba la sangre. Para cuando los niños llegaron a casa del colegio, no quedaba ni rastro de Holly.

Hicimos lo mismo con Robin, solo que no la enterramos. Su cuerpo y su pequeño coche rojo acabaron en el fondo de un lago.

Millicent tiene razón. Siempre nos ha ido bien.

Ahora me toca a mí asegurarme de ello.

Las dos mitades del petisú han desaparecido, y Millicent tira las migajas a una papelera. Nos levantamos para irnos, cruzamos la oficina a oscuras en dirección al coche. Es tarde. Hasta el restaurante chino ha cerrado, pero el gimnasio permanece abierto las veinticuatro horas. Llama la atención como una fulgurante estrella solitaria en un cielo oscuro.

Antes de arrancar el motor, me vuelvo hacia Millicent. Ella está echando un vistazo a su teléfono. Alargo la mano y la poso contra su mejilla, de la misma manera que ella me ha acariciado en tantas ocasiones. Ella levanta la vista con gesto de sorpresa.

—Entonces ¿tenemos un plan? —digo.

Su sonrisa se refleja hasta en sus ojos.

—Claro que sí.

45

El ruido se desvanece. Por primera vez, por extraño que parezca, soy súbitamente consciente de la realidad. Hasta que no vi a Jenna agredir a aquel chico, jamás había sido consciente de que a Millicent y a mí la situación se nos había ido de las manos. Hemos estado destrozando a nuestra familia.

La última carta de Owen es la más fácil de redactar. Ahora tengo un objetivo —librarme de Owen— y me da la sensación de que sé cómo conseguirlo.

Aunque se la mandaré a Josh, como siempre hago, la carta en realidad va dirigida al público. Los tacho de estúpidos.

Os lo puse en bandeja. Intenté ayudaros a atraparme especificando la fecha, el día exacto en el que iría a por mi siguiente víctima. Incluso os di dos semanas de margen para prepararos, para planificar. Sin embargo, fracasasteis. No me lo impedisteis, no conseguisteis atraparme y, por vuestra culpa, Naomi está muerta. Que quede claro: su muerte no es culpa mía. Es vuestra.

Ella estaba avisada. Naomi había visto los mismos partes, había leído mi carta anterior, y a pesar de ello salió sola aquel viernes 13. Naomi era consciente de que había cometido una estupidez. No obstante, tenía fe. Fe en que estuvierais buscándola, fe en que la localizaríais. En parte estaba en lo cierto.

Si tuviera tiempo, os daría los detalles de todo lo que le hice. De cada marca, de cada corte, de cada cardenal. Pero eso sería redundante. Su cuerpo ya está en vuestro poder.

En realidad, no hay nada más que decir. Jugamos a un juego, y perdisteis. Naomi salió perdiendo. Todo el mundo salió perdiendo menos yo. Y ahora he acabado. Regresé y cumplí mi cometido. No tengo nada más que demostrar. Ni a vosotros, ni a mí mismo.

Adiós.

Definitivamente.

Una vez redactado el borrador final, se lo digo a Millicent. Ha venido al club a recoger a Rory, que tenía una partida de golf a la salida de clase y ha terminado antes que yo. Millicent para junto a la cancha de tenis, donde estoy esperando a mi próximo cliente. Sus zapatos de tacón de color carne resuenan contra el suelo de cemento cuando viene a mi encuentro con una sonrisa.

Han pasado días desde nuestra última conversación a altas horas de la noche. Ahora que la Denunciante ha dado la cara públicamente, ha estado concediendo entrevistas a cualquiera que las solicitara. Estaba hasta en la sopa hasta que la Denunciante n.º 2 apareció anoche.

En vez de dar una rueda de prensa, contó su relato en directo en internet, el cual se retransmitió en los informativos locales. La mujer es más joven que las otras, a lo mejor aún está en la universidad, y tiene el pelo como el azabache, la tez pálida y los labios como pintados con sangre. La Denunciante n.º 2 parece casi la antítesis del prototipo de víctimas de Owen, pero contó prácticamente lo mismo que la Denunciante n.º 1. Con la salvedad de que el aparcamiento no era el mismo, además de aportar unos cuantos giros dramáticos. Según esta denunciante, Owen la golpeó en la cara; mostró el moretón en la mejilla.

En cuanto la emisión en directo finalizó, mi viejo amigo Josh apareció en pantalla. De un tiempo a esta parte Josh está muy serio, pero anoche parecía casi sarcástico. No es que saliera a decir sin tapujos que en su opinión la Denunciante n.º 2 era una embustera, pero poco le faltó. No concibo que nadie le dé crédito. Yo desde luego que no.

El problema radica en que las mujeres como ella están dándole protagonismo a Owen en las noticias. No tengo necesidad de recordarle esto a Millicent cuando entra en la cancha de tenis.

—Cuando quieras —digo.

Las gafas oscuras ocultan sus ojos, tanto del sol como de mí, pero asiente.

—Hola a ti también.

—Perdona. —Me acerco a ella y la beso en la mejilla. Huele a cítricos—. Hola.

—Hola. ¿La carta está lista?

—¿Quieres leerla? —Deseo que diga que sí, deseo ver cómo la lee, pero niega con la cabeza.

—No hace falta. Confío en ti.

—Oh, lo sé. Era por si acaso.

Sonríe y me besa en la mejilla.

—Nos vemos en casa. La cena es a las seis.

—Como siempre.

La observo mientras se aleja.

Hoy no va a Joe's Deli. Hoy toda la jornada es de trabajo, en la oficina o bien en casas a la venta.

Aún observo el localizador, aún compruebo dónde va, pero no es por interés en Naomi. Ya estoy al corriente. Si no está muerta ya, pronto lo estará.

Observo el localizador porque me gusta espiar a Millicent.

Pasa otro día, y luego otro, y Josh reanuda su recuento de los días transcurridos desde la desaparición de Naomi. Yo lo observo en mi teléfono a todas horas, a la espera de la noticia de última hora acerca del cuerpo. Hasta cuando me despierto en plena noche siento el impulso de comprobar si se cuece algo. En internet, las noticias pueden salir de un momento para otro. Normalmente, esto no me preocupa. Pero, ahora que estoy a la espera de novedades, es exasperante. Y un despropósito.

Bajo y salgo al jardín trasero, donde echo un vistazo a mi teléfono. Las noticias son las mismas que cuando me fui a la cama. No hay ninguna novedad, no ha sucedido nada; es como una tediosa reposición.

Pero no estoy cansado. A las dos de la mañana, en el aire se respira quietud, igual que en nuestro barrio. En Hidden Oaks nadie organiza fiestas, ni siquiera pone el volumen de la música alto a altas horas de la noche. No hay una sola luz encendida en ninguna de nuestras grandes casas.

Ojalá pudiera decir que esta es la casa de nuestros sueños, que con un simple vistazo tuvimos claro que era el lugar donde deseábamos vivir, el lugar que tanto habíamos trabajado para conseguir, pero no es cierto. La casa de nuestros sueños se halla más hacia el interior de Hidden Oaks, donde las viviendas pasan a ser auténticas mansiones. El círculo interior es para inversores y cirujanos.

Nosotros vivimos en el círculo medio, pero solo debido a un desagradable divorcio que desembocó en una congelación de activos y seguidamente en una ejecución hipotecaria. Como Millicent había gestionado muchos préstamos hipotecarios con ese banco, tuvimos la oportunidad de comprar una casa que en otras circunstancias no habríamos podido permitirnos. Por eso vivimos en medio de Hidden Oaks. Deberíamos estar en el perímetro exterior, pero, una vez más, estoy en medio.

Me sobresalto por el sonido del roce de los arbustos. Esta noche no hace viento.

El ruido procede del costado de la casa. Si tuviéramos un perro, daría por sentado que él había sido el causante, pero no es el caso. Ni siquiera hay ciervos en esta zona.

Se deja sentir un crujido de nuevo, seguido por un chirrido.

Con el teléfono en mano, me levanto para investigar. Nuestro porche trasero mide casi la mitad de largo que la casa, desde la cocina hasta la esquina. A oscuras, avanzo hacia la verja del fondo. El camino que discurre junto al costado de la casa está parcialmente iluminado por una farola, y desierto. Ni rastro de animales, de ladrones, de asesinos en serie.

Se oye un leve crujido procedente de arriba. Levanto la vista justo a tiempo de ver a Rory entrando a hurtadillas en la casa.

No tenía ni idea de que se había escabullido.

46

Fiestas, drogas, chicas. O porque sí.

Estas son la razones por las que Rory se escabulle de casa. Son las mismas que las de todos los adolescentes. La primera vez que yo salí a escondidas fue para fumar hierba. La siguiente, salí a escondidas porque la primera vez me salió bien. Al final, fue por Lily. Mis padres no llegaron a enterarse. O lo más probable es que les importara un pimiento.

Y sin embargo, a pesar de que Rory me pilló a mí saliendo a hurtadillas, en ningún momento se me ocurrió pensar que él estaba haciendo lo mismo. Hasta ese punto he estado totalmente en babia.

En vez de cantarle las cuarenta a Rory al verlo, espero al día siguiente. Esto me brinda la posibilidad de averiguar si he pasado algo por alto, algo que debería tener presente antes de mantener esta conversación con él.

Su cuarto está desordenado, como de costumbre, a excepción de su escritorio. Casi parece algo obsesivo-compulsivo, pero no lo es de verdad porque no es tiquismiquis en lo tocante a nada más. Le importa un bledo que su ropa se amontone o que sus libros estén tirados por el suelo, pero su escritorio siempre está despejado. A lo mejor porque nunca lo utiliza.

Normalmente, no se me ocurriría registrar su habitación. Es la primera vez que lo hago. Pero, claro, jamás lo he pillado saliendo a hurtadillas. Mi hijo tiene secretos, y, en mi opinión, eso me da derecho a indagar.

Rory está en clase. Como se ha llevado su teléfono y tiene prohibido el ordenador en su habitación, llevo a cabo mi búsqueda en el mundo analógico. Primero en la mesilla de noche, después en su escritorio, en la cómoda, en el armario. Hasta miro debajo de la cama, debajo de la cómoda, y al fondo del cajón de sus calcetines.

Es una búsqueda de lo más decepcionante.

No hay porno, porque lo ve online. No hay notas de chicas, porque mandan mensajes. No hay fotos, porque las guarda en su teléfono. No hay drogas ni alcohol, porque si las toma no cometería la estupidez de esconderlas en su cuarto. Algo es algo, supongo. Mi hijo no es idiota.

No se lo digo a Millicent, porque ya tiene bastantes ocupaciones.

Ella no lo sabe. Si lo supiera, Rory ya estaría castigado para los restos. Pero ella no lo sabe porque es imposible que lo oiga. Millicent duerme como un tronco. Dudo que se despertara ni con la alarma contra incendios.

Como al concluir esa búsqueda infructuosa es casi la hora del almuerzo, pongo rumbo al colegio. El bedel le manda un mensaje a su profesor, que lo manda a la conserjería. A pesar de que Rory y Jenna están matriculados en un colegio privado, los uniformes no son obligatorios. Como sí tienen que ir bien vestidos, Rory se pone pantalones de algodón y camisa todos los días. Hoy la camisa es blanca. Lleva la mochila enganchada a un hombro, y a su pelo rojo le hace falta un recorte. En cuanto me ve, se aparta el flequillo de la frente.

—¿Todo bien? —dice.

—Estupendamente. Es que he pensado que podríamos pasar la tarde juntos.

Enarca las cejas, pero no pone objeciones. De momento, estar conmigo sigue siendo mejor que asistir a las clases de la tarde.

Comemos en el restaurante favorito de Rory, donde pide el bistec que Millicent nunca le prepara. No saca el tema hasta que la camarera le trae un refresco, que no consumimos en casa. Le consta que algo se cuece, así que no me coge por sorpresa que pregunte:

—¿Qué pasa, papá? —Pero me quedo patidifuso cuando añade—: ¿Mamá y tú os vais a divorciar?

—¿A divorciar? ¿A qué viene eso?

Se encoge de hombros.

—Porque es lo típico que se hace cuando hay que decir algo así.

—Ah, ¿sí?

—Sí. —Lo dice como si todo el mundo lo supiera.

—Tu madre y yo no vamos a divorciarnos.

—Vale.

—De verdad que no.

—Ya te he oído.

Le doy un largo trago a mi té helado, y él hace lo mismo con su refresco. Como se queda callado, me siento en la obligación de romper el silencio.

—¿Cómo te va?

—Muy bien, papá. ¿Y a ti?

—Estupendamente. ¿Alguna novedad?

Rory vacila. Nos sirven la comida, lo cual le da más tiempo para pensar sobre lo que realmente estoy preguntando.

Cuando la camarera se marcha, él menea la cabeza levemente.

—La verdad es que no.

—¿La verdad es que no?

—Papá.

—¿Mmmm? —Le doy un bocado a mi bistec.

—Dime de una vez por qué hemos venido aquí.

—Simplemente quiero saber qué novedades emocionantes hay en tu vida —contesto—. Porque por fuerza deben ser novedades emocionantes para que tengas necesidad de salir de casa en plena noche.

A Rory se le quedan las manos paralizadas cuando está trinchando el filete. Prácticamente alcanzo a ver las opciones que está barajando en su cabeza.

—Solo fue una vez —dice.

Me quedo callado.

Rory suspira y deja sobre el plato los cubiertos de plata.

—Lo hicimos Daniel y yo. Teníamos ganas de comprobar si podíamos escurrir el bulto.

—¿Él también?

—Que yo sepa, sí.

—¿Y qué hicisteis?

—Pues poca cosa. Bajamos al campo, a darle patadas a un balón de fútbol. Dimos una vuelta.

Es posible. A los catorce años, el mero hecho de estar fuera de casa a medianoche resulta emocionante. Pero no me dio la impresión de que fuera la primera vez que trepaba hasta la ventana.

No se escabulle esa noche ni la siguiente. Ahora que ha sido descubierto, no es de extrañar. Pero no solo estoy atento de noche; estoy atento a todo lo que he pasado por alto.

De noche, estoy ojo avizor cuando manda mensajes, cuando su teléfono vibra y comprueba quién es, y cuando está con el ordenador. La noche de cine, me fijo en que tiene el teléfono escondido, pero lo mira cada dos por tres. En una ocasión suena, pero el tono no es de música de rock o pitidos de un videojuego. Es una canción que no reconozco, una voz ronca femenina que canta como si estuviera de pie al borde de un precipicio.

Al ir a por los niños al colegio, llego con tiempo de sobra para ver las puertas desde la primera fila. Ahí es cuando me fijo en la chica que a todas luces está volviendo loco a mi hijo.

Es una rubia menuda con labios sonrosados, tez lechosa y un pelo que le cae recto hasta la barbilla. Ella se lo aparta mientras charlan y carga su peso de un pie a otro. La chica está tan nerviosa como él.

Desde cuándo, me pregunto. ¿Desde cuándo tiene esta novia, o medio novia? Si yo no lo hubiera pillado la otra noche, no me habría enterado de nada. Igual habría pasado mi vida entera ajeno a esta chiquilla rubia que le gusta a mi hijo.

¿Acaso ha habido otras chicas —rubias, morenas o pelirrojas— por las que mi hijo haya estado tan colado? ¿Me habré perdido la primera, la segunda, la tercera? A estas alturas, es imposible saberlo. Él no me lo diría si le preguntara. Ni siquiera me dijo lo de la actual.

Y yo no reparé en ello, no tenía ni la más remota idea, hasta que presté atención. De lo contrario, me habría pasado inadvertido delante de mis ojos.

Me pregunto si esto es lo mismo que les sucedió a mis padres. Ellos jamás prestaron atención, y yo pasé inadvertido delante de sus ojos.

47

En el transcurso de la cena, nuestros teléfonos están colocados en fila sobre la encimera detrás de Millicent. Mientras estamos tomando *risotto* de setas con guarnición de puerros y zanahorias *baby*, mi teléfono emite un sonoro pitido.

Noticias de última hora.

Millicent alarga la mano hacia atrás y pone mi teléfono en silencio.

—Lo siento —digo—. La aplicación de deportes.

Me mira con cara de pocos amigos. Se supone que los teléfonos han de estar en silencio durante la cena.

La noticia de última hora podría ser referente a cualquier cosa, pero me consta que no es el caso. Mi aplicación de noticias tiene activado un filtro con el nombre de Naomi y Owen Oliver y las palabras «hallado el cuerpo». La tecnología es algo alucinante.

También es algo horrible, porque ahora no me queda más remedio que permanecer sentado hasta el final de la cena para poder tener más datos. Esto es peor que ser totalmente ajeno a ello durante veinte minutos.

Cuando por fin terminamos, cojo mi teléfono mientras los niños recogen la mesa.

Miro a Millicent. Está delante del fregadero, con una vieja sudadera, leggings negros y unos calcetines míos. Nos cruzamos la mirada y apunto hacia mi teléfono.

Ella asiente ligeramente con una sonrisa.

No termino de leer el resto del artículo hasta que los platos están en el lavavajillas y los niños se sientan a ver la tele. En ese momento, voy a la planta de arriba, me meto en el cuarto de baño y consulto las noticias.

Es perfecto.

Han encontrado el cuerpo de Naomi dentro de un contenedor detrás del hotel Lancaster. Fue vista por última vez en ese aparcamiento, cerca de dicho contenedor, a la salida del trabajo el viernes 13. La última imagen de Naomi fue captada por una cámara de seguridad mientras cruzaba el aparcamiento en dirección a su coche. Las cámaras solamente grabaron parte del aparcamiento. Tanto el coche de Naomi como el contenedor se hallaban en puntos ciegos.

Josh se encuentra frente al hotel, precisamente donde yo solía aparcar para observar a Naomi. Da la impresión de tener un subidón de cafeína o adrenalina o ambas cosas, y me alegra verlo así de nuevo. Las denunciantes, sobre todo la segunda, parecían deprimirle.

Ahora, rebosante de energía, da rienda suelta a todo tipo de insinuaciones y conjeturas, porque no se han revelado muchos datos. Lo único que en realidad se sabe es que una mujer muerta que se parece a la desaparecida Naomi ha sido hallada en el contenedor cuando una empresa de recogida de basura lo estaba vaciando. Avisaron a la policía, acotaron toda la zona, y puede que esta noche se convoque una rueda de prensa o puede que no, pero él cree que sí.

Lo único que no se menciona es el pasado de Naomi. Ahora que está muerta en vez de desaparecida, estaría feo sacar los trapos sucios a relucir.

Josh hace hincapié en que han pasado semanas desde la última vez que tuvo noticias de Owen Oliver Riley.

Sonrío.

La carta va dirigida a la cadena de televisión, y se especifica «Personal y confidencial para Josh». Imagino que cuando la reciba se quedará extasiado, aunque no le hará gracia saber que esta es la última carta que recibirá de Owen. Las cartas han lanzado a Josh al estrellato, al menos a nivel local, y corre el rumor de que una cadena de televisión por cable se ha puesto en contacto con él. Le iría bien en una cadena de ese tipo. Es tan serio y resuelto que cuesta no darle credibilidad.

Josh es uno de los pocos que disfrutará de un porvenir más halagüeño a consecuencia de esto.

Trista no.

La pobre y difunta Trista nunca será reconocida como una víctima. Y lo fue, a pesar de que se quitó la vida. Me sabe mal por ella, principalmente porque le afectó mucho lo sucedido a las otras. Cuesta sentir antipatía hacia alguien tan empático.

Lo mejor que podemos hacer ahora es impedir que se repita.

Voy a la planta baja, donde los niños están discutiendo por lo que ver a continuación. Millicent amenaza con mandarlos arriba a leer como no se pongan de acuerdo, y de pronto se hace el silencio en la sala. Suenan los primeros acordes de una serie juvenil; es la favorita de Jenna, y de alguna manera Rory se las apaña para no refunfuñar. Intuyo que esto también guarda relación con la rubita. Es probable que ella vea los mismos programas que Jenna.

Millicent me hace una seña y cruzamos la cocina en dirección al comedor formal que solamente utilizamos para días festivos y cenas especiales.

—¿La han encontrado? —susurra.

Asiento.

—Sí. A la espera de confirmación oficial.

—¿Vas a...?

—La mandaré mañana.

—Perfecto.

Sonrío. Ella me besa en la punta de la nariz.

Volvemos a la sala de estar con los niños; como estamos viendo la televisión en directo, no podemos evitar oír hablar de Naomi. La noticia se emite durante una pausa publicitaria, y tan rápidamente que no hay tiempo de cambiar de canal.

El teléfono de Rory se ilumina. Él lo coge y se pone a mandar mensajes.

Jenna no reacciona. Se queda mirando absorta la tele como si aún estuviera viendo su serie, no la noticia sobre una mujer muerta.

—¿Quién quiere helado? —dice Millicent.

Rory levanta un dedo.

—Yo.

—¿Jenna?

—Claro.

—¿Una bola?

—Tres.

—Claro, cielo —digo, al tiempo que me levanto del sofá.

Millicent enarca una ceja en dirección a mí y me sigue hasta la cocina. Preparo cuatro cuencos con tres bolas para cada uno. Cuando hace amago de hablar, la interrumpo.

—Vamos a obviar el contenido de azúcar esta noche. Las cosas van a ir a peor en vez de a mejor. —Y es cierto. Naomi aparecerá en las noticias cada noche, y analizarán cada detalle de cómo fue encontrada y de cómo fue asesinada. Irán a peor si cabe cuando

Josh reciba mi carta, porque entonces pasarán horas debatiendo si Owen se ha ido realmente o si simplemente está esperando que nos durmamos en los laureles.

Con el tiempo, quedará en el olvido. Otra cosa ocupará su lugar, y Owen desaparecerá para siempre.

Pero, hasta entonces, tres bolas de helado.

Cuando volvemos a la sala de estar, la serie juvenil ha terminado. Rory cambia de canal y vemos el final de un programa mientras hacemos tiempo para el siguiente. Entretanto, hay un boletín informativo. Josh aparece en pantalla sin que a Millicent le dé tiempo a coger el mando a distancia. Repite la misma información que han emitido en la otra cadena.

Cuando termina de informar del hallazgo del cuerpo de Naomi, Rory se vuelve hacia su hermana.

—¿Tú crees que fue torturada?

—Sí.

—¿Más o menos que la última?

—Eh —digo. Porque no sé qué otra cosa decir.

—Más —responde Jenna.

—¿Nos apostamos algo?

Ella se encoge de hombros. Lo cierran con un apretón de manos. Millicent se levanta y se marcha de la sala.

Me llevo mi cuenco de helado a la cocina. Como a mi teléfono está a punto de acabársele la batería, hurgo en el cajón de sastre en busca de un cargador. Siempre están a mano, pero nunca cuando necesito uno, y no hay ninguno en el cajón. A continuación, pruebo a buscar en la despensa, porque cosas más raras acaban ahí. Cuando Jenna era más pequeña, solía encontrar sus peluches sentados junto a las galletas, protegiéndolas. Ahora, encuentro dispositivos electrónicos.

Esta noche, no. Pero en el estante de abajo, detrás de unas latas de sopa, encuentro un frasco de colirio.

Del tipo al que Millicent es alérgica.

48

Al ver el colirio, pienso en Rory. Si Millicent lo utilizaba para disimular el hecho de que estaba colocada, seguramente a otros adolescentes se les habrá ocurrido la misma idea. A lo mejor es lo que Rory hace cuando se escabulle de noche. A lo mejor él y su novieta fuman hierba.

Hay cosas peores. Mucho peores.

La despensa es un lugar absurdo para guardar colirio, pero imagino que él simplemente lo escondió ahí. Tal vez llegara fumado y se las puso en el último minuto. O tal vez pensó que nadie miraría en el estante de abajo detrás de la sopa.

Pero, claro, podría ser Jenna. A lo mejor es ella la que ha estado fumando. No, no me cuadra. Jenna no echaría a perder sus pulmones. El fútbol es demasiado importante para ella.

Cojo el frasco. De camino al club, me pregunto qué enrojecería los ojos aparte del humo, la suciedad o alguna otra sustancia irritante. Las alergias y el cansancio, aunque no hay necesidad de ocultar ninguna de las dos cosas. Quizá las resacas. Quizá alguna nueva droga de la que no he oído hablar.

Cuando Kekona llega para su clase, estoy sentado en un banco observando fijamente el frasco de colirio.

Kekona está tan entusiasmada con los cotilleos que está dando botes como si tuviera seis años en vez de sesenta. Nada más entrar en la cancha se pone a hablar, porque tiene que desembuchar todo antes de marcharse de la ciudad. Todos los años, Kekona pasa un mes en Hawái, y su viaje es inminente. Teme todo lo que se perderá ahora que han encontrado el cuerpo de Naomi.

—Estrangulada —dice—. Como las otras.

—Ya.

—Y la tortura. Todos esos malditos cortes con papel.

Me da un vuelco el corazón.

—¿Cortes con papel?

—Según la policía, tenía cortes por todas partes. Hasta en los párpados. —Se estremece como si le hubiera dado un escalofrío.

Cortes con papel.

Cierro los ojos, tratando de no imaginar a Millicent haciendo esto. Tratando de desterrar la idea de que haya convertido nuestra broma privada en algo tan enfermizo.

Son solo las once de la mañana. Antes, dijeron que le habían rebanado las yemas de los dedos, pero la policía ya tenía listo el análisis dental de Naomi. Era ella.

—¿La policía habló de los cortes? —pregunto.

—Oficialmente no. Solo fuentes anónimas —dice Kekona—. Pero, si quieres saber mi opinión, lo raro son los tiempos.

Como se queda callada, pregunto:

—¿Qué tienen de raro?

—Bueno, la última mujer estuvo en cautividad un año. Pero ¿Naomi? Un mes y medio.

—Igual Owen se cansó de esperar que la policía diera con él.

Kekona me sonríe.

—Hoy estás un pelín impertinente, ¿no?

Me encojo de hombros y sujeto en alto una pelota de tenis para darle a entender que deberíamos jugar, puesto que para eso me paga. Kekona se estira un poco y balancea la raqueta.

—Si esto fuera una película, la diferencia de tiempo significaría algo —comenta.

Está en lo cierto, pero por motivos equivocados.

—¿No fuiste tú quien dijo que la vida no es una película de terror?

Kekona no responde.

—Saca —digo.

Ella sirve la pelota dos veces. No devuelvo sus saques porque todavía no tiene ganas de pelotear. Quiere hacer un saque directo.

—También han dicho que la quemaron —dice Kekona.

—¿Que la quemaron?

—Eso es lo que han dicho. Tiene quemaduras por todo el cuerpo, como si la hubieran escaldado.

Me encojo ante la idea de escaldarte sin querer. Sin embargo, Millicent lo hizo aposta.

—Ya, a mí también se me revuelven las tripas —comenta Kekona. Sirve de nuevo y se queda parada—. Esta mañana han dicho que es posible que él estuviera recreando sus crímenes anteriores. Él quemó a una de sus víctimas, Bianca o Brianna. Algo así. Esta mañana mostraron una foto de ella, y se parece mucho a Naomi.

Me he perdido todo esto. La prohibición de ver noticias en casa puede suponer un problema.

—Qué raro —comento—. Saca.

Lo hace, y cuento nueve saques hasta que vuelve a pararse, con la salvedad de que esta vez no habla de Owen.

Habla de Jenna.

—Me he enterado de lo de tu hija —dice.

No me extraña que el incidente de la escuela de krav magá haya llegado a oídos de Kekona. Este es precisamente el tipo de cosas sobre las que solíamos chismorrear. Lo que pasa es que no guardaban relación con mi familia.

—Sí —respondo, intentando buscar una explicación, una justificación al hecho de que mi hija golpeara a un chico con una piedra. ¿Que tenía un mal día, que había cateado un examen, que se había olvidado de tomar su medicación? Todo suena mal. Todo apunta a que mi hija es incapaz de controlarse.

Kekona se acerca a mí y me da una palmadita en el brazo.

—No pasa nada —dice—. Tu hija va a tener mala leche.

Me hace gracia. Y espero que tenga razón. Preferiría que Jenna tuviera mala leche a cualquiera de las otras opciones.

Cuando termina la clase de Kekona, por fin consigo consultar las noticias. Está en lo cierto respecto a la víctima anterior. Bianca y Naomi efectivamente se parecen; ambas tenían el pelo oscuro y ese aire saludable de chica de la casa de al lado. Bianca también fue escaldada, aunque no con agua.

Con aceite.

A raíz de esta coincidencia, los medios de comunicación retoman el caso de Lindsay, y ahora han sacado a una víctima anterior que también tenía el pelo rubio y largo.

Me da que están estirando toda la historia. Los medios solamente necesitan algo de lo que hablar, y, a falta de información de primera mano, atan cabos donde no los hay. Si Millicent hubiera tenido intención de recrear un crimen, los detalles no serían similares. Serían idénticos.

Esta noticia me inquieta un poco. De camino al trabajo, eché al buzón la carta para Josh. Como era tan temprano que el aparcamiento de la oficina de correos estaba vacío, nadie me vio echar la carta al buzón con guantes quirúrgicos. Pero de haber estado al tanto de las noticias, habría cambiado la carta. Le habría dicho a Josh que los medios de comunicación se equivocan, y que, como de costumbre, sencillamente están inventándose las cosas. No se están recreando los crímenes de las víctimas anteriores, de modo que basta de especulaciones acerca de las distintas torturas a las que fueron sometidas.

A mi hija le hace un flaco favor escuchar eso.

Pero no vi las noticias, no me enteré de lo de Bianca, y ahora es demasiado tarde.

En el club, Josh aparece en varias pantallas, con aire agotado pero acelerado. Aún sigue apostado frente al hotel Lancaster. El edificio parece casi chillón a la luz del día.

«Si bien nos consta que Naomi George era la mujer hallada en un contenedor a espaldas de este hotel, no se ha confirmado ninguna de las otras desapariciones que se barajan. Sin embargo, según nuestras fuentes, cuando el cuerpo de Naomi fue encontrado solamente llevaba muerta un día...».

Los datos del localizador GPS de Millicent no muestran nada anormal ese día. Ni siquiera fue a Joe's Deli; solo al colegio a llevar a los niños, a la oficina, a varias casas en venta, a la tienda y a una gasolinera. Ningún indicio de dónde se encontraba confinada Naomi. A menos que estuviera en el interior de una de las casas en venta. Y parece poco probable, dado que la gente entra y sale de ellas a cualquier hora del día.

No es que importe a estas alturas, porque han localizado a Naomi. Y mañana Josh recibirá mi carta.

La hará pública enseguida. La última vez, yo me figuraba que la policía pasaría más tiempo examinándola, pero la noticia se dio a conocer casi inmediatamente. Con esta debería ocurrir lo mismo. Parece idéntica, huele igual, y hasta el papel procede de la misma resma. No cabrá ninguna duda de que el remitente es el mismo. Si yo fuera aficionado a las apuestas, apostaría a que la carta saldrá en todas las noticias incluso antes de que llegue a casa del trabajo.

Pero no soy aficionado al juego. En treinta y nueve años, me he convertido en un planificador. Puede que hasta bastante bueno y todo.

49

Cuesta dilucidar si gané o perdí mi apuesta imaginaria. Es cuestión de proporciones o, en este caso, de horas.

Yo me figuraba que Josh sacaría la carta en directo justo antes de los informativos de la noche, con el fin de que saliera en todas las cadenas cuando la gente se sentara a cenar. En vez de eso, sale a la luz horas antes, mientras Jenna y yo estamos en la consulta del doctor Beis. En su opinión, ella necesita sesiones de terapia más frecuentes. En mi opinión, necesita otro psicólogo. Desde que Jenna acude a su consulta, ha pasado de cortarse el pelo, y provocarse el vómito, hasta golpear a alguien con una piedra.

Millicent y yo ahora nos turnamos para las citas. Ninguno de los dos puede faltar al trabajo tres veces por semana, cosa que es lo que el doctor Beis recomienda a raíz del incidente de krav magá. Hoy me toca a mí hacer tiempo en la sala de espera, donde mis opciones son cómics terapéuticos, revistas educativas o la televisión. No hay nadie más, excepto una recepcionista de gesto adusto que lleva una peluca negra como el azabache e ignora a todo el mundo. Pongo un concurso y empiezo a jugar mentalmente.

La noticia sale unos diez minutos después del comienzo de la sesión de Jenna. Josh aparece en pantalla y, tras una breve introducción, comienza a leer en voz alta la carta de Owen.

La recepcionista levanta la vista.

Mientras Josh lee las palabras que redacté, noto un escalofrío por la espalda. Cuando llega al final, a la despedida definitiva de Owen, he de reprimir una sonrisa. La verdad es que Owen parece un auténtico cabrón vacilando en esa carta.

Adiós.
Definitivamente.

Josh relee la carta dos veces más antes de que Jenna salga de la consulta del doctor Beis. Parece hastiada.

El médico está detrás de ella. Parece contento.

—Te toca —dice ella. Es mi turno para entrar en la consulta con el fin de que el doctor Beis me dé mi ración de chorradas del color de las gachas de avena.

Hoy, me niego.

—Le pido disculpas, pero no tenemos tiempo. ¿Podría atenderme por teléfono más tarde?

El buen doctor no parece contento conmigo.

Me resbala.

—No hay ningún inconveniente —responde—. Si no me es posible atender la llamada, deje un...

—Estupendo. Muchas gracias.

Le tiendo la mano, y tarda un segundo en estrechármela.

—Bueno. Pues adiós.

En cuanto llegamos al aparcamiento, Jenna me mira de reojo.

—Qué raro estás —señala.

—Pensaba que siempre estaba raro.

—Más raro que de costumbre.

—Eso es bastante raro.

—Papá. —Se cruza de brazos y me mira fijamente.

—¿Te apetece un perrito caliente?

Jenna me mira como si le hubiera propuesto tomar una copa.

—¿Un perrito caliente?

—Sí. Ya sabes, un trocito de carne o algo así de forma alargada en un bollo con mostaza y...

—Mamá tiene prohibidos los perritos calientes.

—Le diré que nos acompañe.

Me da la impresión de que a Jenna se le cruzan los cables un poco ante esta perspectiva, pero se sube al coche sin decir palabra.

En Top Dog sirven treinta y cinco variedades de perritos calientes, incluido uno de tofu. Esto es lo que pide Millicent. Y no dice una palabra cuando Rory pide dos perritos calientes solo de ternera picante. Parece una celebración, porque lo es. Owen se ha ido para siempre. La noticia acapara todas las pantallas de televisión colgadas sobre nuestras cabezas. Hoy, todo ha transcurrido según lo previsto y todo el mundo parece tener esa impresión.

—¿Pueden las cosas volver a ser normales en casa? —pregunta Rory.

Millicent sonríe.

—Define «normal».

—Sin prohibiciones. De vuelta a la civilización.

—¿Quieres ver las noticias? —pregunto.

—No quiero que se prohíba ver las noticias.

Jenna hace una mueca.

—Solo quieres impresionar a Faith.

Y así como así, me entero de que la amiguita rubia de Rory se llama Faith.

—¿Quién es Faith? —quiere saber Millicent.

—Nadie —dice Rory.

Jenna se ríe tontamente. Rory le da un pellizco y ella chilla.

—Para —dice ella.

—Cierra el pico.

—Cierra el pico tú.

—Un momento, ¿os referís a Faith Hammond? —pregunta Millicent.

Rory no contesta, lo cual significa que sí. También significa que Millicent conoce a los padres de Faith, posiblemente porque les vendió la casa a los Hammond.

—¿Por qué no lo han pillado? —dice Jenna. Tiene los ojos clavados en la tele.

Igual no hemos vuelto del todo a la normalidad.

—Ya lo pillaron antes —contesta Rory—. Y se fue de rositas.

—Entonces ¿no pueden pillarlo?

—Lo harán. Las personas como él no se van de rositas para siempre —señalo.

Rory abre la boca para replicar algo y Millicent se lo impide con una mirada.

Como todo lo que se me ocurre decir me parece una sandez, mantengo la boca cerrada. Ni siquiera Rory mete baza. Nadie lo hace hasta que Jenna interviene.

—No me encuentro muy bien. —Se frota la barriga. Jenna se ha tomado un perrito caliente a la barbacoa con cebolla casi tan grande como el mío picante con queso. Dudo que sea el estrés lo que le ha causado molestias en el estómago hoy.

Millicent me lanza una elocuente mirada.

Asiento. Sí, es culpa mía por haber sugerido tomar perritos calientes.

Millicent coge su bolso y nos hace un gesto para que nos marchemos. Se ha tomado con deportividad el tema del perrito caliente, teniendo en cuenta que no lo habíamos acordado de antemano; la agarro de la mano. Caminamos a la zaga de los niños hasta el aparcamiento.

—¿Y qué tal tu estómago? —dice.

—Perfecto. ¿Y el tuyo?

—Mejor que nunca.

Me acerco para intentar besarla. Ella se aparta.

—Te apesta el aliento.

—Y el tuyo huele a tofu.

Se ríe, y yo también, pero noto que mi estómago no está tan bien como afirmo en absoluto. En cuanto llegamos a casa, tanto Jenna como yo tenemos ganas de vomitar. Ella va al cuarto de baño de la planta de arriba, pero a mí no me da tiempo. Acabo usando el del pasillo.

Millicent va corriendo del uno al otro para llevarnos *ginger ale* y compresas frías.

—¡Están echando los hígados! —exclama Rory a voz en grito. Se ríe, y yo me río con él para mis adentros.

Esta noche, todo me hace gracia, incluso mientras estoy en el suelo del baño vomitando. Esta noche, tengo la sensación de que he soltado el aire.

Ni siquiera era consciente de que estaba conteniendo la respiración.

50

Como paso la noche en blanco por ese perrito caliente, a la mañana siguiente se me pegan las sábanas. Para cuando salgo de casa, es demasiado tarde para parar en EZ-Go. En vez de eso, voy a una cafetería situada justo a la salida de Hidden Oaks. Es de esas con café a cinco dólares y un camarero con una repulsiva barba absorto en la televisión. Menea la cabeza mientras me sirve una taza de café solo.

—Tengo que dejar de ver las noticias —comenta.

Asiento, pues me hago cargo más de lo que piensa.

—Solo consigues deprimirte.

—Palabra.

Yo no sabía que la gente aún usaba el término «palabra» en su sentido literal, pero al parecer este tipo barbudo y grandullón sí.

Me marcho sin preguntar por las noticias. Aún continúan haciendo conjeturas acerca de si Owen realmente se habrá ido o no, pero no hay confirmación. No hay novedades. Simplemente nuevas maneras de repetir lo mismo.

Y Owen ya está empezando a perder protagonismo. Todavía ocupa los titulares, pero ya no acapara íntegramente los programas.

Justo lo que yo anticipaba.

Y, ahora, mis pensamientos giran en torno a mi familia, a mis hijos. A la novia de Rory, a la que todavía no conozco. Lo que sí averigüé es que los Hammond viven en la siguiente manzana. Rory tardaría como mucho sesenta segundos en ir desde nuestra casa a la suya si ataja por mitad de la manzana. Debería haberme percatado de esto antes, debería haberme percatado de que Rory estaba escabulléndose, pero andaba demasiado ocupado haciéndolo yo. Ahora estoy recuperando el tiempo perdido.

Ahora Jenna siente fascinación por el maquillaje. Le ha dado por ahí desde la semana pasada, tal vez porque ya no trata de esconderse de Owen. La pillé poniéndose brillo en los labios antes de ir al colegio una mañana, y Millicent comentó que le daba la impresión de que alguien había estado en nuestro cuarto de baño.

Y sin embargo todavía guarda ese cuchillo debajo del colchón. Me empiezo a preguntar si se le habrá olvidado que está ahí.

Se me pasarían por alto muchísimas cosas si todavía estuviera distraído con Owen, Naomi, Annabelle y Petra. No consigo recordar la última vez que puse a cargar mi teléfono desechable.

Y Millicent. Hemos hablado de organizar una noche romántica en toda regla. Todavía está pendiente, pero cuando quedemos, no hablaremos de Holly, Owen, ni nada por el estilo. Entretanto, ha emprendido una cruzada contra los perritos calientes en internet.

Quité el localizador de su coche. Ahora, quiero mirar a mi mujer, no el punto azul que representa a mi mujer.

Hasta el trabajo va viento en popa. Tengo dos nuevos clientes, porque mi agenda ya no es tan errática. Como paso la mayor parte del día en el club, cuando no estoy dando clase dispongo de tiempo para establecer contactos.

Andy. No he hablado con él desde que se mudó de Hidden Oaks. Se marchó justo después de la muerte de Trista; puso la casa en venta, y no lo he visto desde entonces. Ya no viene por el club. Me sabe mal haber permitido que desapareciera de mi vida. En parte, es por motivos de agenda. Pero también por Trista.

Lo llamo para ver cómo está. Andy no responde y no me devuelve la llamada. Hago un intento de buscarlo online con desgana, de tratar de averiguar dónde vive actualmente, pero me doy por vencido al cabo de unos minutos.

Aún conservo aquel frasco de colirio, aunque no hay indicios de que Rory, ni nadie, esté consumiendo drogas de ningún tipo. No tiene sentido que esté en casa, y mucho menos en la despensa. No hay necesidad de esconder un colirio.

Como Kekona se ha ido a pasar un mes a Hawái, mi primera clienta es la señora Leland. No le agrada conversar sobre crímenes, Owen ni nada por el estilo. La señora Leland es una jugadora seria, que solo habla de tenis.

Al término de su clase, tengo un minuto entre cliente y cliente, lo justo para ver un mensaje de Millicent.

¿?

Como no sé lo que significa ni lo que me está preguntando, escribo:

¿Qué?

En mitad de mi clase con un jubilado llamado Arthur, Millicent me manda un enlace a una noticia. El titular no tiene sentido.

OWEN ESTÁ MUERTO

Leo la noticia una vez, seguidamente otra, y la tercera vez me resulta más increíble que la primera.

Hace quince años, Owen Oliver Riley fue acusado de asesinato y puesto en libertad sin cargos debido a un tecnicismo jurídico. Desapareció sin dejar rastro hasta recientemente, cuando fue hallado el cuerpo de una joven y alguien que afirmaba ser Riley envió una carta a un periodista local en la que se atribuyó la autoría del asesinato y juró que asesinaría a otra mujer, especificando incluso la fecha en la que esta desaparecería. El hallazgo del cuerpo de una segunda mujer apuntaba a que había cumplido su promesa. En la segunda carta afirmaba que había acabado y que se marchaba para siempre. Pero ¿acaso estuvo aquí alguna vez?

«No», afirma Jennifer Riley. La hermana de Owen se puso en contacto con la policía la semana pasada y posteriormente prestó declaración.

Tras un giro de los acontecimientos tan increíble que cuesta dar crédito, afirma que hace quince años, cuando Owen Riley fue puesto en libertad, tanto ella como su hermano se trasladaron a Europa. Según su testimonio, ninguno regresó a Estados Unidos, ni siquiera de visita, y cambiaron de identidad para vivir en el anonimato.

Según declaró a la policía, hace cinco años a su hermano le diagnosticaron un cáncer de páncreas y, tras varios ciclos de radioterapia, finalmente sucumbió a la enfermedad y falleció. Su cuerpo fue incinerado, según afirma en su declaración.

El obituario de Owen Riley no salió en ningún periódico estadounidense. Solamente se anunció en un periódico británico bajo un pseudónimo, afirma Jennifer Riley. Ella entregó una copia del mismo a la policía, junto con un acta de defunción. Las autoridades están trabajando actualmente para verificar la información.

Hasta hace poco, según declaró Jennifer Riley a la policía, ignoraba por completo que su hermano hubiera «regresado» a la zona donde se criaron. Asimismo, manifestó: «Yo quise mantenerme totalmente al margen de esto. Tras marcharme de la zona hace tantos años, quise mantenerme totalmente al margen. Sin embargo, una vieja amiga mía se puso en contacto conmigo y me convenció para que interviniera, porque la policía estaba convencida de que se trataba de Owen.

»Voy a decir esto lo más claramente posible: los recientes asesinatos de dos mujeres son trágicos y desgarradores. Sin embargo, he de aclarar que mi hermano no tuvo nada que ver con ellos».

51

Mi teléfono está tirado en la cancha de cemento, con la pantalla hecha añicos. No recuerdo que se me haya caído. O igual lo he tirado.

Noto una mano sobre mi brazo. Arthur, mi cliente, me observa fijamente. Tiene los ojos ocultos bajo sus pobladas cejas canosas, el ceño fruncido. Preocupado.

—¿Estás bien? —dice.

No. No estoy precisamente bien.

—Lo siento. Tengo que irme. Es un asunto familiar...

—Por supuesto. Márchate.

Recojo mi teléfono y mi bolsa y salgo de la cancha. De camino al aparcamiento, oigo que la gente me saluda, pero no distingo las caras. Lo único que consigo ver es el titular:

OWEN ESTÁ MUERTO

En el coche, con el motor arrancado, caigo en la cuenta de que no tengo ni la más remota idea de dónde está Millicent. No sin ese localizador en su coche.

Con la pantalla resquebrajada, le mando un mensaje.

Noche romántica.

Su respuesta:

Mediodía romántico. Ahora.

Ya estoy maniobrando para salir del aparcamiento.

Como los niños están en el colegio, quedamos en casa. Su coche está aparcado en la misma puerta, y ella está dentro, caminando de un lado a otro en la sala de estar. Hoy sus zapatos son azul marino, y no hacen ruido cuando anda. Lleva el pelo más corto, por encima de los hombros, porque no quería que Jenna fuese la única chica de la familia con el pelo corto.

Cuando entro, deja de caminar de aquí para allá y nos miramos. No hay nada que decir.

Salvo que la hemos cagado.

Ella esboza una tenue sonrisa. No de felicidad.

—No vi venir esto.

—Cómo íbamos a saberlo.

Extiendo los brazos para estrecharla y ella viene a mi encuentro. Mi corazón late más deprisa de lo normal, y ella apoya la cabeza contra él.

—Se pondrán a buscar al verdadero asesino —digo.

—Sí. —Ella echa la cabeza hacia atrás y me mira.

—Podríamos irnos sin más.

—¿Irnos?

—Mudarnos. No tenemos por qué vivir aquí. Ni siquiera tenemos que vivir en este estado. Yo puedo dar clases de tenis en cualquier parte. Tú puedes vender propiedades en cualquier parte. —La idea se me acaba de ocurrir, mientras estoy aquí de pie con Millicent—. Elige un lugar.

—No hablas en serio.

—¿Por qué no?

Se aparta de mí y se pone a caminar de un lado a otro de nuevo. Intuyo que está elaborando listas mentalmente, procurando concretar todo lo que hay que hacer.

—Estamos en mitad del curso escolar.

—Ya.

—Ni siquiera sabría decidir dónde.

—Podemos estudiarlo entre los dos.

Se queda en silencio.

Yo repito lo obvio.

—Van a buscar al verdadero asesino.

Esto no ha supuesto un problema hasta ahora. No encontraron ningún cuerpo, hasta que hallaron el de Lindsay. Hasta entonces, nadie sospechaba de la existencia de un asesino. No estaban buscando a nadie.

Ahora sí. Y saben que se trata de alguien que se hizo pasar por Owen.

—Jamás se enterarán de que fuimos nosotros —dice.

—¿Jamás?

Millicent niega con la cabeza.

—No le encuentro explicación. En teoría nos repartimos todo. Yo nunca toqué las cartas...

—Pero dondequiera que tuvieras encerrada a Naomi...

—Tú ni siquiera viste el sitio. ¿Y tú qué? ¿Te vio alguien con...?

—No. En ningún momento crucé una palabra con Naomi.

—¿En ningún momento? —Millicent se queda callada unos instantes—. En fin, eso es bueno. Nadie te vio con ella.

—No.

—¿Y con Lindsay?

Niego con la cabeza. Lindsay y yo conversamos mientras caminamos.

—Nadie nos vio.

—Bien.

—Jenna —señalo—. En mi opinión, casi deberíamos mudarnos por...

—Al menos esperemos hasta asegurarnos de que esto es verdad. De que no se trata de una especie de bulo.

Sonrío. La ironía es demasiado patente como para no hacerlo.

—Como las cartas de Owen. Un bulo.

—Sí. Como eso.

El recordatorio de mi teléfono pita. Dentro de quince minutos tengo mi próximo cliente. O me marcho o lo cancelo.

—Vete —dice ella—. Ahora no podemos hacer nada salvo esperar.

—Si es verdad...

—Ya lo volveremos a hablar.

Me acerco y la beso en la frente.

Ella posa la mano en mi mejilla.

—Todo irá bien.

—Como siempre.

—Sí.

Los niños ya se han enterado de la noticia. Teníamos previsto decírselo juntos esa noche, en la cena, pero ya estaban al corriente. Internet y sus amigos son más rápidos que nosotros.

Si a Rory le importa, no da muestras de ello. Tiene el móvil, la cuerda de salvamento que le une a su novia, firmemente apretado con la mano.

Jenna tiene el semblante impertérrito. Sus ojos, normalmente muy expresivos, nos atraviesan con la mirada. No está escuchando, ni siquiera está aquí en la sala con nosotros. No sé dónde está. No pronuncia una palabra hasta que Millicent y yo terminamos de decirle lo que llevamos semanas repitiendo: «Estás a salvo».

Dudo que nos crea. Hasta yo mismo pongo en duda nuestra credibilidad. Todo lo que ella pensaba que era verdad está resultando ser mentira. Owen en ningún momento ha estado aquí. En todo momento ha sido otra persona, y nadie tiene ni idea de quién.

No puedo reprocharle que se cierre en banda. Yo deseo hacer lo mismo.

Cuando terminamos de hablar, Rory se levanta de un salto y enfila hacia la escalera. Ya va mandando mensajes.

Jenna continúa con la mirada perdida.

—¿Cariño? —digo, alargando la mano para tocar la suya—. ¿Estás bien?

Se vuelve hacia mí, aguza la mirada.

—Así que todo es mentira. Puede que el asesino ni siquiera se haya ido.

—Eso no lo sabemos todavía —señala Millicent.

—Pero es posible.

Asiento.

—Es posible.

Pasa un minuto, seguidamente otro.

—Vale —musita, y saca la mano de debajo de la mía. Se pone de pie—. Me voy arriba.

—¿Te encuentras...?

—Estoy bien.

Millicent y yo nos quedamos mirándola al marcharse.

Paso el resto de la noche conectado a internet, documentándome sobre un nuevo lugar donde vivir. Voy alternando sitios web de meteorología, colegios, el coste de la vida y las noticias.

Me resulta raro no saber lo que va a suceder a continuación. Desde que escribí la primera carta para Josh, la mayoría de las noticias no me han cogido por sorpresa. Ya conocía el contenido de las cartas y suponía cómo las analizarían los expertos. Ni siquiera el hallazgo del cuerpo de Naomi me cogió por sorpresa. No estaba al corriente de los detalles, pero sabía que la encontrarían.

Lo único que me sorprendió fueron los cortes con papel.

Ahora, todo es novedoso, todo es inesperado. No me gusta.

52

Veo el desarrollo de la historia en la televisión como si yo no estuviera implicado. Como si fuera un mero espectador más. Y, como no tengo el poder de cambiar el curso de esta historia, albergo esperanza. Cada vez que pongo las noticias, confío en que la hermana de Owen sea una embustera. Pero una noche estoy fuera, en el porche trasero, viendo los informativos de las once, y no es esto lo que dice Josh.

Esta noche se encuentra en el estudio, vestido con chaqueta y corbata, y da la impresión de que se ha afeitado minutos antes de que comenzara el programa. Josh parece un periodista serio al anunciar que Jennifer Riley va a regresar al país. Con la intención de limpiar el nombre de su hermano.

De nuevo, reprimo el impulso de lanzar mi teléfono por los aires cuando oigo un ruido en un costado de la casa. Me levanto a echar un vistazo.

Rory.

Solo él seguiría escabulléndose después de haber sido pillado con las manos en la masa.

O, mejor dicho, solo él se las ingeniaría para seguir escabulléndose después de haber sido pillado con las manos en la masa.

Me pregunto cuántas veces me la ha colado.

Me ve justo cuando sus pies golpean el suelo. Rory estaba saliendo, no entrando.

—Oh —dice—. Hola.

—¿Qué, a tomar un poco el fresco?

Se limita a encogerse de hombros, sin reconocer nada.

—Ven a sentarte —digo.

En vez de sentarnos en el porche, nos alejamos hacia el jardín. Tenemos una mesa de exterior con una sombrilla al fondo, entre el roble y el parque infantil desmontado.

—No eres quién precisamente para echarme en cara que me escabulla —comenta.

Hace días, cuando en teoría Owen se había marchado para siempre, es posible que ese comentario no me hubiera molestado. Había estado esperando la ocasión de hablar con mi hijo sobre su primera novia. Ahora, me toca las narices.

Señalo hacia uno de los bancos.

—Siéntate. Ahora mismo.

Me obedece.

—En primer lugar —digo—, habrás notado que tu hermana está atravesando una racha difícil. Y estoy seguro de que tú, su único hermano, no querrás hacer que se sienta peor, ¿verdad?

Él niega con la cabeza.

—Por supuesto que no. Por lo tanto, no le contarás esta absurda teoría tuya de que estoy poniéndole los cuernos a tu madre.

—¿Teoría?

Lo miro fijamente.

Él niega con la cabeza de nuevo.

—No. No voy a decir nada.

—Y sé que no vas a compararme contigo y con el hecho de que estás saliendo a hurtadillas de noche. Porque te doblo la edad con creces. Te queda muchísimo para llegar a ser un adulto. Ni se te ocurra escabullirte.

Él asiente.

—¿Qué? —digo.

—Nada. Yo no iba a compararnos.

—Y también sé que, si te pregunto por qué estabas saliendo a hurtadillas, no me vas decir que era para pasar el rato con Daniel. Porque no es eso lo que estás haciendo, ¿a que no?

—No.

—Estás saliendo a hurtadillas para ver a Faith Hammond.

—Sí.

—Perfecto. Me alegro de que hayamos aclarado eso.

El teléfono de Rory emite un zumbido. Su mirada oscila de un lado a otro, entre el teléfono y yo, pero no lo mira.

—Adelante —le animo.

—Da igual.

—No hagas esperar a Faith.

Él echa un vistazo al teléfono y manda un mensaje al tiempo que se aparta ese pelo rojo de los ojos. Faith responde enseguida, y él le manda otro. Se enfrascan en la conversación, y yo aguardo hasta que deja el teléfono encima de la mesa. Boca arriba.

—Perdón —dice.

Suspiro.

No estoy enfadado con Rory. No es más que un chaval que ha descubierto que las chicas tampoco están tan mal. Solía decir que las chicas eran «mezquinas, repugnantes y, sobre todo, feas». La cita es de un libro que había leído, y a mí siempre me hacía gracia. Yo le decía a Millicent: «Tú eras la que los llevabas a la biblioteca todas las semanas». Si por casualidad estábamos en la cocina, me atizaba con el paño. En una ocasión, me atizó con tanta fuerza que me hizo un rasguño en el brazo. Aunque no fue más que una magulladura superficial que apenas quebró la piel, Rory se quedó impresionado con su madre. No tanto conmigo.

Y ahora, sale de casa a altas horas de la noche para ver a una rubita llamada Faith.

—¿Ella también se escabulle? —pregunto—. ¿Quedáis en algún sitio?

—A veces. Pero también puedo subir a su habitación.

Quiero prohibirle que haga esto, poner un candado en su ventana, y llamar a los padres de Faith para decirles que los chicos son demasiado jóvenes y que es demasiado peligroso. Que Owen está muerto, y que hay un asesino suelto.

Solo que no es cierto. Lo que pasa es que he de fingir lo contrario. Del mismo modo que he de fingir que no me acuerdo de mi primera novia.

—Tienes que parar —digo—. Ya has visto las noticias. Es demasiado peligroso que los dos andéis solos por ahí de noche.

—Ya, lo sé, pero...

—Y no deberías salir a hurtadillas bajo ningún concepto. Si se lo contara a tu madre, le pondría un candado a tu ventana y colocaría cámaras por toda la casa.

Rory enarca las cejas con asombro.

—¿No lo sabe?

—Si lo supiera, estarías castigado hasta la universidad. Igual que tu novia.

—Vale. No lo haremos más.

Respiro hondo. El mero hecho de que esté disgustado no significa que sea un irresponsable.

—Y en vista de que tienes novia, ¿tienes medios de pro...?

—Papá, sé cómo comprar preservativos.

—Bien, bien. Entonces, limítate a mandarle mensajes de noche y a verla de día, ¿vale?

Él asiente y se levanta rápidamente, como temiendo que yo cambie de parecer.

—Una cosa más —añado—. Y dime la verdad.

—Vale.

—¿Estás tomando alguna droga?

—No.

—¿No fumas hierba?

Él niega con la cabeza.

—Te juro que no.

Dejo que se vaya. Ahora mismo no tengo tiempo de averiguar si está mintiendo.

Cuando no estoy viendo las noticias, lo único que tengo en mente es qué más habremos pasado por alto. Todos los deslices que podríamos haber cometido, todos los datos forenses que he aprendido a través de la tele. El ADN, las huellas, las fibras: le doy vueltas a todo en mi cabeza como si tuviera sentido para mí, lo cual no es el caso, pero sé que nada me incriminará. En ningún momento crucé una palabra con Naomi, y no le toqué ni un pelo. Cualquier prueba que encuentren les conducirá a Millicent.

La primera vez que veo a la hermana de Owen es en la tele. Owen tenía treinta y tantos años cuando cometió los asesinatos; ahora, tendría alrededor de cincuenta. Jennifer parece un poco más joven, de cuarenta y tantos. Tiene los mismos ojos azules, pero su pelo rubio es de un tono más apagado. Está tan delgada que se le marca la clavícula, igual que las venas del cuello. Si es cierto lo que dicen, que la cámara engorda unos cinco kilos, seguramente Jennifer parecerá escuálida en persona.

Aparece en todas las pantallas del club, donde la gente que ha almorzado se ha quedado a tomar una copa para poder ver la rueda de prensa. Esta es la primera vez que la audiencia ve a la hermana de Owen.

El inspector de policía se encuentra a un lado; el médico forense al otro. Uno tiene pelo, el otro no, y tienen la misma panza.

Jennifer dice que es la hermana de Owen Oliver Riley y que todos estamos equivocados respecto a estos asesinatos.

«Puedo demostrar que Owen no ha matado a nadie en los últimos cinco años. He venido hasta aquí para asegurarme de que a nadie le quepa duda de que mi hermano está muerto. —Jennifer sujeta en alto un papel y dice que es el acta de defunción de Owen, firmada por un juez de instrucción en Gran Bretaña y con el sello oficial. Lo repite—: Muerto».

El forense se acerca al micrófono y confirma la declaración de Jennifer.

Muerto.

A continuación interviene el inspector de policía, que suelta una perorata acerca de que fue inevitable que el departamento de policía que dirige centrara su atención en Owen, pero que les habían inducido a error. También confirman la declaración de Jennifer.

Muerto.

Ahora todos lo tenemos claro. Nadie lo pone en duda. Owen está muerto, y la policía va a volver a analizar las pruebas para ver qué ha pasado por alto.

Pero, primero, Jennifer tiene algo que añadir:

«Lo lamento por las familias. Lamento que se haya desperdiciado tanto tiempo centrando la búsqueda en mi hermano en vez de en el verdadero asesino. Una vieja amiga me avisó de lo que estaba pasando aquí en Woodview. Cuando me suplicó que regresara, fui consciente de que debía hacer lo correcto».

Jennifer señala a alguien que hay detrás de ella, y el médico forense se aparta a un lado. La cámara enfoca a la amiga.

La cabeza me da vueltas a tal velocidad que casi me desmayo.

La mujer que llamó a Jennifer Riley es regordeta y rubia, y tiene una sonrisa que ilumina la pantalla.

Denise. La mujer que atendía en la barra de Joe's Deli.

53

El localizador GPS yace en el salpicadero de mi coche. Lo giro hacia un lado, luego hacia el otro, y vuelta a empezar. Es lo mismo que he hecho mentalmente desde que la mujer de Joe's Deli, el nuevo local por el que Millicent siente predilección para comer, salió en la tele.

Denise. La misma mujer que nos atendió a Jenna y a mí.

Esto es una coincidencia. No puede ser de otro modo. El hecho de que Owen esté muerto no nos beneficia en nada a Millicent y a mí. Nos perjudica.

Y si Joe's fuera un establecimiento de comida orgánica donde se sirviera rosbif de carne de vaca criada en pastos naturales, jamás se me habría ocurrido poner en duda que se trata de una coincidencia. Pero no es el caso. Joe's es un local donde «orgánico» es una palabra de un idioma extranjero.

Si pudiera preguntarle a Millicent por esta nueva afición por los sándwiches de *deli* baratos, lo haría. Pero se supone que no estoy al tanto. Esto es información que conseguí espiando a mi mujer.

Jamás lo había hecho hasta entonces. Me lo había planteado, pero nunca había dado el paso. Ni siquiera cuando Millicent estuvo trabajando con un hombre a quien le gustaba más allá de como una compañera. Lo tuve claro desde el instante en que lo conocí. Cooper. El típico exjuerguista universitario que no se había casado ni quería hacerlo. Lo que quería era acostarse con Millicent.

Cooper fue quien acompañó a Millicent al congreso de Miami. El fin de semana que Crystal me besó.

Yo estaba convencido de que Cooper había hecho lo mismo con Millicent.

Cuando regresaron, esa certidumbre casi me impulsó a espiarlos. No lo hice. Al menos a ella no. Pero a Cooper le seguí los pasos lo suficiente como para llegar a la conclusión de que quería irse a la cama con todas las mujeres. No se trataba solo de Millicent.

Y, que yo sepa, no se acostaron juntos.

Ahora que he espiado a mi mujer, soy consciente del problema que entraña. No puedo hacer nada con la información. El localizador está en mi salpicadero, y yo estoy sentado en el aparcamiento del club con los ojos clavados en el dispositivo, porque espiar es la pescadilla que se muerde la cola. De haber sabido que se convertiría en semejante círculo vicioso, jamás lo habría hecho.

Mientras le doy vueltas a la cabeza, Millicent me manda un mensaje.

¿*Pho* de pollo para cenar?

Buena idea.

Me quedo a la espera de otro mensaje, uno que diga «noche romántica» o que haga alguna alusión a las noticias de hoy, pero la pantalla de mi teléfono sigue oscura.

Al llegar a casa, el coche de Millicent ya está en el garaje. Me planteo volver a colocar el localizador, pero no lo hago.

Está preparando *pho* de pollo en la cocina. Me pongo a ayudarla, a picar verdura mientras ella le echa cebolla y jengibre al caldo. No veo a los niños.

—Arriba —dice antes de que le pregunte—. Deberes.

—¿Has visto las noticias?

Ella aprieta los labios y asiente.

—Está muerto.

—Lo habrán repetido mil veces.

Esbozo una tenue sonrisa. Ella también. No podemos cambiar el hecho de que Owen está muerto.

Nos quedamos en silencio unos minutos, preparando la cena, e intento dilucidar la manera de sacar a colación a Denise. Los niños aparecen antes de que se me ocurra algo.

Insisto en que no deben hacer caso de todo lo que sale en las noticias.

—A vosotros no os va a pasar nada malo.

Esto se contradice totalmente con lo que le dije a Rory la otra noche, cuando le advertí de que era demasiado peligroso que saliera a escondidas, pero Rory no golpea a otros chicos con piedras. Jenna sí.

No obstante, se da cuenta. Me hace una mueca. No hemos hablado gran cosa desde nuestra charla en el jardín trasero. Me cabe la duda de si está enfadado porque lo pillé escabulléndose o porque le pregunté si tomaba drogas. Probablemente por ambas cosas.

Cuando nadie tiene nada más que decir sobre Owen, la conversación se desvía al sábado. Rory va a jugar al golf. Jenna tiene un partido de fútbol, y le toca a Millicent llevarla. Yo trabajo. Quedaremos para comer.

Owen no sale a relucir hasta más tarde, después de cenar, de recoger los platos y de que los niños se vayan a la cama. Millicent está en nuestro baño, preparándose para acostarse, mientras la espero viendo las noticias. Sale con una de mis camisetas del club y unos pantalones de deporte, la cara brillante de crema. Se la extiende en las manos sin apartar la vista de la tele.

Josh está apostado frente al hotel Lancaster, donde Jennifer Riley se hospeda. Está comentando la rueda de prensa, y acto seguido da paso al vídeo.

—No he visto esto —dice Millicent.

—¿No?

—No. Vi la noticia online.

Subo el volumen. Muestran fragmentos de la rueda de prensa, entre ellos cada momento en que alguien pronuncia la palabra «muerto». Nadie utilizó la palabra «fallecido», ni siquiera su hermana.

Cuando Denise aparece en pantalla, miro a Millicent.

Ella inclina la cabeza hacia un lado.

Espero.

Cuando el fragmento termina, dice:

—Qué raro.

—¿El qué?

—Conozco a esa mujer. Es una clienta.

—¿En serio?

—Es la dueña de un *deli*. Uno con bastante éxito, por cierto. Está buscando casa.

Millicent vuelve a entrar en el baño.

Respiro aliviado. Denise es una clienta. En ningún momento hubiera imaginado que tuviera suficiente dinero como para comprar una casa —al menos no el tipo de casas que Millicent vende— y sin embargo así es.

Qué estúpido soy.

A pesar de que me alivia saber que todo esto ha sido una extraña coincidencia totalmente fruto de mis pesquisas, nuestro problema no se ha resuelto. Se ha agravado. Owen está muerto, y la policía está buscando al verdadero asesino.

Según el inspector de policía, se ha asignado el caso a un nuevo detective. El detective procede de otro distrito policial y estudiará íntegramente el caso con nuevos ojos.

Cuando Millicent sale del cuarto de baño, la televisión y las luces están apagadas. Al meterse en la cama, me pongo de lado para mirarla de frente, a pesar de que está demasiado oscuro para distinguir nada.

—No quiero mudarme —dice.

—Lo sé.

Ella desliza la mano bajo la mía.

—Estoy preocupada.

—¿Por Jenna? ¿O por la policía?

—Por las dos cosas.

—¿Y si nos vamos de la ciudad? —propongo.

—Pero si te acabo de decir...

—Me refiero a irnos de vacaciones.

Se queda callada. Hago un repaso mental de todas las razones por las que no podemos irnos. Los niños faltarían a clase. No tenemos nada ahorrado. Ella tiene varios contratos de compraventa pendientes. Yo no debería dejar tirados a mis clientes otra vez. Ella debe de estar sopesando las mismas razones.

—Lo pensaré —dice—. A ver qué tal van las cosas.

—Vale.

—Bien.

—El *pho* de pollo estaba buenísimo —comento.

—Qué tonto eres.

—Aunque no nos vayamos de vacaciones ahora, deberíamos hacerlo cuando todo esto acabe.

—Lo haremos.

—Promételo.

—Lo prometo —dice—. Venga, a dormir.

54

El nuevo detective es una mujer. Su nombre completo es Claire Wellington, un apellido que lleva a pensar que sus antepasados se remontan al *Mayflower*, pero apuesto a que no. Tampoco es que importe.

Claire es una mujer de gesto adusto con el pelo corto de color castaño, tez pálida y pintalabios marrón. Va vestida con un discreto traje de pantalón, íntegramente de oscuro, y no sonríe en ningún momento. Me consta porque sale en televisión a todas horas. Su concepto del trabajo de detective es pedir la colaboración del público.

«Sé que alguien de esta comunidad vio algo, aun cuando no fuera consciente de ello. Tal vez fue la noche en la que Naomi desapareció. Todo el mundo estaba en guardia aquella noche, y todo el mundo estaba al corriente de que algo iba a suceder. O tal vez fue cuando tiraron el cuerpo de Naomi George a un contenedor detrás del hotel Lancaster. Les ruego que hagan memoria de aquella noche, que piensen en lo que estaban haciendo, con quién se encontraban y lo que presenciaron. Es posible que hayan visto algo y lo hayan pasado por alto».

Se ha creado una página web para que la gente envíe información. O pueden permanecer en el anonimato y llamar a un número de teléfono especial de colaboración ciudadana para cualquier asunto relativo a Lindsay y Naomi.

No me hace gracia esta iniciativa. Es posible que salga a la luz todo tipo de datos nuevos a raíz de la repercusión mediática de Claire en televisión. Josh ya está informando de que la policía dispone de gran cantidad de pistas nuevas.

«La policía también ha empleado un innovador programa informático desarrollado en la Universidad de Sarasota, cuyos alumnos han creado un algoritmo que permite revisar las pistas e identificar las palabras que se repiten. A continuación las pistas se clasifican por orden de mayor a menor relevancia».

Todo esto sucede a los pocos días de la llegada de Claire. Es un tostón que no tenga más remedio que verla en la televisión. A. Todas. Horas. Para colmo, ahora me veo obligado a escuchar lo innovadora y eficaz que es. Es inevitable incluso en casa. Millicent insiste en que no veamos la televisión por las noches, porque Claire siempre aparece durante las pausas publicitarias. Las cadenas locales han empezado a anunciar el teléfono de colaboración ciudadana.

En vez de poner la tele, jugamos a juegos de mesa en familia. Millicent saca una baraja de cartas y un estuche de fichas de plástico y enseñamos a los niños a jugar al póquer, pues es preferible a ver a Claire.

Rory ya conoce las reglas. Tiene una aplicación de póquer en su teléfono.

Jenna lo pilla rápido, porque todo lo pilla rápido. También es la que mejor pone cara de póquer. Creo que hasta supera a Millicent.

Mi cara de póquer es pésima, y pierdo cada mano.

Mientras jugamos, Rory comenta que mañana se celebrará una reunión en el colegio. Millicent frunce el ceño y luego lo relaja. Está procurando fruncir menos el ceño debido a las arrugas.

—No me han avisado de la reunión —dice.

—La detective esa va a venir al colegio —explica Jenna.

—El pibón —tercia Rory.

Millicent frunce el ceño de nuevo.

—¿Para qué va a ir la detective al colegio? —pregunto.

Rory se encoge de hombros.

—Seguramente para preguntarnos si vimos algo. Lo mismo que ha estado haciendo en la tele. Daniel me ha dicho que está yendo a todos los colegios.

Jenna asiente como si le hubieran comentado lo mismo.

—Es una pelma —dice Rory—. Pero al menos nos saltamos una clase.

Millicent lo mira con cara larga. Él se hace el sueco y examina sus cartas.

—Pues a mí me cae bien —replica Jenna.

—¿Te cae bien la detective? —pregunto.

Ella asiente.

—Parece dura de pelar. Como si realmente fuera a atraparlo.

—Ah, en eso estoy de acuerdo —señala Rory—. Es como si estuviera obsesionada o algo así.

Por lo visto la mujer que podría atraparnos también hace que Jenna se sienta mejor.

—Todo el mundo tiene mucha confianza en ella —digo.

—Espero tener ocasión de hablar con ella —afirma Jenna.

—Seguro que está muy ocupada.

—Pues claro. Lo digo por decir.

El colegio de Jenna y Rory no celebra reuniones en el gimnasio. Cuenta con un salón de actos que recibe el nombre del patrocinador que lo sufragó. Cuando llego, la sala está atestada de niños, profesores y padres. Con la cantidad de veces que Claire ha salido en las noticias, es prácticamente una celebridad.

Es más alta de lo que imaginaba, e impone hasta en una sala atestada. Claire no tiene intención de hablar de sí misma, de su pasado o de su experiencia. Empieza diciendo a los niños que todos están a salvo.

—Quienquiera que asesinase a estas mujeres no va a ir en busca vuestra. Va a ir en busca de mujeres mayores que todos vosotros. Lo más probable es que jamás os crucéis con la persona que asesinó a Naomi y Lindsay.

Jenna está sentada con sus amigas justo a la derecha del estrado. Incluso desde el fondo, alcanzo a ver que se encuentra inclinada hacia delante, intentando no perderse ningún detalle.

Rory está en medio, sentado con su novia, y puede que esté prestando atención o puede que no. Es difícil saberlo.

—Sin embargo —prosigue Claire—, si os habéis cruzado con este asesino, puede que ni siquiera lo sepáis. Puede que hayáis presenciado algo a lo que no le hayáis dado importancia. Cualquier cosa que os parezca inusual, o que os llame la atención, podría ser importante.

Repite lo mismo que dijo por televisión, pero con palabras más sencillas y frases más cortas. Termina diciendo que, si alguien quiere hablar con ella, estará a su disposición después. Por eso he venido. Primero, para cerciorarme de que Jenna tenga ocasión de conocer a Claire. Y segundo, para conocerla yo mismo.

Como sus amigas están delante, Jenna no me da un abrazo. Esperamos juntos para hablar con Claire. La gente se ha arremolinado delante de ella, y cuando nos llega el turno la abordo y me presento. Es tan alta que nos miramos directamente a los ojos. En la tele, sus ojos parecen totalmente marrones. De cerca, distingo vetas doradas.

—Esta es mi hija, Jenna —digo.

En vez de preguntar a Jenna cuántos años tiene o en qué curso está, Claire le pregunta si quiere ser detective.

—¡Me encantaría! —responde Jenna.

—Entonces lo primero que debes saber es que cualquier cosa es importante. Hasta los detalles que parecen irrelevantes.

Jenna asiente. Le brillan los ojos.

—Yo puedo hacer eso.

—Seguro que sí. —Claire se vuelve hacia mí—. Su hija va a ser una magnífica detective.

—Me parece que ya lo es.

Nos sonreímos mutuamente.

Ella se gira hacia la siguiente persona y nos da la espalda.

Jenna está dando saltos de alegría.

—¿De verdad crees que puedo ser detective?

—Puedes ser cualquier cosa que desees.

Ella deja de moverse.

—Papá, pareces un anuncio.

—Lo siento. Pero es verdad. Y opino que serías una magnífica detective.

Ella suspira y se vuelve hacia sus amigas, que le están haciendo señas con la mano. Se zafa de mí al intentar abrazarla.

—Tengo que irme.

La veo correr al encuentro de sus amigas, que reaccionan a su noticia con más entusiasmo que yo.

Fallo número 79.402 de padre, y solo tiene trece años.

Le estoy agradecido a Claire, que se esfuerce tanto en infundir seguridad a los niños. Ha hecho que Jenna se ponga más contenta de lo que la he visto desde hace tiempo.

Pero ni con esas me cae bien Claire. De hecho, ahora que la he conocido, me cae como un tiro.

55

Sin darme tiempo a investigar a nuestra nueva detective, Jenna se me adelanta. En la cena, nos entretiene contándonos la vida de Claire Wellington, según internet. Oriunda de Chicago, estudios universitarios en Nueva York, primer empleo en el Departamento de Policía de Nueva York. Se trasladó al Medio Oeste rural, donde se convirtió en detective y formó parte de una unidad contra estupefacientes. Claire dejó las ciudades de provincias por una más grande, y con el tiempo ascendió a detective de homicidios. Fue miembro de un equipo que investigó una serie de asesinatos conocidos como los Crímenes de River Park. Detuvieron al asesino a los dos meses de comenzar la investigación.

Claire llegó a convertirse en una de las detectives más competentes de su departamento. Su promedio de resolución de casos era el cinco por ciento más elevado que el del resto.

Es tan formidable como aparenta.

Los niños y yo no somos los únicos en conocer a Claire. Millicent también lo hace. Claire necesitaba alquilar una vivienda, pues hospedarse en un hotel resulta demasiado caro para el presupuesto de la policía, de modo que llamó a la inmobiliaria buscando algo de alquiler. Pequeño, modesto y amueblado, con un contrato de arrendamiento mensual. Millicent no gestiona alquileres, pero se encontraba en la oficina cuando Claire pasó por allí.

El domingo por la mañana temprano, cuando estamos a solas en la cocina y los niños aún están durmiendo, le pregunto a Millicent qué opina de Claire Wellington.

—Es altísima.

—Es lista —comento.

—¿Acaso no lo somos nosotros?

Nos sonreímos mutuamente.

Millicent acaba de llegar de correr. Está de pie junto al fregadero, con sus mallas de licra, y yo contemplo el panorama. Ella me pilla y enarca una ceja.

—¿Te apetece volver a la cama? —digo.

—¿Quieres demostrarme lo listo que eres?

—Sí.

—Pero necesito una ducha.

—¿Te apetece compañía?

Sí.

Empezamos en la ducha y lo retomamos en la cama. El sexo es tierno y familiar, en vez de apasionado y furtivo. No está mal.

Cuando Rory se despierta, todavía estamos en la cama. Sé que es Rory porque es incapaz de cerrar una puerta sin dar un golpe y por el ruido de sus pasos al bajar a la cocina. Poco después, Jenna se levanta y sigue la misma rutina —cuarto de baño y a continuación cocina—, pero todo con más delicadeza.

Millicent está acurrucada junto a mí. Está desnuda y emana calidez.

—La cafetera sigue encendida —señala—. Se preguntarán dónde estamos.

—Déjalos. —No tengo intención de salir de la cama hasta que no me quede más remedio. Me despereza y cierro los ojos.

La tele se enciende, a todo volumen. A los niños seguramente les alegrará que no estemos abajo. Como por lo general no vemos la tele los domingos por la mañana, esto es un lujo para ellos. Alternan entre los dibujos animados y una película con explosiones.

—Seguro que están tomando cereales —dice Millicent.

—¿Tenemos cereales?

—Orgánicos. Sin azúcar.

—¿Tenemos leche?

—De soja.

No digo «puaj» en voz alta, pero sí para mis adentros.

—Entonces, tampoco es para tanto.

—Supongo que no.

Se pega un poco más a mí.

Así era nuestra vida antes de lo de Holly. Todo transcurría un poco más despacio, con menos estrés, sin demasiadas emociones.

Los días se entremezclaban, salpicados únicamente por grandes eventos. Nuestra primera casa era muy pequeña, pero daba la sensación de que era enorme, al menos hasta que se nos quedó pequeña..., y luego llegó la primera gran venta de Millicent, el primer día de colegio de Jenna, una casa más grande y una hipoteca más alta. El corte con papel en la mano de Rory.

Cuando Jenna tenía cuatro años, se puso enferma con un catarro que desembocó en bronquitis. Solo conseguía dormir más o menos una hora del tirón hasta que se despertaba por la tos. Millicent y yo pasamos tres noches durmiendo en su cuarto, yo en el suelo y Millicent en la camita de Jenna. Entre los dos, conseguimos que Jenna durmiera más que nosotros.

Yo le enseñé a Rory a montar en bici. Él no lo reconocería ni muerto, pero usó ruedines durante un considerable periodo de tiempo. El equilibrio no era su fuerte. Continúa sin serlo.

Nada de esto era emocionante, no por aquel entonces. Eran rutinas y responsabilidades, con alguna que otra sonrisa o incluso carcajada. Momentos de felicidad seguidos por largas rachas de días anodinos y repetitivos.

Ahora, deseo recuperar todo. Igual es que he experimentado demasiadas emociones, o que esto es demasiado emocionante, pero en cualquier caso no es lo que deseo.

—Eh —dice Millicent. Se recuesta en la cama, tapada con la sábana. Su melena pelirroja está enmarañada—. ¿Oyes eso?

Abajo, la música de las noticias de última hora suena a todo volumen en la televisión. Se corta cuando uno de los niños cambia de canal y pone dibujos animados.

Pongo los ojos en blanco.

—Partes informativos cada cinco minutos. —Tiendo a Millicent de nuevo sobre la cama, entre mis brazos, sin la menor intención de moverme a menos que la policía eche abajo nuestra puerta—. Probablemente habrán detenido a alguna celebridad.

—O habrá muerto.

—O habrán pillado a un político con las manos en la masa —digo.

—Eso ni siquiera es digno de noticia.

Me río y me arrebujo más bajo la colcha.

Albergo la esperanza de que hayan arrestado a alguien por los asesinatos. No se trataría del asesino de Naomi y Lindsay, pero sí de alguien que ha cometido otros delitos. Que merece que lo encierren antes de que alguien resulte herido. Me imagino a un hombre desaliñado y desgreñado con mirada de loco.

—Vale, ya está bien —dice Millicent—. Voy a levantarme. —Se destapa de pronto, como el viejo truco de despegar el esparadrapo de un tirón. Surte efecto. La cama no resulta acogedora sin ella.

Se pone una bata y enfila escaleras abajo. Yo salto a la ducha el primero.

Los niños están en el sofá, viendo una serie para adolescentes sobre alienígenas. Sus cuencos de cereales vacíos yacen sobre la mesa de centro, y me extraña que Millicent permita que sigan ahí. Me la encuentro en la cocina, de pie junto a la cafetera. Su taza se ha desbordado, y el café se está derramando por el borde de la encimera hasta el suelo. Ella está totalmente ensimismada. Tiene los ojos clavados en el pequeño televisor que hay en la cocina.

Josh está en pantalla. Se halla delante de un área boscosa tan poblada de matorrales que no alcanzo a ver el edificio que hay detrás de él, únicamente la aguja que sobresale entre los árboles. No reconozco el sitio ni dónde está situado. El cartel de madera que hay delante de la iglesia está curtido por los elementos y desvaído. Josh está moviendo la boca, pero no se oye el menor sonido. El volumen está demasiado bajo.

De todas formas, no hace falta. La noticia aparece en grandes titulares rojos a pie de pantalla.

¿LA CASA DE DIOS O LA CASA DE LOS HORRORES?

ZULO SUBTERRÁNEO HALLADO EN UNA IGLESIA ABANDONADA

56

Por un momento, me dio la impresión de que Millicent se había quedado atónita porque la noticia era espeluznante, porque era impactante, porque no guardaba ninguna relación con nosotros. O me gustaría pensar que esa fue mi impresión.

Instantes después, supe que guardaba relación con ella. La iglesia era donde había llevado a Lindsay y Naomi.

—¿Una iglesia?

Volvemos a la planta de arriba, a nuestro dormitorio, pero el ánimo no puede ser más diferente. Un zulo en una iglesia no da nada de morbo.

Nuestra familia no va a la iglesia, y nunca lo ha hecho. Millicent fue criada en el agnosticismo; yo fui criado en el catolicismo, aunque dejé de practicar pronto. La iglesia es donde asistimos a bodas, funerales y venta de repostería con fines benéficos. Y hasta yo considero que es una de las ubicaciones más surrealistas que Millicent podría haber elegido. El único sitio peor habría sido un centro de enseñanza preescolar.

Millicent ya no está conmocionada por este hallazgo, ni asustada. Se ha puesto a la defensiva.

—Necesitaba un sitio. Algún lugar donde no se les ocurriera buscar.

—No hables tan alto. —A pesar de que los niños están abajo viendo la tele, temo que nos oigan.

—No dieron con el sitio cuando aún se hallaban con vida, ¿no?

—No. Nadie descubrió la iglesia hasta que Claire llegó a la ciudad. —Según Josh, descubrieron la iglesia gracias a una pista. Alguien había visto un coche en lo que en su época era el aparcamiento y que ahora estaba plagado de maleza.

Millicent se planta frente a mí, con los brazos en jarras. Aún lleva puesta la bata.

Detrás de ella, la televisión de nuestro cuarto está encendida. Como no permiten la entrada de la prensa a la iglesia ni se ha hecho pública ninguna fotografía, Josh está repitiendo la información de sus fuentes anónimas.

«Una escena dantesca [...] cadenas enganchadas a las paredes [...] esposas de hierro empapadas de sangre [...] hasta se le han saltado las lágrimas a un veterano agente de policía [...] como sacado de una película».

Millicent hace un ademán despectivo con las manos ante las declaraciones.

—No están empapadas de sangre. La habitación no es una cripta. Es un sótano. Y la iglesia debe de tener un siglo. ¿Quién sabe lo que habrá sucedido allí?

—Pero ¿lo limpiaste?

Entorna los ojos.

—¿En serio estas preguntándome eso?

Levanto las manos con un ademán a modo de respuesta.

Millicent camina hacia mí y acerca la cara a la mía más que cuando estábamos en la cama, pero sin la menor intimidad o calidez.

—Ni se te ocurra cuestionarme. No a estas alturas.

—No estoy...

—Sí que estás. Basta.

Su bata aletea cuando da media vuelta y se mete en el baño.

Puedo entender su indignación. Está cabreada porque han descubierto la iglesia y porque la estoy cuestionando. Pero yo no habría dejado ese sótano con una mota de sangre. Habría rociado todo con amoniaco o lejía o lo que sea que elimine las manchas de sangre, fluidos y ADN de cualquier tipo. A lo mejor habría dejado un cigarrillo encendido dentro para que se incendiase y pareciera un accidente.

Nunca tuve la oportunidad de hacer nada de eso, pues ignoraba la existencia de la iglesia. Nunca tuve el valor de preguntar.

Millicent decide que todos deberíamos ir al cine esta tarde. Dadas las circunstancias, la idea es absurda, pero me digo a mí mismo que por fuerza ha de ser mejor que pasar el día viendo las noticias. Sí, es una buena idea salir de casa. Evadirme. Alejarme de Josh. Repito esto para mis adentros mientras me visto, procurando apartar de mis pensamientos esa iglesia y su sótano. Casi lo consigo.

—No me encuentro muy bien. —Para darle énfasis, me aprieto el estómago.

Millicent me lanza una mirada elocuente.

—Igual te sientan bien unas palomitas.

—No, no, id vosotros. Pasadlo bien.

Se marchan sin mí.

No pongo las noticias. En vez de eso, cojo el coche y me dirijo a la iglesia.

No me conformo con la televisión. Deseo ver en persona el lugar donde Millicent mantuvo a Lindsay y Naomi con vida.

Se halla en una carretera solitaria en mitad de la nada. Los únicos edificios que hay por el camino son un bar sellado con tablones, una gasolinera abandonada y un rancho desocupado al final de un camino particular. Por eso se me pasó por alto la iglesia en el GPS. El rancho está a la venta, y el localizador registró la dirección varias veces. Ella podía salir por la puerta trasera del rancho y llegar a la iglesia en unos minutos sin que nadie la viera desde la carretera.

La zona está infestada de coches, furgonetas de televisión y curiosos. Me pongo una chaqueta y una gorra de béisbol e intento mezclarme entre el gentío.

Los periodistas están arremolinados frente a la iglesia; la aguja se alza al fondo de todos ellos. Están apostados justo delante de la cinta amarilla, custodiada por policías uniformados. Algunos tienen cara de niño. Otros están abotargados y a punto de jubilarse.

Nunca he estado tan cerca de Josh, nunca lo he visto en ninguna parte salvo en la televisión. Es más bajo y delgado de lo que aparenta en la pantalla.

Hay una señora mayor a mi lado cuya mirada oscila entre los tres periodistas.

—Perdone, ¿sabe si han dicho algo nuevo? —pregunto.

—¿Desde cuándo? —Su voz posee un deje ronco de fumadora. Tiene una mata de pelo canoso y los ojos amarillentos.

—Desde hace una media hora.

—No, no se ha perdido nada.

A través de una densa arboleda se aprecia la parte superior de una carpa blanca. Parece del mismo estilo de las que se usan en bodas y fiestas infantiles.

—¿Qué es eso?

—Es lo primero que ha montado la policía. Lo llaman «base de operaciones».

—El inspector está por ahí —comenta un hombre que hay detrás de mí. Es corpulento en todos los sentidos; me saca por lo menos diez centímetros de alto y como mínimo treinta de ancho—. Quieren asegurarse —añade.

—¿Asegurarse de qué?

—Asegurarse de que solo había dos mujeres —responde—.
Y no más.

—Dios quiera que no —dice la mujer.

Obviamente hubo otras dos —Holly y Robin—, pero ninguna oculta en el sótano.

Que yo sepa, claro.

Se enciende un luminoso foco cuando dan paso a Josh. Una vez más, menciona sus fuentes, todas las cuales permanecen en el anonimato.

Le han facilitado más información acerca del cuarto subterráneo que hay bajo la iglesia, y según dice han encontrado algo. En la pared, oculto en un rincón, parece ser que alguien que estuvo en cautividad intentó dejar un mensaje.

57

Por un momento, sopeso la posibilidad de preguntar a Josh si dispone de más información. Nunca hemos cruzado una palabra, únicamente me he comunicado con él por carta, pero este rumor sobre un mensaje oculto hace que me entre el pánico. Casi.

En vez de cometer una estupidez, como tan a menudo me ha sucedido en el pasado, me lo pienso dos veces. Reflexiono. Analizo. Y llego a una conclusión: es un disparate. La historia no es más que un disparate.

Las fuentes de Josh no han atinado. Si la policía tardó menos de un día en descubrir el supuesto mensaje, es imposible que a Millicent se le hubiera pasado por alto. Puede que ella ignore que su hijo se escabulle de noche, pero es capaz de detectar una mota de polvo a la legua. No se le pasaría por alto un mensaje en la pared.

¿Y qué tipo de mensaje dejarían Naomi o Lindsay? ¿Socorro? ¿Estoy atrapada?

Es inconcebible que Millicent les revelara su verdadero nombre, de modo que les resultaría imposible dar a conocer la identidad de su secuestradora.

El mensaje oculto debe de ser una mentira urdida por la detective Claire, sin duda con la intención de tendernos una trampa. Cualquiera que vea la tele sabe que la policía miente. Esto me basta para marcharme. Para irme a casa. A hablar con Millicent.

Al llegar, la casa está vacía. Enciendo la tele y zapeo entre las noticias. Josh aún está hablando acerca de este posible mensaje, pero no dispone de más datos. Un periodista de otra cadena repite lo que Josh ha dicho. El tercer periodista habla sobre la iglesia.

El Pan de Vida, una congregación cristiana, surgió a partir de una única familia y creció hasta convertirse en una congregación de unas cincuenta. En las fotografías antiguas aparece un grupo de personas de aspecto adusto con semblantes acartonados y ropa hecha jirones. En años posteriores, el grupo parecía haber prosperado, con mucho más pan; estaban más fornidos, y unos cuantos hasta sonrientes. Alcanzaron su apogeo en los años cincuenta y luego experimentaron un declive hasta extinguirse en los ochenta. Por lo que todo el mundo sabía, el edificio lleva desocupado como mínimo veinte años. Como es domingo, no es posible disponer de los planos de la oficina del catastro, pero los historiadores locales sospechan que el sótano formaba parte del edificio original. Puede que se destinara a cámara fría.

Zapeo entre los canales, a la espera de que surja alguna novedad. Millicent y los niños no llegan a casa hasta las cinco aproximadamente. Han pasado la tarde en el cine y en el centro comercial, donde Jenna se ha comprado otro par de zapatos y Rory otra sudadera con capucha. Ambos suben corriendo por las escaleras, y Millicent y yo nos quedamos a solas.

—¿Te encuentras mejor? —pregunta. Suena sarcástico.

—La verdad es que no.

Ella enarca una ceja.

La televisión está apagada. No tengo ni idea de hasta qué punto ella estará al tanto de las noticias.

—Están hablando de un mensaje —digo.

—¿Un qué? —Millicent entra en la cocina para preparar la cena. La sigo.

—Un mensaje en la pared. Que dejó alguien en cautividad.

—Imposible.

Me quedo mirándola. Está deshojando una lechuga para hacer una ensalada.

—Sí, eso es lo que me figuraba —contesto.

—Toma, termina esto. —Empuja la fuente y la lechuga en dirección a mí—. Estaba pensando en hacer sándwiches de atún con queso fundido esta noche.

—Me comí el atún a mediodía.

—¿Todo?

—Casi.

Por detrás de mí, la puerta de la nevera se abre bruscamente. Aunque no dice nada, noto su enfado.

La puerta se cierra de un portazo.

—Supongo que puedo preparar en un momento unas berenjenas al horno o algo —comenta.

—Perfecto.

Nos metemos en faena el uno junto al otro; ella corta en rodajas la berenjena, y yo gratino el queso para cubrirlas. Cuando finalmente lo metemos en el horno, Millicent se vuelve hacia mí. Tiene más ojeras que nunca.

—Siento lo de antes —se disculpa.

—No pasa nada. Los dos estamos con los nervios de punta con lo de Claire, la iglesia y todo eso.

—¿Estás asustado?

—No.

—¿De veras? —Parece sorprendida.

—¿Y tú?

—No.

—Entonces estamos bien, ¿no?

Ella me pasa los brazos alrededor del cuello.

—Estamos estupendamente.

Eso parece.

Subo a dar las buenas noches a los niños. Rory tiene la luz apagada, pero está despierto y entretenido con su teléfono.

Sin darme tiempo a decir una palabra, dice:

—Sí, estoy intercambiando mensajes con Faith. Y con Daniel. Y también estoy jugando a un juego.

—¿Estás haciendo bien alguna de esas cosas?

Él baja el teléfono y me lanza esa mirada. Es igual que la de Millicent.

—No estoy fumando hierba.

Como es de esperar, aún está enfadado.

—Bueno, ¿qué tal la novia? —pregunto.

—Faith.

—¿Qué tal Faith?

Suspira.

—Sigue siendo mi novia.

—No saldrás a hurtadillas esta noche, ¿no?

—Solo si tú no lo haces.

—Rory.

—¿Sí, padre? —Su tono posee un patente deje de sabelotodo—. ¿Qué lección quieres darme esta noche?

—Buenas noches.

Cierro la puerta sin darle opción a réplica. No me apetece escucharlo. Esta noche no.

Jenna está metiéndose en la cama; me siento para hablar con ella. Los dos ya se han enterado de lo de la iglesia y el sótano, igual que se enteran de todo enseguida. Ojalá hubiera un modo de impedirlo, porque es muy pequeña. No tan pequeña como para seguir durmiendo con peluches, pero sí como para tenerlos en su cuarto. Pero es demasiado consciente de este tipo de cosas. Las chicas son secuestradas y encerradas a cal y canto en los libros, en las películas, en los programas de televisión y en la vida real. Sería imposible que fuera ajena a ello, y no es el caso.

—Las tuvieron encadenadas allí abajo, ¿verdad? —pregunta.

Niego con la cabeza.

—Todavía no se sabe.

—No mientas.

—Probablemente sí.

Ella asiente y se pone de costado, hacia la mesilla de noche. La lamparilla que hay encima tiene una tulipa con forma de flor. Naranja, cómo no.

—¿Qué tal tu barriga? —pregunto.

—Muy bien.

—Me alegro.

—¿Cómo es posible que alguien haga daño a la gente de esa manera?

Me encojo de hombros.

—Simplemente a algunas personas les falta un tornillo. Confunden el bien y el mal.

—Apuesto a que Claire los pilla.

—Apuesto a que tienes razón.

Ella esboza una tenue sonrisa.

Confío en que se equivoque.

58

Las primeras fotografías del sótano son sorprendentes. No se parece a la mazmorra medieval que yo me había imaginado.

En vez de eso, parece el sótano inacabado de un antiguo edificio. Suelo en bruto, estanterías de madera en las paredes, una vieja escalera. Solo destaca la pared más apartada de las escaleras, porque es la única donde hay indicios de lo que puede haber sucedido en ese sótano. La pared de ladrillo está cubierta de estuco. En el suelo hay un revoltijo de cadenas y esposas.

Claire presenta las imágenes en una rueda de prensa nocturna que veo en un bar. Es el mismo en el que me encontraba cuando hallaron el cuerpo de Lindsay.

Pido una cerveza y me siento a tomármela tranquilamente donde tengo una perspectiva de una de las ventanas de la fachada. Al otro lado de la calle se halla el First Street Bar & Grill, donde preparan enormes hamburguesas para acompañar sus enormes cervezas artesanales, y todo cuesta menos de lo que parece. Como Millicent no es amante de las hamburguesas ni de la cerveza, solamente vamos allí para reunirnos con clientes o para asistir a una fiesta.

Claire describe los detalles de cada fotografía conforme las va pasando. Son primeros planos de manchas en las paredes y del suelo en bruto. Parecen de óxido, pero según dice son de sangre.

El camarero menea la cabeza. Nadie dice una palabra. Están absortos bebiendo y mirando.

Me resulta inconcebible que Millicent dejara tanto rastro de sangre, si es que se trata de eso. Puede que Claire esté mintiendo. Como sus ojos miran directamente a la cámara, me da la impresión de que me está observando fijamente. O al tío que hay a mi lado. O al camarero. Me pone de los nervios.

Odio los trajes de pantalón de Claire. El de esta noche es azul marino combinado con una blusa gris marengo. Siempre da la impresión de que va a un funeral.

Claire está en un estrado cerca de la iglesia, aunque a una distancia que no permite apreciar nada más que árboles. Ni siquiera se distingue la aguja. El inspector de policía y el alcalde se encuentran a un lado de ella, y al otro han colocado un caballete. Sobre él hay amontonadas copias ampliadas de las fotos, y un par de policías uniformados las van mostrando conforme Claire habla.

«Ya estamos llevando a cabo análisis de la sangre, cotejándola con la de Naomi y la de Lindsay. Hemos descubierto asimismo restos de saliva, los cuales también se están analizando».

No se admiten preguntas. La rueda de prensa íntegra dura alrededor de veinte minutos, lo cual proporciona margen de tiempo a los locutores y expertos para examinarla detenidamente. Claire no hace mención alguna de un mensaje dejado en la pared, ni aparece en ninguna imagen.

El camarero cambia de canal y pone las noticias de deportes. Pido otra cerveza y prácticamente ni la toco.

Al cabo de cuarenta minutos, lo veo. Josh entra en el First Street Bar & Grill, al otro lado de la calle. Es su restaurante favorito.

Obtuve esta información casualmente al pasar con el coche por el First Street hace algunas noches. Mientras estaba parado en un semáforo en rojo, vi a Josh salir de su coche y dirigirse al restaurante. A la noche siguiente, volví a pasar por allí y vi su coche aparcado en la puerta. La tercera noche, tres cuartos de lo mismo. Esa noche, pasé caminando y lo vi sentado en el bar, solo, tomándose una cerveza mientras veía la tele.

Cruzo la calle y me siento en un taburete relativamente cerca de Josh. Como ya he cenado, pido un chupito y una cerveza. Lo mismo que él.

Lo miro y aparto la mirada. Acto seguido vuelvo a mirarlo, como si lo hubiera reconocido.

Sin dignarse a mirar en mi dirección, dice:

—Sí, soy el tío ese de las noticias.

—Eso me parecía a mí. Te veo en la tele casi todas las noches —comento. Josh tiene un aspecto muy diferente en persona. Sus facciones no son tan tersas. La textura de su cutis es irregular. Tiene la nariz roja, igual que los ojos. Lástima que no me haya traído el colirio.

Suspira y finalmente se gira hacia mí.

—Gracias por verme.

—No, gracias a ti por informar. Realmente eres el que ha manejado la información de primera mano en ese famoso caso, ¿no? El de las mujeres asesinadas.

—Lo he sido.

—Y lo sigues siendo. Da la impresión de que eres el que primero se entera de todo.

Josh se bebe un tercio de su cerveza de un trago.

—¿Eres uno de esos frikis de crímenes reales?

—Qué va. Simplemente alguien que quiere que cojan a ese cabrón.

—Guay.

Le hago un gesto al camarero para que me sirva otro chupito.

—Oye, tío —le digo a Josh—. Deja que te invite a una ronda.

—No te ofendas, pero no soy gay.

—Tranquilo. Yo tampoco.

Josh acepta el chupito. El camarero también trae un par de cervezas más.

Vemos juntos el canal de deportes, haciendo algún que otro comentario acerca de este equipo o el otro. Pido un par de chupitos más, pero vierto el mío en un cuenco de frutos secos cuando está distraído. Josh se bebe el suyo y pide otros dos.

Al comenzar un partido de fútbol, hace un ademán con la cabeza.

—Yo apuesto por los Blazers. ¿Tú?

—Lo mismo. —Miento.

—¿Tú juegas? Tienes pinta de hacerlo.

Me encojo de hombros.

—La verdad es que no.

Apura el resto de su cerveza y hace una seña para pedir dos más.

—Yo jugaba en un equipo de fútbol, los Marauders. Éramos penosos, pero a pesar de ello nos temían. Era alucinante.

—Eso parece.

Durante una pausa publicitaria, en un avance de las noticias locales sale la rueda de prensa de hoy. Claire Wellington aparece una vez más en pantalla.

Josh menea la cabeza y me mira. No tiene la mirada tan fresca como cuando entré.

—¿Quieres información privilegiada?

—Claro.

Señala hacia la tele.

—Es una zorra.

—¿En serio?

—No es porque sea una mujer. De verdad, no tiene nada que ver con eso. Pero el problema de que haya mujeres al mando es que tienen que cambiar todo. Demostrar su valía, ¿sabes? Y no es culpa suya que tengan que hacer eso; lo entiendo. Solo que ojalá no la cagaran siempre.

—¿Es eso cierto?

—Al cien por cien.

El joven y serio periodista al que he estado viendo no es la persona que aparenta ser en la tele. No sé por qué me había causado esa impresión.

Pido un par de chupitos más. Josh se toma el suyo y planta el vaso bruscamente encima de la barra.

—Hace un par de días, informé de algo que me había facilitado una de mis fuentes. Al día siguiente, me llama por teléfono para decirme que no puedo seguir hablando de ello. Técnicamente, los policías pueden ser despedidos por hablar con la prensa. Ella ha decidido que el reglamento se cumpla a rajatabla. —Levanta las manos con un ademán, como si esto fuera abominable—. Incluso por hablar conmigo. Y yo colaboré con la policía cuando recibí aquellas cartas de Owen. O de quienquiera que las enviase. No tenía obligación de hacerlo. Podía haberlas leído en directo tranquilamente sin decir ni pío a la policía.

—¿Y eso qué significa? —pregunto—. ¿Que tus fuentes ya no te cuentan nada?

—Qué va, todavía me dan soplos. Lo que pasa es que tengo prohibido hacerlos públicos. Bueno, supongo que podría, pero soy buena gente. No quiero que despidan a nadie, especialmente a alguien que lo necesite. La zorra esa no se quedará aquí para siempre.

Sin darme opción a pronunciarme, su teléfono vibra. Echa un vistazo y pone gesto de disgusto.

—¿Ves? A esto es a lo que me refiero. Recibo un soplo de una fuente, la segunda vez que me pasan esta información, pero estoy atado de pies y manos. «Solo para tus ojos», dice. Solo para tus ojos. —Suelta un fuerte y sonoro suspiro—. Qué expresión más cutre.

—Menuda mierda.

—Y tanto.

Espero. Miro fijamente hacia la tele, sin decir una palabra, con la esperanza de dar a entender que todo esto me resbala. Porque, cuanto más me resbale, más posibilidades habrá de que desembuche.

Lo hace con el siguiente chupito.

—A ver, tengo que contárselo a alguien —dice, arrastrando las palabras—. Pero, como te vayas de la lengua, negaré que te lo he enseñado. Al menos hasta que lo saquen a la luz.

—¿Crees que lo harán?

—No les queda otra opción.

Josh empuja el teléfono hacia mí. El texto aparece en la pantalla, enviado por alguien bajo la firma J. Todo este asunto me recuerda un poco a cuando me hacía pasar por Tobias.

Hasta que leo el texto.

Solo para tus ojos:

Hay cuerpos enterrados debajo de la iglesia.

59

Yo pensaba que el contenido iba a ser referente al supuesto mensaje en la pared. En cambio, es acerca de cuerpos enterrados.

—¿Y qué? —digo.

—¿Cómo que y qué? —responde Josh.

—Esa iglesia tiene más de cien años. Lo más seguro es que haya un cementerio entero de gente enterrada ahí.

—Seguro. Pero no es a eso a lo que se refiere. —Josh se echa hacia delante y baja un poco la voz. El tufo a alcohol me da en toda la cara—. ¿Has estado allí?

Cuando estoy a punto de responder que sí, caigo en la cuenta de que no soy un friki de crímenes reales.

—No.

—Han montado una carpa de esas grandes, pero está detrás de unos árboles. Allí es adonde están trasladando los cuerpos.

—Y dale. ¿Qué cuerpos?

—Los cuerpos del sótano no tienen cien años —explica—. Son mujeres que han sido asesinadas recientemente.

—No.

—Pues sí. Y no puedo hacerlo público.

Josh continúa divagando, dale que te pego con las quejas sobre Claire y sus fuentes. Yo ya he desconectado.

Naomi y Lindsay ya han sido localizadas, con lo cual quedan Holly y Robin. Holly está enterrada en el bosque, en mitad de la nada.

Robin fue asesinada en nuestra cocina. Su cuerpo y su coche se hallan en el fondo de un lago de las inmediaciones.

Interrumpo a Josh.

—¿Sabes cuándo saldrá a la luz esta información?

—Pronto, sin la menor duda. No pueden ocultar esos cuerpos indefinidamente.

Él continúa hablando, pero en lo único que pienso es en Claire Wellington. En un abrir y cerrar de ojos se presentará en nuestra puerta preguntando por Holly, la hermana de Millicent.

Y por qué jamás se denunció su desaparición.

«Porque pensábamos que simplemente se había mudado».

«Porque nos traía sin cuidado».

«Porque solía torturar a mi mujer».

«Porque estaba loca».

Le mando un mensaje a Millicent.

Necesitamos una noche romántica.

Ella me da calabazas.

Nada de noche romántica. Estoy en el hospital.

Lo leo tres veces y acto seguido dejo caer dinero sobre la barra y salgo del First Street Bar & Grill sin decir palabra a Josh. O igual digo que tengo que irme. No estoy seguro.

Millicent me llama cuando me dispongo a llamarla. Como habla deprisa y yo he bebido, solo pillo lo fundamental.

Rory. Sala de urgencias. Se ha caído por la ventana.

No me molesto en coger el coche, porque me encuentro lo bastante cerca para ir corriendo. El hospital está situado a tres manzanas; al llegar me encuentro a Millicent caminando de un lado a otro del pasillo.

En cuanto la veo, lo sé.

Rory está bien. O lo estará.

Millicent tiene los puños apretados, un rictus en los labios, y da la impresión de que está echando chispas. Si Rory estuviera realmente herido, ella estaría preocupada, llorando o conmocionada. Pero no es el caso. Está como una furia.

Me agarra y me abraza. Es un abrazo rápido y seco, y acto seguido se aparta para olerme el aliento.

—Cerveza —digo—. ¿Qué ha pasado?

—Nuestro hijo salió a escondidas de casa para ver a su novia. Se ha caído mientras trepaba a su ventana.

—Pero ¿se encuentra bien?

—Sí. Pensábamos que se había roto la muñeca, pero es un esguince agudo. Tendrá que llevar un cabestrillo...

—¿Por qué no me llamaste cuando pasó? —pregunto.

—Lo hice. Te puse un mensaje.

Saco mi teléfono. Ahí está, justo en la pantalla agrietada. Dependiendo del ángulo, puede resultar difícil leerlo.

—Oh, Dios, lo siento...

—Olvídalo. Ya estás aquí. Lo importante es que se encuentra bien. —Millicent está enfadada de nuevo, si es que se le había pasado el enfado—. Va a estar un siglo castigado.

Alguien suelta una risita.

Jenna está sentada en la sala de espera, al doblar el pasillo. Me saluda con la mano. Yo le correspondo. Millicent me manda a por café a una máquina. Está amargo y me quema la lengua, justo lo que necesito. Me tranquiliza en vez de surtir el efecto contrario, porque tengo el corazón desbocado por la carrera hasta aquí, y por el alcohol, y porque mi hijo está en el hospital.

Millicent entra en la sala de reconocimientos para acompañar a Rory. Cuando salen, Rory lleva una férula en la muñeca y el brazo en un cabestrillo. A Millicent se le ha pasado el enfado, al menos de momento.

Él me rehúye la mirada. A lo mejor sigue mosqueado conmigo, o a lo mejor sabe que se ha metido en un lío. Cuesta dilucidarlo, porque ahora mismo me debato entre darle una colleja o un abrazo. Le alboroto el pelo.

—Si no quieres jugar al golf, deberías haberlo dicho y punto —comento.

A él no le hace gracia. Le encanta el golf.

Llegamos a casa pasada la medianoche. Voy a ver a Rory unos minutos después de irse a la cama. Hasta él se queda dormido enseguida.

Me siento en mi cama, agotado.

Mi coche todavía está en el First Street Bar & Grill.

Y hay cuerpos enterrados debajo de la iglesia.

—Millicent —digo.

Ella sale del baño; está en mitad de su rutina previa a acostarse.

—¿Qué?

—Esta noche he estado tomando unas cervezas con Josh. El periodista.

—¿Cómo es posible que...?

—Me dijo que hay cuerpos enterrados en el sótano de la iglesia.

—¿Cuerpos?

Asiento, observándola. Su asombro parece genuino.

—¿Dijo de quiénes eran los cuerpos? —pregunta.

—Doy por hecho que de Holly y Robin.

—No están en esa iglesia ni mucho menos. Ya lo sabes. —Se aleja en dirección al baño.

La sigo.

—¿De veras no sabes nada sobre los cuerpos enterrados allí abajo?

—Por supuesto que no.

—Simplemente hay un puñado de cuerpos en el sótano de una iglesia como si nada.

—Por Dios, ¿qué quieres que te diga? Se trata del mismo periodista que afirmó que había un mensaje en la pared. ¿Dónde está?

En eso tiene razón.

Tal vez Josh esté equivocado. O tal vez alguien le esté facilitando información falsa para despistarlo.

Los policías de las películas hacen eso constantemente. Y Claire podría ser igual de lista que ellos.

60

Ahora que Millicent ha descubierto que Rory tiene novia y que ha estado escabulléndose para verla, quiere reunirse con los padres de Faith para discutir el asunto. Los Hammond son clientes suyos, y coinciden totalmente en que sería conveniente que quedáramos todos para cenar. Ni Rory ni Faith están invitados.

Vamos de camino al restaurante, un establecimiento tradicional con manteles blancos y una carta de comida reconfortante. Elegido por ellos, no por Millicent.

—Son personas razonables —comenta Millicent.

—Seguro que sí —digo.

Al llegar, los Hammond ya están esperando a la mesa. Hank Hammond es bajo y rubio, como su hija. Corinne Hammond no es baja y no es rubia natural. Ambos van pertrechados con vestimenta clásica y sonrisas de cortesía. Pedimos directamente la comida. Nadie pide vino.

La voz de Hank duplica la proporción de su cuerpo.

—Faith es una buena chica. Jamás ha salido a escondidas hasta que conoció a vuestro hijo —dice.

Prácticamente alcanzo a ver cómo nos lanza la pelota. Millicent esboza una sonrisa amable y almibarada.

—Yo podría decir lo mismo de vuestra hija, pero las recriminaciones no van a llevarnos a ninguna parte.

—No estoy hablando de recriminaciones. Estoy hablando de mantenerlos apartados el uno del otro.

—¿Pretendes prohibir a Rory y Faith que se vean?

—Faith ya tiene prohibido ver a vuestro hijo en cualquier parte menos en el colegio —señala Hank—. Supongo que eso es imposible de evitar.

—Faith podría recibir sus clases en casa —replica Millicent—. Así jamás se verían.

Pongo la mano sobre el brazo de Millicent. Ella se zafa.

—A lo mejor es a vuestro hijo al que le hace falta que le den unas clases —señala Hank.

Corinne asiente.

—¿De verdad creéis que el hecho de prohibirles que se vean hará que... dejen de verse? —pregunta Millicent.

—Nuestra hija hará lo que le digamos —responde Hank.

Noto que Millicent está mordiéndose la lengua, porque yo estoy haciendo lo mismo.

Corinne rompe la tensión en el ambiente.

—Es por su bien —afirma en un tono más alto de lo esperado.

Millicent vuelve la vista hacia Corinne y, tras unos instantes, contesta:

—No tengo por costumbre prohibir sin más a mis hijos que hagan algo.

Mentira.

—Supongo que ahí es donde diferimos —señala Hank.

—Quizá deberíamos retomar el tema que nos ocupa —tercio—. No creo que sea necesario profundizar en nuestras respectivas filosofías sobre la paternidad.

—Muy bien —dice Hank—. Mantened a vuestro hijo apartado de mi hija, y asunto zanjado.

Traen la cuenta y Millicent se adelanta a Hank para cogerla. Me la tiende y dice:

—Es nuestra.

La cena termina con una seca despedida.

Millicent no pronuncia ni una palabra en el trayecto a casa.

Rory está esperando en la entrada cuando llegamos. Tiene un esguince en la muñeca, no puede jugar al golf, y está molido. Faith es lo único que tiene, o que creía tener. No me hace gracia decirle que también la ha perdido.

Solo que no lo hacemos. Millicent se acerca a Rory y posa la mano en su mejilla.

—Todo bien —dice.

—¿Sí? ¿En serio?

—Pero que sea la última vez que sales a escondidas.

—Lo prometo.

Rory se va correteando con su teléfono para llamar a Faith, a la que sus padres transmitirán un mensaje distinto.

Millicent me guiña un ojo.

Me pregunto si será así como las niñas aprenden a ser tan pillas. Por la madre de otro.

Al día siguiente, recibimos una llamada del colegio. Jenna, no Rory. Y, esta vez, no se trata de un arma o de su estómago. Ahora, es por sus notas.

Siempre ha sido una estudiante de matrícula de honor, pero en los últimos meses sus notas han bajado. Hoy, no ha entregado un trabajo que tenía que presentar. Jenna no se ha dignado a darle a su profesor una excusa.

Ni Millicent ni yo teníamos la menor idea. Jenna es tan buena estudiante que ni siquiera reviso los boletines semanales colgados online. Tras un aluvión de mensajes y llamadas, decidimos hablar con ella después de cenar.

Millicent comienza poniéndola al corriente de la llamada del colegio y a continuación dice:

—Cuéntanos qué está pasando.

Jenna no da una explicación como es debido más allá de unos cuantos balbuceos y gestos negando con la cabeza.

—No lo entiendo —comenta Millicent—. Siempre has sido una estudiante excelente.

—¿Y qué más da? —responde Jenna. Se levanta de la cama y se va al otro lado de la habitación—. Si alguien puede encerrarme en un sótano y torturarme a la primera de cambio, ¿qué más da?

—Nadie te hará eso —intervengo.

—Seguro que esas mujeres muertas pensaron lo mismo.

Otro pinchazo en las entrañas. Este da la impresión de que ha sido con un punzón.

Millicent respira hondo.

Desde que conoció a Claire, Jenna parecía encontrarse mejor. Hablaba todo el rato de hacerse detective. Pero todo acabó cuando nos enteramos de lo de la iglesia.

Conversamos con ella sin llegar a ninguna parte, procurando recurrir al razonamiento para aplacar su temor. La verdad es que no surte efecto. Lo único que conseguimos es la promesa de que no cateará ninguna asignatura.

Cuando nos disponemos a salir de la habitación de Jenna, reparo en una libreta abierta encima de su cama. Ha estado investigando acerca de cuántas mujeres son secuestradas y asesinadas cada año.

Millicent coge el teléfono para intentar encontrar otro terapeuta.

Esto sucede el tercer día sin novedades sobre la iglesia. La detective Claire da una rueda de prensa todas las noches para repetir lo que ya sabemos.

El cuarto día comienza con el ladrido de un perro. Como tenemos varios en el barrio, a saber cuál me despierta a las cinco de la mañana, pero no para de ladrar.

Me recuesto en la cama, al tiempo que me pregunto cómo no se me ha ocurrido antes.

Un perro.

Uno lo bastante grande como para que Jenna se sienta a salvo, y lo bastante protector como para que ladre cuando hay alguien fuera. Por ejemplo Rory cuando intenta entrar y salir a escondidas.

Me daría cabezazos contra la pared por no haber caído en ello antes. Un perro solucionaría muchos de nuestros problemas.

Por una vez, me levanto antes que Millicent. Cuando baja con su ropa para correr, estoy tomando café y documentándome sobre perros en internet. Se queda helada al verme.

—No sé si preguntarte por qué estás...

—Mira —digo, señalando hacia la pantalla—. Está en la perrera, un cruce de rottweiler y bóxer.

Millicent me quita el café de la mano y le da un sorbo.

—Quieres un perro.

—Para los niños. Para proteger a Jenna, y para impedir que Rory se escabulla.

Me mira y asiente.

—Eres un genio.

—Tengo mis momentos.

—¿Te ocuparás tú del perro?

—Los niños lo harán.

Ella sonríe.

—Si tú lo dices...

Me lo tomo como un sí.

En un descanso entre clase y clase, paso por la perrera. Una agradable mujer me hace una visita guiada mientras explico lo que estamos buscando. Ella me recomienda unos cuantos perros de distintas razas, y uno es el cruce entre rottweiler y bóxer. Se llama Digger. Ella revisa la documentación y dice que sería un buen perro para una familia, pero que para que nos den permiso para adoptarlo los niños han de ir a la perrera a conocerlo. Le doy mi palabra a la mujer de que volveré.

El perro me levanta un poco el ánimo.

Paro en un *drive-through* a por un café helado y un bocadillo. Mientras espero mi almuerzo sentado en el coche junto a la ventana de entrega, veo la tele que hay dentro. Claire Wellington está dando otra rueda de prensa. Me da un vuelco el corazón al leer las palabras que hay en la parte inferior de la pantalla:

SE HALLAN MÁS CUERPOS EN LA IGLESIA

Cuando la cajera abre la ventana corrediza para entregarme la comida, oigo la voz de Claire.

«... han sido hallados los cuerpos de tres mujeres jóvenes enterrados en el sótano».

Escucho el resto de la rueda de prensa en el aparcamiento, en la radio de mi coche.

Tres mujeres. Todas asesinadas recientemente.

La policía tiene que haber calculado mal los tiempos. Es imposible que alguien enterrara esos cuerpos mientras Lindsay estaba...

«Dos de los tres cadáveres eran lo bastante recientes como para que los expertos identificaran cómo fueron asesinadas. Al igual que las otras, fueron estranguladas. También hay señales de que fueron torturadas».

No consigo recuperar el aliento porque Claire no deja de hablar.

«También hemos encontrado unas palabras escritas con sangre en la pared del sótano, detrás de una estantería. Aunque no disponemos aún de los resultados del ADN, el grupo sanguíneo coincide con el de Naomi».

Cuando Claire dice las palabras que hay en la pared, se me para el corazón.

«Tobias».

«Sordo».

61

Es imposible que Naomi escribiera el nombre de Tobias. Ella no llegó a conocerlo.

Le doy vueltas a esto en mi cabeza, tratando de encontrarle explicación. Lindsay conoció a Tobias. Ella sabía que era sordo.

Pero su cuerpo fue hallado antes de que Naomi desapareciera. Es imposible que hablaran, es imposible que intercambiaran información de ese tipo.

Millicent era la única.

No tiene sentido. Nada de esto tiene sentido.

Mientras arranco y conduzco para salir del *drive-through,* acaba la rueda de prensa. Cuando concluye, los locutores continúan hablando. Repiten las palabras de la pared una y otra vez.

«Tobias».

«Sordo».

Naomi no sabía nada de Tobias.

Lindsay sí.

Y Millicent.

Me detengo en el arcén de la carretera. Tengo tal lío mental que soy incapaz de pensar y conducir al mismo tiempo.

«Tobias».

«Sordo».

Apago la radio y cierro los ojos. Lo único que veo es a Naomi en el sótano de la iglesia, encadenada a esa pared. Trato de desterrar ese pensamiento de mi cabeza, de aclararme las ideas. Pero sigo viéndola, agazapada en un rincón, mugrienta y cubierta de sangre.

Se me revuelve el estómago. La bilis me sube a la garganta; noto el sabor en la boca. Salgo del coche, sintiendo náuseas, y me llaman por teléfono.

Millicent.

Se pone a hablar nada más descolgar.

—¿Se te ha pinchado una rueda? —dice.

—¿Cómo?

—Estás parado en el arcén de la carretera.

Miro hacia arriba, como si hubiera un dron o una cámara enfocando hacia mí, pero el cielo está despejado. No hay ni un pájaro.

—¿Cómo sabes dónde estoy?

Ella suelta un suspiro. Un fuerte suspiro de exasperación; me revienta cuando lo hace.

—Mira debajo del coche —dice.

—¿Qué?

—Debajo. Del. Coche.

Me pongo en cuclillas y miro. Un localizador, idéntico al que yo coloqué en su coche.

Por eso no me enteré de lo de la iglesia.

Ella sabía que le estaba siguiendo la pista.

La constancia de lo que está pasando explota como una bomba en mi cabeza.

Solamente hay una persona que podía haber escrito ese mensaje usando la sangre de Naomi. Lo supe nada más conocer la noticia: lo que pasa es que sencillamente he estado buscando otra explicación.

No la hay.

—Me has tendido una trampa —digo—. Para que cargue con la muerte de todas ellas. Lindsay, Naomi...

—Y las otras tres. Que no se te olviden.

Me viene a la cabeza un cúmulo de imágenes de Millicent asesinando a mujeres sola, endosándome los crímenes.

Ahora sé lo que estaba haciendo mientras yo me quedaba en casa con Jenna todos aquellos días y noches en los que se encontraba mal.

El futuro se despliega ante mí como una alfombra roja ensangrentada.

Me aparto de la calzada. Cierro los ojos, reclino la cabeza y pienso en todas las maneras en las que Millicent podría incriminarme. Todo el ADN al que tiene acceso. Todo lo que podría colocar para inculparme, lo que podría entregar a la policía. Y eso ni siquiera incluye las personas que me conocieron bajo la identidad de un hombre sordo llamado Tobias.

Annabelle. Petra. Hasta los camareros.

Todos se acordarán.

Todo apuntará a mí.

Mi mente se resiste a esta idea. Doy vueltas en bucle, trazando un plan, repasándolo hasta el final, llegando a la conclusión de que no funcionará. Todas las opciones quedan descartadas; Millicent ya ha barajado todas las posibilidades. Parece un gigantesco laberinto sin salida. Al fin y al cabo, no se me da bien planificar, no tan bien como a mi mujer.

Camino de aquí para allá junto al coche. La cabeza me explota una y otra vez.

—Millicent, ¿por qué lo has hecho?

Ella se echa a reír. Me repugna.

—Abre el maletero.

—¿Qué?

—El maletero —dice—. Ábrelo.

Vacilo, imaginando lo que podría haber en el interior. Preguntándome hasta qué punto podrían empeorar las cosas.

—Hazlo —insiste.

Abro el maletero.

Dentro no hay nada más que mi equipamiento de tenis. Ni una sola raqueta fuera de su sitio.

—¿Qué...?

—La rueda de recambio —dice.

Mi teléfono, el desechable. El que tiene mensajes de Lindsay y Annabelle. Meto la mano por el borde del neumático, pero no lo encuentro. En vez de eso, encuentro otra cosa.

Gominolas de pica-pica.

Lindsay.

La primera con la que me acosté.

Sucedió después de la segunda caminata.

«Qué guapo eres». Eso es lo que Lindsay dijo.

«Tú sí que eres guapa».

La voz de Millicent me devuelve a la realidad.

—¿Sabes? Es alucinante lo que la gente llega a confesarte cuando pasa un año encerrada.

—¿Qué estás...?

—Ella te vio la noche en que la secuestramos. Lindsay se despertó antes de que te marcharas. La verdad es que le sorprendió bastante que no fueras sordo.

Me dan arcadas. Por lo que hice. Por lo que mi mujer ha hecho.

—Lo curioso —continúa— es que Lindsay pensaba que la estaba torturando por haberse acostado contigo. Yo traté de hacerla entender que no era por eso, al menos no al principio, pero dudo que me creyera en algún momento.

—Millicent, ¿qué has hecho?

—Yo no hice nada —responde ella—. Fuiste tú. Tú hiciste todo esto.

—No sé qué idea tienes de lo que ocurrió...

—No me subestimes negándolo.

Me muerdo la lengua hasta que noto el sabor de la sangre.

—¿Cuánto tiempo llevas planeando esto?

—¿Acaso importa?

No. A estas alturas no.

—¿Puedo explicártelo? —pregunto.

—No.

—Millicent...

—¿Qué? ¿Que lo sientes, que no fue premeditado, y que no significó nada?

Me muerdo la lengua. Literalmente.

—Bueno, ¿qué vas a hacer? —dice—. ¿Salir corriendo y esconderte, o quedarte y dar la cara?

Ninguna de las dos cosas. Ambas.

—Por favor, no hagas esto.

—¿Ves? Ese es tu problema.

—¿El qué?

—Siempre te centras en las cosas equivocadas.

Cuando me dispongo a preguntarle cuáles son las cosas equivocadas, me lo pienso dos veces. Se regodearía.

Ella se echa a reír.

La llamada se corta.

62

Deberían darme arcadas. Debería vomitar todo lo que tengo en el estómago, porque el hecho de que mi esposa desde hace quince años me haya tendido una trampa para endosarme los múltiples asesinatos de mujeres debería revolverme el estómago. En cambio, siento como si me hubieran inyectado novocaína por todo el cuerpo.

No está mal, porque puedo pensar en vez de sentir.

Salir corriendo y esconderme. Quedarme y dar la cara.

Ninguna de las dos ideas me seduce. Tampoco la cárcel, la pena de muerte, la inyección letal.

Salir corriendo.

Primero, hago balance de provisiones. El coche, medio depósito de gasolina, un bocadillo, un café medio frío y unos doscientos dólares en efectivo. No puedo usar tarjetas de crédito, pues Millicent estará ojo avizor.

Me pregunto si me dará tiempo a sacar dinero en el banco.

Más allá de eso, mis opciones se restringen considerablemente. No puedo disponer del coche durante mucho tiempo a menos que me deshaga de la matrícula, y luego está el tema de dónde ir. Canadá se halla demasiado lejos. Para cuando consiga llegar allí, mi foto habrá salido en todas las noticias.

México es la única opción por carretera, e incluso eso sería un buen trecho. Depende de la rapidez con la que todo esto se desarrolle. Mi nombre y mi foto podrían salir a la luz en cuestión de horas.

Podría coger un avión para salir del país, pero en ese caso tendría que utilizar mi pasaporte necesariamente. Sabrían dónde aterrizo. En ningún momento me había preparado para una huida de esta índole.

A Millicent le consta.

Si huyo, me atraparán.

También implica dejar a mis hijos. Con Millicent.

Ahora sí que me dan arcadas. En el arcén, detrás de mi coche, echo los hígados. No paro hasta que no queda nada.

Salir corriendo y esconderme. Quedarme y dar la cara.

Me pongo a sopesar una tercera opción. ¿Y si acudo directamente a una comisaría y lo cuento todo?

No. Millicent podría ser arrestada, pero yo también. Declararme inocente no es una opción, porque no lo soy.

No obstante, tiene que haber alguna salida. Una manera de incriminarla a ella en vez de a mí, porque yo no he matado a nadie. Con el abogado adecuado, con el fiscal adecuado, con las pruebas adecuadas, sería posible alcanzar un acuerdo. Solo que no tengo nada. A diferencia de Millicent, yo no he tendido una encerrona a mi esposa para incriminarla por asesinato.

«Siempre te centras en las cosas equivocadas».

Igual tiene razón; a lo mejor el motivo no importa. Pero importará. El motivo es lo que me obsesionará, lo que me quitará el sueño de noche tumbado en la cama. Si es que estoy en una cama. A lo mejor será un catre en una cárcel. Ella tiene razón en lo tocante al motivo. Hago mal en pensar en eso.

Salir corriendo y esconderme. Quedarme y dar la cara.

Las alternativas se repiten hasta la saciedad, como aquellas palabras escritas en la pared del sótano. Millicent ha planteado estas opciones como si fueran las únicas posibles. Como si fuese una de dos.

Se equivoca. No ha sopesado bien las opciones.

En primer lugar, me quedaré. Abandonar a mis hijos está descartado.

Y si me quedo, he de esconderme. Al menos hasta que encuentre la manera de conseguir que la policía me crea en lo que respecta a Millicent.

Eso significa que tengo que dar la cara.

Quedarme, esconderme, dar la cara. Lo primero es fácil. No salir corriendo.

La policía. Podría acudir a la policía y contarles todo, contarles...

No. Cómo voy a hacer eso. Tengo las manos manchadas de sangre; hasta un novato se daría cuenta. Y si no puedo acudir a la policía, no tendré más remedio que ocultarme.

Dinero. Tengo doscientos dólares en la cartera, y eso no dará para mucho. Voy directamente al banco y saco todo el dinero que puedo sin que salte la alarma en Hacienda. Millicent se enterará, porque el localizador sigue colocado en mi coche.

Millicent. ¿Desde cuándo lo sabe? ¿Desde cuándo me está siguiendo la pista? ¿Cuándo comenzó a planear esto? Las preguntas sin respuesta no tienen fin.

Con todo lo que hemos pasado, con todo lo que hemos hecho juntos, me resulta inconcebible que no hablara conmigo, que no me preguntara, que ni siquiera me concediera el beneficio de la duda. En vez de eso, no tuve ninguna posibilidad, ninguna oportunidad de explicarme.

Me resulta un poco chocante.

Y descorazonador.

Pero no tengo tiempo de pensar en ninguna de las dos cosas. En menos de una hora, mi vida se ha reducido al nivel más básico: la supervivencia.

De momento, no se me da muy bien. Millicent sabe dónde estoy, y no tengo la menor idea de lo que hacer a continuación.

A casa. Es adonde siempre voy.

Agarro lo que puedo: ropa, artículos de aseo, mi ordenador portátil. El que solíamos utilizar para buscar a las mujeres ha desaparecido, seguramente lo haya destrozado, pero doy con la tableta de Millicent y la cojo. Y fotografías. Cojo un par de fotos de los niños que hay colgadas en las paredes. También les mando un mensaje.

No creáis todo lo que os cuenten. Os quiero.

Antes de irme, desconecto el localizador GPS, pero me lo llevo. Durante un rato, ella se preguntará si estoy apoltronado en casa. Quizá. Aunque eso sería dar por sentado que conozco a mi mujer mínimamente.

Saco el coche por el camino de entrada y circulo por la calle sin la menor idea de adónde ir.

¿A un edificio abandonado, un motel de carretera, un aparcamiento? ¿Al pantano, al bosque, a los senderos? Qué sé yo, pero no me parece inteligente ir a un lugar desconocido. Necesito algún sitio tranquilo, algún sitio donde pueda reflexionar. Algún sitio donde nadie me moleste durante unas cuantas horas.

La absoluta falta de opciones y originalidad me empuja a ir al club de campo.

Como soy empleado, tengo llave de la oficina, la cual nunca uso, así como de las salas de equipamiento y las pistas. Paro un momento en la tienda a por una bolsa de víveres, casi todo comida basura, y me oculto hasta pasadas las nueve. A esa hora apagan las luces de las canchas de tenis y el vigilante las cierra con llave hasta por la mañana.

Allí es donde me dirijo. Hay cámaras en el interior del edificio del club. En las canchas no hay ninguna.

63

En las canchas de tenis me encuentro a mis anchas. Yo me crie aquí, en estas canchas. Aquí es donde aprendí a jugar al tenis, pero eso no fue lo único que hice. Mi entrenador me hizo correr alrededor de estas canchas infinidad de veces para ponerme en forma. Aquí gané trofeos y me machacaron vivo, a veces el mismo día.

Esta era mi válvula de escape; aquí era donde me refugiaba de mis amigos, del colegio, y especialmente de mis padres. Al principio, venía aquí para ver si les daba por buscarme. Como nunca lo hacían, lo utilicé como escondite. Hasta mi primer beso fue aquí.

Lily. Ella era un año mayor que yo y tenía mucha más experiencia, o al menos eso parecía. La noche de Halloween, hace siglos, mis amigos y yo nos disfrazamos de piratas. Ella y sus amigas se vistieron de muñecas. Nos encontramos con ellas por ahí, en los Oaks, mientras íbamos de puerta en puerta pidiendo golosinas, y Lily me comentó que era guapo o algo así. Yo asumí que eso significaba que estaba enamorada de mí, y creo que así era.

Una cosa llevó a la otra, y no tardé en preguntarle si le apetecía ir a algún lugar guay. Ella dijo que sí.

Tal vez «guay» fuera una exageración, pero a los trece años me parecía guay estar fuera de casa, de noche, con una chica. Lily tampoco puso reparos, porque me besó. Sabía a chocolate y regaliz, y me encantó.

Por un momento, estoy tan embelesado con este recuerdo que parece que todo va bien. No es así. Estoy en esta cancha de tenis porque la policía anda buscándome y no puedo volver a casa.

Pero al pensar en Lily caigo en la cuenta de que sí que tengo adonde ir.

La alarma de mi teléfono me despierta a las cinco. Doy un respingo, recojo mis cosas y me meto en el coche. Intentar conciliar el sueño en un banco de la cancha de tenis me ha proporcionado tiempo de sobra para idear un plan. La conexión a internet de mi teléfono ha contribuido a que sea uno bueno. Resulta que hay innumerables sitios web que explican cómo desaparecer, cómo perderte, como eludir a la policía, a tu jefe, o la furia de tu mujer. Todo el mundo desea huir de algo.

Salgo de la ciudad, me meto en la interestatal y no me detengo durante como mínimo una hora. Finalmente, paro en una gasolinera, enciendo el localizador GPS y lo coloco en los bajos de un camión articulado. Tras quitarle la batería a mi teléfono, paro en una tienda y compro un teléfono desechable barato.

A continuación vuelvo a Hidden Oaks.

Internet no recomienda esta parte, pero internet no tiene hijos. Si yo no los tuviera, seguiría conduciendo, cambiaría la matrícula de mi coche o me desharía de él y punto. Cogería un autobús de Greyhound de un estado a otro y al final acabaría en México.

No es una opción. No mientras Jenna y Rory sigan con mi mujer.

A medio camino, me detengo y lleno el maletero de provisiones. Reviso todos los periódicos buscando mi propio rostro, pero no lo veo por ninguna parte. Los titulares son esas dos escuetas palabras.

En el trayecto de vuelta a casa, me pregunto si estaré cometiendo otra estupidez.

Hay dos entradas en los Oaks. La entrada principal es donde están los vigilantes; para acceder hay que pasar por delante de ellos.

Pero Hidden Oaks es bastante grande, dado que alberga un campo de golf además de cientos de casas, de modo que hay una entrada trasera. O, mejor dicho, dos. Para una hace falta una clave; para la segunda, un mando parecido al de los garajes, pero no hay vigilantes. Por aquí es por donde entro.

Una vez en el interior, paso por delante de las viviendas más asequibles, cruzo la urbanización de gama intermedia y finalmente llego a una casa el doble de grande que la mía. Tiene seis dormitorios, como mínimo otros tantos baños, y una piscina en la parte trasera. En la casa de Kekona no hay nadie, porque ella aún está en Hawái.

Esta es la parte más brillante de mi plan. O la más estúpida. No lo sabré hasta que intente entrar.

Aquí es donde vivía Lily. Aquella noche de Halloween, se convirtió en mi primera novia. La cantidad de noches que salí a escondidas de mi casa para ir a la suya. Lo mismo que mi hijo hace ahora con su novia.

Han pasado muchísimos años desde entonces, y han pintado, reformado y renovado la casa. Posiblemente hayan cambiado las cerraduras en varias ocasiones. Pero eso es lo que tienen las inmobiliarias. La gente siempre cambia las cerraduras de la puerta principal y la trasera. Apuesto a que nunca han cambiado la cerradura de los postigos de atrás, los de la galería de la primera planta. La cerradura de esos postigos jamás cerró como es debido. No hacía falta llave.

Trepar a mi edad no resulta tan fácil como en aquella época, pero no me preocupa que me vean. La casa de Kekona se halla en el corazón de los Oaks, en la zona cara donde todo el mundo dispone de más terreno del necesario. Los vecinos más cercanos apenas se divisan desde la fachada principal, y mucho menos desde la parte posterior.

De alguna manera, consigo encaramarme sin caerme, y, efectivamente, me doy cuenta antes de forzarlas. Han pintado los postigos, quizá hasta los hayan vuelto a sellar, pero el cierre es el mismo. Sonrío por primera vez en veinticuatro horas.

Minutos después, me cuelo y salgo por el garaje. Kekona tiene un coche, un todoterreno, con lo cual en el garaje hay sitio de sobra para el mío.

Meto las provisiones, me doy una ducha, y me acomodo. Por primera vez, me da la impresión de que tengo una posibilidad. Una posibilidad de qué, no estoy seguro, pero al menos no me veo en la tesitura de dormir en una cancha de tenis.

Cuando abro mi ordenador portátil, me enfrento al problema número uno: la contraseña de la conexión inalámbrica a internet.

Como Kekona ha despegado la pegatina con la clave de la parte inferior del módem, me cuesta dar con la contraseña. Tardo un buen rato en darme cuenta de que la pegatina está justo en la puerta de la nevera.

Una vez conectado, me pongo a buscar una manera de acceder a la tableta de Millicent. Es necesario un pin de cuatro dígitos. Me consta sin probar suerte que ella jamás usaría una fecha de nacimiento o un aniversario al azar. He de buscar otra solución.

En los informativos, no dejan de hablar de la rueda de prensa, de Tobias, y de las tres mujeres del sótano.

Me paro a pensar quiénes son, a quiénes habría elegido Millicent. ¿A mujeres de nuestra lista? ¿A mujeres que yo había descartado, como Annabelle o Petra? Albergo la esperanza de que no se trate de Annabelle. Ella no hizo nada para merecerse a Millicent.

No, eso sería absurdo. Ha de haber alguien con vida para identificar a un hombre sordo llamado Tobias. Es imposible que ella eliminase a quienes lo han visto.

Tal vez Millicent se decantara por desconocidas, por mujeres a las que jamás he visto o con las que jamás he cruzado una palabra. O tal vez eso sería demasiado arbitrario para ella.

Me obligo a parar. Mi mente está dando vueltas en círculos sin llegar a ninguna parte.

Sigo trabajando con la tableta, con la esperanza de encontrar respuestas. Para cuando se pone el sol, sigo hecho un lío.

Son las seis; debería estar en casa cenando. Esta noche es la noche de cine, y no estoy allí. Si mi mensaje no alertó a Rory y Jenna de que algo va mal, mi ausencia lo hará.

Me despierto pensando que estoy en casa. Escucho a Millicent en la planta baja, de vuelta de correr, preparando el desayuno. Repaso mentalmente la agenda de hoy; mi primera clase es a las nueve. Me giro y caigo al suelo con un ruido sordo.

No estoy en casa. He dormido en el sofá del magnífico salón de Kekona. A pesar de que su sofá modular verde mar es enorme, me caigo de bruces. Vuelvo a la realidad al golpearme contra el suelo de madera.

La televisión, la cafetera de cápsulas monodosis y el ordenador siguen encendidos. Me he pasado la noche elaborando listas. De lo que sé, de lo que no sé, de lo que necesito saber. De cómo conseguir la información que necesito. La última lista es un poco corta, porque ni soy pirata informático ni detective. Lo que sí sé es que hay dos formas de proceder: demostrar que ella asesinó a esas mujeres o demostrar que no fui yo. Lo ideal sería ambas cosas.

La noche en que Naomi desapareció, yo me fui a casa a quedarme con los niños y dejé a Millicent a solas con ella. Igual que con Lindsay; yo me encontraba con Jenna porque estaba enferma. Los niños son mi coartada, y no muy buena. Es imposible que confirmen nada a partir de cuando se durmieron.

Pero ¿puedo demostrar que Millicent fue la autora? No más de lo que puedo demostrar que no fui yo.

La tableta de Millicent me plantea un problema más peliagudo de lo que pensaba. Aunque existe un programa disponible para resetear un pin, solo es posible hacerlo si estoy registrado con la dirección de correo electrónico de la tableta. Otra contraseña que me hace falta y de la que no tengo ni remota idea. En mitad de la noche, no tuve más remedio que leer foros de piratas informáticos poblados de adolescentes que buscaban lo mismo que yo.

Podría haber otra solución. Quizá. Pero únicamente si logro convencer a alguien para que me ayude.

Me paso media mañana con la duda de si es mejor pedírselo ahora, antes de que mi cara salga en todas las noticias, o cuando estén buscándome. Trato de imaginar que alguien recurre a mí en busca de ayuda, alguien que puede o no ser un psicópata. ¿Lo ayudaría, o lo echaría con cajas destempladas y llamaría a la policía?

La respuesta es la misma. Depende.

Y mis opciones son limitadas. Mis amigos son amigos de Millicent; los tenemos en común. Yo tengo muchos clientes, pero la mayoría no pasan de ahí. Solo se me ocurre una posibilidad: la única persona que estaría en posición de ayudarme y dispuesta a hacerlo.

Si Andy accede.

64

El Golden Wok es un restaurante chino tipo bufé situado a cinco minutos de Hidden Oaks. Yo he estado allí en una ocasión, de paso, y es como los demás restaurantes chinos tipo bufé que conozco. Llego pronto y colmo el plato de ternera al estilo mongol, cerdo agridulce, fideos chinos con pollo y rollitos de primavera. En mitad de la comida, Andy Preston entra y me acompaña.

Me levanto y le tiendo la mano. Él la aparta y me da un abrazo.

Andy no es el mismo que antes de que Trista se suicidara. Ni siquiera es el mismo que vi en el funeral. Ha perdido los kilos que le sobraban; ahora está casi demasiado flaco. Enfermizo. Le digo que coja un plato.

El bufé chino fue idea suya. Él se marchó de Hidden Oaks a raíz de la muerte de Trista; Kekona me comentó que había dejado el trabajo y que se pasa el día conectado a internet, dando ánimos a desconocidos para que no se quiten la vida. No me extraña.

Andy se sienta a la mesa y esboza una sonrisa apagada.

—Bueno, ¿qué tal? —digo—. ¿Cómo estás?

—No muy allá, pero podría estar peor. Siempre se puede estar peor.

Asiento, impresionado de que pueda decir algo semejante después de lo que le ha ocurrido.

—Efectivamente, así es.

—¿Y tú qué? ¿Cómo está Millicent?

Carraspeo.

—Ajá —dice.

—Necesito ayuda.

Él asiente. No me pregunta absolutamente nada: porque sigue siendo mi amigo, a pesar de que yo no me he comportado como tal con él.

Me he pasado toda la mañana dándole vueltas a la cabeza acerca de hasta qué punto debo poner a Andy al corriente de mi situación. Primero, la tableta. La saco de mi bolsa del gimnasio y la empujo sobre la mesa de formica.

—¿Puedes ayudarme a entrar aquí? Tiene un código pin, y no tengo ni la más remota idea de cuál es.

Andy mira la tableta y luego a mí. Su mirada parece un pelín más atenta.

—Cualquier chaval de ocho años sería capaz de entrar en este chisme.

—No puedo pedírselo a mis hijos.

—De modo que es de Millicent.

Asiento.

—Pero no es lo que piensas.

—¿No?

—No. —Hago un gesto hacia su plato—. Termina de comer. Después te contaré todo.

Digo «todo», pero no tengo intención de hacerlo.

Cuando terminamos, vamos a sentarnos en su camioneta. Es una vieja camioneta, nada que ver con el coche deportivo que solía conducir.

—¿Qué has hecho? —pregunta.

—¿Qué te hace pensar que he hecho algo?

Me mira de reojo.

—Estás hecho unos zorros, has cambiado de número de teléfono, y quieres entrar en el ordenador de tu mujer.

Por mucho que quiera desahogarme del todo, no puedo. Independientemente de los años que hayan pasado desde que nos conocemos, la amistad tiene límites. El asesinato es uno de ellos. Igual que guardar secretos sobre la mujer de un amigo.

—Le puse los cuernos a Millicent —digo.

No parece sorprendido.

—Y no ha sido una buena idea, supongo.

—Te quedas corto.

—¿De modo que te ha puesto de patitas en la calle y quiere quedarse con todo? ¿Con la casa, el plan de pensiones, los ahorros para la universidad de los niños?

Ojalá se conformara con eso.

—No exactamente —explico—. Millicent aspira a más.

—No puedo decir que me extrañe. —Se queda callado unos instantes y niega con la cabeza—. Ahora que ya la has cagado totalmente, puedo decirte la verdad.

—¿Qué verdad?

—Nunca me ha caído bien Millicent. Siempre me ha parecido un poco fría.

Me dan ganas de reír, pero no parece oportuno.

—Me está incriminando por cosas que no hice. Cosas muy malas.

—¿Cosas ilegales? —dice.

—Sí. Y tanto.

Él levanta una mano, como para impedirme que entre en detalles.

—Así que yo tenía razón. Es fría.

—Tenías razón.

367

Se queda callado durante unos minutos. Desliza la mano por el volante, el tipo de cosas que alguien hace sin querer porque está demasiado absorto pensando. Lo único que puedo hacer es mantener la boca cerrada para dejar que calibre mi grado de cordura.

—Si lo único que necesitabas era entrar en esa tableta, ¿qué necesidad había de contarme lo demás? —dice.

—Porque nos conocemos de toda la vida. Es mi obligación decirte la verdad.

—¿Y?

—Y porque lo más seguro es que salga en las noticias pronto.

—¿En las noticias? ¿Qué demonios te está haciendo?

—Eres el primero que me ve desde ayer —digo—. Por favor, no se lo cuentes a nadie.

Se queda mirando por la ventanilla, en dirección al rótulo de neón del Golden Wok.

—Mejor que no sepa nada más, ¿verdad?

Niego con la cabeza.

—Entonces ese es el gran favor —señala—. Mantener la boca cerrada.

—Más o menos. Sí. Pero necesito entrar ahí —digo, señalando hacia la tableta de Millicent. Yace sobre el salpicadero de Andy—. ¿Me ayudarás?

De nuevo, se queda callado.

Andy va a acceder. Puede que él no sea consciente de ello, pero ya ha tomado la decisión de ayudarme. De lo contrario, a estas alturas se habría largado. Y, a juzgar por su aspecto, puede que esto le venga tan bien como a mí.

—Siempre has sido un coñazo —comenta—. Y que sepas que tus clases de tenis son carísimas.

Sonrío levemente.

—Tomo nota. Pero tú me acusaste de acostarme con tu mujer. Me debes una.

Asiente.

—Dámela.

Le doy la tableta.

La espera es lo peor. Como saber que una bomba va a explotar pero no cuándo o dónde. O quién la detonará. Me paso el día siguiente en la sala de cine de Kekona. Tiene una pantalla tan ancha como la pared y asientos reclinables de piel envejecida. Veo a Josh hablar de Tobias sin parar. Hasta consulta a expertos sobre lo que se siente al ser sordo.

He de reconocer que parte de la información es interesante. Me habría sido de utilidad estar al corriente cuando me hizo falta.

La melodía de las noticias de última hora interrumpe mis cavilaciones. Me da un vuelco el corazón al ver la imagen que aparece en pantalla.

Annabelle.

La dulce Annabelle, la controladora de aparcamiento cuyo novio fue atropellado por un conductor borracho.

Está viva.

Y tan guapa como siempre, con su pelo corto y sus delicadas facciones, pero no está sonriente. No parece hacerle ni pizca de gracia cuando Josh la presenta como una «mujer que ha mantenido un encuentro con un hombre sordo llamado Tobias».

No me extraña que sea la primera en salir a la palestra. Como no pudo salvar a su novio, pretende salvar al resto.

Annabelle relata nuestra historia, tal y como ella la vivió, comenzando por el momento en el que estuvo a punto de poner una multa al coche del que yo dije ser el dueño. Explica cómo nos topamos el uno con el otro en la calle y la invité a tomar algo. Hasta especifica el nombre del bar. Si Eric, el camarero, no ha salido aún a la luz, lo hará.

A Annabelle no se le escapa un detalle, ni siquiera el mensaje que me envió. Ahora la policía tendrá ese número de teléfono.

Me pregunto si Millicent responderá cuando llamen.

Por último, pero no menos importante, Annabelle afirma que ha pasado la mañana con un dibujante. El retrato robot se muestra justo al término de la entrevista.

Es idéntico a mí y, al mismo tiempo, no se parece en nada a mí.

Me imagino a Millicent viendo esto y criticando el dibujo, diciendo que la nariz es un pelín demasiado grande y que quizá los ojos sean demasiado pequeños. Ella comentaría que han pasado por alto el lunar que tengo junto a la oreja, o que el tono de mi tez es distinto. Ella repararía en todo, porque no se le escapa una.

No tardarán en identificarme, aunque la gente debe de estar buscándome ya. Mi jefe, por ejemplo. Millicent seguramente simulará estar desquiciada, fingiendo que he desaparecido sin motivo alguno.

Jenna y Rory... A saber lo que estarán pensando.

Paso el resto del día enclaustrado, con el temor de salir a la calle a la luz del día.

Me viene a la memoria el día en que me casé con Millicent, en la casa de sus padres en mitad de la nada. La veo con aquel sencillo vestido, con el pelo recogido y adornado con minúsculas flores, como si fuera una especie de hada o ninfa procedente de otro mundo. Ella era así, todo en ella era de ensueño. Aún lo es, supongo.

También me viene a la cabeza lo que dijo aquel día, porque ahora viene que ni pintado.

«Allá vamos».

La noticia se propaga rápidamente, cosa que no es de extrañar. La audiencia cuenta con suficiente información como para proporcionar más detalles.

La segunda persona que afirma conocer a Tobias es un camarero, pero no Eric. Este joven trabaja en el bar donde conocí a

Petra. Josh, aunque eufórico por todas las novedades, parece bastante decepcionado con el joven, pues este no recuerda exactamente el día, ni la hora, en que conoció a Tobias. Recuerda tan pocas cosas que es casi embarazoso, al menos para él. Para colmo, se confunde de bebida. Tobias en ningún momento pidió vodka con tónica.

Me tomo esto casi como una ofensa. Siempre creí que Tobias era más memorable que todo eso.

O a lo mejor este camarero es un imbécil.

A falta de alguna novedad, todo se repite. Ponen la entrevista de Annabelle una y otra vez; repiten los mejores fragmentos hasta que me los aprendo de memoria. Durante las pausas publicitarias, me pregunto si mis hijos estarán viendo la misma cadena.

Me consta que Millicent sí. Me la imagino sentada en el sofá, viendo a Annabelle en nuestro televisor de gran pantalla. Me la imagino sonriendo. O con el ceño fruncido. Ambas cosas.

Eric sale en los informativos de la noche, pero en otro canal. Josh no consigue esta entrevista. La periodista que la hace es una mujer de mediana edad, una figura destacada a nivel local. Hasta ahora, no la había visto cubriendo nada sobre este caso, ni cuando Owen regresó ni cuando se supo que estaba muerto. El hecho de que se haya involucrado me preocupa. Está a punto de emprenderse una persecución, si es que no ha comenzado ya, y todo el mundo está buscándome.

Eric recuerda más detalles que el último camarero, comenzando por la bebida: *gin-tonic.* Describe mi traje, hasta la corbata que llevaba puesta. Se acuerda de mi color de ojos, de mi tez morena, incluso del largo de mi pelo.

Se me revuelve el estómago con cada nueva revelación. No sé cómo me las apañé para dar con el único camarero de la ciudad con memoria fotográfica.

En cuestión de minutos, las demás cadenas retransmiten las declaraciones de Eric. Me revienta un poco oír a Josh repetir todos esos detalles de mi persona. Ojalá me hubiera percatado de lo ruin que en realidad es. En ese caso, bajo ningún concepto le habría enviado las cartas a él.

Aunque supongo que no estoy en posición de juzgar quién es ruin y quién no lo es.

Transcurre una hora tras otra hasta bien entrada la noche, cuando comienzan las películas clásicas y la teletienda. Abro mi portátil y busco páginas web sobre crímenes reales. El retrato robot aparece en todas partes, junto con las mismas entrevistas que acabo de ver, y reviso todos los foros de mensajes. No figura mi nombre, ni tampoco tendría por qué. En todo caso, aún no.

65

No duermo mucho. Una hora después de despertarme, las cadenas de noticias anuncian una rueda de prensa de Claire Wellington. Se me revuelve el estómago con el café mientras espero a que comience. Claire no ha dicho nada positivo todavía, y sé que no lo hará esta mañana.

En la comisaría han colocado un estrado. Está flanqueado por las banderas de Estados Unidos y del estado y rodeado de micrófonos, cámaras y focos. Diez minutos después de la hora prevista, Claire camina hacia el estrado. No lleva puesto un traje de pantalón. Hoy, es una falda azul marino con una chaqueta a juego, del estilo de trajes que usa Millicent, solo que no tan ceñido. De alguna manera, sé que esto es mala señal.

Claire comienza con el retrato robot que ya ha salido a la luz, y pide a los ciudadanos que lo cuelguen en comercios, colegios y edificios públicos, así como en sitios web locales. Aunque cualquiera que no lo haya visto a estas alturas es porque no tiene televisor o internet. O está en coma.

Pero este no es el motivo por el que Claire está dando una rueda de prensa. Esto no es más que su primer acto. La primicia viene a continuación.

«Bien, tengo novedades respecto a las tres mujeres que encontramos en el sótano de la iglesia. Dados los diversos grados de descomposición, su identificación conlleva un proceso minucioso. Por otro lado, les han rebanado las huellas dactilares».

Hace una pausa, respira hondo.

«Pese a las dificultades, el médico y los especialistas en medicina forense han realizado una extraordinaria labor. La primera de estas mujeres ha sido identificada, y se ha informado a su familia. Gracias al arduo trabajo de numerosas personas, esta joven por fin puede descansar en paz».

Antes de decir el nombre de la mujer, aparece una imagen en pantalla.

La conozco.

Jessica.

La cajera de EZ-Go donde me compro el café. Se fue no hace mucho. El tío que la sustituyó dijo que se había ido a estudiar a otro estado. No puedo creer que Millicent la conociera. Millicent no compra café ni nada en EZ-Go.

Seguramente me ha estado siguiendo desde hace mucho más tiempo de lo que yo me figuraba. Millicent siempre ha controlado mis movimientos. Y con quién hablo.

El corazón se me pone a mil por hora ante la idea. Suelto el café.

En la tele, una pantalla dividida muestra a Jessica a un lado y a Claire al otro. La detective aún está hablando, explicando que las otras dos mujeres no han sido identificadas.

Ahora, sé lo que Millicent ha hecho. Ha asesinado a mujeres que yo conocía, con las que pueden vincularme. Tal vez esto forme parte de su encerrona.

O tal vez piense que me acosté con todas ellas.

Quizá ha empleado la táctica de tierra quemada, eliminando a cualquiera que supusiera una amenaza.

Me devano los sesos para averiguar quiénes podrían ser las otras dos. Mis clientas no. Ninguna ha desaparecido recientemente, y, en todo caso, yo estaría al corriente. La gente pudiente no desaparece de buenas a primeras sin que alguien dé la voz de alarma.

Hago un repaso de todas las mujeres que conozco, concretamente de las jóvenes que encajan con el perfil de Owen. Algunas de ellas trabajan en la barra, en el comedor, en la tienda del club. Conozco a todas de vista y he hablado alguna que otra vez con la mayoría. Unas llevan más tiempo allí que otras. Casi todas continúan allí; no están muertas en el sótano de una iglesia.

Excepto una.

Beth.

La alegre Beth, de Alabama, una camarera del club. Jamás tuvimos una aventura; simplemente era una joven agradable, y a veces conversábamos mientras yo comía en el club. Nada más.

Hace poco, se marchó debido a una urgencia familiar en Mobile. El gerente del restaurante me lo dijo. Nadie lo puso en duda. Nadie sospechó que le hubiera ocurrido algo. Nadie se presentó buscándola.

De haber pasado más tiempo, a lo mejor su familia lo habría hecho.

Me levanto y me pongo a caminar de un lado a otro; primero, en la sala de cine, y seguidamente por toda la casa. Arriba, abajo, por todas las habitaciones dando vueltas en círculo.

Otra.

Millicent asesinó a una tercera mujer. Como nadie más ha desaparecido —que yo sepa—, me pregunto si se tratará de Petra. Teniendo en cuenta que Annabelle y los camareros pueden identificar a Tobias, ¿por qué no deshacerse de ella?

Una llamada telefónica me saca de mi estado de pánico. El único que tiene mi nuevo número es Andy.

—Eres tú —dice. No menciona el retrato robot de la policía y no hay necesidad de ello.

Asiento con el teléfono en la mano, como si él pudiera verme.

—Esto es lo que te decía. Me ha tendido una trampa.

—Sí, hasta ahí de acuerdo. Pero te quedaste corto al trasmitirme la magnitud de su furia.

—Dije que mejor que no supieras nada más. Te lo advertí.

—¿Cómo es posible que esté haciendo esto?

De nuevo, me dan ganas de sincerarme, pero no puedo. Tampoco tengo una buena respuesta.

—Si lo supiera, se lo diría a la policía.

Él suspira. Justo antes de colgar, dice:

—Maldita sea.

Y aún tiene la tableta de Millicent.

Me paso todo el día viendo las noticias, registrando mi ordenador portátil y buscando a mis hijos en internet. Mi búsqueda no aporta nada nuevo; únicamente viejos artículos del periódico local sobre el equipo de Jenna o Rory en un campeonato de golf.

Miro las fotos que hice de la casa. Me da la impresión de que son de hace siglos, de la época en la que yo tenía una vida que ahora se me antoja un sueño.

Es de noche. Estoy junto a la piscina, dando vueltas alrededor de ella. Si Kekona tuviera vecinos, pensarían que estoy chiflado, cosa que puede ser, pero no hay ninguno en las inmediaciones. Como no hay un alma, me zambullo, con ropa y todo, y permanezco sumergido hasta que no aguanto más. El aire me conmociona al emerger a la superficie. Me espabila y a la vez me calma.

Salgo de la piscina y me tiendo en el patio, con la mirada perdida en el cielo, procurando no plantearme hasta qué punto puede empeorar la situación.

Mi vida está patas arriba, y debería sentirme indignado. Creo que hay un rescoldo de rabia, avivándose bajo la superficie, un cúmulo de tristeza y desengaño, de remordimiento, vergüenza y horror. Todo aflorará, y todo me sobrepasará, pero aún no. No hasta que averigüe cómo salir de este atolladero.

Y recuperar a mis hijos. Me quedo dormido pensando en ellos. Solo en nosotros, no en Millicent.

El sol y los pájaros me despiertan. Se respira tanta paz en la casa de Kekona, es muy fácil fingir que el resto del mundo no existe. Entiendo por qué rara vez sale de los Oaks. ¿Por qué iba alguien a desear salir de aquí para volver a la realidad por voluntad propia? Yo no, a no ser que no tuviera más remedio.

Finalmente, vuelvo dentro y pongo la tele.

Yo.

Estoy en esa pared, con la mirada clavada en mí mismo. Mi imagen cubre la pantalla, y mi nombre aparece debajo, junto a un rótulo:

SE BUSCA

A pesar de que lo anticipaba, caigo de rodillas al suelo.

Qué rapidez. Mi vida entera se ha ido al traste en menos de una semana. De no estar pasándome a mí, me parecería imposible.

La voz de Josh me hace alzar la vista. Está hablando como un loro, como siempre, pero hoy no ejerce de periodista. Como nos conocimos en el First Street Bar & Grill, es el protagonista de la entrevista. La estrella.

Casi todo lo que dice es mentira, y me quedo corto. Que yo lo abordé. Que le pregunté por el caso. Que le rogué que me diera los nombres de sus fuentes. Se salta la parte en la que se emborracha, tilda de zorra a Claire Wellington, se queja de que contaba con información y que la compartió conmigo, pero que no podía sacarla a la luz.

«Entiendo que la policía esté intentando localizar a este hombre, y quizá no pase de ahí. Yo solo puedo describirte lo que sentí. ¿Sabes esa sensación que tienes cuando algo te da mal rollo, como que salta una alarma en tu cabeza diciéndote que te largues? Esa es la sensación que me causó ese tío».

Su comentario es lo bastante inquietante como para hacerme parecer culpable, a pesar de que Josh no se encontraba en condiciones de percatarse de nada cuando lo conocí.

Tengo ganas de volver a ponerle la batería a mi verdadero teléfono. Para ver si los niños me han enviado algún mensaje, si están preocupados, si creen lo que se está diciendo de mí. O para ver cuántas veces ha llamado por teléfono la policía.

En vez de eso, estoy solo, atrapado en la preciosa casa de Kekona sin nadie con quien hablar.

Hasta que llaman por teléfono. Andy.

Descuelgo, pero no digo nada. Él se pone a hablar automáticamente.

—Esos crímenes afectaron mucho a Trista. Casi me alegro de que no pueda ver cuántas víctimas hay.

Si Trista siguiera viva, sabría que Owen no asesinó a estas mujeres. Y no tendría motivos para suicidarse. Me guardo esto para mis adentros.

—Lo recuerdo —digo—. Ella hablaba de ello en el club.

—Pero tú no lo hiciste.

—Yo no asesiné a esas mujeres. —Cierto. Solo maté a Holly, y nadie la encontró.

—Si descubriera lo contrario...

—Llama a la policía —le interrumpo—. Delátame.

—Iba a decir que yo mismo te mataría.

Respiro hondo.

—Hecho.

—He conseguido entrar en la tableta. ¿Me puedes decir dónde estás?

—Por tu propio bien, más te vale...

—No saberlo —apostilla—. Lo he pillado.

Quedamos en otro aparcamiento, no en el de la puerta de Golden Wok. Me camuflo con una gorra de béisbol y gafas de sol, y llevo barba de dos días. No es gran cosa, pero nadie va a seguirme la pista en el todoterreno de Kekona. Salgo por la puerta trasera de Hidden Oaks para eludir a los vigilantes.

Ha oscurecido, porque no pienso salir a plena luz del día. Tampoco dejaré que Andy vea el coche o la matrícula, así que aparco a dos manzanas y camino hasta el aparcamiento. Él está fuera de su camioneta, con la tableta de Millicent en la mano. No hay ningún otro vehículo a la vista, ni luces encendidas. El aparcamiento pertenece a una tienda de repuestos para coches sellada con tablones.

Andy está un pelín más erguido que la última vez que lo vi. Tiene la barbilla levantada.

—Todo el maldito condado anda buscándote —dice.

—Sí, ya.

Andy se da la vuelta, coloca la tableta encima del capó y la mantiene derecha con la mano.

—Como me digas que has fracasado, dejaré de creer que eres un genio —comento.

—Yo jamás fracaso. Pero no sé si esto te servirá de algo. —Desliza el dedo por la pantalla, que se ilumina con un teclado numérico—. Nueva clave. Seis-tres-siete-cuatro. Primero, las malas noticias. Debe de haberse dado cuenta de que te llevaste esto, porque ha borrado todo de la nube.

—Cómo no.

—No pasa nada: hay buenas noticias. Ella tenía información almacenada en el disco duro. A eso no tuvo acceso.

Me enseña unas cuantas fotos. Un par de los niños, varias de casas a la venta y una instantánea de una lista de la compra.

Meneo la cabeza. Todo es demasiado prosaico para ser de utilidad.

—Le gustaban los juegos —señala Andy. Abre unos cuantos juegos de *Match 3* y crucigramas.

Cualquier esperanza que yo albergara se apaga como una hoja mustia. Por supuesto que no hay nada en la tableta. Millicent jamás cometería semejante estupidez.

—También he encontrado unas cuantas recetas —dice, al tiempo que abre unos archivos en PDF.

—Champiñones rellenos, ¿eh?

—El humus de espinacas tiene buena pinta.

Suspiro.

—Eres un gilipollas.

—Oye, que es tu mujer —dice—. Por último, pero no menos interesante, sus búsquedas en internet y las páginas que visitó. Ella limpió el historial, pero he recuperado la mayor parte, por si acaso hay algo que valga la pena.

No mucho. Más recetas, webs médicas sobre fracturas en las muñecas y dolores de estómago, el calendario escolar online y un puñado de sitios web de inmobiliarias.

—Ningún cuchillo ensangrentado —digo.

—Por lo visto no.

Suspiro.

—No es culpa tuya. Gracias por intentarlo.

—Me debes la vida, ¿sabes? —dice.

—Si no me encierran de por vida.

Me da un abrazo y acto seguido se aleja en su vieja camioneta.

Me quedo solo de nuevo, sin ninguna prisa por llegar a la casa de Kekona. Hasta una casa grande puede resultar agobiante.

En vez de irme, cojo la tableta y reviso todos esos sitios web de inmobiliarias que visitó. Nadie es perfecto, me digo para mis adentros. Ni siquiera Millicent. De alguna manera, en algún momento, cometió un error.

Cuando lo descubro tengo los ojos prácticamente inyectados en sangre.

66

El sitio web que más visitó Millicent es una base de datos de inmuebles. Consultó la página a diario, documentándose sobre cifras de transferencias y compraventas de propiedades, todas las cuales eran de dominio público. El navegador registró las direcciones que consultó.

Una de ellas es la de un edificio comercial situado en el 1121 de Brownfield Avenue. Hace seis meses, un hombre llamado Donald J. Kendrick vendió el edificio por 162.000 dólares. El edificio tiene más de veinte años y lo ha ocupado siempre un establecimiento.

Joe's Deli.

Donald vendió el inmueble a una sociedad limitada propiedad de otra sociedad limitada y luego de una tercera. Actualmente, el edificio pertenece a R. J. Enterprises.

Rory. Jenna.

Millicent se ha pasado de lista, porque ella no lo consideraría una equivocación. Nada que concierna a nuestros hijos es una equivocación. Esto fue adrede.

Me traslado a hace seis meses y caigo en la cuenta de que fue justo a raíz de que ella vendiera tres casas de un tirón. Consiguió una gran cantidad de dinero en efectivo para utilizarlo.

Denise jamás fue clienta de Millicent.

Es una inquilina. Una inquilina que mira por dónde era amiga de la hermana de Owen.

Conociendo a Millicent, pasaría horas investigando el pasado de Owen: su familia, dónde vivían y dónde estudió. Indagó hasta averiguar que Owen había muerto, y seguidamente localizó a alguien que pudiera demostrarlo. Como la hermana de Owen. Lo único que necesitaba era conseguir que regresara al país.

¿Quién mejor que una vieja amiga? Especialmente una vieja amiga con una casera exigente. Alguien que se pusiera en contacto con Jennifer Riley y le rogara que diera la cara para confirmar la muerte de Owen.

Millicent. Todo obra de Millicent. Y todo urdido en los últimos seis meses.

Ahora entiendo su reacción ante las noticias de las denunciantes. Millicent estaba convencida de que mentían; insistía en que el verdadero Owen no había regresado. Ella ya estaba al corriente de que había muerto.

Su empeño en arruinarme la vida sería digno de admiración de no ser tan enfermizo.

Sin embargo, sigo sin tener ninguna prueba. Tan solo una sociedad limitada y un edificio comercial, lo cual hasta un abogado de tres al cuarto aduciría que fue una inversión, no una encerrona para incriminar a alguien por asesinato.

Vuelvo a entrar en Hidden Oaks por la puerta trasera usando el mando de Kekona para abrirla. Una vez dentro, siento el impulso de pasar por delante de mi casa. Está saliendo el sol; me pregunto si los niños estarán dormidos. Si pueden conciliar el sueño. Si viviéramos en cualquier otro lugar, estarían rodeados de periodistas. Aquí no. Solo tienen acceso los residentes.

Pero no lo hago. Sería una estupidez.

En vez de eso, vuelvo a casa de Kekona y enciendo su televisión de pantalla gigante.

Yo. Todo es sobre mí.

Ahora que me han identificado, todo el mundo tiene algo que decir acerca de mí, y todos lo dicen delante de la cámara. Antiguos clientes, compañeros de trabajo, conocidos: todos opinan sobre el hecho de que me estén tratando de localizar. De que sea una persona en paradero desconocido.

«Un tío agradable. Quizá un pelín demasiado desenvuelto, pero ¿qué se puede esperar de un profesor de tenis?».

«Le daba clases a mi hija, y ahora solo agradezco que esté viva».

«Solía coincidir con él en el club. Siempre andaba a la caza de clientes».

«Mi mujer y yo lo conocemos desde hace años. Jamás lo habría imaginado. Jamás».

«¿Aquí en Hidden Oaks? Es increíble. De verdad».

«Qué horror».

En este momento Josh está concediendo entrevistas a otros periodistas, pues la conversación que mantuvo conmigo hace que forme parte de la historia.

Mi jefe comenta que yo era el mejor profesor de tenis que ha contratado en su vida, y que es una lástima que sea un psicópata.

Y Millicent. Ella no aparece ante las cámaras, ni se muestra ninguna imagen de ella, pero mi mujer emite un comunicado:

Mis hijos y yo les pedimos que respeten nuestra intimidad durante estos momentos tan sumamente difíciles. Estoy prestando toda mi colaboración a la policía y no tengo nada más que añadir en este momento.

Breve, melifluo y redactado por Millicent. Es probable que dictado por un abogado, tal vez uno de sus clientes. Alguien con el que yo tenía amistad.

Ahora solo tengo a Andy, aunque si se enterara de la verdad me mataría.

Pienso en Kekona, me pregunto si es mi amiga, si de estar aquí me creería. Nos conocemos desde hace por lo menos cinco años, y hemos ido tomando confianza hasta pasar nuestras clases bromeando. Aun cuando falta a alguna clase la abona, y cuando organiza una fiesta siempre nos invita. ¿Esto la convierte en una amiga? Ya no sé qué pensar.

No estoy acostumbrado a tanta soledad. A lo largo de diecisiete años, Millicent ha estado conmigo, y durante la mayor parte de ese periodo los niños también. Yo tenía una familia de la que preocuparme, que se preocupaba por mí. Durante los primeros años posteriores a mi regreso a Hidden Oaks, mis viejos amigos empezaron a casarse, a mudarse de aquí, a crear sus propias familias. No pareció importarme su ausencia. Yo tenía mis propias ocupaciones sin ellos.

Ahora caigo en la cuenta de mi equivocación. El hecho de centrarme únicamente en mi familia me ha aislado y me he quedado solo, a excepción de un viejo amigo que jamás puede enterarse de la verdad.

Mi fiesta de autocompasión queda interrumpida por Claire Wellington, quien imagino que odia las fiestas. Ella es la que está pendiente de su reloj, da sorbos a un vaso de agua y aguarda el momento oportuno para irse. No tengo ni idea de si estoy en lo cierto, pero en cualquier caso es mi impresión.

Da otra rueda de prensa a las cinco, justo a tiempo para las noticias de la noche. Hoy su traje es de un feo tono gris, parecido a la franela, tejido que obviamente no es porque estamos en Florida y sería absurdo. Tiene el pelo mate, igual que la tez. Claire no está durmiendo mucho y probablemente debería dejar de trabajar a ese ritmo.

«Como saben, contamos con un equipo de personas trabajando para identificar a las mujeres halladas en el sótano de la iglesia. Jessica Sharpe, de veintitrés años, fue la primera en ser identificada. Ya hemos identificado a las otras dos».

Respira hondo, y yo también.

Hay caballetes a ambos lados. Las dos fotografías están tapadas, y un policía de uniforme descubre la primera.

He acertado. Es Beth.

En la foto va sin maquillar, y lleva el pelo recogido en una coleta. Esto hace que aparente unos doce años.

«Beth Randall, de veinticuatro años, era oriunda de Alabama y había sido contratada recientemente como camarera en el Club de Campo de Hidden Oaks. Hace poco, sus padres recibieron una carta supuestamente remitida por ella. Quienquiera que la escribiese afirmó que Beth se mudaba a Montana para trabajar en una granja».

Millicent. Típico de ella. Lo único que odiaba más que los barcos de pesca eran las granjas.

«Al mismo tiempo, su jefe recibió una carta según la cual Beth tenía una urgencia familiar y regresaba a Alabama. Ninguno de los destinatarios sabía que las cartas eran falsas».

Claire hace una breve pausa mientras las cámaras hacen zum sobre la foto de Beth. A continuación se gira hacia el otro caballete. Sigo pensando que se trata de Petra. No se me ocurre nadie más que haya desaparecido o se haya mudado. Y no le he seguido la pista a Petra desde hace mucho tiempo. De haber podido salir de casa, posiblemente lo habría hecho.

El policía descubre la foto.

Esta vez, no he acertado.

No es Petra.

Crystal.

La mujer que trabajó para nosotros.

La que me besó.

Ni se me había pasado por la cabeza que se tratase de ella. Ahora que me paro a pensarlo, debería haberlo hecho, pero hace más de un año que no veo a Crystal. No hemos mantenido contacto alguno desde que dejó de trabajar para nosotros.

¿Acaso Millicent estaba al tanto del beso? ¿Por eso asesinó a Crystal? ¿O no fue más que un daño colateral, parte de un plan más global urdido por Millicent?

Puede que jamás lo sepa. De todas las preguntas que le formularía a Millicent, esas no figurarían entre las diez primeras.

Pero apuesto a que Crystal se lo confesó a Millicent. Esta se lo sonsacó torturándola.

No quiero pensar en ello.

La rueda de prensa sigue su curso; Claire presenta a un hombre al que reconozco de un reportaje sobre Owen. Es un especialista en perfiles criminales bastante famoso, ya retirado, que actualmente es consultor independiente y que ha escrito varios libros sobre crímenes reales. Este hombre —este hombre alto, delgado y decrépito— sube al estrado y declara que nunca ha conocido a un asesino como yo.

«Asesina a mujeres que conoce de manera circunstancial, como a esta cajera, y ha creado asimismo a un personaje aparte, a un hombre sordo llamado Tobias, al que utiliza para localizar más víctimas. Es posible que la diversidad de métodos empleados sea lo que ha propiciado que pasara inadvertido durante tanto tiempo».

O tal vez todo sea una patraña. Pero nadie lo dice.

Pieza por pieza, mi vida es destruida, como si jamás hubiera existido. No fue más que una fila de fichas de dominó colocadas por Millicent. Cuanto más deprisa caen, me da la impresión de que menos probabilidades hay de que pueda librarme de esta.

Y, sin embargo, sigo atento.

Sigo atento hasta que se me nublan los ojos y me da la sensación de que la cabeza se me desmorona sobre el cuello.

Pruebas fehacientes. Esto es lo que necesito. Por ejemplo muestras de ADN en el arma de un asesinato, o un vídeo de Millicent asesinando a una de estas mujeres.

Lo que pasa es que no las tengo.

El teléfono me despierta. Me he quedado traspuesto en mitad de mi apocalipsis personal. Los asientos de la sala de cine de Kekona son demasiado cómodos.

Cojo mi teléfono y oigo la voz de Andy.

—¿Sigues vivo?

—Por poco.

—Es increíble que no te hayan pillado.

—Subestimas mi inteligencia. —En la tele, aparezco en una foto en el baile de graduación.

—Más bien potra —comenta.

Por encima de todo, me reconcome la culpa. Andy confía en mí porque no sabe la mitad de la historia.

Sale en la tele otro especialista. Me dan ganas de cambiar de canal por su marcado acento gangoso. Pero no lo hago.

«El grado de tortura puede guardar relación directa con el grado de aversión que el asesino sienta hacia la víctima. Por ejemplo, las quemaduras de Naomi indican que el asesino estaba furioso con ella por algún motivo. Es imposible saber si el desencadenante de la furia fue por algo que ella hizo o porque le recordaba a alguien. Es probable que no lo sepamos hasta que lo atrapen».

Cambio de canal. Y veo un fantasma. Mi fantasma.

Petra.

67

No solo está viva; tiene un aspecto diferente. Menos maquillada y llamativa. Más elegante, como si hubiera pasado los dos últimos días sometiéndose a un cambio de imagen. Sus ojos azules tienen ahora una mirada penetrante y su pelo, antes corriente, luce brillante y estiloso.

Recuerdo su apartamento, su cama. El gato, Lionel. A ella le gusta el verde lima y el helado de vainilla francesa y le parecía increíble que me gustase la pizza con jamón. No me gusta.

También recuerdo el tono de voz de Petra al preguntarme si realmente era sordo. El mismo tono que tiene ahora, en la tele. Receloso. Acusatorio. Un pelín dolido.

«Conocí a Tobias en un bar».

Cuando el periodista le pregunta por qué ha tardado días en dar la cara, Petra titubea antes de responder:

«Porque me acosté con él».

«¿Se acostó con él?».

Ella asiente y agacha la cabeza, avergonzada. Por haber mantenido relaciones sexuales conmigo o por haberme elegido; no sé por cuál de los dos motivos.

A lo mejor por ambos.

Al principio los medios de comunicación me describieron como un asesino en serie desequilibrado, un psicópata retorcido. Ahora soy un asesino en serie desequilibrado, un psicópata retorcido que encima pone los cuernos a su mujer.

Como si la gente necesitara otro motivo para odiarme.

Si supieran dónde estoy, estarían haciendo cola con hachas. Pero como lo ignoran, puedo seguir sentado aquí, ver la tele, tomar comida basura y esperar hasta que me encuentren o hasta que Kekona regrese. Lo que primero suceda.

Petra pasa del anonimato al candelero. Miente en lo tocante a algunas cosas, dice la verdad en lo tocante a otras. Con cada entrevista, la historia se va perfilando un poco más y me hundo un poco más en la miseria.

Como todavía hay momentos en los que me agarro a un clavo ardiendo, paso horas revisando esa puñetera tableta como si fuera a aparecer algo nuevo. Tal vez un vídeo de Millicent en ese sótano o un listado de las mujeres a las que iba a asesinar.

Cuando no estoy haciendo algo inútil, me siento como un inútil. Siento un nudo de odio hacia mí mismo y autocompasión, y me pregunto por qué me casaría para empezar. Pienso en qué mala hora me crucé con Millicent, y sobre todo en qué mala hora me senté a su lado en aquel avión. Sin ella no me habría convertido en lo que soy.

Y cuando no estoy regodeándome en la miseria, miro la tele ensimismado. Finjo que todo esto no me incumbe.

Me pregunto hasta qué punto me odiarán mis hijos. Y lo que el doctor Beis estará diciendo de mí. Seguro que le está contando a Jenna que yo soy el origen de todos sus males. Que en ningún momento fue Millicent, ni Owen, sino yo. Cómo iba a ser ella.

Andy vuelve a llamar.

—He visto a tu mujer —dice.

—¿Cómo?

—A Millicent. He ido a tu casa y la he visto —explica.

—¿Por qué?

—Mira, estoy tratando de echarte un cable. No es que me haga gracia estar en la misma habitación que esa mujer —dice—. Así que la llamé. Millicent y yo tenemos mucho en común. Ambos hemos perdido a nuestros cónyuges.

Con la diferencia de que yo no estoy muerto.

—¿Estaban allí los niños?

—Sí, los he visto a los dos. Están bien. Igual un poco alterados por estar en la casa. Por los medios de comunicación y todo eso.

—¿Dijeron algo sobre mí?

Una pausa.

—No.

Probablemente sea una buena noticia, pero a pesar de ello me duele.

—Oye, sea lo que sea lo que tengas previsto hacer, más te vale hacerlo rápido —advierte Andy—. Millicent dijo que quería coger a los niños y largarse de aquí durante una temporada.

Esto sería lógico si se tratase de una mujer que hubiera descubierto que su marido es un asesino en serie. También sería lógico si se tratase de una asesina en serie que hubiera tendido una trampa a su marido.

—No dijo dónde, ¿verdad?

—No.

—Me lo figuraba.

—Una cosa más —dice.

—¿Qué?

—Si no hubiera hablado contigo antes de que todo esto ocurriera, no sé si te creería. No después de ver a Millicent así.

—¿Así cómo?

—Como si estuviera desolada.

El último comentario es lo que me preocupa. Nadie va a creer una palabra de lo que yo diga. Sin pruebas no.

A medida que pasan las horas, me hundo más en el asiento de Kekona. Las imágenes de la televisión pasan flotando ante mis ojos: Lindsay, Naomi, Petra, Josh, yo. Josh está hablando, hablando como un loro, y repite todo. Autopsia. Estrangulada. Torturada. Seguramente lo habrá repetido un millón de veces.

A la de un millón y una, me enderezo.

Me levanto de un brinco y me pongo a correr como una exhalación por la casa de Kekona, apartando ropa y basura hasta que la encuentro.

La tableta de Millicent.

Ella había consultado webs médicas para buscar información sobre dolencias de los niños, pero tal vez hubiera algo más. Tal vez lo había pasado por alto.

Si yo tuviera intención de torturar a alguien sin llegar a asesinarlo, habría tenido que documentarme. Y empezaría buscando diversas heridas en webs médicas.

Es una hipótesis. Una hipótesis a voleo.

Por muy estúpido que me sienta al pensar que este tipo de pruebas pudieran estar en la tableta, lo que me impulsa a rebuscar es imaginar lo estúpido que me sentiría de no hacerlo... y que estuviera ahí desde el principio.

Localizo la tableta en el comedor de Kekona, encima de una mesa con cabida para dieciséis personas. Parece el lugar perfecto para sentarse a revisar la tableta de nuevo. Consulto cada página web, buscando algo relativo a torturas y estrangulamiento. Busco escaldaduras con agua y aceite caliente, hemorragias internas y cortes en los párpados. Hasta busco quemaduras con cigarrillos, lo cual es absurdo, pues Millicent no soporta el tabaco.

Y no encuentro nada.

Ella consultó lo que tarda en curarse un esguince de muñeca. También consultó distintas fuentes de información relativas a molestias de estómago: lo que las provocaba y los remedios.

Eso es todo.

Nada relacionado con torturas, nada de utilidad. Debería habérmelo figurado.

Al apartar la tableta de un empujón, patina. Mi reacción automática es comprobar si he arañado la mesa de comedor de Kekona. Como si eso importara; pero lo hago de todas formas. Me levanto, la escudriño y, al deslizar el dedo por la madera, algo en la pantalla de la tableta me llama la atención.

Aún aparece la página sobre las molestias de estómago. A mano derecha hay una lista de posibles causas. Una de ellas aparece en morado en vez de azul, porque se ha pinchado en el enlace.

Colirio.

68

La tetrahidrozolina es el ingrediente activo del colirio contra el enrojecimiento de los ojos. Ingerido en altas dosis puede ocasionar graves problemas. El colirio reduce la presión arterial y puede provocar un coma. O la muerte.

Pero ingerido en pequeñas dosis provoca molestias de estómago y vómitos. Sin fiebre.

El colirio es de Millicent.

Se lo ha estado suministrando a Jenna.

No.

Imposible.

La idea me revuelve las tripas. Jenna es nuestra niña, nuestra hija. No es Lindsay o Naomi. No es alguien a quien torturar.

O igual sí. Igual Jenna no tiene nada de diferente. Para Millicent.

Mi hija no tiene problemas estomacales recurrentes.

Tiene una madre que la está envenenando.

Quiero matar a Millicent. Quiero ir a mi casa, matar a mi mujer y a tomar por saco. Hasta ese punto llega mi indignación.

Este sentimiento es diferente. Antes, yo no pensaba realmente «quiero matar a una mujer» ni «quiero matar concretamente a esta mujer». Mi deseo no era tan claro, tan preciso. Guardaba relación con Millicent, con los dos, y lo que yo deseaba era más complejo.

Ahora es simple. Deseo la muerte a mi mujer.

Enfilo hacia la puerta principal sin gorra, disfraz o arma de ningún tipo. Estoy indignado y asqueado, y me trae sin cuidado improvisar. Cuando tengo la mano en el pomo de la puerta caigo en la cuenta de lo estúpido que soy. De que no aprendo.

Posiblemente podría cruzar Hidden Oaks pasando inadvertido. Casi todos piensan que me he dado a la fuga, que no me oculto en mi propio barrio. Y una vez que consiguiera llegar a mi casa, podría entrar, porque tengo llave. Eso siempre y cuando no se encuentre bajo vigilancia.

Por otro lado, mi mujer. Quien me consta que es un monstruo.

Igual que el mismísimo Owen.

Asimismo, mis hijos. Ellos están en casa, y ambos creen que soy yo, no ella. Que yo soy el monstruo. Y en este momento lo único que imagino es su reacción cuando acabe con su madre.

No abro la puerta.

Y no solo necesito un plan. Necesito pruebas. Porque, en la tele, abundan las pruebas en mi contra.

Mi ADN. Si bien no debería sorprenderme, Millicent aún me asombra. Llevo diciendo lo mismo desde que la conocí.

Ella se las ingenió para dejar mi ADN por toda la congregación cristiana del Pan de Vida. Han encontrado restos de sudor mío en el tirador de la puerta principal, en la cerradura del sótano, hasta en la barandilla de la escalera. Es como si ella tuviera un vial con mi sudor y lo hubiese impregnado todo.

Han hallado una mancha con mi sangre en las estanterías que hay pegadas a la pared.

Más sudor en las esposas.

Sangre en las cadenas y en el suelo en bruto.

Ella ha hecho que parezca como si yo hubiera limpiado todo y se me hubieran pasado por alto unas cuantas zonas.

Claire da una rueda de prensa a mediodía para informar de todo esto. Oficialmente elevo mi categoría de persona en paradero desconocido a sospechoso. El único sospechoso.

Incluso declara: «Posiblemente vaya armado y es muy peligroso».

Tras pasar horas viendo a expertos, periodistas y viejos amigos crucificándome, finalmente salgo de la casa. Cruzo Hidden Oaks y salgo al mundo, donde puede que me reconozcan o puede que no.

En las afueras de la ciudad, paso de largo el EZ-Go donde tenía por costumbre parar a por un café. En vez de eso, recorro quince kilómetros por la interestatal hasta otro EZ-Go, que tiene la misma máquina de autoservicio. Con la gorra de béisbol en la cabeza y casi una semana sin afeitar, entro y me compro un café.

El joven que hay detrás del mostrador prácticamente no aparta la vista de su teléfono. Resulta casi decepcionante.

También me envalentona un poco. No todo el mundo está buscándome. Probablemente podría comer en un restaurante, comprar en el centro comercial y ver una película sin que nadie me reconociera. Lo que pasa es que no me apetece hacer ninguna de esas cosas.

De vuelta en Hidden Oaks, algo me impulsa a pasar por delante de mi casa. No hay juguetes esparcidos por el césped, y el cartel de bienvenida que había colgado en la puerta ha desaparecido. Los postigos están cerrados, y las cortinas corridas.

Me pregunto si Millicent habrá comprado otro frasco de colirio. O si le habrá dado por buscar el antiguo.

También me pregunto si Jenna será la única a la que envenenó.

Yo también he tenido náuseas unas cuantas veces. Si Millicent es capaz de provocar náuseas a su hija, es capaz de hacérselo a cualquiera.

Pero no entro en casa. Aún no. Vuelvo a la casa de Kekona. La policía no está esperándome, ni me ha seguido. Dentro todo parece intacto.

Casi dejo la tele apagada, para tomarme un descanso, pero no lo hago.

Prácticamente todo el mundo está hablando del ADN; Josh es la única excepción. Ha retomado su papel de periodista y está entrevistando a un especialista en psicopatología criminal. La voz de este hombre no me crispa tanto, pero es un poco aburrido, como un profesor, al menos hasta que se pone a hablar de los cortes con papel que sufrió Naomi.

«Las zonas donde sufrió los cortes con papel son importantes a la hora de determinar la causa. Decimos "papel" por el tipo de corte, pero también hay diferentes tipos de papel. Naomi, por ejemplo, presentaba cortes con papel superficiales en zonas de piel más gruesa, como las plantas de los pies, y cortes más profundos en zonas más delicadas, como la cara interna de la parte superior del brazo. Eso indica que se utilizó el mismo objeto, pero queda descartado que se tratase de un pedazo de papel corriente. Necesariamente fue con algo que permitiera atravesar el talón de un pie».

Me levanto del sofá de un salto como si hubiera sufrido un *shock*. Y, en cierto modo, así ha sido. Sé lo que Millicent utilizó para realizar esos cortes.

69

Millicent rara vez hace algo al tuntún. Todo lo hace por algún motivo, aunque sea por pura diversión.

Esta es una de esas ocasiones.

Comenzó hace muchos años, cuando me preguntó cómo la protegería de los gilipollas que intentan ligar con ella en los aviones.

«Los metería a la fuerza en el asiento del centro, los sujetaría contra los reposabrazos y les cortaría con la tarjeta de instrucciones de seguridad».

La tarjeta de instrucciones de seguridad. La que le regalé la primera Navidad que pasamos juntos. La conserva desde entonces.

En su antiguo piso, la tenía pegada con cinta adhesiva en el espejo del cuarto de baño.

La primera casa en la que vivimos juntos fue la pequeña, la de alquiler, y la tarjeta estaba pegada en la nevera con un imán con los ojos fuera de las órbitas.

Cuando compramos nuestra primera casa, ella la metió bajo el marco de nuestro espejo de cuerpo entero.

Y en nuestra actual casa, más grande y cara, tenemos dos hijos a los que no les hace gracia la broma de la tarjeta de instrucciones de seguridad. Opinan que es una cursilada. Millicent lleva la tarjeta en su coche, metida detrás del parasol. Cuando el sol la deslumbra y lo baja, la tarjeta le hace sonreír.

La tarjeta es lo que utilizó para realizar todos esos cortes. En mi vida he tenido nada tan claro.

Hidden Oaks no es un lugar fácil para ocultarse. La gente se fija en los coches nuevos, especialmente en los que aparecen de buenas a primeras y aparcan. No se fijan en la gente que sale a correr o a caminar. Como la gente siempre está empezando planes de ejercicio y dejándolos a medias, un día cualquiera podría haber diez personas por ahí o nadie. Siempre hay unas cuantas, por ejemplo Millicent, pero la mayoría son esporádicas.

Con la misma gorra de béisbol, más barba, pantalones de deporte anchos y una camiseta suelta —gracias a Kekona, que tiene una extraordinaria cantidad de ropa de talla grande—, salgo por la puerta trasera de la casa, salto la verja y me pongo a correr por la calzada.

Solo llevo una semana en paradero desconocido; la prensa está por todas partes. A Millicent y a los niños les resultaría imposible llevar una vida normal ahora mismo. Ella no puede ir a trabajar y los niños no pueden ir al colegio, pero quiero saber si Millicent se ausenta de casa en algún momento. Me resultaría mucho más fácil hacerme con esa tarjeta de seguridad si saca el coche del garaje y aparca en algún sitio al que yo tenga acceso.

Prácticamente cualquier cosa puede salir mal. A lo mejor ha limpiado a conciencia esa tarjeta para que no quedara rastro alguno de ADN: ni de ella ni de ninguna de las mujeres. O a lo mejor se deshizo de ella, la tiró o la quemó.

Por mi bien, espero que no.

Puede que yo ignore todo lo que hace, o todo lo que ha hecho, pero la conozco bien. Ella conserva esa tarjeta como recuerdo de nosotros. Y como recuerdo de lo que le hizo a esas mujeres. Millicent se regodea con ello. Ahora lo sé.

¿Me creerá la policía si les llevo esa tarjeta? ¿Si tiene ADN de una o más víctimas y de Millicent, pero no de mí? Probablemente no.

¿Me creerán si también les pongo al corriente acerca del inmueble que Millicent adquirió a través de tres sociedades limitadas, acerca de Denise y la hermana de Owen, y si les muestro mi agenda en el momento de la desaparición de todas estas mujeres? Yo siempre estaba en casa. Y qué sé yo lo que los niños declararán acerca de aquellas noches.

No, no me creerían. Al haber hallado mi ADN en el sótano y haber sido identificado como Tobias por varias personas, por no hablar del paripé de Millicent, no creerán en mi inocencia ni por asomo. Pero es posible que crean que Millicent y yo asesinamos a esas mujeres entre los dos, con lo cual mis hijos quedarían a salvo.

Es mi única posibilidad. No solo para librarme, sino para mandarla a donde le corresponde. A la cárcel o al infierno: me da igual, con tal de que esté lo más alejada posible de mis hijos.

Recorro al trote la manzana paralela a mi casa, al tiempo que busco el coche de Millicent en las bocacalles entre las casas. En mi segunda batida, recorro al trote la calle por la que torcería en dirección al colegio.

Como era de esperar, en ningún momento veo su coche.

A lo largo del día, vuelvo a echar un vistazo pero en ningún momento la veo salir. Estoy hecho un lío. Habría sido mucho más fácil dejar el localizador en su coche. No obstante, lo intento, porque no tengo más remedio. Correr y caminar se ha convertido en mi nuevo pasatiempo. Lástima que no consiguiera adoptar ese perro de la perrera. Me vendría de perillas tener uno ahora mismo.

Llamo a Andy. Parece sorprendido de mi llamada. A lo mejor le sorprende que siga vivo.

—Tengo una pregunta —digo.

—Dispara.

Le pregunto si Millicent se ausenta en algún momento de la casa.

—Doy por sentado que ni siquiera está yendo a trabajar —señalo.

Él vacila antes de responder.

—No creo. Los vecinos le llevan comida todos los días. Hay por todas partes. Creo que se han atrincherado para eludir a los medios de comunicación.

—Eso es lo que me figuraba.

—¿Por qué? —pregunta.

—Da igual. Gracias de nuevo. No te haces una idea de lo mucho que te agradezco esto.

Él carraspea.

—¿Qué? —digo.

—Tengo que pedirte que no vuelvas a llamar. —Como no digo nada, continúa hablando—. Es por el ADN. Toda esta historia está tomando un cariz que...

—Entiendo. No te preocupes por eso.

—Yo te creo —dice—. Lo que pasa es que no puedo seguir...

—Lo sé. No volveré a llamar.

Cuelga.

Lo único que me sorprende es que permaneciera a mi lado durante tanto tiempo. Yo no merecía su amistad. No después de lo de Trista.

Ha comenzado a anochecer; decido pasar por última vez por delante de la casa antes de intentar entrar. Lo único que he de hacer es acceder al garaje, a su coche, pero tiene que ser cuando Millicent esté dormida.

Y tengo llaves.

Al cabo de quince minutos, paso por la manzana paralela y me fijo en cualquier cosa fuera de lo habitual. Como un coche de policía sin rotular porque sospechan que haga exactamente lo que estoy a punto de hacer. Nada. Ningún coche fuera de lo habitual, ni camiones de obras. No hay nada fuera de lo común en el barrio. Excepto yo, el tío barbudo que no para de correr. Es asombroso que nadie me haya dado el alto todavía.

Vuelvo a la casa de Kekona por calles diferentes. Es el camino largo, pero antes he atajado. Cuando por fin llego a la glorieta que hay delante de su casa, me paro en seco.

Hay una limusina en la puerta.

El chófer saca una maleta del maletero.

Oigo su voz. Kekona está en casa.

70

Se dará cuenta. Todos se enterarán.

Kekona tardará segundos en percatarse de que ha habido un ocupante en su casa. La policía sabrá que se trata de mí en otros pocos segundos. Mi coche está en el garaje. Mis huellas dactilares están por todas partes. Lo mismo que mi ADN, y la tableta de Millicent está justo encima de la mesa de la cocina.

Ah, y mi cartera. No me la llevé en mis batidas. También yace sobre la mesa de la cocina.

Doy media vuelta y voy corriendo hasta las casas menos caras de los Oaks. Aquí, hay un pequeño recinto ajardinado, lejos del parque infantil, donde me detengo junto a unos árboles y simulo que estoy haciendo estiramientos.

No tengo a donde ir. No tengo a Andy ni teléfono con el que llamarlo. Sin dinero, sin amigos, y prácticamente sin una chispa de esperanza. Pero sí que tengo llaves. Es lo único que llevo en el bolsillo.

En cualquier caso, esta noche iba a ser la noche, la noche en la que entrara en el garaje para hacerme con la tarjeta de instrucciones de seguridad. En ese sentido, nada ha cambiado. Lo que ha cambiado es que necesito un sitio donde ocultarme hasta que Millicent se duerma.

El club es lo primero que me viene a la cabeza. Hay un montón de cuartos pequeños y armarios para hacer tiempo hasta que anochezca. El problema es entrar y salir. Demasiadas cámaras.

En el campo de golf no hay un alma de noche, pero está lleno de espacios abiertos visibles desde la carretera.

Jamás encontraré un coche abierto en Hidden Oaks. Aquí, todo el mundo tiene coches modernos y caros, de esos con ordenadores que hacen de todo, incluido bloquear las puertas.

Por un momento, sopeso la posibilidad de esconderme debajo de un coche. Lo que pasa es que temo que alguien se suba y arranque.

A lo lejos, sirenas. Se aproximan en esta dirección, pero no a mi encuentro. A la casa de Kekona.

Mis opciones se reducen cada vez más, y no tengo más remedio que moverme. No puedo quedarme en este pequeño parque para siempre. A menos que me trague la tierra.

Hasta me planteo ocultarme en mi propio jardín trasero. Y, seguidamente, lo hago.

Todo parece diferente desde arriba. El barrio, los coches, el cielo. Mi casa. Mi cocina, cuya luz está encendida.

Millicent.

Ella es la que me convenció para que trepara a un árbol. No pensé que volvería a hacerlo de nuevo, pero aquí estoy, escondido en la copa del gran roble al fondo de nuestro jardín. Lo bastante lejos de la casa como para que nadie haya oído el roce de las hojas al encaramarme a él.

Millicent está recogiendo en la cocina. Se encuentra demasiado lejos como para poder distinguir algún detalle salvo su pelo rojo y su ropa negra. Apuesto a que estos últimos días ha ido vestida de negro a todas horas, sobre todo en presencia de la policía. De luto por esas mujeres, por su marido y por la ruptura de su familia.

Estoy impresionado y a la vez asqueado.

Rory entra en la cocina y va directamente hacia la nevera. No mueve el brazo derecho; supongo que porque todavía lleva el cabestrillo. Coge algo y se queda ahí unos minutos, charlando con Millicent.

Jenna en ningún momento entra en la cocina, pero tengo que creer que se encuentra bien. Que no está enferma. Millicent no tiene motivos para envenenarla hoy.

Me dan calambres en las piernas y me recoloco un poco, aunque no tengo a donde ir. La luz de la cocina se apaga, pero las luces de los dormitorios están encendidas. Todavía es demasiado pronto para acostarse.

A mi alrededor, el barrio se queda en silencio a medida que todo el mundo se recoge. En la calzada circulan muy pocos coches. Es martes por la noche; no es un día muy habitual para salidas especiales. Apoyo la cabeza contra el tronco del árbol y espero.

Para las diez, todo el mundo debería estar en la cama. A las once me dispongo a bajar, pero acto seguido dejo que pasen otros treinta minutos. A las once y media, bajo y voy rodeando el borde del jardín, pegado a la valla, hasta la casa.

Al dirigirme hacia la puerta lateral que da al garaje, alzo la vista.

La luz de Rory está apagada, la ventana cerrada.

Casi nunca usamos la puerta lateral del garaje. Estoy algo expuesto, porque se halla enfrente de la puerta del jardín trasero. Meto la llave en la cerradura y abro. El ruido se me antoja mucho más fuerte de lo que probablemente es, y me quedo inmóvil un segundo antes de entrar.

Me detengo junto a la puerta del garaje y espero hasta que mis ojos se adaptan a la oscuridad para no tener que encender una luz.

Distingo la silueta del coche de Millicent. Su todoterreno de lujo está aparcado en medio del garaje. Ya no hace falta dejar hueco para mí. Rodeo el coche hasta la puerta del conductor; menos mal que la ventanilla está bajada. Ni siquiera tengo que abrir la puerta. Simplemente alargo la mano y bajo el parasol. Algo cae al asiento.

Lo palpo pero no encuentro la tarjeta de seguridad ni nada que se le parezca. Abro la puerta del coche. De repente, se enciende una luz y veo algo sobre el asiento de piel beis.

Un pendiente de cristal azul.

Petra.

Ella lo sabía. Millicent sabía que me había acostado con dos mujeres.

Rory no se lo contó a Jenna. Se lo contó a su madre.

Me desplomo de rodillas. La derrota no describe mi sensación. Estoy acabado. Sencillamente, he tocado fondo.

Al final, acabo tirado en el suelo de cemento, acurrucado en posición fetal. Sin voluntad para levantarme, y mucho menos para salir corriendo. Es más fácil quedarse aquí y esperar a que me encuentren.

Cierro los ojos. Noto el contacto fresco, casi frío, del suelo, y el aire impregnado de una mezcla de polvo, gasolina y un tufillo a gases del tubo de escape. No me reconforta, no me agrada. Sin embargo, no me muevo.

Pasa una hora, o dos. Ni idea. A lo mejor solo han pasado cinco minutos.

Me incorporo por mis hijos.

Y por lo que Millicent podría hacerles.

71

La casa no está a oscuras del todo. La luz de las farolas y la luna se filtra por las ventanas y me permite ver lo justo para no tropezar. Para no hacer ruido. Aunque me consta que me cogerán, y pronto, no puede ser todavía.

En el pie de la escalera, me paro a aguzar el oído. No se oye el menor movimiento arriba. Subo.

El quinto peldaño cruje un poco. A lo mejor estaba al tanto de eso, a lo mejor nunca le presté atención.

Sigo avanzando.

El cuarto de Jenna se halla a la izquierda, el de Rory a continuación y, al fondo del pasillo, el dormitorio principal.

Empiezo por mi hija.

Está tumbada de costado, de cara a la ventana, y su respiración es uniforme. Serena. Está arrebujada bajo su gran edredón blanco, como si estuviera dentro de una nube. Me dan ganas de tocarla, pero soy consciente de que sería un desatino. La contemplo y memorizo todo. Si me encerraran en la cárcel de por vida, así es como me gustaría recordar a mi pequeña. A salvo. A gusto. Sana.

Unos minutos después, me marcho y cierro la puerta al salir.

Rory está despatarrado a todo lo que da la cama. Bueno, prácticamente. El brazo que lleva en cabestrillo es lo único que yace pegado a su cuerpo. Duerme con la boca abierta, pero no ronca; es rarísimo. Lo observo del mismo modo que he observado a Jenna, memorizándolo todo. Con la esperanza de que mi pequeño se convierta en un hombre mejor que su padre. Con la esperanza de que jamás conozca a una mujer como Millicent.

No puedo culparle por haber ido con el soplo a su madre. Me culpo a mí mismo. Por Petra, por llevarme los pendientes. Por todo esto.

Salgo de su habitación, cierro la puerta sin hacer ruido y camino hacia el final del pasillo. Me imagino a Millicent en la cama, arrebujada bajo la colcha, su melena pelirroja extendida sobre la almohada blanca. Alcanzo a escuchar sus largas respiraciones mientras duerme profundamente. Y alcanzo a ver su mirada de espanto cuando se despierte y note mis manos alrededor de su garganta.

Porque voy a matar a mi mujer.

Cuando Millicent descubrió que le había puesto los cuernos, tocó fondo.

Esta noche, yo he tocado fondo.

Llego a la puerta del dormitorio, cerrada, y me pego a ella aguzando el oído. No se oye nada. Al abrir la puerta, lo primero que veo es la cama.

Vacía.

Mi reacción instintiva es mirar detrás de la puerta. Quizá porque sé que Millicent me apuñalaría por la espalda.

Nada.

Oigo su voz desde el otro lado de la habitación. Distingo una sombra, su silueta. Millicent está sentada junto a la ventana, a oscuras. Esperándome.

—Sabía que vendrías —dice.

Avanzo. No demasiado.

—Ah, ¿sí?

—Pues claro. Es tu estilo.

—¿Volver a casa?

—Dónde vas a ir si no.

La verdad me golpea como un bofetón. Para colmo, siento su sonrisa. Está demasiado oscuro para distinguirla hasta que enciende la luz y se pone de pie. Millicent lleva puesto su camisón largo de algodón. Es blanco y con vuelo a la altura de los pies. Me ha cogido desprevenido que estuviera despierta. Ni siquiera voy armado.

Pero ella sí.

La pistola que tiene en la mano apunta hacia el suelo. No me está encañonando. Tampoco la está ocultando.

—¿Ese es tu plan? —digo, señalando hacia la pistola—. ¿Matarme en defensa propia?

—¿Acaso tú no has venido a eso? ¿A matarme?

Levanto las manos. Vacías.

—No sé cómo.

—Mientes.

—¿Sí? A lo mejor solo quiero hablar.

Ella se ríe entre dientes.

—Cómo vas a ser tan estúpido. En ese caso, no me habría casado contigo.

La cama se interpone entre nosotros. Es enorme, y me pregunto si podré abalanzarme sobre ella antes de que pueda levantar la pistola y disparar.

Probablemente no.

—No has encontrado la tarjeta de instrucciones de seguridad, ¿a que no? —pregunta.

No digo nada.

—Rory me dio esa baratija de pendiente —dice—. Él pensaba que me estabas poniendo los cuernos, pero luego se dio cuenta de que salías a hurtadillas para asesinar mujeres. Por supuesto, no le dije que había acertado con su primera conjetura.

Meneo la cabeza, tratando de comprender.

—¿Por qué...?

—Dejé a aquella mujer con vida para que todo el mundo supiera lo cabrón que eres —dice.

Petra.

Petra sigue viva porque se acostó conmigo. Y jamás será consciente de ello.

—¿Tienes alguna idea —dice Millicent— de la cantidad de terapia que nuestro hijo va a necesitar?

El disparate que ha cometido se escapa a mi entendimiento. La inmensa paciencia. La disciplina.

—¿Por qué no me has abandonado y punto? —digo—. ¿Qué sentido tiene hacer todo esto?

—¿Hacer qué? ¿Organizar nuestro hogar, cuidar de los niños, asegurarme de que todo funcione como es debido? ¿Ocuparme de las cuentas y preparar la cena? ¿O te refieres a Owen? Porque el plan original era resucitarlo. El de los dos. —Da un paso hacia la cama, pero no la rodea.

—No...

—Y tú te morías de ganas. Yo prácticamente no moví un dedo. Tú mataste a Holly, no yo.

—Ella te amenazó. Amenazó a nuestra familia.

Millicent echa la cabeza hacia atrás y se ríe. De mí.

Me quedo mirándola, recordando todas las historias que me contó sobre Holly. Las heridas, los accidentes, las amenazas. El corte en su mano, entre el pulgar y el índice. Las piezas se recolocan en mi cabeza, como un puzle que había sido mal montado.

Millicent se lo había hecho todo a sí misma. Holly simplemente pagó el pato.

—Por Dios —digo—. Holly jamás supuso una amenaza, ¿verdad?

—Mi hermana no era más que una chica blandengue y llorica que se merecía todo lo que le hice.

—Provocó el accidente porque la estabas torturando —digo—. No al revés.

Millicent sonríe.

Todo encaja de golpe. Con tal contundencia que me mareo. Millicent le tendió una trampa a su hermana igual que a mí.

Ella siempre ha torturado a las personas. A su hermana. A Lindsay. A Naomi.

A Jenna. A lo mejor no intoxicó a Jenna únicamente para que le dejara el campo libre.

Y a mí. A lo mejor todas aquellas ocasiones en las que sentí náuseas fueron provocadas por ella.

Porque Millicent disfruta haciendo daño a la gente.

—Eres un monstruo —digo.

—Qué gracia, porque la policía opina lo mismo de ti.

La expresión de su cara es triunfal, y, por primera vez, veo lo fea que es. Me resulta impensable que alguna vez apreciara su belleza.

—Encontré el colirio —digo—. El de la despensa.

Percibo un destello en sus ojos.

—Has estado envenenando a nuestra hija —continúo.

Ella no se esperaba esto. Pensaba que yo no lo averiguaría.

—Estás loco de atar —contesta, ahora con algo menos de convicción.

—De eso nada. Has estado provocándole náuseas todo este tiempo.

Ella niega con la cabeza. Con el rabillo del ojo, atisbo un movimiento. Miro hacia la puerta.

Jenna.

72

Está apostada en el umbral con su pijama naranja y blanco. Tiene mechones del pelo de punta, y los ojos abiertos de par en par. Espabilada. Está mirando fijamente a su madre.

—¿Me provocaste las náuseas? —dice. Su tono es tan bajo que hace que parezca una chiquilla. Una chiquilla desconsolada.

—Por supuesto que no —responde Millicent—. Si alguien te envenenó, fue tu padre.

Jenna se vuelve hacia mí. Los ojos se le anegan en lágrimas.

—¿Papá?

—No, cielo. No fui yo.

—Está mintiendo —replica Millicent—. Te envenenó, y mató a esas mujeres.

Me quedo mirando a Millicent, sin reconocer en absoluto a la persona con la que me casé. Ella me sostiene la mirada. Me vuelvo hacia mi hija.

—Puso colirio en tu comida para provocarte náuseas.

—Estás chiflado —contesta Millicent.

—Haz memoria —le digo a Jenna—. Todas aquellas veces en las que te sentiste mal, ¿quién te preparó la comida? ¿Acaso yo cocino alguna vez?

Jenna se queda mirándome, y acto seguido mira a su madre.

—Cariño, no le hagas caso —insiste Millicent.

—¿Qué pasa?

Todos nos sobresaltamos al oír la voz.

Rory.

Se queda detrás de Jenna. Tiene los ojos adormilados, y se los frota al tiempo que su mirada oscila entre su madre, su hermana y yo, confundido por toda la situación. La vida de mis hijos se ha puesto patas arriba en el transcurso de la pasada semana. Su padre ha sido acusado de ser un asesino en serie; es probable que su madre se lo haya confirmado. No sé si dan crédito.

—¿Papá? —pregunta Rory—. ¿Por qué has venido?

—Yo no hice lo que cuentan, Rory. Tienes que creerme.

—Basta de mentiras —exige Millicent.

Jenna mira a su hermano.

—Papá dice que mamá me provocó las náuseas.

—Sí —afirmo.

—Está mintiendo —replica Millicent—. Lo único que hace es mentir.

Rory la mira y pregunta:

—¿Has llamado a la policía?

Ella niega con la cabeza.

—No he tenido ocasión. Ha entrado en el dormitorio de buenas a primeras.

—¿Y de buenas a primeras da la casualidad de que tienes una pistola en la mano? —digo.

Rory pone los ojos como platos al ver la pistola que Millicent empuña. Ella todavía no ha levantado la mano.

—Estaba esperando que me presentara aquí —explico—. Para matarme y aducir que la ataqué.

—Cierra el pico —grazna Millicent.

—¿Mamá? —dice Jenna—. ¿Es eso cierto?

—Tu padre ha venido con intención de matarme.

Niego con la cabeza.

—Eso no es cierto. He venido para alejaros de vuestra madre —digo. Voy aún más lejos, porque es preciso que lo sepan—. Vuestra madre me tendió una trampa. Yo no maté a esas mujeres.

—Un momento —dice Rory. —No lo pillo...

—¿Qué está pasando? —pregunta Jenna a voz en grito.

—Basta —corta Millicent. Su tono es bajo y desabrido.

Todos nos callamos, lo mismo que siempre hacemos cuando nos lo dice. Hay tal silencio que se oye la respiración de todos.

—Niños —ordena Millicent—, fuera de aquí. Id a la planta baja.

—¿Qué vas a hacer? —dice Jenna.

—Marchaos.

—Papá no va armado —señala Rory.

De nuevo, levanto las manos, vacías.

—Ni siquiera llevo un teléfono.

Rory y Jenna se vuelven hacia su madre.

Millicent me lanza una mirada asesina conforme los esquiva y levanta la mano. Me apunta con la pistola.

—¡Mamá! —grita Jenna.

—Espera. —Rory se adelanta de un salto para colocarse entre la pistola y yo. Se arranca el cabestrillo de un tirón y levanta ambos brazos.

Millicent no baja la mano. Levanta la otra y sujeta la pistola con ambas manos. La pistola apunta a nuestro hijo.

—Apártate —ordena ella.

Él niega con la cabeza.

—Rory, tienes que apartarte —digo.

—No. Baja la pistola.

Millicent da un paso al frente.

—Rory.

—No.

Alcanzo a ver la ira en sus ojos, hasta en su semblante. Está adquiriendo una tonalidad de rojo antinatural.

—Rory —dice—. ¡Apártate! —brama. Noto que Jenna da un leve respingo.

Rory no se inmuta. Alargo la mano con la intención de agarrarlo del brazo para apartarlo. Justo entonces, Millicent mueve la pistola y dispara. La bala perfora nuestra cama.

Jenna chilla.

Rory se queda helado.

Millicent da un paso en dirección a él.

Está fuera de sí. Lo noto en la negrura de sus ojos. Si se ve acorralada, disparará a Rory.

Nos disparará a todos.

Me abalanzo sobre Rory para protegerlo con mi cuerpo. Justo al caer al suelo, veo un fugaz remolino de lunares blancos y naranjas. Y un destello metálico.

Jenna. Tiene el cuchillo que guardaba bajo su cama. Es la primera vez que la veo empuñándolo.

Va derecha hacia Millicent, con el cuchillo en alto, y se topa con ella. Ambas caen sobre la cama.

La pistola se dispara por segunda vez.

Otro grito.

Me levanto de un salto. Rory está detrás de mí. Empuña la pistola, que se le ha caído a Millicent de la mano. Yo cojo a Jenna y la aparto. Trae consigo el cuchillo. Ha salido directamente de Millicent.

Sangre.

Sangre a raudales.

Millicent ahora está en el suelo, con las manos apretadas contra el vientre. La sangre emana de ella.

Jenna, detrás de mí, está chillando; me giro para ver si está herida. Rory niega con la cabeza en dirección a mí y señala hacia la pared. La segunda bala está incrustada allí, no en el cuerpo de mi hija.

—Sácala de aquí —digo.

Rory se lleva a rastras a Jenna de la habitación. Está histérica; suelta el cuchillo ensangrentado al salir y continúa dando gritos por el pasillo.

Me vuelvo hacia Millicent.

Está tirada en el suelo, con los ojos clavados en mí. Su camisón blanco se está volviendo rojo delante de mis ojos. Es mi mujer y, al mismo tiempo, no la reconozco.

Ella abre la boca y hace amago de hablar. Le sale sangre. Millicent me mira, desencajada. No le queda mucho tiempo. Unos minutos, unos segundos, y le consta. Sigue tratando de decir algo.

Empuño el cuchillo y se lo clavo con fuerza, hundiéndolo en su pecho.

Millicent no consigue pronunciar la última palabra.

Epílogo

En el mapamundi aparecía el mundo entero, desde Australia hasta América, del Polo Norte al Sur. No usamos dardos, porque todos le teníamos aversión a los objetos metálicos de bordes afilados. En vez de eso, sacamos un antiguo juego de ponerle la cola al burro y le pusimos adhesivo nuevo a las cintas para la cola. Con los ojos vendados, lo hicimos por turnos. A Jenna le tocó la primera, seguida por Rory. Yo fui el último.

Suspiré aliviado cuando dos de las tres primeras colas aterrizaron en Europa. Ni el Ártico ni la Antártida se me antojaban muy apetecibles.

Sacamos un mapa de Europa y nos pusimos a jugar de nuevo —y dale que dale— hasta que encontramos un nuevo lugar donde vivir: Aberdeen, en Escocia.

La decisión estaba tomada.

Eso fue hace dos años y medio, justo después de que finalmente la policía me pusiera en libertad sin cargos. Yo me temía lo peor. De hecho, pensaba que Millicent sería declarada como otra de mis víctimas. Nadie supo que Jenna la apuñaló, limpié el cuchillo y me cercioré de que las únicas huellas existentes fueran las mías. También confesé. Declaré a la policía que había matado a mi esposa en defensa propia porque ella era la auténtica asesina. Jamás se me pasó por la cabeza que alguien me creyera.

Y no lo habrían hecho de no haber sido por Andy, que declaró que era imposible que fuera yo. Les dijo que yo ni siquiera sabía usar una tableta, de modo que ¿cómo demonios iba a asesinar a tantas mujeres sin que me pillaran?

Luego estaba Kekona, que dijo que yo era un pésimo embustero y que era imposible que fuera un asesino en serie. Aunque sí que comentó que era un profesor de tenis bastante bueno.

Y mis hijos. Jenna declaró a la policía que oyó nuestra discusión y que su madre reconoció que me había tendido una trampa. Rory les dijo que fue en defensa propia porque su madre estaba a punto de dispararle. Ninguno le contó a la policía lo que sucedió realmente. Esos detalles no importan.

Me gusta pensar que la policía creyó a todos los que dieron la cara por mí, los que sabían que era imposible que yo fuera un asesino. Pero fue gracias al ADN. Todas las pruebas halladas en el sótano de la iglesia fueron sometidas a un riguroso análisis en el laboratorio del FBI en Quantico. El resultado confirmó lo que ya sabíamos: que el ADN era mío.

Las muestras procedían de dos fuentes: sudor y sangre. Y me salvaron. O, mejor dicho, el desconocimiento de Millicent me salvó. Los análisis del FBI revelaron que todas las muestras de sangre y sudor contenían idénticas proporciones de descomposición química. Todo apuntaba a que Millicent había recogido mis fluidos en una sola ocasión y que posteriormente los había rociado por todas partes al mismo tiempo. Según el informe, yo solo podía haber estado en aquel sótano una sola vez, pues el ADN pertenecía al mismo día. Una circunstancia imposible en el supuesto de que hubiera asesinado a aquellas mujeres en momentos diferentes.

Lástima que Millicent jamás se enterara de hasta qué punto la cagó.

En cuanto retiraron los cargos contra mí, vendimos la casa y nos marchamos de Hidden Oaks. Lo primero a lo que tuve que acostumbrarme fue al frío. Y a la nieve.

Hasta entonces nunca había vivido en un sitio con nieve, pero ahora nos rodea. Al principio, es ligera y esponjosa, como el algodón de azúcar artesanal. Cuando cubre con un manto la ciudad, reina el silencio. Es como si Aberdeen se elevara hasta las nubes.

Al día siguiente, se derrite y ensucia y toda la ciudad parece cubierta de hollín.

Se acerca nuestro tercer invierno, y ya me he acostumbrado un poco más. Rory no. Anoche mismo, me enseñó un sitio web de una universidad de Georgia.

—Demasiado lejos —dije.

—Estamos en Escocia. Todo está lejos.

En eso tenía razón. Y precisamente esa era la idea, alejarnos de nuestra vida anterior. Nos va bien. Puedo decirlo sin cruzar los dedos.

Jenna tiene un nuevo terapeuta que le ha recetado un par de medicamentos. Me parece increíble que sea capaz de mantener la cordura en vista de lo que Millicent le hizo. Rory también está recibiendo terapia, igual que yo. De vez en cuando, asistimos a una sesión de grupo, y todavía no nos hemos hecho daño el uno al otro.

Yo no les digo que la echo de menos. A veces. Echo de menos la familia que creó, la estructura, su manera de mantenernos organizados. Pero no a todas horas. Ahora, no tenemos tantas reglas, aunque aún hay algunas. Todo depende de mí, puedo establecer una regla o no. Incumplirla o no. Nadie va a decirme si hago bien o mal.

Hoy estoy en Edimburgo, una ciudad más grande que Aberdeen. He venido a ver a mi asesor fiscal. Trasladarse de país es complicado. Hay que pagar impuestos en varios lugares, dependiendo de dónde se tenga el dinero. Nuestra casa de Hidden Oaks se vendió por una cifra considerable; de momento tenemos de sobra. Además, doy clases de tenis. En Escocia es un deporte muy popular, aunque la mayoría de las veces jugamos en pistas cubiertas.

Cuando termino con el asesor fiscal, me queda un poco de tiempo hasta la salida del próximo tren a Aberdeen. Me paro en un pub cerca de la estación y le hago una seña al camarero para pedirle una cerveza de barril. Él me sirve una jarra con un líquido oscuro y dulzón, diferente a las cervezas que yo bebía en casa.

La mujer que hay a mi lado es de pelo oscuro y tez clara. Va vestida como si acabara de salir de trabajar y estuviera tomando algo antes de irse a casa. Noto su alivio porque la jornada está a punto de terminar.

Cuando su bebida está a medias, alza la vista y me sonríe.

Le correspondo a la sonrisa.

Ella aparta la vista y vuelve a mirarme.

Saco mi teléfono, escribo un mensaje y lo empujo hacia ella sobre la barra.

Hola. Me llamo Quentin.

Agradecimientos

Cuando me puse a escribir esto, me di cuenta de que no sabía por dónde empezar. Nunca antes había escrito una nota de agradecimiento, pero lo que sí sé es que muchísimas personas trabajaron a destajo para conseguir que este libro llegara a vuestras manos. Nunca podré agradecérselo como es debido, pero ahí va.

A mi agente, Barbara Poelle. Sin ella, *Mi adorada esposa* no se habría publicado. Resulta que está tan chiflada como yo (igual más, si cabe) y lo bastante loca como para apostar por una mindundi como yo.

A mi editora, Jen Monroe. Ella pulió este libro, detectó todos mis errores y se negó a permitir que me saliera con la mía. El corazón me da un vuelco cada vez que veo su nombre en mi bandeja de entrada, pero eso es buena señal.

A todo el equipo de Berkley. Os estoy muy agradecida por haber decidido publicar este libro, y por todo el tiempo y los recursos que habéis destinado a ello.

A mis amigos, críticos del gremio y compañeros de profesión, sin los cuales no sería nadie. Comenzando por Rebecca Vonier, por no permitir que me diese por vencida con este libro.

No habría sido capaz de terminarlo sin ella, ni tampoco habría salido a la luz. A Marti Dumas, por detectar todos los problemas de la trama y los personajes y por atinar siempre. A Laura Cherry, por reparar hasta en el más mínimo detalle y ponerme al corriente. Y a Hoy Hughes, que creó el grupo de escritores donde conocí a todas estas maravillosas personas.

Hay muchísimas más personas que se han tomado la molestia de leer y darme su opinión sobre mis borradores (casi todos malos). Ni me planteo citarlas a todas, porque se me olvidará alguien, pero ya sabéis quiénes sois.

A todos los blogueros, escritores, críticos y a todos los que tenéis este libro en vuestras manos. Por encima de todo, soy lectora. Me siento agradecida por el placer que los libros me han proporcionado y a cualquiera que desee leer mis palabras.

No puedo dejarme en el tintero a mi jefa y amiga de toda la vida, Andrea, que siempre me ha apoyado.

Por último, pero desde luego no menos importante, a mi familia. A mi madre, que siempre está a mi lado independientemente de la disparatada aventura en la que me embarque. Y a mi hermano, que me enseñó a ser fuerte.